Goethes unter dem Namen *Maximen und Reflexionen* berühmt gewordene »Sprüche in Prosa« sind unerschöpflich, eine Lektüre, die für jedes Lebensalter und jede Lebenssituation Bedenkenswertes bereithält. Wir treten ein in ein beziehungsvolles, faszinierendes Gespräch, das ein Einzelner, der eine Welt aus sich entfalten konnte, mit sich selbst und der Welt unterhält.

Diese Ausgabe der *Maximen und Reflexionen* folgt der 1907 veranstalteten ersten Gesamtedition durch Max Hecker. Heckers verdienstvolle Zusammenstellung zeichnet sich dadurch aus, daß sie die von Goethe selbst festgelegte Ordnung bei zu seinen Lebzeiten publizierten Spruchfolgen (beispielsweise in *Ottiliens Tagebuch*, den *Wanderjahren* etc.) beibehält. Sie hat so noch immer Gültigkeit.

Hecker beginnt mit Texten aus den *Wahlverwandtschaften*, und zwar *Aus Ottiliens Tagebuch*. Es folgen Sentenzen aus verschiedenen Bänden der Zeitschrift *Über Kunst und Alterthum*, aus den *Heften zur Morphologie* und denen *zur Naturwissenschaft*, gefolgt von Betrachtungen aus *Wilhelm Meisters Wanderjahren* sowie Sprüchen aus dem Nachlaß Goethes. Diese Zusammenstellung wird in unserer Edition ergänzt um einige Maximen aus der *Farbenlehre* sowie aus *Über Kunst und Alterthum*. Max Heckers Erläuterungen werden, leicht gekürzt, aber auch um einige Hinweise ergänzt, nach der Originalausgabe wiedergegeben.

insel taschenbuch 2975

Johann Wolfgang Goethe

Maximen und Reflexionen

JOHANN WOLFGANG GOETHE

MAXIMEN UND REFLEXIONEN

Text der Ausgabe von 1907
mit der Einleitung
und den Erläuterungen
Max Heckers

INSEL VERLAG

Einbandmotiv: Andy Warhol, *Goethe*, 1981.

insel taschenbuch 2975
Erste Auflage 2003

Hinweise zu dieser Ausgabe am Schluß des Bandes
Vertrieb durch den Suhrkamp Taschenbuch Verlag
Druck: Clausen & Boss, Leck
Printed in Germany
ISBN 3-458-34675-9

1 2 3 4 5 6 – 08 07 06 05 04 03

MAXIMEN
UND REFLEXIONEN

EINLEITUNG
1907

»Maximen und Reflexionen« – die Sammlung, welche, berichtigt und bereichert, hier unter diesem Titel dargeboten wird, hat seit dem Jahre 1840, da sie von den Pflegern des Goethischen Nachlasses mit den »Sprüchen in Reimen« zu Einem Bande, dem dritten der »vierzigbändigen« Ausgabe, vereinigt worden war, den Namen »Sprüche in Prosa« getragen, von allen Bezeichnungen, die man hätte wählen können, wohl die ungeschickteste. Einem schematischen Parallelismus haben die Herausgeber damals das Bessere aufopfern zu müssen geglaubt: schon 1833 war im neunundvierzigsten Bande der »Ausgabe letzter Hand« der Ausdruck »Maximen und Reflexionen« zur Anwendung gekommen, und sicherlich nicht ohne Anlehnung an Goethischen Sprachgebrauch. »Maxime« zumal ist zu allen Zeiten ein Lieblingswort des Dichters gewesen, das aus seinen Werken, Briefen, Gesprächen unzählige Male zu belegen wäre; für uns genügt es, auf 190. 549. 580. 1268 unserer Sammlung zu verweisen. Und als im Jahre 1822 das »Repertorium der Goethischen Repositur« aufgestellt wurde, hat Goethe auf eine Handschrift, die eine ganze Reihe von Nummern unseres Bandes enthält, die Inhaltsangabe setzen lassen: »Maximen und Reflexionen«.

Daneben stand ihm freilich eine reiche Auswahl anderer Benennungen zu Gebote. »Einzelnheiten«, »Aphorismen«, »Betrachtungen«, »Merkwürdigkeiten«, »Bemerkungen«, »Sentenzen«, »Abstractionen«, aller dieser Ausdrücke hat Goethe sich gelegentlich bedient. Eine Kapsel mit einem halben Hundert Gnomen zeigt seit 1822 den Rückentitel »Späne«. So hat sich denn auch das bequeme Wort »Sprüche« eingestellt, häufig in der lässigen Sprache der Tagebücher, aber einmal nur an prägnanter Stelle, in der Überschrift »Eigenes und Angeeignetes in Sprüchen«, im ersten Heft des dritten Bandes von »Kunst und Alterthum«. Und hier nicht ohne Absicht und Grund; denn ein genau bestimmter Begriff ist es, den Goethe mit dieser Bezeichnung verbindet. Der Spruch ist der »Siegelring« des »Divans«: »Ein Siegelring ist schwer zu zeichnen, Den höchsten Sinn im engsten Raum«; es ist ein einzelner Gedanke voll Kraft und Bedeutung, der sich in der schmucklosesten Geschlossenheit des sprachlichen Ausdrucks gefällt. Der Spruch ist ein abgerundetes concentrirtes Kunstwerk, worin nur Eine Idee nach Darstellung suchen darf und vollkommene Darstellung erreichen muß. Er ist der Schlußsatz aus Prämissen, die unausgesprochen bleiben, und fähig, der Ausgangspunct weitspannender Betrachtungen zu werden, ein Samenkorn, die Fülle des Lebens in engste Grenzen zusammengedrängt, Frucht und Keim zugleich. Zwischen solchen »Sprüchen in Prosa« und den »Sprüchen in Reimen« walten mancherlei Beziehungen hin und wider: die prosaische Fassung, in der sich ein Gedanke eingestellt hat, wird in Verse umgeprägt (243. 681. 838. 1142. 1407. 1411. 1412. 1413) und umgekehrt rhythmische Gliederung in Prosa aufgelöst (141. 904). Zwei Formen des prosaischen Spruches hat Goethe vornehmlich gepflegt. Die eine, die einfachste, begnügt sich mit der denkbar knappesten Ausgestaltung, eine wahrhaft lakonische Wortkargheit mißachtet selbst das Grundgesetz grammatischer Vollständigkeit, der Spruch zieht sich in ein Schlagwort zusammen (108. 869). Die zweite, die mannichfaltigere, beruht auf organischer Zweitheilung: aus der Vereinigung zweier Sätze erzeugt sich der Hauptbegriff, aus These und Antithese, aus Betrachtung des Allgemeinen und Beobachtung des Individuellen. Auf diese Art kommen prosaische Disticha zu Stande (Beispiele: 15. 51. 79. 92. 166. 297. 406. 596); aber auch in ihnen geht das Wesen des eigentlichen Spruches, einheitlicher Inhalt in geschlossener Form, nicht verloren. Und bis zuletzt sind wirkliche Sprüche aus Goethes Geist hervorgetreten, hervor*gesprungen*, bis zuletzt hat er sich die Gabe bewahrt, seinen Ideen das straffe Gewand überzuwerfen, das starr und schmiegsam, Schmuck und Fessel zugleich ist; in unserer Sammlung jedoch sind solche Sprüche in der Minderzahl. Da drängen ausführliche Deductionen heran, lange Gedankenreihen wickeln sich ab. Urtheile über Bücher und Menschen wechseln mit kleinen Erzählungen (226. 277). Bilder eigener und fremder Wirksamkeit ziehen vorüber. Die Form ist preisgegeben; die Neigung zu beschaulich-sinnender Versenkung in die belebte und unbelebte Natur, das unabweisliche Bedürfniß, den Ergebnissen tiefster Welterkenntniß einen vollen Ausdruck zu verleihen, der pädagogisch-didaktische Trieb, der einer eindringlichen Beredsamkeit nicht entrathen kann, sie haben den Sieg über die Freude an der Medaillenkunst des Spruches davongetragen.

Und noch eine tiefere Erwägung hat uns zu dem alten Titel zurückkehren lassen. »Maximen und Reflexionen«: Offenbarungen eines durchdringenden Geistes, der sich beständig aus dem Nährboden erhabenster Sittlichkeit stärkt und erneut. Grundsätze und Betrachtungen: der Grenzpfahl zwischen intellectuellem und ethischem Gebiete ist niedergelegt, ein und dieselbe Kraft, ein lauterstes Wahrheitsgefühl bethätigt sich jetzt an den Problemen von Kunst und Wissenschaft und jetzt an den Aufgaben reiner Humanität, das Gesetz der Treue und Gewissenhaftigkeit gilt für gelehrte Forschung und künstlerische Arbeit nicht weniger als angesichts der praktischen Pflichten des Tages. Goethes »Maximen« sind hervorgegangen aus aufmerksamer Betrachtung aller menschlichen Verhältnisse, seine

»Reflexionen« werden getragen von dem Grundsatz persönlicher Würde und innerlicher Erhebung zum Ideal. – –
In »Wilhelm Meisters Wanderjahren« stattet der Dichter den Oheim des ungleichen Schwesternpaares Juliette und Hersilie mit der Neigung aus, »überall Inschriften zu belieben«, tiefsinnige Sentenzen, bedeutungschwere Orakelweisheit. »Kurzgefaßte Sprüche jeder Art«, sagt Wilhelm darüber, »weiß ich zu ehren, besonders wenn sie mich anregen, das Entgegengesetzte zu überschauen und in Übereinstimmung zu bringen.« Wir hören Goethes eigene Ansicht. Seit jenen Tagen, da zwischen ihm und dem grämlichen Vater die alten Sprüchlein und Denkreime über Vorzüge und Gefahren des Hoflebens hin und her geflogen waren, hat er die comprimirte Gedankenfülle des Aphorismus zu schätzen nicht aufgehört; wie seine »pilgernde Thörin« sich hinter »allgemeine Sittensprüche« zu verstecken liebt, so hat auch er gerne in Ernst und Scherz mit den »Klugreden« der Altvordern seine Gespräche gewürzt. Eine reiche Literatur der Apophthegmata und Gnomen, der Maximen und Reflexionen, der Gedanken und Sinnsprüche lag vor ihm. Die Weisheit der biblischen Bücher, verehrungswürdig durch Alter und Heiligkeit, die Autoren des klassischen Alterthums, Epiktet und Marc Aurel, ernst und würdevoll, Bekenner der Resignation der stoischen Philosophie, die Franzosen des sechzehnten und siebzehnten Jahrhunderts, elegant und geistreich, feine Psychologen, mit der leisesten Regung der Seele vertraut, der deutsche Zincgref, biderb, tüchtig, erfüllt von kräftigem patriotischem Geiste – aus ihnen allen hat Goethe ein ernstliches Studium gemacht, aus ihnen sich manches gehaltvolle Wort angeeignet. Sprichwörtersammlungen der Culturvölker sind nicht unbeachtet geblieben. »Einen guten Gedanken, den wir gelesen«, läßt er die Ottilie seiner »Wahlverwandtschaften« sagen, »etwas Auffallendes, das wir gehört, tragen wir wohl in unser Tagebuch«. So verfährt der Dichter selbst. Nicht nur aus jenen Werken, die den Stoff bereits geformt und rund darbie-

ten, aus jenen Vorrathskammern, in denen das Getreide, schon reinlich ausgedroschen, aufgehäuft liegt, hat er hin und wieder ein Korn entführt, um es der eigenen Aussaat beizumischen, auch seine sonstige Lectüre ist ihm, den man den großen Aneigner genannt hat, zu diesem Zwecke tributpflichtig geworden. Pflegt er ja doch stets ein auffallendes Wort, einen sonderbaren Ausdruck, eine gefällige Wendung, einen entscheidenden Satz des Schriftstellers, den er liest, zu notiren, und so sind aus Büchern mannichfaltigsten Inhalts, naturwissenschaftlichen, geschichtlichen und literarhistorischen, aus Briefpublicationen und Dramen Aussprüche in seine Sammlung übergegangen, um zumeist über ihre ursprüngliche Bedeutung hinaus die Träger allgemeiner Betrachtungen zu werden (90. 125. 237. 251. 371. 816). Von zahlreichen Nummern unseres Bandes, die Goethe selbst als »angeeignet« bezeichnet hat, bleibt der Ursprung noch zu ermitteln; manches Andere vielleicht noch wird zufällige Entdeckung als fremdes Gut erweisen. In der oben angeführten Stelle nennt Ottilie das mündliche Gespräch als Quelle ihrer Aufzeichnungen: aus der Unterhaltung hat auch Goethe geschöpft (207. 226), und wenn Ottilie dann fortfährt: »Nähmen wir uns aber zugleich die Mühe, aus den Briefen unserer Freunde eigenthümliche Bemerkungen, originelle Ansichten, flüchtige geistreiche Worte auszuzeichnen, so würden wir sehr reich werden«, so erinnern wir uns daran, daß einer der tiefsten Sprüche unserer Sammlung einem Briefe Schillers entstammt (45).

Auch diese Aneignung ist Gegenwirkung. Bleibt auch der sprachliche Ausdruck bewahrt: der Sinn wird verallgemeinert, verfeinert, vertieft. Das schlichteste Sprichwort, hausbackene Weisheit des nüchternen Menschenverstandes, kann unversehens aus dem ewig regen Geiste des Dichters den Funken lösen, durch den es eine neue Bestimmtheit empfängt. Daher sind jene »Citate« nur dem Grade nach von allen übrigen Reflexionen verschieden, in denen auch die Prägung ein Werk Goethes ist. Auch sie sind *erlebt*; der volle Ernst, mit dem Goethe sich jeglicher Thätigkeit hingiebt, stempelt auch seine Lectüre zu wahrhafter Erfahrung, der Gegensatz von äußerem und innerem Ereigniß ist für ihn kaum vorhanden. Und das eben ist es, was allen diesen »Einzelnheiten«, so mannichfaltig ihr Inhalt sein möge, den einigenden Grundcharakter verleiht, was als unzerreißbares Band selbst die zusammenschließt, die einander widersprechen: sie alle sind Früchte vom Baume des Lebens, sie sind condensirte Lebensereignisse. Der Strom des Geschehens geht nicht fremd an Goethes Augen vorüber, er ergießt sich durch seine tiefste Seele und trägt die Elemente heran, die wie in einem Netze in allgemeinen Betrachtungen aufgefangen werden. Aus seinen Gesprächen über »Leben und Lebenssinn«, über Zeit- und Ewigkeitsfragen hat Riemers hurtige Feder manches gehaltvolle Wort festgehalten, nicht weniger aber auch die Äußerungen wechselnder Stimmungen und Eindrükke; auf dem Umwege durch Riemers Tagebuch sind viele solcher Notizen in die Serie »Einzelnes« im dritten Heft des fünften Bandes von »Kunst und Alterthum« gelangt, und was bei seiner Entstehung nur »Impression« war, das hat durch diese Verwendung absolute Gültigkeit erhalten.*) Durch eine ausgebreitete Correspondenz sieht sich Goethe in den Mittelpunct des geistigen Lebens seines Volkes, ja seiner Zeit gestellt, in buntem Wechsel reiht sich Mittheilung an Mittheilung, ihn zu Gegenäußerung und innerer Reaction auffordernd: da pflegt er denn die Quintessenz, den Hauptsatz seiner Erwiderung oder auch nur eine prägnante Stelle für sich auf besonderem Blatte, wie es eben zur Hand liegt, zu anderweitigem Gebrauch zu notieren. Zahlreich sind die Nummern unseres Bandes, die auf diese Weise entstanden sind (so 126. 140. 372. 800. 908. 1052).

*) Andererseits ist vieles, was Keil in seiner Veröffentlichung: »Aus den Tagebüchern Riemers« von Riemer'schen Aufzeichnungen mitgetheilt hat, nur späte Copie Goethischer Niederschriften.

Eine bedeutende literarische Erscheinung reizt ihn, sich öffentlich vernehmen zu lassen; ein Aufsatz wird entworfen, aber nur theilweise zum Druck gebracht, indeß werthvolle Bemerkungen aus den unterdrückten Partieen dazu ausersehen werden, die »Maximen und Reflexionen« zu vermehren (494. 732). Aus dem festgegründeten Boden der Wirklichkeit erwachsen Goethes Dichtungen und wissenschaftliche Studien; der erlebten Wirklichkeit, dem wirklichen Erleben gelten auch seine »Maximen und Reflexionen«. Und wenn er in der Poesie hinansteigt zum Typischen, wenn er bei seinen Forschungen das natürliche Ereigniß seines empirischen Charakters entkleidet, um zum »Urphänomen« durchzudringen, so sucht er auch die Vorgänge des bewußten Handelns in ihrer eigensten Wesenheit und Bedeutung zu erfassen: die »Maximen und Reflexionen« umschreiben sittlich-intellectuelle Urphänomene. Die einzelne Persönlichkeit erscheint als Vertreter einer ganzen Menschenart. Der große Friedrich im Kreise kleinlicher, boshafter Bedientenseelen giebt ihm das Muster, das Verhältniß eines jeden außerordentlichen Mannes zu seiner verständnißbaren Umgebung zu erfassen, Herder wird das Prototyp absprechender Verbitterung, Zacharias Werner repräsentirt die phantastische Lüsternheit und Fritz Jacobi die naive Hinterlist aller jener »problematischen Freunde«, die »unter fortdauernden Protestationen von Liebe und Neigung« sein Wirken zu durchkreuzen suchen. Wenn in den Jahren vor der italienischen Reise die Mühen und Geschäfte des Tages am Abend im Kalender gebucht wurden, dann pflegte sich nicht selten eine ethische Formel einzustellen, die wie ein Brennpunct jene zerstreuten Bestrebungen in sich zusammenfaßte; aus ganzen Perioden wurde damals der Gewinn als Maxime oder Reflexion ausgezogen, die, losgelöst aus ihrem Zusammenhang, sich zwanglos unserer Sammlung einordnen würde. »Regen und rauher Wind rückt die Schaafe zusammen«, so am 8. October 1777 über das Verhältniß zum Herzog. Unter dem 8. April 1779:

»Man thut unrecht an dem Empfindens und Erkennens Vermögen der Menschen zu zweifeln, da kan man ihnen viel zu trauen, nur auf ihre Handlungen muß man nicht hoffen.« Anderes aus dem November 1777 und vom 19. Januar 1782. Solchen Tagebuchbetrachtungen begegnet man dann wieder aus der Zeit des höchsten Alters (1. Februar, 19. Februar, 11. Juni 1831): auch hier rundet sich ein Kreis.
Goethes *Persönlichkeit* ist es, in der das Auseinanderstrebende seine Einheit findet; denn nach diesen Maximen hat er sein Leben gelebt, in diesen Reflexionen bricht sich sein Geist in tausend Farben.

> »Das alles war Ergetzlichkeit und Lehre,
> Gefühl und That –«

Absteigend von der Scheitelhöhe der Laufbahn, hat Goethe seinem Volke nur Ein Werk geschenkt, das gleich unserer Sammlung Einheit und Mannichfaltigkeit zugleich ist: den »West-östlichen Divan«. Auch unsere Sammlung ist ein »Divan«. Ein »Buch der Sprüche«, ein »Buch der Betrachtungen« hier wie dort. Das »Buch des Unmuths« ist nicht vergessen worden, »Timurs« Gestalt steigt vor uns auf, und ein aufmerksames Ohr wird leise Klänge aus dem »Buch der Liebe« vernehmen.

Wir stellen uns den Dichter vor, wie er beim Dictiren eines Briefes, sein Auf- und Niederwandeln unterbrechend, am Pulte stehen bleibt, um das Geschenk des Augenblicks mit eiligen Zügen für sich aufzuzeichnen. Dazu ist ihm noch jedes Blatt gerecht, eben wie einstmals, als es galt, die Ergüsse jugendlicher Leidenschaft und Sehnsucht festzuhalten. Abgerissene Fetzen grobes Packpapier, Briefumschläge, Haushaltrechnungen, Theaterzettel, nichts wird verschmäht; die schematischen Entwürfe zu Dichtungen und Aufsätzen, Concepte zu Tagebucheintragungen und Briefen, alles, wie es zu

Handen kommt, wird Träger eines Spruches, einer Reflexion. In vielen Fällen ist uns durch diese läßliche Gewohnheit ein Mittel gegeben, die Zeit der Niederschrift zu bestimmen, ein Mittel aber auch, das in der Regel nur nach mühseligen Untersuchungen anzuwenden war; denn die Tagebuchentwürfe tragen kein Datum, und die Briefconcepte, kaum lesbar, entbehren der Angabe des Adressaten. So häuft sich eine Menge von Zetteln und Einzelhandschriften an, die vorläufig in Papierhülsen untergebracht werden; noch ist eine solche vorhanden mit der Aufschrift von Goethes Hand: »Gnomen. Januar 1815.« Von Zeit zu Zeit trägt ein Schreiber dann die »Einzelnheiten« auf reinliche Bogen zusammen; auf Grund dieser Bogen werden die Druckmanuscripte hergestellt. Goethe selbst hat das »sachte Fortziehen« eines Spruches anläßlich der Nummer 207 geschildert.

Die Anfänge unserer Sammlung reichen bis in die achtziger Jahre des achtzehnten Jahrhunderts zurück; die ältesten Reflexionen sind aus Notizbüchern der italienischen Reise genommen (849. 920. 1102). Die erste größere Reise entstammt dem Jahre 1795: die Verdeutschung einer zusammenhängenden Stelle der Hippokratischen Schrift »Über die Lebensweise« (621 bis 632), und im Anschluß daran 682–684. 686–688. Das Studium des Hippokrates ist damals auch dem »Lehrbriefe« Wilhelm Meisters zu Gute gekommen, der mit einem Ausspruche des griechischen Arztes einsetzt. In zwei Handschriften sind der »Lehrbrief« und jene Übertragung vereinigt überliefert: so hat offenbar zwischen ihnen ursprünglich ein innerer Zusammenhang bestanden, für dessen Erkenntniß uns zwar kaum Vermuthungen zu Gebote stehen, den aber auch noch andere Anzeichen erweisen. Derselbe Satz, womit der »Lehrbrief« schließt, tritt an die Spitze der Übersetzung, als sie 1829 gedruckt wird, und wenn es in jenem heißt: »Das Nachzuahmende wird nicht leicht erkannt«, so lesen wir in dieser: »wir... erkennen aber nicht, was wir nachahmen« (622).

Außer diesen sind etwa zwanzig Nummern (949–953. 954. 965. 992. 993. 997. 1046. 1047. 1109. 1110. 1140. 1145. 1150. 1223. 1362) mit Sicherheit der Zeit vor 1800 zuzuweisen; ihr möchte, nach dem Charakter der Schrift, nach dem Aussehen von Papier und Tinte, keineswegs untrüglichen Kennzeichen, zu schließen, wohl noch ein und der andere Ausspruch angehören. Aber erst das neue Jahrhundert, wie es von Jahrzehnt zu Jahrzehnt vorschreitet, zeitigt immer vollere Ernten. Das wachsende Alter liebt sich mehr und mehr die sinnschweren Worte, in denen die Erfahrungen eines wunderbar begabten Daseins ihren Ausdruck finden; indessen darf über dieser Fülle der Weisheit das negative Element nicht übersehen werden, das in einer steigenden Neigung zum Aphorismus liegt. Ist ja doch der Hang zur Meditation, die Lust, sich in »Einzelnheiten« zu ergehen, immer nur das Merkmal absinkender Gestaltungskraft, und wie der knappe »Spruch« der läßlicheren »Reflexion« weicht, so lösen sich nicht selten ganze Aufsätze in eine kunstlose, kunstwidrige Folge abgerissener selbständiger Betrachtungen auf. An der Schwelle des Jahrhunderts freilich ist der Aphorismus Goethes noch so wenig bloß das bequeme Ausdrucksmittel einer müden Beschaulichkeit, daß der Dichter ihn vielmehr zu scharfer Waffe umzuschmieden versucht: als im Jahre 1801 Joh. Gottfried Schadow einen Angriff gegen das classicistische Kunstideal, das Palladium der »Weimarer Kunst-Freunde« richtet, da wirft Goethe in höchster Erregung die »Aphorismen. Freunden und Gegnern zur Beherzigung« auf's Papier (1064–1096), die er dann in seiner Scheu vor offenem Zwiste ungedruckt gelassen hat, wie sehr sie auch in einer zweiten Niederschrift durch Ausscheidung alles Persönlichen gemildert worden waren.

Die ersten »Sprüche«, die Goethe *veröffentlicht* hat, stehen in den »Wahlverwandtschaften«, in »Ottiliens Tagebuch«. Die Herausgeber der »Sprüche in Prosa« 1840 ließen sich von einem richtigen Gefühle leiten, als sie von den sechs Abschnitten, die der Dichter aus jenem Tagebuch mittheilt, eben die beiden ihrer Ausgabe einverleibten, die auch in unserer Sammlung beibehalten worden sind. Denn für diese beiden hat Goethe offensichtlich nur in den aufgehäuften Vorrath seiner »Einzelnheiten« gegriffen, während er die vier anderen eigens für die Dichtung entworfen hat. Jene beiden Kapitel erheben sich darum auch wirklich zur Höhe allgemein gültiger Grundsätze, die übrigen stehen in unmittelbarem, unauflöslichem Bezuge zu Ottiliens Persönlichkeit und ihren wechselnden Situationen. Wenn man Ottiliens Aufzeichnungen mit Geistesbildung, Charakter, Seelenzustand der Urheberin nicht hat in Einklang finden wollen, so sind damit wiederum vor allem jene Maximen gemeint gewesen, die in der That mit ihrem Grundbegriff der Gesellschaft als einer fundamental sittlichen Einrichtung mehr den ethischen Tendenzen des Romans im Ganzen als der Schilderung seiner Heldin dienen.

Nachdem dann seit 1818 die einzelnen Hefte von »Kunst und Alterthum« und der naturwissenschaftlichen Zeitschrift als willkommene Vehikel benutzt worden waren, die »Maximen und Reflexionen« in einzelnen Serien dem Publicum vorzulegen, ist die Hauptmittheilung 1829 erfolgt, als es sich darum handelte, das zweite und das dritte Buch von »Wilhelm Meisters Wanderjahren«, deren Umfang sich als nicht ausreichend zur Füllung je eines Bandes der »Ausgabe letzter Hand« erwiesen hatte, auf die erforderliche Stärke zu bringen. »Unter diesen Umständen«, berichtet Eckermann, »ließ er mich rufen; er erzählte mir den Hergang und eröffnete mir zugleich, wie er sich zu helfen gedenke, indem er mir zwei starke Manuscriptbündel vorlegte, die er zu diesem Zweck hatte herbeiholen lassen. ›In diesen beiden Paketen‹, sagte er, ›werden Sie verschiedene bisher ungedruckte Schriften finden, Einzelheiten, vollendete und unvollendete Sachen, Aussprüche über Naturforschung, Kunst, Literatur und Leben, alles durch einander. Wie wäre es nun, wenn Sie davon sechs bis acht gedruckte Bogen zusammenredigierten, um damit vorläufig die Lücken der Wanderjahre zu füllen.‹« Eckermann ist dieser Aufforderung nachgekommen, und auf solche Weise sind die beiden Sammlungen »Betrachtungen im Sinne der Wanderer« und »Aus Makariens Archiv« entstanden, wie wir sie in Band 22 und 23 der »Ausgabe letzter Hand« am Schlusse des zweiten und dritten Buches der »Wanderjahre« antreffen. Wir können es uns nicht versagen, die Worte auszuheben, mit denen der Dichter die Sammlung Makariens charakterisirt. »Resultate waren es, die, wenn wir nicht ihre Veranlassung wissen, als paradox erscheinen, uns aber nöthigen, vermittelst eines umgekehrten Findens und Erfindens rückwärts zu gehen und uns die Filiation solcher Gedanken von weit her, von unten herauf wo möglich zu vergegenwärtigen« – diese Schilderung hat Gültigkeit für zahlreiche Stücke unseres ganzen Bandes; sie zeigt, wo für Goethe der Werth des aphoristischen Ausspruches lag: in der Stärkung, die dem Geiste aus ernstlichem Bemühen um den Sinn dunkler Vieldeutigkeit erwächst. Zu Makariens überirdisch-geheimnißvollem Wesen haben die Betrachtungen ihres »Archivs« freilich nicht die mindeste Beziehung, auch für sie ist reale Wirklichkeit Ursprung und Ziel. Sie bilden im Allgemeinen eine parallele Reihe zu den »Betrachtungen im Sinne der Wanderer«; allenfalls mag in ihnen das geistig-literarische Ingrediens stärker vertreten sein, während in jenen das mathematisch-naturwissenschaftliche Interesse entschiedener hervortritt. Die Scheidung in zwei Reihen ist im Grunde nur willkürlich, die meisten Sätze ließen sich ohne Schaden hin und wider verpflanzen; ja, recht besehen, enthält Makariens Sammlung nur »Betrachtungen im Sinne der Wanderer«. Wanderer: Goethe meint jene Mitglieder des Weltenbundes seiner »Wanderjahre«, die ausziehen, um nach thätigem, entsagungsreichem Leben in der Fremde wiederkehrend die alte Heimath schöner, menschenwürdiger auszubauen. Als ob er selbst sich ihnen beigesellt hätte, so durchschweift er in diesen Reflexionen alle

Thätigkeitsgebiete, Politik und Kunst, Wissenschaft und praktisches Leben, die Culturen alter und moderner Zeit, und leitet mit der gewonnenen Erfahrung sein Volk einer neuen Epoche entgegen. Was in den Seelen seiner »Wanderer« lebt an lebendigem Willen und bildender Vorstellung, was sich als Unterströmung durch die ganze Dichtung vernehmbar macht, das kommt in ihren »Betrachtungen« zum Ausdruck: das Gebot strenger Pflichterfüllung, die Forderung rastloser Thätigkeit, die Aufgabe, zur Meisterschaft emporzusteigen. Praktische Vervollkommnung der Menschen wird das höchste Ideal, von dem aus jede Bestrebung ihre sittliche Weihe empfängt. Ein nüchterner, realisirbarer Kosmopolitismus der Wirksamkeit, nicht mehr der schwärmerische Gefühlskosmopolitismus des achtzehnten Jahrhunderts, einigt Länder und Continente, zu dem Gedanken der »Weltfrömmigkeit« gesellt sich die Vorstellung der »Weltliteratur«. »Ottiliens Tagebuch« wurzelt durchaus noch im Vorstellungskreise des achtzehnten Jahrhunderts; durch die »Maximen und Reflexionen« der »Wanderjahre« schreitet der Geist eines neuen Zeitalters, des Zeitalters der Dampfmaschinen und der Naturwissenschaften.

Das allgemeine Befremden, womit das Publicum die aphoristischen Beigaben der »Wanderjahre« aufnahm, hat den Dichter zu der Anweisung bestimmt, in späteren Ausgaben die Vereinigung wieder aufzuheben. Damals hat er zugleich kund gethan, wie er es mit der ganzen Masse der »Reflexionen« in den Bänden des Nachlasses gehalten wissen wollte. »Wir wurden einig, daß ich alle auf Kunst bezüglichen Aphorismen in einen Band über Kunstgegenstände, alle auf die Natur bezüglichen in einen Band über Naturwissenschaften im allgemeinen, sowie alles Ethische und Literarische in einen gleichfalls passenden Band dereinst zu vertheilen habe.« So Eckermann (15. Mai 1831), der denn auch redlich bemüht gewesen ist, dieser unausführbaren Aufgabe Herr zu werden. Der systematischen Trennung nach drei Kategorien hat sich Gustav v. Loeper in seiner Bearbeitung der »Sprüche in Prosa« für die Hempel'sche Goethe-Ausgabe angeschlossen; die geringfügigen Abweichungen, die er sich von Eckermanns Anordnung gestattet, zielen darauf ab, Goethes Willensmeinung noch entschiedener zur Ausführung zu bringen. Wir unsererseits konnten uns nicht dazu entschließen, einer Vorschrift zu folgen, mit der Goethe sich selbst ein Unrecht zugefügt hat. Denn in den Serien der »Reflexionen«, die er selbst veröffentlicht hat, waltet ein wohldurchdachter Plan; bald ist es die Analogie, bald der Contrast, wodurch jedem Ausspruch seine bestimmte Stelle angewiesen wird, und selbst da, wo wir überlegte Reihenfolge nicht erblikken können, halten wir uns nicht für befugt, zu trennen, was Goethe verbunden hat. Goethes Gruppierungen muß man bewahren; nur für den Nachlaß, den er selbst nicht geordnet hat, wurde der Versuch einer Dreitheilung in der von ihm gewünschten Weise unternommen. Im Einzelnen war es geboten, den Text von Entstellungen zu säubern, die er durch Zufall und Versehen, aber auch durch falschen Eifer früherer Herausgeber erlitten hatte; es galt die Erwartung zu erfüllen, die Goethe angesichts der »Ausgabe letzter Hand« gehegt und ausgesprochen hat, daß er »zuletzt reiner auftreten könne als im ganzen Leben«. *Max Hecker*

AUS DEN WAHLVERWANDTSCHAFTEN
1809
(Ottiliens Tagebuch)

1. Wir blicken so gern in die Zukunft, weil wir das Ungefähre, was sich in ihr hin und her bewegt, durch stille Wünsche so gern zu unsern Gunsten heranleiten möchten.

2. Wir befinden uns nicht leicht in großer Gesellschaft, ohne zu denken, der Zufall, der so viele zusammenbringt, solle uns auch unsre Freunde herbeiführen.

3. Man mag noch so eingezogen leben, so wird man, ehe man sich's versieht, ein Schuldner oder ein Gläubiger.

4. Begegnet uns jemand, der uns Dank schuldig ist, gleich fällt es uns ein. Wie oft können wir jemand begegnen, dem wir Dank schuldig sind, ohne daran zu denken.

5. Sich mitzutheilen ist Natur; Mitgetheiltes aufzunehmen, wie es gegeben wird, ist Bildung.

6. Niemand würde viel in Gesellschaften sprechen, wenn er sich bewußt wäre, wie oft er die andern mißversteht.

7. Man verändert fremde Reden bei'm Wiederholen wohl nur darum so sehr, weil man sie nicht verstanden hat.

8. Wer vor andern lange allein spricht, ohne den Zuhörern zu schmeicheln, erregt Widerwillen.

9. Jedes ausgesprochene Wort erregt den Gegensinn.

10. Widerspruch und Schmeichelei machen beide ein schlechtes Gespräch.

11. Die angenehmsten Gesellschaften sind die, in welchen eine heitere Ehrerbietung der Glieder gegen einander obwaltet.

12. Durch nichts bezeichnen die Menschen mehr ihren Charakter als durch das, was sie lächerlich finden.

13. Das Lächerliche entspringt aus einem sittlichen Contrast, der auf eine unschädliche Weise für die Sinne in Verbindung gebracht wird.

14. Der sinnliche Mensch lacht oft, wo nichts zu lachen ist. Was ihn auch anregt, sein inneres Behagen kommt zum Vorschein.

15. Der Verständige findet fast alles lächerlich, der Vernünftige fast nichts.

16. Einem bejahrten Manne verdachte man, daß er sich noch um junge Frauenzimmer bemühte. »Es ist das einzige Mittel«, versetzte er, »sich zu verjüngen, und das will doch jedermann.«

17. Man läßt sich seine Mängel vorhalten, man läßt sich strafen, man leidet manches um ihrer willen mit Geduld; aber ungeduldig wird man, wenn man sie ablegen soll.

18. Gewisse Mängel sind nothwendig zum Dasein des Einzel-

nen. Es würde uns unangenehm sein, wenn alte Freunde gewisse Eigenheiten ablegten.

19. Man sagt: »Er stirbt bald«, wenn einer etwas gegen seine Art und Weise thut.

20. Was für Mängel dürfen wir behalten, ja an uns cultiviren? Solche, die den andern eher schmeicheln als sie verletzen.

21. Die Leidenschaften sind Mängel oder Tugenden, nur gesteigerte.

22. Unsre Leidenschaften sind wahre Phönixe. Wie der alte verbrennt, steigt der neue sogleich wieder aus der Asche hervor.

23. Große Leidenschaften sind Krankheiten ohne Hoffnung. Was sie heilen könnte, macht sie erst recht gefährlich.

24. Die Leidenschaft erhöht und mildert sich durch's Bekennen. In nichts wäre die Mittelstraße vielleicht wünschenswerther als im Vertrauen und Verschweigen gegen die, die wir lieben.

25. Man nimmt in der Welt jeden, wofür er sich gibt; aber er muß sich auch für etwas geben. Man erträgt die Unbequemen lieber, als man die Unbedeutenden duldet.

26. Man kann der Gesellschaft alles aufdringen, nur nicht, was eine Folge hat.

27. Wir lernen die Menschen nicht kennen, wenn sie zu uns kommen; wir müssen zu ihnen gehen, um zu erfahren, wie es mit ihnen steht.

28. Ich finde es beinahe natürlich, daß wir an Besuchenden mancherlei auszusetzen haben, daß wir sogleich, wenn sie weg sind, über sie nicht zum liebevollsten urtheilen; denn wir haben so zu sagen ein Recht, sie nach unserm Maßstabe zu messen. Selbst verständige und billige Menschen enthalten sich in solchen Fällen kaum einer scharfen Censur.

29. Wenn man dagegen bei andern gewesen ist und hat sie mit ihren Umgebungen, Gewohnheiten, in ihren nothwendigen unausweichlichen Zuständen gesehen, wie sie um sich wirken oder wie sie sich fügen, so gehört schon Unverstand und böser Wille dazu, um das lächerlich zu finden, was uns in mehr als Einem Sinne ehrwürdig scheinen müßte.

30. Durch das, was wir Betragen und gute Sitten nennen, soll das erreicht werden, was außerdem nur durch Gewalt, oder auch nicht einmal durch Gewalt zu erreichen ist.

31. Der Umgang mit Frauen ist das Element guter Sitten.

32. Wie kann der Charakter, die Eigenthümlichkeit des Menschen mit der Lebensart bestehen?

33. Das Eigenthümliche müßte durch die Lebensart erst recht hervorgehoben werden. Das Bedeutende will jedermann, nur soll es nicht unbequem sein.

34. Die größten Vortheile im Leben überhaupt wie in der Gesellschaft hat ein gebildeter Soldat.

35. Rohe Kriegsleute gehen wenigstens nicht aus ihrem Charakter, und weil doch meist hinter der Stärke eine Gutmüthigkeit verborgen liegt, so ist im Nothfall auch mit ihnen auszukommen.

36. Niemand ist lästiger als ein täppischer Mensch vom Civilstande. Von ihm könnte man die Feinheit fordern, da er sich mit nichts Rohem zu beschäftigen hat.

37. Zutraulichkeit an der Stelle der Ehrfurcht ist immer lächerlich. Es würde niemand den Hut ablegen, nachdem er kaum das Compliment gemacht hat, wenn er wüßte, wie komisch das aussieht.

38. Es gibt kein äußeres Zeichen der Höflichkeit, das nicht einen tiefen sittlichen Grund hätte. Die rechte Erziehung wäre, welche dieses Zeichen und den Grund zugleich überlieferte.

39. Das Betragen ist ein Spiegel, in welchem jeder sein Bild zeigt.

40. Es gibt eine Höflichkeit des Herzens; sie ist der Liebe verwandt. Aus ihr entspringt die bequemste Höflichkeit des äußern Betragens.

41. Freiwillige Abhängigkeit ist der schönste Zustand, und wie wäre der möglich ohne Liebe!

42. Wir sind nie entfernter von unsern Wünschen, als wenn wir uns einbilden, das Gewünschte zu besitzen.

43. Niemand ist mehr Sklave, als der sich für frei hält, ohne es zu sein.

44. Es darf sich einer nur für frei erklären, so fühlt er sich den Augenblick als bedingt. Wagt er es, sich für bedingt zu erklären, so fühlt er sich frei.

45. Gegen große Vorzüge eines andern gibt es kein Rettungsmittel als die Liebe.

46. Es ist was Schreckliches um einen vorzüglichen Mann, auf den sich die Dummen was zu Gute thun.

47. Es gibt, sagt man, für den Kammerdiener keinen Helden. Das kommt aber bloß daher, weil der Held nur vom Helden anerkannt werden kann. Der Kammerdiener wird aber wahrscheinlich seines Gleichen zu schätzen wissen.

48. Es gibt keinen größern Trost für die Mittelmäßigkeit, als daß das Genie nicht unsterblich sei.

49. Die größten Menschen hängen immer mit ihrem Jahrhundert durch eine Schwachheit zusammen.

50. Man hält die Menschen gewöhnlich für gefährlicher, als sie sind.

51. Thoren und gescheidte Leute sind gleich unschädlich. Nur die Halbnarren und Halbweisen, das sind die gefährlichsten.

52. Man weicht der Welt nicht sicherer aus als durch die Kunst, und man verknüpft sich nicht sicherer mit ihr als durch die Kunst.

53. Selbst im Augenblick des höchsten Glücks und der höchsten Noth bedürfen wir des Künstlers.

54. Die Kunst beschäftigt sich mit dem Schweren und Guten.

55. Das Schwierige leicht behandelt zu sehen, gibt uns das Anschauen des Unmöglichen.

56. Die Schwierigkeiten wachsen, je näher man dem Ziele kommt.

57. Säen ist nicht so beschwerlich als ernten.

AUS KUNST UND ALTERTHUM
ERSTEN BANDES DRITTES HEFT
1818
(Naivität und Humor)

58. Die Kunst ist ein ernsthaftes Geschäft, am ernsthaftesten, wenn sie sich mit edlen heiligen Gegenständen beschäftigt; der Künstler aber steht über der Kunst und dem Gegenstande; über jener, da er sie zu seinen Zwecken braucht, über diesem, weil er ihn nach eigner Weise behandelt.

59. Die bildende Kunst ist auf das Sichtbare angewiesen, auf die äußere Erscheinung des Natürlichen. Das rein Natürliche, in so fern es sittlich gefällig ist, nennen wir naiv. Naive Gegenstände sind also das Gebiet der Kunst, die ein sittlicher Ausdruck des Natürlichen sein soll. Gegenstände, die nach beiden Seiten hinweisen, sind die günstigsten.

60. Das Naive als natürlich ist mit dem Wirklichen verschwistert. Das Wirkliche ohne sittlichen Bezug nennen wir gemein.

61. Die Kunst an und für sich selbst ist edel; deßhalb fürchtet sich der Künstler nicht vor dem Gemeinen. Ja indem er es aufnimmt, ist es schon geadelt, und so sehen wir die größten Künstler mit Kühnheit ihr Majestätsrecht ausüben.

62. In jedem Künstler liegt ein Keim von Verwegenheit, ohne den kein Talent denkbar ist, und dieser wird besonders rege, wenn man den Fähigen einschränken und zu einseitigen Zwekken dingen und brauchen will.

63. Raphael ist unter den neuern Künstlern auch hier wohl der reinste. Er ist durchaus naiv, das Wirkliche kommt bei ihm nicht zum Streit mit dem Sittlichen oder gar Heiligen. Der Teppich, worauf die Anbetung der Könige abgebildet ist, eine überschwänglich herrliche Composition, zeigt von dem ältesten anbetenden Fürsten bis zu den Mohren und Affen, die sich auf den Kamelen mit Äpfeln ergötzen, eine ganze Welt. Hier durfte der heilige Joseph auch ganz naiv charakterisirt werden als Pflegevater, der sich über die eingekommenen Geschenke freut.

64. Auf den heiligen Joseph überhaupt haben es die Künstler abgesehen. Die Byzantiner, denen man nicht nachsagen kann, daß sie überflüssigen Humor anbrächten, stellen doch bei der Geburt den Heiligen immer verdrießlich vor. Das Kind liegt in der Krippe, die Thiere schauen hinein, verwundert, statt ihres trockenen Futters ein lebendiges, himmlisch-anmuthiges Geschöpf zu finden. Engel verehren den Ankömmling, die Mutter sitzt still dabei; St. Joseph aber sitzt abgewendet und kehrt unmuthig den Kopf nach der sonderbaren Scene.

65. Der Humor ist eins der Elemente des Genies, aber sobald er vorwaltet, nur ein Surrogat desselben; er begleitet die abnehmende Kunst, zerstört, vernichtet sie zuletzt.

66. Hierüber kann eine Arbeit anmuthig aufklären, die wir vorbereiten: sämmtliche Künstler nämlich, die uns schon von so manchen Seiten bekannt sind, ausschließlich von der *ethischen* zu betrachten, aus den Gegenständen und der Behandlung ihrer Werke zu entwickeln, was Zeit und Ort, Nation und Lehrmeister, was eigne unzerstörliche Individualität beigetragen, sie zu dem zu bilden, was sie wurden, sie bei dem zu erhalten, was sie waren.

AUS KUNST UND ALTERTHUM
ZWEITEN BANDES DRITTES HEFT
1820
(Bedenklichstes)

67. Gar oft im Laufe des Lebens, mitten in der größten Sicherheit des Wandels bemerken wir auf einmal, daß wir in einem Irrthum befangen sind, daß wir uns für Personen, für Gegenstände einnehmen ließen, ein Verhältniß zu ihnen erträumten, das dem erwachten Auge sogleich verschwindet; und doch können wir uns nicht losreißen, eine Macht hält uns fest, die uns unbegreiflich scheint. Manchmal jedoch kommen wir zum völligen Bewußtsein und begreifen, daß ein Irrthum so gut als ein Wahres zur Thätigkeit bewegen und antreiben kann. Weil nun die That überall entscheidend ist, so kann aus einem thätigen Irrthum etwas Treffliches entstehen, weil die Wirkung jedes Gethanen in's Unendliche reicht. So ist das Hervorbringen freilich immer das Beste, aber auch das Zerstören ist nicht ohne glückliche Folge.

68. Der wunderbarste Irrthum aber ist derjenige, der sich auf uns selbst und unsere Kräfte bezieht, daß wir uns einem würdigen Geschäft, einem ehrsamen Unternehmen widmen, dem wir nicht gewachsen sind, daß wir nach einem Ziel streben, das wir nie erreichen können. Die daraus entspringende Tantalisch-Sisyphische Qual empfindet jeder nur um desto bitterer, je redlicher er es meinte. Und doch sehr oft, wenn wir uns von dem Beabsichtigten für ewig getrennt sehen, haben wir schon auf unserm Wege irgend ein anderes Wünschenswerthe gefun-

den, etwas uns Gemäßes, mit dem uns zu begnügen wir eigentlich geboren sind.

AUS KUNST UND ALTERTHUM
DRITTEN BANDES ERSTES HEFT
1821
(Eigenes und Angeeignetes in Sprüchen)

69. Wenn der Mensch alles leisten soll, was man von ihm fordert, so muß er sich für mehr halten als er ist.

70. So lange das nicht in's Absurde geht, erträgt man's auch gern.

71. Die Arbeit macht den Gesellen.

72. Gewisse Bücher scheinen geschrieben zu sein, nicht damit man daraus lerne, sondern damit man wisse, daß der Verfasser etwas gewußt hat.

73. Sie peitschen den Quark, ob nicht etwa Crême daraus werden wolle.

74. Es ist weit eher möglich, sich in den Zustand eines Gehirns zu versetzen, das im entschiedensten Irrthum befangen ist, als eines, das Halbwahrheiten sich vorspiegelt.

75. Die Lust der Deutschen am Unsichern in den Künsten kommt aus der Pfuscherei her; denn wer pfuscht, darf das Rechte nicht gelten lassen, sonst wäre er gar nichts.

76. Es ist traurig anzusehen, wie ein außerordentlicher Mensch

sich gar oft mit sich selbst, seinen Umständen, seiner Zeit herumwürgt, ohne auf einen grünen Zweig zu kommen. Trauriges Beispiel: Bürger.

77. Die größte Achtung, die ein Autor für sein Publicum haben kann, ist, daß er niemals bringt, was man erwartet, sondern was er selbst auf der jedesmaligen Stufe eigner und fremder Bildung für recht und nützlich hält.

78. Die Weisheit ist nur in der Wahrheit.

79. Wenn ich irre, kann es jeder bemerken, wenn ich lüge, nicht.

80. Der Deutsche hat Freiheit der Gesinnung, und daher merkt er nicht, wenn es ihm an Geschmacks- und Geistesfreiheit fehlt.

81. Ist denn die Welt nicht schon voller Räthsel genug, daß man die einfachsten Erscheinungen auch noch zu Räthseln machen soll?

82. Das kleinste Haar wirft seinen Schatten.

83. Was ich in meinem Leben durch falsche Tendenzen versucht habe zu thun, hab' ich denn doch zuletzt gelernt begreifen.

84. Die Freigebigkeit erwirbt einem jeden Gunst, vorzüglich wenn sie von Demuth begleitet wird.

85. Vor dem Gewitter erhebt sich zum letztenmale der Staub gewaltsam, der nun bald für lange getilgt sein soll.

86. Die Menschen kennen einander nicht leicht, selbst mit dem

besten Willen und Vorsatz; nun tritt noch der böse Wille hinzu, der alles entstellt.

87. Man würde einander besser kennen, wenn sich nicht immer einer dem andern gleichstellen wollte.

88. Ausgezeichnete Personen sind daher übler dran als andere: da man sich mit ihnen nicht vergleicht, paßt man ihnen auf.

89. In der Welt kommt's nicht drauf an, daß man die Menschen kenne, sondern daß man im Augenblick klüger sei als der vor uns Stehende. Alle Jahrmärkte und Marktschreier geben Zeugniß.

90. Nicht überall, wo Wasser ist, sind Frösche; aber wo man Frösche hört, ist Wasser.

91. Wer fremde Sprachen nicht kennt, weiß nichts von seiner eigenen.

92. Der Irrthum ist recht gut, so lange wir jung sind; man muß ihn nur nicht mit in's Alter schleppen.

93. Alle travers, die veralten, sind unnützes ranziges Zeug.

94. Durch die despotische Unvernunft des Cardinal Richelieu war Corneille an sich selbst irre geworden.

95. Die Natur geräth auf Specificationen wie in eine Sackgasse: sie kann nicht durch und mag nicht wieder zurück; daher die Hartnäckigkeit der Nationalbildung.

96. Metamorphose im höhern Sinn durch Nehmen und Ge-

ben, Gewinnen und Verlieren hat schon Dante trefflich geschildert.

97. Jeder hat etwas in seiner Natur, das, wenn er es öffentlich ausspräche, Mißfallen erregen müßte.

98. Wenn der Mensch über sein Physisches oder Moralisches nachdenkt, findet er sich gewöhnlich krank.

99. Es ist eine Forderung der Natur, daß der Mensch mitunter betäubt werde, ohne zu schlafen; daher der Genuß im Tabakrauchen, Branntweintrinken, Opiaten.

100. Dem thätigen Menschen kommt es darauf an, daß er das Rechte thue; ob das Rechte geschehe, soll ihn nicht kümmern.

101. Mancher klopft mit dem Hammer an der Wand herum und glaubt, er treffe jedesmal den Nagel auf den Kopf.

102. Die französischen Worte sind nicht aus geschriebenen lateinischen Worten entstanden, sondern aus gesprochenen.

103. Das Zufällig-Wirkliche, an dem wir weder ein Gesetz der Natur noch der Freiheit für den Augenblick entdecken, nennen wir das Gemeine.

104. Bemahlung und Punctirung der Körper ist eine Rückkehr zur Thierheit.

105. Geschichte schreiben ist eine Art, sich das Vergangene vom Halse zu schaffen.

106. Was man nicht versteht, besitzt man nicht.

107. Nicht jeder, dem man Prägnantes überliefert, wird productiv; es fällt ihm wohl etwas ganz Bekanntes dabei ein.

108. Gunst, als Symbol der Souveränität, von schwachen Menschen ausgeübt.

109. Es gibt nichts Gemeines, was, fratzenhaft ausgedruckt, nicht humoristisch aussähe.

110. Es bleibt einem jeden immer noch soviel Kraft, das auszuführen, wovon er überzeugt ist.

111. Das Gedächtniß mag immer schwinden, wenn das Urtheil im Augenblick nicht fehlt.

112. Die sogenannten Naturdichter sind frisch und neu aufgeforderte, aus einer überbildeten, stockenden, manierirten Kunstepoche zurückgewiesene Talente. Dem Platten können sie nicht ausweichen, man kann sie daher als rückschreitend ansehen; sie sind aber regenerirend und veranlassen neue Vorschritte.

113. Keine Nation gewinnt ein Urtheil, als wenn sie über sich selbst urtheilen kann. Zu diesem großen Vortheil gelangt sie aber sehr spät.

114. Anstatt meinen Worten zu widersprechen, sollten sie nach meinem Sinne handeln.

115. Die Natur verstummt auf der Folter; ihre treue Antwort auf redliche Frage ist: Ja! ja! Nein! nein! Alles Übrige ist vom Übel.

116. Die Menschen verdrießt's, daß das Wahre so einfach ist;

sie sollten bedenken, daß sie noch Mühe genug haben, es praktisch zu ihrem Nutzen anzuwenden.

117. Ich verwünsche die, die aus dem Irrthum eine eigene Welt machen und doch unablässig fordern, daß der Mensch nützlich sein müsse.

118. Eine Schule ist als ein einziger Mensch anzusehen, der hundert Jahre mit sich selbst spricht und sich in seinem eignen Wesen, und wenn es auch noch so albern wäre, ganz außerordentlich gefällt.

119. Eine falsche Lehre läßt sich nicht widerlegen, denn sie ruht ja auf der Überzeugung, daß das Falsche wahr sei. Aber das Gegentheil kann, darf und muß man wiederholt aussprechen.

120. Man streiche zwei Stäbchen, einen roth an, den andern blau, man bringe sie neben einander in's Wasser, und einer wird gebrochen erscheinen wie der andere. Jeder kann dieses einfache Experiment mit den Augen des Leibes erblicken; wer es mit Geistesaugen beschaut, wird von tausend und aber tausend irrthümlichen Paragraphen befreit sein.

121. Alle Gegner einer geistreichen Sache schlagen nur in die Kohlen, diese springen umher und zünden da, wo sie sonst nicht gewirkt hätten.

122. Der Mensch wäre nicht der Vornehmste auf der Erde, wenn er nicht zu vornehm für sie wäre.

123. Das längst Gefundene wird wieder verscharrt; wie bemühte sich Tycho, die Cometen zu regelmäßigen Körpern zu machen, wofür sie Seneca längst anerkannt!

124. Wie lange hat man über die Antipoden hin und her gestritten!

125. Gewissen Geistern muß man ihre Idiotismen lassen.

126. Es werden jetzt Productionen möglich, die Null sind, ohne schlecht zu sein, Null, weil sie keinen Gehalt haben, nicht schlecht, weil eine allgemeine Form guter Muster den Verfassern vorschwebt.

127. Der Schnee ist eine erlogene Reinlichkeit.

128. Wer sich vor der Idee scheut, hat auch zuletzt den Begriff nicht mehr.

129. Unsere Meister nennen wir billig die, von denen wir immer lernen. Nicht ein jeder, von dem wir lernen, verdient diesen Titel.

130. Alles Lyrische muß im Ganzen sehr vernünftig, im Einzelnen ein bißchen unvernünftig sein.

131. Es hat mit euch eine Beschaffenheit wie mit dem Meer, dem man unterschiedentliche Namen gibt, und es ist doch endlich alles gesalzen Wasser.

132. Man sagt: »Eitles Eigenlob stinket.« Das mag sein; was aber fremder und ungerechter Tadel für einen Geruch habe, dafür hat das Publicum keine Nase.

133. Der Roman ist eine subjective Epopee, in welcher der Verfasser sich die Erlaubniß ausbittet, die Welt nach seiner Weise zu behandeln. Es fragt sich also nur, ob er eine Weise habe; das andere wird sich schon finden.

134. Es gibt problematische Naturen, die keiner Lage gewachsen sind, in der sie sich befinden, und denen keine genug thut. Daraus entsteht der ungeheure Widerstreit, der das Leben ohne Genuß verzehrt.

135. Das eigentlich wahrhaft Gute, was wir thun, geschieht größtenteils clam, vi et precario.

136. Ein lustiger Gefährte ist ein Rollwagen auf der Wanderschaft.

137. Der Schmutz ist glänzend, wenn die Sonne scheinen mag.

138. Der Müller denkt, es wachse kein Weizen, als damit seine Mühle gehe.

139. Es ist schwer, gegen den Augenblick gerecht sein: der gleichgültige macht uns lange Weile, am guten hat man zu tragen und am bösen zu schleppen.

140. Der ist der glücklichste Mensch, der das Ende seines Lebens mit dem Anfang in Verbindung setzen kann.

141. So eigensinnig widersprechend ist der Mensch: zu seinem Vortheil will er keine Nöthigung, zu seinem Schaden leidet er jeden Zwang.

142. Die Vorsicht ist einfach, die Hinterdreinsicht vielfach.

143. Ein Zustand, der alle Tage neuen Verdruß zuzieht, ist nicht der rechte.

144. Bei Unvorsichtigkeiten ist nichts gewöhnlicher, als Aussichten auf die Möglichkeit eines Auswegs zu suchen.

145. Die Hindus der Wüste geloben, keine Fische zu essen.

146. Ein unzulängliches Wahre wirkt eine Zeitlang fort, statt völliger Aufklärung aber tritt auf einmal ein blendendes Falsche herein; das genügt der Welt, und so sind Jahrhunderte bethört.

147. In den Wissenschaften ist es höchst verdienstlich, das unzulängliche Wahre, was die Alten schon besessen, aufzusuchen und weiter zu führen.

148. Es ist mit Meinungen, die man wagt, wie mit Steinen, die man voran im Brette bewegt: sie können geschlagen werden, aber sie haben ein Spiel eingeleitet, das gewonnen wird.

149. Es ist so gewiß als wunderbar, daß Wahrheit und Irrthum aus Einer Quelle entstehen; deßwegen man oft dem Irrthum nicht schaden darf, weil man zugleich der Wahrheit schadet.

150. Die Wahrheit gehört dem Menschen, der Irrthum der Zeit an. Deßwegen sagte man von einem außerordentlichen Manne: »Le malheur des temps a causé son erreur, mais la force de son âme l'en a fait sortir avec gloire.«

151. Jedermann hat seine Eigenheiten und kann sie nicht los werden; und doch geht mancher an seinen Eigenheiten, oft an den unschuldigsten, zu Grunde.

152. Wer sich nicht zu viel dünkt, ist viel mehr, als er glaubt.

153. In Kunst und Wissenschaft so wie im Thun und Handeln kommt alles darauf an, daß die Objecte rein aufgefaßt und ihrer Natur gemäß behandelt werden.

154. Wenn verständige sinnige Personen im Alter die Wissenschaft gering schätzen, so kommt es nur daher, daß sie von ihr und von sich zu viel gefordert haben.

155. Ich bedauere die Menschen, welche von der Vergänglichkeit der Dinge viel Wesens machen und sich in Betrachtung irdischer Nichtigkeit verlieren. Sind wir ja eben deßhalb da, um das Vergängliche unvergänglich zu machen; das kann ja nur dadurch geschehen, wenn man beides zu schätzen weiß.

156. Ein Phänomen, Ein Versuch kann nichts beweisen, es ist das Glied einer großen Kette, das erst im Zusammenhange gilt. Wer eine Perlenschnur verdecken und nur die schönste einzelne vorzeigen wollte, verlangend, wir sollten ihm glauben, die übrigen seien alle so: schwerlich würde sich jemand auf den Handel einlassen.

157. Abbildungen, Wortbeschreibung, Maß, Zahl und Zeichen stellen noch immer kein Phänomen dar. Darum bloß konnte sich die Newtonische Lehre so lange halten, daß der Irrthum in dem Quartbande der lateinischen Übersetzung für ein paar Jahrhunderte einbalsamiert war.

158. Man muß sein Glaubensbekenntniß von Zeit zu Zeit wiederholen, aussprechen, was man billigt, was man verdammt; der Gegentheil läßt's ja auch nicht daran fehlen.

159. In der jetzigen Zeit soll niemand schweigen oder nachgeben; man muß reden und sich rühren, nicht um zu überwinden, sondern sich auf seinem Posten zu erhalten; ob bei der Majorität oder Minorität, ist ganz gleichgültig.

160. Was die Franzosen tournure nennen, ist eine zur Anmuth gemilderte Anmaßung. Man sieht daraus, daß die Deutschen

keine tournure haben können; ihre Anmaßung ist hart und herb, ihre Anmuth mild und demüthig, das eine schließt das andere aus und sind nicht zu verbinden.

161. Einen Regenbogen, der eine Viertelstunde steht, sieht man nicht mehr an.

162. Es begegnete und geschieht mir noch, daß ein Werk bildender Kunst mir bei'm ersten Anblick mißfällt, weil ich ihm nicht gewachsen bin; ahnd' ich aber ein Verdienst daran, so such' ich ihm beizukommen, und dann fehlt es nicht an den erfreulichsten Entdeckungen: an den Dingen werd' ich neue Eigenschaften und an mir neue Fähigkeiten gewahr.

163. Der Glaube ist ein häuslich heimlich Capital, wie es öffentliche Spar- und Hülfscassen gibt, woraus man in Tagen der Noth einzelnen ihr Bedürfniß reicht; hier nimmt der Gläubige sich seine Zinsen im Stillen selbst.

164. Das Leben, so gemein es aussieht, so leicht es sich mit dem Gewöhnlichen, Alltäglichen zu befriedigen scheint, hegt und pflegt doch immer gewisse höhere Forderungen im Stillen fort und sieht sich nach Mitteln um, sie zu befriedigen.

165. Der eigentliche Obscurantismus ist nicht, daß man die Ausbreitung des Wahren, Klaren, Nützlichen hindert, sondern daß man das Falsche in Curs bringt.

AUS KUNST UND ALTERTHUM
VIERTEN BANDES ZWEITES HEFT
1823
(Eigenes und Angeeignetes)

166. Der Irrthum ist viel leichter zu erkennen, als die Wahrheit zu finden; jener liegt auf der Oberfläche, damit läßt sich wohl fertig werden; diese ruht in der Tiefe, danach zu forschen ist nicht jedermanns Sache.

167. Wir alle leben vom Vergangnen und gehen am Vergangenen zu Grunde.

168. Wie wir was Großes lernen sollen, flüchten wir uns gleich in unsre angeborne Armseligkeit und haben doch immer etwas gelernt.

169. Den Deutschen ist nichts daran gelegen, zusammen zu bleiben, aber doch, für sich zu bleiben. Jeder, sei er auch, welcher er wolle, hat so ein eignes *Fürsich*, das er sich nicht gern möchte nehmen lassen.

170. Die empirisch-sittliche Welt besteht größtentheils nur aus bösem Willen und Neid.

171. Der Aberglaube ist die Poesie des Lebens; deßwegen schadet's dem Dichter nicht, abergläubisch zu sein.

172. Mit dem Vertrauen ist es eine wunderliche Sache. Hört

man nur Einen: der kann sich irren oder sich betrügen; hört man viele: die sind in demselbigen Falle, und gewöhnlich findet man da die Wahrheit gar nicht heraus.

173. Unreine Lebensverhältnisse soll man niemand wünschen; sie sind aber für den, der zufällig hineingeräth, Prüfsteine des Charakters und des Entschiedensten, was der Mensch vermag.

174. Ein beschränkter, ehrlicher Mensch sieht oft die Schelmerei der feinsten Mächler (faiseurs) durch und durch.

175. Wer keine Liebe fühlt, muß schmeicheln lernen, sonst kommt er nicht aus.

176. Gegen die Kritik kann man sich weder schützen noch wehren; man muß ihr zum Trutz handeln, und das läßt sie sich nach und nach gefallen.

177. Die Menge kann tüchtige Menschen nicht entbehren, und die Tüchtigen sind ihnen jederzeit zur Last.

178. Wer meine Fehler überträgt, ist mein Herr, und wenn's mein Diener wäre.

179. Memoiren von oben herunter oder von unten hinauf: sie müssen sich immer begegnen.

180. Wenn man von den Leuten Pflichten fordert und ihnen keine Rechte zugestehen will, muß man sie gut bezahlen.

181. Das sogenannte Romantische einer Gegend ist ein stilles Gefühl des Erhabenen unter der Form der Vergangenheit oder, was gleich lautet, der Einsamkeit, Abwesenheit, Abgeschiedenheit.

182. Der herrliche Kirchengesang: Veni Creator Spiritus ist ganz eigentlich ein Appell an's Genie; deßwegen er auch geist- und kraftreiche Menschen gewaltig anspricht.

183. Das Schöne ist eine Manifestation geheimer Naturgesetze, die uns ohne dessen Erscheinung ewig wären verborgen geblieben.

184. Aufrichtig zu sein, kann ich versprechen, unparteiisch zu sein, aber nicht.

185. Der Undank ist immer eine Art Schwäche. Ich habe nie gesehen, daß tüchtige Menschen wären undankbar gewesen.

186. Wir alle sind so bornirt, daß wir immer glauben, Recht zu haben; und so läßt sich ein außerordentlicher Geist denken, der nicht allein irrt, sondern sogar Lust am Irrthum hat.

187. Reine mittlere Wirkung zur Vollendung des Guten und Rechten ist sehr selten; gewöhnlich sehen wir Pedanterie, welche zu retardiren, Frechheit, die zu übereilen strebt.

188. Wort und Bild sind Correlate, die sich immerfort suchen, wie wir an Tropen und Gleichnissen genugsam gewahr werden. So von je her, was dem Ohr nach innen gesagt oder gesungen war, sollte dem Auge gleichfalls entgegenkommen. Und so sehen wir in kindlicher Zeit in Gesetzbuch und Heilsordnung, in Bibel und Fibel sich Wort und Bild immerfort balancieren. Wenn man aussprach, was sich nicht bilden, bildete, was sich nicht aussprechen ließ, so war das ganz recht; aber man vergriff sich gar oft und sprach, statt zu bilden, und daraus entstanden die doppelt bösen symbolisch-mystischen Ungeheuer.

189. »Wer sich mit Wissenschaften abgibt, leidet erst durch Retardationen und dann durch Präoccupationen. Die erste Zeit wollen die Menschen dem keinen Werth zugestehen, was wir ihnen überliefern, und dann gebärden sie sich, als wenn ihnen alles schon bekannt wäre, was wir ihnen überliefern könnten.«

190. Eine Sammlung von Anekdoten und Maximen ist für den Weltmann der größte Schatz, wenn er die ersten an schicklichen Orten in's Gespräch einzustreuen, der letzten im treffenden Falle sich zu erinnern weiß.

191. Man sagt: »Studire, Künstler, die Natur!« Es ist aber keine Kleinigkeit, aus dem Gemeinen das Edle, aus der Unform das Schöne zu entwickeln.

192. Wo der Antheil sich verliert, verliert sich auch das Gedächtniß.

193. Die Welt ist eine Glocke, die einen Riß hat: sie klappert, aber klingt nicht.

194. Die Zudringlichkeiten junger Dilettanten muß man mit Wohlwollen ertragen: sie werden im Alter die wahrsten Verehrer der Kunst und des Meisters.

195. Wenn die Menschen recht schlecht werden, haben sie keinen Antheil mehr als die Schadenfreude.

196. Gescheute Leute sind immer das beste Conversationslexikon.

197. Es gibt Menschen, die gar nicht irren, weil sie sich nichts Vernünftiges vorsetzen.

198. Kenne ich mein Verhältniß zu mir selbst und zur Außenwelt, so heiß' ich's Wahrheit. Und so kann jeder seine eigene Wahrheit haben, und es ist doch immer dieselbige.

199. Das Besondere unterliegt ewig dem Allgemeinen; das Allgemeine hat ewig sich dem Besondern zu fügen.

200. Vom eigentlich Productiven ist niemand Herr, und sie müssen es alle nur so gewähren lassen.

201. Wem die Natur ihr offenbares Geheimniß zu enthüllen anfängt, der empfindet eine unwiderstehliche Sehnsucht nach ihrer würdigsten Auslegerin, der Kunst.

202. Die Zeit ist selbst ein Element.

203. Der Mensch begreift niemals, wie anthropomorphisch er ist.

204. Ein Unterschied, der dem Verstand nichts gibt, ist kein Unterschied.

205. In der Phanerogamie ist noch soviel Kryptogamisches, daß Jahrhunderte es nicht enziffern werden.

206. Die Verwechselung eines Consonanten mit dem andern möchte wohl aus Unfähigkeit des Organs, die Verwandlung der Vocale in Diphthongen aus einem eingebildeten Pathos entstehen.

207. Wenn man alle Gesetze studiren sollte, so hätte man gar keine Zeit, sie zu übertreten.

208. Man kann nicht für jedermann leben, besonders für die nicht, mit denen man nicht leben möchte.

209. Der Appell an die Nachwelt entspringt aus dem reinen lebendigen Gefühl, daß es ein Unvergängliches gebe und, wenn auch nicht gleich anerkannt, doch zuletzt aus der Minorität sich der Majorität werde zu erfreuen haben.

210. Geheimnisse sind noch keine Wunder.

211. I convertiti stanno freschi appresso di me.

212. Leichtsinnige leidenschaftliche Begünstigung problematischer Talente war ein Fehler meiner frühern Jahre, den ich niemals ganz ablegen konnte.

213. Ich möchte gern ehrlich mit dir sein, ohne daß wir uns entzweiten; das geht aber nicht. Du benimmst dich falsch und setzest dich zwischen zwei Stühle, Anhänger gewinnst du nicht und verlierst deine Freunde. Was soll daraus werden!

214. Es ist ganz einerlei, vornehm oder gering sein: das Menschliche muß man immer ausbaden.

215. Die liberalen Schriftsteller spielen jetzt ein gutes Spiel, sie haben das ganze Publicum zu Suppleanten.

216. Wenn ich von liberalen Ideen reden höre, so verwundere ich mich immer, wie die Menschen sich gern mit leeren Wortschällen hinhalten: eine Idee darf nicht liberal sein! Kräftig sei sie, tüchtig, in sich selbst abgeschlossen, damit sie den göttlichen Auftrag, productiv zu sein, erfülle. Noch weniger darf der Begriff liberal sein; denn der hat einen ganz andern Auftrag.

217. Wo man die Liberalität aber suchen muß, das ist in den Gesinnungen, und diese sind das lebendige Gemüth.

218. Gesinnungen aber sind selten liberal, weil die Gesinnung unmittelbar aus der Person, ihren nächsten Beziehungen und Bedürfnissen hervorgeht.

219. Weiter schreiben wir nicht; an diesem Maßstab halte man, was man tagtäglich hört!

220. Es sind immer nur unsere Augen, unsere Vorstellungsarten; die Natur weiß ganz allein, was sie will, was sie gewollt hat.

221. »Gib mir, wo ich stehe!«
Archimedes.
»Nimm dir, wo du stehest!«
Nose.
Behaupte, wo du stehst!
G.

222. Allgemeines Causalverhältniß, das der Beobachter aufsucht und ähnliche Erscheinungen einer allgemeinen Ursache zuschreibt; an die nächste wird selten gedacht.

223. Einem Klugen widerfährt keine geringe Thorheit.

224. Bei jedem Kunstwerk, groß oder klein, bis in's Kleinste kommt alles auf die *Conception* an.

225. Es gibt eine Poesie ohne Tropen, die ein einziger Tropus ist.

226. Ein alter gutmüthiger Examinator sagt einem Schüler in's Ohr: »Etiam nihil didicisti« und läßt ihn für gut hingehen.

227. Das Fürtreffliche ist unergründlich, man mag damit anfangen, was man will.

228. Aemilium Paulum – virum in tantum laudandum, in quantum intelligi virtus potest.

229. Ich habe mich so lange um's Allgemeine bemüht, bis ich einsehen lernte, was vorzügliche Menschen im Besondern leisten.

AUS KUNST UND ALTERTHUM
FÜNFTEN BANDES ERSTES HEFT
1824
(Einzelnes)

230. Indem ich mich zeither mit der Lebensgeschichte wenig und viel bedeutender Menschen anhaltender beschäftigte, kam ich auf den Gedanken: es möchten sich wohl die einen in dem Weltgewebe als Zettel, die andern als Einschlag betrachten lassen; jene gäben eigentlich die Breite des Gewebes an, diese dessen Halt, Festigkeit, vielleicht auch mit Zuthat irgend eines Gebildes. Die Schere der Parze hingegen bestimmt die Länge, dem sich denn das Übrige alles zusammen unterwerfen muß. Weiter wollen wir das Gleichniß nicht verfolgen.

231. Auch Bücher haben ihr *Erlebtes*, das ihnen nicht entzogen werden kann.

Wer nie sein Brot mit Thränen aß,
Wer nicht die kummervollen Nächte
Auf seinem Bette weinend saß,
Der kennt euch nicht, ihr himmlischen Mächte.

Diese tiefschmerzlichen Zeilen wiederholte sich eine höchst vollkommene angebetete Königin in der grausamsten Verbannung, zu gränzenlosem Elend verwiesen. Sie befreundete sich mit dem Buche, das diese Worte und noch manche schmerzliche Erfahrung überliefert, und zog daraus einen peinlichen Trost; wer dürfte diese schon in die Ewigkeit sich erstreckende Wirkung wohl jemals verkümmern?

232. Mit dem größten Entzücken sieht man im Apollosaal der Villa Aldobrandini zu Frascati, auf welche glückliche Weise Domenichin die Ovidischen Metamorphosen mit der schicklichsten Örtlichkeit umgibt; dabei nun erinnert man sich gern, daß die glücklichsten Ereignisse doppelt selig empfunden werden, wenn sie uns in herrlicher Gegend gegönnt waren, ja daß gleichgültige Momente durch würdige Localität zu hoher Bedeutung gesteigert wurden.

233. Poesie wirkt am meisten im Anfang der Zustände, sie seien nun ganz roh, halbcultivirt oder bei Abänderung einer Cultur, bei'm Gewahrwerden einer fremden Cultur, daß man also sagen kann, die Wirkung der Neuheit findet durchaus statt.

234. *Mannräuschlein* nannte man im siebzehnten Jahrhundert gar ausdrucksvoll die Geliebte.

235. *Liebes gewaschenes Seelchen* ist der verliebteste Ausdruck auf Hiddensee.

236. Das Wahre ist eine Fackel, aber eine ungeheure; deßwegen suchen wir alle nur blinzend so daran vorbei zu kommen, in Furcht sogar, uns zu verbrennen.

237. »Die Klugen haben mit einander viel gemein.« *Äschylus.*

238. Das eigentlich Unverständige sonst verständiger Menschen ist, daß sie nicht zurecht zu legen wissen, was ein anderer sagt, aber nicht gerade trifft, wie er's hätte sagen sollen.

239. Ein jeder, weil er spricht, glaubt, auch über die Sprache sprechen zu können.

240. Man darf nur alt werden, um milder zu sein; ich sehe keinen Fehler begehen, den ich nicht auch begangen hätte.

241. Der Handelnde ist immer gewissenlos; es hat niemand Gewissen als der Betrachtende.

242. Ob denn die Glücklichen glauben, daß der Unglückliche wie ein Gladiator mit Anstand vor ihnen umkommen solle, wie der römische Pöbel zu fordern pflegte?

243. Den Timon fragte jemand wegen des Unterrichts seiner Kinder. »Laßt sie«, sagte der, »unterrichten in dem, was sie niemals begreifen werden.«

244. Es gibt Personen, denen ich wohl will und wünschte, ihnen besser wollen zu können.

245. Der eine Bruder brach Töpfe, der andere Krüge. Verderbliche Wirthschaft!

246. Wie man aus Gewohnheit nach einer abgelaufenen Uhr hinsieht, als wenn sie noch ginge, so blickt man auch wohl einer Schönen in's Gesicht, als wenn sie noch liebte.

247. Der Haß ist ein actives Mißvergnügen, der Neid ein passives; deßhalb darf man sich nicht wundern, wenn der Neid so schnell in Haß übergeht.

248. Der Rhythmus hat etwas Zauberisches, sogar macht er uns glauben, das Erhabene gehöre uns an.

249. Dilettantismus, ernstlich behandelt, und Wissenschaft, mechanisch betrieben, werden Pedanterei.

250. Die Kunst kann niemand fördern als der Meister. Gönner fördern den Künstler, das ist recht und gut; aber dadurch wird nicht immer die Kunst gefördert.

251. »Deutlichkeit ist eine gehörige Vertheilung von Licht und Schatten.« *Hamann.* Hört!

252. Shakespeare ist reich an wundersamen Tropen, die aus personificirten Begriffen entstehen und uns gar nicht kleiden würden, bei ihm aber völlig am Platze sind, weil zu seiner Zeit alle Kunst von der Allegorie beherrscht wurde.
Auch findet derselbe Gleichnisse, wo wir sie nicht hernehmen würden; zum Beispiel vom Buche. Die Druckerkunst war schon über hundert Jahre erfunden, demohngeachtet erschien ein Buch noch als ein Heiliges, wie wir aus dem damaligen Einbande sehen, und so war es dem edlen Dichter lieb und ehrenwerth; wir aber broschiren jetzt alles und haben nicht leicht vor dem Einbande noch seinem Inhalte Respect.

253. *Herr von Schweinichen* ist ein merkwürdiges Geschichts- und Sittenbuch; für die Mühe, die es kostet, es zu lesen, finden wir uns reichlich belohnt; es wird für gewisse Zustände eine Symbolik der vollkommensten Art. Es ist kein Lesebuch, aber man muß es gelesen haben.

254. Der thörigste von allen Irrthümern ist, wenn junge gute Köpfe glauben, ihre Originalität zu verlieren, indem sie das Wahre anerkennen, was von andern schon anerkannt worden.

255. Die Gelehrten sind meist gehässig, wenn sie widerlegen; einen Irrenden sehen sie gleich als ihren Todfeind an.

256. Die Schönheit kann nie über sich selbst deutlich werden.

257. Sobald man der subjectiven oder sogenannten sentimentalen Poesie mit der objectiven, darstellenden gleiche Rechte verlieh, wie es denn auch wohl nicht anders sein konnte, weil man sonst die moderne Poesie ganz hätte ablehnen müssen, so war voraus zu sehen, daß, wenn auch wahrhafte poetische Genies geboren werden sollten, sie doch immer mehr das Gemüthliche des inneren Lebens als das Allgemeine des großen Weltlebens darstellen würden. Dieses ist nun in dem Grade eingetroffen, daß es eine Poesie ohne Tropen gibt, der man doch keineswegs allen Beifall versagen kann.

AUS KUNST UND ALTERTHUM
FÜNFTEN BANDES ZWEITES HEFT
1825
(Einzelnes)

258. Madame Roland, auf dem Blutgerüste, verlangte Schreibzeug, um die ganz besondern Gedanken aufzuschreiben, die ihr auf dem letzten Wege vorgeschwebt. Schade, daß man ihr's versagte; denn am Ende des Lebens gehen dem gefaßten Geiste Gedanken auf, bisher undenkbare; sie sind wie selige Dämonen, die sich auf den Gipfeln der Vergangenheit glänzend niederlassen.

259. Man sagt sich oft im Leben, daß man die Vielgeschäftigkeit, *Polypragmosyne*, vermeiden, besonders, je älter man wird, sich desto weniger in ein neues Geschäft einlassen solle. Aber man hat gut reden, gut sich und anderen rathen. Älter werden heißt selbst ein neues Geschäft antreten; alle Verhältnisse verändern sich, und man muß entweder zu handeln ganz aufhören oder mit Willen und Bewußtsein das neue Rollenfach übernehmen.

260. Große Talente sind selten, und selten ist es, daß sie sich selbst erkennen; nun aber hat kräftiges unbewußtes Handeln und Sinnen so höchst erfreuliche als unerfreuliche Folgen, und in solchem Conflict schwindet ein bedeutendes Leben vorüber. Hievon ergeben sich in *Medwins Unterhaltungen* so merkwürdige als traurige Beispiele.

261. Vom Absoluten in theoretischem Sinne wag' ich nicht zu reden; behaupten aber darf ich, daß, wer es in der Erscheinung anerkannt und immer im Auge behalten hat, sehr großen Gewinn davon erfahren wird.

262. In der Idee leben heißt das Unmögliche behandeln, als wenn es möglich wäre. Mit dem Charakter hat es dieselbe Bewandtniß: treffen beide zusammen, so entstehen Ereignisse, worüber die Welt vom Erstaunen sich Jahrtausende nicht erholen kann.

263. Napoleon, der ganz in der Idee lebte, konnte sie doch im Bewußtsein nicht erfassen; er läugnet alles Ideelle durchaus und spricht ihm jede Wirklichkeit ab, indessen er eifrig es zu verwirklichen trachtet. Einen solchen innern perpetuirlichen Widerspruch kann aber sein klarer unbestechlicher Verstand nicht ertragen, und es ist höchst wichtig, wenn er, gleichsam genöthigt, sich darüber gar eigen und anmuthig ausdrückt.

264. Er betrachtet die Idee als ein geistiges Wesen, das zwar keine Realität hat, aber, wenn es verfliegt, ein Residuum (caput mortuum) zurückläßt, dem wir die Wirklichkeit nicht ganz absprechen können. Wenn dieses uns auch starr und materiell genug scheinen mag, so spricht er sich ganz anders aus, wenn er von den unaufhaltsamen Folgen seines Lebens und Treibens mit Glauben und Zutrauen die Seinen unterhält. Da gesteht er wohl gern, daß Leben Lebendiges hervorbringe, daß eine gründliche Befruchtung auf alle Zeiten hinauswirke. Er gefällt sich zu bekennen, daß er dem Weltgange eine frische Anregung, eine neue Richtung gegeben habe.

265. Höchst bemerkenswerth bleibt es immer, daß Menschen, deren Persönlichkeit fast ganz Idee ist, sich so äußerst vor dem Phantastischen scheuen. So war Hamann, dem es unerträglich

schien, wenn von *Dingen einer andern Welt* gesprochen wurde. Er drückte sich gelegentlich darüber in einem gewissen Paragraphen aus, den er aber, weil er ihm unzulänglich schien, vierzehnmal variirte und sich doch immer wahrscheinlich nicht genug that. Zwei von diesen Versuchen sind uns übrig geblieben; einen dritten haben wir selbst gewagt, welchen hier abdrucken zu lassen, wir durch Obenstehendes veranlaßt sind.

266. Der Mensch ist als wirklich in die Mitte einer wirklichen Welt gesetzt und mit solchen Organen begabt, daß er das Wirkliche und nebenbei das Mögliche erkennen und hervorbringen kann. Alle gesunde Menschen haben die Überzeugung ihres Daseins und eines Daseienden um sie her. Indessen gibt es auch einen hohlen Fleck im Gehirn, das heißt eine Stelle, wo sich kein Gegenstand abspiegelt, wie denn auch im Auge selbst ein Fleckchen ist, das nicht sieht. Wird der Mensch auf diese Stelle besonders aufmerksam, vertieft er sich darin, so verfällt er in eine Geisteskrankheit, ahnet hier *Dinge aus einer andern Welt*, die aber eigentlich Undinge sind und weder Gestalt noch Begränzung haben, sondern als leere Nacht-Räumlichkeit ängstigen und den, der sich nicht losreißt, mehr als gespensterhaft verfolgen.

267. Wie wenig von dem Geschehenen ist geschrieben worden, wie wenig von dem Geschriebenen gerettet! Die Literatur ist von Haus aus fragmentarisch, sie enthält nur Denkmale des menschlichen Geistes, in so fern sie in Schriften verfaßt und zuletzt übrig geblieben sind.

268. Und doch bei aller Unvollständigkeit des Literarwesens finden wir tausendfältige Wiederholung, woraus hervorgeht, wie beschränkt des Menschen Geist und Schicksal sei.

269. Da wir denn doch zu dieser allgemeinen Weltberathung

als Assessoren, obgleich sine voto, berufen sind und wir uns von den Zeitungsschreibern tagtäglich referiren lassen, so ist es ein Glück, auch aus der Vorzeit tüchtig Referirende zu finden. Für mich sind *von Raumer* und *Wachler* in den neusten Tagen dergleichen geworden.

270. Die Frage, wer höher steht, der Historiker oder der Dichter, darf gar nicht aufgeworfen werden; sie concurriren nicht mit einander, so wenig als der Wettläufer und der Faustkämpfer. Jedem gebührt seine eigene Krone.

271. Die Pflicht des Historikers ist zwiefach: erst gegen sich selbst, dann gegen den Leser. Bei sich selbst muß er genau prüfen, was wohl geschehen sein könnte, und um des Lesers willen muß er festsetzen, was geschehen sei. Wie er mit sich selbst handelt, mag er mit seinen Collegen ausmachen; das Publicum muß aber nicht in's Geheimniß hineinsehen, wie wenig in der Geschichte als entschieden ausgemacht kann angesprochen werden.

272. Es geht uns mit Büchern wie mit neuen Bekanntschaften. Die erste Zeit sind wir hoch vergnügt, wenn wir im Allgemeinen Übereinstimmung finden, wenn wir uns an irgend einer Hauptseite unserer Existenz freundlich berührt fühlen; bei näherer Bekanntschaft treten alsdann erst die Differenzen hervor, und da ist denn die Hauptsache eines vernünftigen Betragens, daß man nicht, wie etwa in der Jugend geschieht, sogleich zurückschaudere, sondern daß man gerade das Übereinstimmende recht festhalte und sich über die Differenzen vollkommen aufkläre, ohne sich deßhalb vereinigen zu wollen.

273. Eine solche freundlich-belehrende Unterhaltung ist mir durch *Stiedenroths Psychologie* geworden. Alle Wirkung des Äußern auf's Innere trägt er unvergleichlich vor, und wir sehen

die Welt nochmals nach und nach in uns entstehen. Aber mit der Gegenwirkung des Innern nach außen gelingt es ihm nicht eben so. Der Entelechie, die nichts aufnimmt, ohne sich's durch eigene Zuthat anzueignen, läßt er nicht Gerechtigkeit widerfahren, und mit dem Genie will es auf diesem Weg gar nicht fort; und wenn er das Ideal aus der Erfahrung abzuleiten denkt und sagt: *das Kind idealisirt nicht*, so mag man antworten: das Kind *zeugt* nicht; denn zum Gewahrwerden des Ideellen gehört auch eine Pubertät. Doch genug, er bleibt uns ein werther Gesell und Gefährte und soll nicht von unserer Seite kommen.

274. Wer viel mit Kindern lebt, wird finden, daß keine äußere Einwirkung auf sie ohne Gegenwirkung bleibt.

275. Die Gegenwirkung eines vorzüglich kindlichen Wesens, ist sogar leidenschaftlich, das Eingreifen tüchtig.

276. Deßhalb leben Kinder in Schnellurtheilen, um nicht zu sagen in Vorurtheilen; denn bis das schnell, aber einseitig Gefaßte sich auslöscht, um einem Allgemeinern Platz zu machen, erfordert es Zeit. Hierauf zu achten, ist eine der größten Pflichten des Erziehers.

277. Ein zweijähriger Knabe hatte die Geburtstagsfeier begriffen, an der seinigen die bescherten Gaben mit Dank und Freude sich zugeeignet, nicht weniger dem Bruder die seinigen bei gleichem Feste gegönnt.
Hierdurch veranlaßt, fragte er am Weihnachtsabend, wo so viele Geschenke vorlagen, wann denn sein Weihnachten komme. Dieß allgemeine Fest zu begreifen, war noch ein ganzes Jahr nöthig.

278. Die große Schwierigkeit bei psychologischen Reflexionen ist, daß man immer das Innere und Äußere parallel oder

vielmehr verflochten betrachten muß. Es ist immerfort Systole und Diastole, Einathmen und Ausathmen des lebendigen Wesens; kann man es auch nicht aussprechen, so beobachte man es genau und merke darauf.

279. Mein Verhältniß zu Schiller gründete sich auf die entschiedene Richtung beider auf Einen Zweck, unsere gemeinsame Thätigkeit auf die Verschiedenheit der Mittel, wodurch wir jenen zu erreichen strebten.
Bei einer zarten Differenz, die einst zwischen uns zur Sprache kam, und woran ich durch eine Stelle seines Briefs wieder erinnert werde, macht' ich folgende Betrachtungen.
Es ist ein großer Unterschied, ob der Dichter zum Allgemeinen das Besondere sucht oder im Besondern das Allgemeine schaut. Aus jener Art entsteht Allegorie, wo das Besondere nur als Beispiel, als Exempel des Allgemeinen gilt; die letztere aber ist eigentlich die Natur der Poesie, sie spricht ein Besonderes aus, ohne an's Allgemeine zu denken oder darauf hinzuweisen. Wer nun dieses Besondere lebendig faßt, erhält zugleich das Allgemeine mit, ohne es gewahr zu werden, oder erst spät.

280. Den einzelnen Verkehrtheiten des Tags sollte man immer nur große weltgeschichtliche Massen entgegensetzen.

AUS KUNST UND ALTERTHUM
FÜNFTEN BANDES DRITTES HEFT
1826
(Einzelnes)

281. Eigentlich weiß man nur, wenn man wenig weiß; mit dem Wissen wächs't der Zweifel.

282. Die Irrthümer des Menschen machen ihn eigentlich liebenswürdig.

283. Bonus vir semper tiro.

284. Es gibt Menschen, die ihr Gleiches lieben und aufsuchen, und wieder solche, die ihr Gegentheil lieben und diesem nachgehn.

285. Wer sich von jeher erlaubt hätte, die Welt so schlecht anzusehen, wie uns die Widersacher darstellen, der müßte ein miserables Subject geworden sein.

286. Mißgunst und Haß beschränken den Beobachter auf die Oberfläche, selbst wenn Scharfsinn sich zu ihnen gesellt; verschwistert sich dieser hingegen mit Wohlwollen und Liebe, so durchdringt er die Welt und den Menschen, ja er kann hoffen, zum Allerhöchsten zu gelangen.

287. Panoramic ability schreibt mir ein englischer Kritiker zu, wofür ich allerschönstens zu danken habe.

288. Einem jeden wohlgesinnten Deutschen ist eine gewisse Portion poetischer Gabe zu wünschen als das wahre Mittel, seinen Zustand, von welcher Art er auch sei, mit Werth und Anmuth einigermaßen zu umkleiden.

289. Den Stoff sieht jedermann vor sich, den Gehalt findet nur der, der etwas dazu zu thun hat, und die Form ist ein Geheimniß den meisten.

290. Die Menschen halten sich mit ihren Neigungen an's Lebendige. Die Jugend bildet sich wieder an der Jugend.

291. Wir mögen die Welt kennen lernen, wie wir wollen, sie wird immer eine Tag- und eine Nachtseite behalten.

292. Der Irrthum wiederholt sich immerfort in der That, deßwegen muß man das Wahre unermüdlich in Worten wiederholen.

293. Wie in Rom außer den Römern noch ein Volk von Statuen war, so ist außer dieser realen Welt noch eine Welt des Wahns, viel mächtiger beinahe, in der die meisten leben.

294. Die Menschen sind wie das rothe Meer: der Stab hat sie kaum aus einander gehalten, gleich hinterdrein fließen sie wieder zusammen.

295. Pflicht des Historikers, das Wahre vom Falschen, das Gewisse vom Ungewissen, das Zweifelhafte vom Verwerflichen zu unterscheiden.

296. Eine Chronik schreibt nur derjenige, dem die Gegenwart wichtig ist.

297. Die Gedanken kommen wieder, die Überzeugungen pflanzen sich fort; die Zustände gehen unwiederbringlich vorüber.

298. »Unter allen Völkerschaften haben die Griechen den Traum des Lebens am schönsten geträumt.«

299. Übersetzer sind als geschäftige Kuppler anzusehen, die uns eine halbverschleierte Schöne als höchst liebenswürdig anpreisen: sie erregen eine unwiderstehliche Neigung nach dem Original.

300. Das Alterthum setzen wir gern über uns, aber die Nachwelt nicht. Nur ein Vater neidet seinem Sohn nicht das Talent.

301. Sich subordiniren ist überhaupt keine Kunst; aber in absteigender Linie, in der Descendenz etwas über sich erkennen, was unter einem steht!

302. Unser ganzes Kunststück besteht darin, daß wir unsere Existenz aufgeben, um zu existiren.

303. Alles, was wir treiben und thun, ist ein Abmüden; wohl dem, der nicht müde wird!

304. »Hoffnung ist die zweite Seele der Unglücklichen.«

305. »L'amour est un vrai recommenceur.«

306. Es gibt im Menschen auch ein Dienenwollendes; daher die chevalerie der Franzosen eine servage.

307. »Im Theater wird durch die Belustigung des Gesichts und Gehörs die Reflexion sehr eingeschränkt.«

308. Erfahrung kann sich in's Unendliche erweitern, Theorie nicht in eben dem Sinne reinigen und vollkommener werden. Jener steht das Universum nach allen Richtungen offen, diese bleibt innerhalb der Gränze der menschlichen Fähigkeiten eingeschlossen. Deßhalb müssen alle Vorstellungsarten wiederkehren, und der wunderliche Fall tritt ein, daß bei erweiterter Erfahrung eine bornirte Theorie wieder Gunst erwerben kann.

309. Es ist immer dieselbe Welt, die der Betrachtung offen steht, die immerfort angeschaut oder geahnet wird, und es sind immer dieselben Menschen, die im Wahren oder Falschen leben, im letzten bequemer als im ersten.

310. Die Wahrheit widerspricht unserer Natur, der Irrthum nicht, und zwar aus einem sehr einfachen Grunde: die Wahrheit fordert, daß wir uns für beschränkt erkennen sollen, der Irrthum schmeichelt uns, wir seien auf ein- oder die andere Weise unbegränzt.

311. Es ist nun schon bald zwanzig Jahre, daß die Deutschen sämmtlich transscendiren. Wenn sie es einmal gewahr werden, müssen sie sich wunderlich vorkommen.

312. Daß Menschen dasjenige noch zu können glauben, was sie gekonnt haben, ist natürlich genug; daß andere zu vermögen glauben, was sie nie vermochten, ist wohl seltsam, aber nicht selten.

313. Zu allen Zeiten sind es nur die Individuen, welche für die Wissenschaft gewirkt, nicht das Zeitalter. Das Zeitalter war's, das den Sokrates durch Gift hinrichtete, das Zeitalter, das Hussen verbrannte: die Zeitalter sind sich immer gleich geblieben.

314. Das ist die wahre Symbolik, wo das Besondere das All-

gemeinere repräsentirt, nicht als Traum und Schatten, sondern als lebendig-augenblickliche Offenbarung des Unerforschlichen.

315. Alles Ideelle, sobald es vom Realen gefordert wird, zehrt endlich dieses und sich selbst auf. So der Credit (Papiergeld) das Silber und sich selbst.

316. Die Meisterschaft gilt oft für Egoismus.

317. Sobald die guten Werke und das Verdienstliche derselben aufhören, sogleich tritt die Sentimentalität dafür ein, bei den Protestanten.

318. Es ist eben, als ob man es selbst vermöchte, wenn man sich guten Raths erholen kann.

319. Die Wahlsprüche deuten auf das, was man nicht hat, wornach man strebt. Man stellt sich solches wie billig immer vor Augen.

320. »Wer einen Stein nicht allein erheben mag, der soll ihn auch selbander liegen lassen.«

321. Der Despotismus fördert die Autokratie eines jeden, indem er von oben bis unten die Verantwortlichkeit dem Individuum zumuthet und so den höchsten Grad von Thätigkeit hervorbringt.

322. Alles Spinozistische in der poetischen Production wird in der Reflexion Machiavellismus.

323. Man muß seine Irrthümer theuer bezahlen, wenn man sie los werden will, und dann hat man noch von Glück zu sagen.

324. Wenn ein deutscher Literator seine Nation vormals beherrschen wollte, so mußte er ihr nur glauben machen, es sei einer da, der sie beherrschen wolle. Da waren sie gleich so verschüchtert, daß sie sich, von wem es auch wäre, gern beherrschen ließen.

325. »Nihil rerum mortalium tam instabile ac fluxum est quam potentia non sua vi nixa.«

326. »Es gibt auch Afterkünstler: *Dilettanten* und *Speculanten*; jene treiben die Kunst um des Vergnügens, diese um des Nutzens willen.«

327. Geselligkeit lag in meiner Natur; deßwegen ich bei vielfachem Unternehmen mir Mitarbeiter gewann und mich ihnen zum Mitarbeiter bildete und so das Glück erreichte, mich in ihnen und sie in mir fortleben zu sehn.

328. Mein ganzes inneres Wirken erwies sich als eine lebendige Heuristik, welche, eine unbekannte geahnete Regel anerkennend, solche in der Außenwelt zu finden und in die Außenwelt einzuführen trachtet.

329. Es gibt eine enthusiastische Reflexion, die von dem größten Werth ist, wenn man sich von ihr nur nicht hinreißen läßt.

330. Nur in der Schule selbst ist die eigentliche Vorschule.

331. Der Irrthum verhält sich gegen das Wahre wie der Schlaf gegen das Wachen. Ich habe bemerkt, daß man aus dem Irren sich wie erquickt wieder zu dem Wahren hinwende.

332. Ein jeder leidet, der nicht für sich selbst handelt. Man handelt für andere, um mit ihnen zu genießen.

333. Das Faßliche gehört der Sinnlichkeit und dem Verstande. Hieran schließt sich das Gehörige, welches verwandt ist mit dem Schicklichen. Das Gehörige jedoch ist ein Verhältniß zu einer besondern Zeit und entschiedenen Umständen.

334. Eigentlich lernen wir nur von Büchern, die wir nicht beurtheilen können. Der Autor eines Buchs, das wir beurtheilen könnten, müßte von uns lernen.

335. Deßhalb ist die Bibel ein ewig wirksames Buch, weil, so lange die Welt steht, niemand auftreten und sagen wird: ich begreife es im Ganzen und verstehe es im Einzelnen. Wir aber sagen bescheiden: im Ganzen ist es ehrwürdig und im Einzelnen anwendbar.

336. Alle Mystik ist ein Transscendiren und ein Ablösen von irgend einem Gegenstande, den man hinter sich zu lassen glaubt. Je größer und bedeutender dasjenige war, dem man absagt, desto reicher sind die Productionen des Mystikers.

337. Die orientalische mystische Poesie hat deßwegen den großen Vorzug, daß der Reichthum der Welt, den der Adepte wegweis't, ihm noch jederzeit zu Gebote steht. Er befindet sich also noch immer mitten in der Fülle, die er verläßt, und schwelgt in dem, was er gern los sein möchte.

338. Christliche Mystiker sollte es gar nicht geben, da die Religion selbst Mysterien darbietet. Auch gehen sie immer gleich in's Abstruse, in den Abgrund des Subjects.

339. Ein geistreicher Mann sagte, die neuere Mystik sei die Dialektik des Herzens und deßwegen mitunter so erstaunenswerth und verführerisch, weil sie Dinge zur Sprache bringe, zu denen der Mensch auf dem gewöhnlichen Verstands-, Ver-

nunfts- und Religionswege nicht gelangen würde. Wer sich Muth und Kraft glaube, sie zu studiren, ohne sich betäuben zu lassen, der möge sich in diese Höhle des Trophonios versenken, jedoch auf seine eigene Gefahr.

340. Die Deutschen sollten in einem Zeitraume von dreißig Jahren das Wort Gemüth nicht aussprechen, dann würde nach und nach Gemüth sich wieder erzeugen; jetzt heißt es nur Nachsicht mit Schwächen, eignen und fremden.

341. Die Vorurtheile der Menschen beruhen auf dem jedesmaligen Charakter der Menschen, daher sind sie, mit dem Zustand innig vereinigt, ganz unüberwindlich; weder Evidenz noch Verstand noch Vernunft haben den mindesten Einfluß darauf.

342. Charaktere machen oft die Schwäche zum Gesetz. Weltkenner haben gesagt: »Die Klugheit ist unüberwindlich, hinter welcher sich die Furcht versteckt.« Schwache Menschen haben oft revolutionäre Gesinnungen; sie meinen, es wäre ihnen wohl, wenn sie nicht regiert würden, und fühlen nicht, daß sie weder sich noch andere regieren können.

343. In eben dem Falle sind die neuern deutschen Künstler: den Zweig der Kunst, den sie nicht besitzen, erklären sie für schädlich und daher wegzuhauen.

344. Der Menschenverstand wird mit dem gesunden Menschen rein geboren, entwickelt sich aus sich selbst und offenbart sich durch ein entschiedenes Gewahrwerden und Anerkennen des Nothwendigen und Nützlichen. Praktische Männer und Frauen bedienen sich dessen mit Sicherheit. Wo er mangelt, halten beide Geschlechter, was sie begehren, für nothwendig und für nützlich, was ihnen gefällt.

345. Alle Menschen, wie sie zur Freiheit gelangen, machen ihre Fehler gelten: die Starken das Übertreiben, die Schwachen das Vernachlässigen.

346. Der Kampf des Alten, Bestehenden, Beharrenden mit Entwicklung, Aus- und Umbildung ist immer derselbe. Aus aller Ordnung entsteht zuletzt Pedanterie; um diese los zu werden, zerstört man jene, und es geht eine Zeit hin, bis man gewahr wird, daß man wieder Ordnung machen müsse. Classicismus und Romanticismus, Innungszwang und Gewerbsfreiheit, Festhalten und Zersplittern des Grundbodens: es ist immer derselbe Conflict, der zuletzt wieder einen neuen erzeugt. Der größte Verstand des Regierenden wäre daher, diesen Kampf so zu mäßigen, daß er ohne Untergang der einen Seite sich in's Gleiche stellte; dieß ist aber den Menschen nicht gegeben, und Gott scheint es auch nicht zu wollen.

347. Welche Erziehungsart ist für die beste zu halten? Antwort: die der Hydrioten. Als Insulaner und Seefahrer nehmen sie ihre Knaben gleich mit zu Schiffe und lassen sie im Dienste herankrabeln. Wie sie etwas leisten, haben sie Theil am Gewinn; und so kümmern sie sich schon um Handel, Tausch und Beute, und es bilden sich die tüchtigsten Küsten- und Seefahrer, die klügsten Handelsleute und verwegensten Piraten. Aus einer solchen Masse können denn freilich Helden hervortreten, die den verderblichen Brander mit eigener Hand an das Admiralschiff der feindlichen Flotte festklammern.

348. Alles Vortreffliche beschränkt uns für einen Augenblick, indem wir uns demselben nicht gewachsen fühlen; nur in so fern wir es nachher in unsere Cultur aufnehmen, es unsern Geist- und Gemüthskräften aneignen, wird es uns lieb und werth.

349. Kein Wunder, daß wir uns alle mehr oder weniger im Mittelmäßigen gefallen, weil es uns in Ruhe läßt; es gibt das behagliche Gefühl, als wenn man mit seines Gleichen umginge.

350. Das Gemeine muß man nicht rügen; denn das bleibt sich ewig gleich.

351. Wir können einem Widerspruch in uns selbst nicht entgehen; wir müssen ihn auszugleichen suchen. Wenn uns andere widersprechen, das geht uns nichts an, das ist ihre Sache.

352. Es ist soviel gleichzeitig Tüchtiges und Treffliches auf der Welt, aber es berührt sich nicht.

353. Welche Regierung die beste sei? Diejenige, die uns lehrt, uns selbst zu regieren.

354. *Dociren* kannst du Tüchtiger freilich nicht; es ist, wie das Predigen, durch unsern Zustand geboten, wahrhaft nützlich, wenn Conversation und Katechisation sich anschließen, wie es auch ursprünglich gehalten wurde. *Lehren* aber kannst du und wirst du, das ist: wenn That dem Urtheil, Urtheil der That zum Leben hilft.

355. Gegen die drei Einheiten ist nichts zu sagen, wenn das Sujet sehr einfach ist; gelegentlich aber werden dreimal drei Einheiten, glücklich verschlungen, eine sehr angenehme Wirkung thun.

356. Wenn die Männer sich mit den Weibern schleppen, so werden sie so gleichsam abgesponnen wie ein Wocken.

357. Es kann wohl sein, daß der Mensch durch öffentliches und häusliches Geschick zu Zeiten gräßlich gedroschen wird;

allein das rücksichtslose Schicksal, wenn es die reichen Garben trifft, zerknittert nur das Stroh, die Körner aber spüren nichts davon und springen lustig auf der Tenne hin und wider, unbekümmert, ob sie zur Mühle, ob sie zum Saatfeld wandern.

358. *Arden von Feversham*, Shakespeare's Jugendarbeit. Es ist der ganze rein-treue Ernst des Auffassens und Wiedergebens, ohne Spur von Rücksicht auf den Effect, vollkommen dramatisch, ganz untheatralisch.

359. Shakespeare's trefflichsten Theaterstücken mangelt es hie und da an Facilität: sie sind etwas mehr, als sie sein sollten, und eben deßhalb deuten sie auf den großen Dichter.

360. Die größte Wahrscheinlichkeit der Erfüllung läßt noch einen Zweifel zu; daher ist das Gehoffte, wenn es in die Wirklichkeit eintritt, jederzeit überraschend.

361. Allen andern Künsten muß man etwas vorgeben, der griechischen allein bleibt man ewig Schuldner.

362. »Vis superba formae.« Ein schönes Wort von Johannes Secundus.

363. Die Sentimentalität der Engländer ist humoristisch und zart, der Franzosen populär und weinerlich, der Deutschen naiv und realistisch.

364. Das Absurde, mit Geschmack dargestellt, erregt Widerwillen und Bewunderung.

365. Von der besten Gesellschaft sagte man: ihr Gespräch ist unterrichtend, ihr Schweigen bildend.

366. Von einem bedeutenden frauenzimmerlichen Gedichte sagte jemand, es habe mehr Energie als Enthusiasmus, mehr Charakter als Gehalt, mehr Rhetorik als Poesie und im Ganzen etwas Männliches.

367. Es ist nichts schrecklicher als eine thätige Unwissenheit.

368. Schönheit und Geist muß man entfernen, wenn man nicht ihr Knecht werden will.

369. Der Mysticismus ist die Scholastik des Herzens, die Dialektik des Gefühls.

370. Man schont die Alten, wie man die Kinder schont.

371. Der Alte verliert eins der größten Menschenrechte: er wird nicht mehr von seines Gleichen beurtheilt.

372. Es ist mir in den Wissenschaften gegangen wie einem, der früh aufsteht, in der Dämmrung die Morgenröthe, sodann aber die Sonne ungeduldig erwartet und doch, wie sie hervortritt, geblendet wird.

373. Man streitet viel und wird viel streiten über Nutzen und Schaden der Bibelverbreitung. Mir ist klar: schaden wird sie wie bisher, dogmatisch und phantastisch gebraucht; nutzen wie bisher, didaktisch und gefühlvoll aufgenommen.

374. Große, von Ewigkeit her oder in der Zeit entwickelte, ursprüngliche Kräfte wirken unaufhaltsam, ob nutzend oder schadend, das ist zufällig.

375. Die Idee ist ewig und einzig; daß wir auch den Plural brauchen, ist nicht wohlgethan. Alles, was wir gewahr werden

und wovon wir reden können, sind nur Manifestationen der Idee; Begriffe sprechen wir aus, und in so fern ist die Idee selbst ein Begriff.

376. Im Ästhetischen thut man nicht wohl zu sagen: die Idee des Schönen; dadurch vereinzelt man das Schöne, das doch einzeln nicht gedacht werden kann. Vom Schönen kann man einen Begriff haben, und dieser Begriff kann überliefert werden.

377. Die Manifestation der Idee als des Schönen ist ebenso flüchtig als die Manifestation des Erhabenen, des Geistreichen, des Lustigen, des Lächerlichen. Dieß ist die Ursache, warum so schwer darüber zu reden ist.

378. Echt ästhetisch-didaktisch könnte man sein, wenn man mit seinen Schülern an allem Empfindungswerthen vorüberginge oder es ihnen zubrächte im Moment, wo es culminirt und sie höchst empfänglich sind. Da aber diese Forderung nicht zu erfüllen ist, so müßte der höchste Stolz des Kathederlehrers sein, die Begriffe so vieler Manifestationen in seinen Schülern dergestalt zum Leben zu bringen, daß sie für alles Gute, Schöne, Große, Wahre empfänglich würden, um es mit Freuden aufzufassen, wo es ihnen zur rechten Stunde begegnete. Ohne daß sie es merkten und wüßten, wäre somit die Grundidee, woraus alles hervorgeht, in ihnen lebendig geworden.

379. Wie man gebildete Menschen sieht, so findet man, daß sie nur für Eine Manifestation des Urwesens oder doch nur für wenige empfänglich sind, und das ist schon genug. Das Talent entwickelt im Praktischen alles und braucht von den theoretischen Einzelnheiten nicht Notiz zu nehmen: der Musicus kann ohne seinen Schaden den Bildhauer ignoriren und umgekehrt.

380. Man soll sich alles praktisch denken und deßhalb auch dahin trachten, daß verwandte Manifestationen der großen Idee, in so fern sie durch Menschen zur Erscheinung kommen sollen, auf eine gehörige Weise in einander wirken. Malerei, Plastik und Mimik stehen in einem unzertrennlichen Bezug; doch muß der Künstler, zu dem Einen berufen, sich hüten, von dem Andern beschädigt zu werden: der Bildhauer kann sich vom Maler, der Maler vom Mimiker verführen lassen, und alle drei können einander so verwirren, daß keiner derselben auf den Füßen stehen bleibt.

381. Die mimische Tanzkunst würde eigentlich alle bildenden Künstler zu Grunde richten, und mit Recht. Glücklicherweise ist der Sinnenreiz, den sie bewirkt, so flüchtig, und sie muß, um zu reizen, in's Übertriebene gehen. Dieses schreckt die übrigen Künstler glücklicherweise sogleich ab; doch können sie, wenn sie klug und vorsichtig sind, viel dabei lernen.

AUS KUNST UND ALTERTHUM
SECHSTEN BANDES ERSTES HEFT
1827

382. Das Erste und Letzte, was vom Genie gefordert wird, ist Wahrheitsliebe.

383. Wer gegen sich selbst und andere wahr ist und bleibt, besitzt die schönste Eigenschaft der größten Talente.

(Brocardicon)

384. Die Kunst ist eine Vermittlerin des Unaussprechlichen; darum scheint es eine Thorheit, sie wieder durch Worte vermitteln zu wollen. Doch indem wir uns darin bemühen, findet sich für den Verstand so mancher Gewinn, der dem ausübenden Vermögen auch wieder zu Gute kommt.

(Verhältniß, Neigung, Liebe, Leidenschaft, Gewohnheit)

385. Die Liebe, deren Gewalt die Jugend empfindet, ziemt nicht dem Alten, so wie alles, was Productivität voraussetzt. Daß diese sich mit den Jahren erhält, ist ein seltner Fall.

386. Alle Ganz- und Halbpoeten machen uns mit der Liebe dergestalt bekannt, daß sie müßte trivial geworden sein, wenn sie sich nicht naturgemäß in voller Kraft und Glanz immer wieder erneute.

387. Der Mensch, abgesehen von der Herrschaft, in welcher

die Passion ihn fesselt, ist noch von manchen nothwendigen Verhältnissen gebunden. Wer diese nicht kennt oder in Liebe umwandeln will, der muß unglücklich werden.

388. Alle Liebe bezieht sich auf Gegenwart; was mir in der Gegenwart angenehm ist, sich abwesend mir immer darstellt, den Wunsch des erneuerten Gegenwärtigseins immerfort erregt, bei Erfüllung dieses Wunsches von einem lebhaften Entzükken, bei Fortsetzung dieses Glücks von einer immer gleichen Anmuth begleitet wird, das eigentlich lieben wir, und hieraus folgt, daß wir alles lieben können, was zu unserer Gegenwart gelangen kann; ja um das Letzte auszusprechen: die Liebe des Göttlichen strebt immer darnach, sich das Höchste zu vergegenwärtigen.

389. Ganz nahe daran steht die Neigung, aus der nicht selten Liebe sich entwickelt. Sie bezieht sich auf ein reines Verhältniß, das in allem der Liebe gleicht, nur nicht in der nothwendigen Forderung einer fortgesetzten Gegenwart.

390. Diese Neigung kann nach vielen Seiten gerichtet sein, sich auf manche Personen und Gegenstände beziehen, und sie ist es eigentlich, die den Menschen, wenn er sie sich zu erhalten weiß, in einer schönen Folge glücklich macht. Es ist einer eignen Betrachtung werth, daß die Gewohnheit sich vollkommen an die Stelle der Liebesleidenschaft setzen kann: sie fordert nicht sowohl eine anmuthige als bequeme Gegenwart; alsdann aber ist sie unüberwindlich. Es gehört viel dazu, ein gewohntes Verhältniß aufzuheben; es besteht gegen alles Widerwärtige; Mißvergnügen, Unwillen, Zorn vermögen nichts gegen dasselbe; ja es überdauert die Verachtung, den Haß. Ich weiß nicht, ob es einem Romanschreiber geglückt ist, dergleichen vollkommen darzustellen, auch müßte er es nur beiläufig, episodisch unternehmen; denn er würde immer bei einer genauen Entwickelung mit manchen Unwahrscheinlichkeiten zu kämpfen haben.

AUS DEN HEFTEN ZUR MORPHOLOGIE
ERSTEN BANDES VIERTES HEFT
1822

391. Das Höchste, was wir von Gott und der Natur erhalten haben, ist das Leben, die rotirende Bewegung der Monas um sich selbst, welche weder Rast noch Ruhe kennt; der Trieb, das Leben zu hegen und zu pflegen, ist einem jeden unverwüstlich eingeboren, die Eigenthümlichkeit desselben jedoch bleibt uns und andern ein Geheimniß.

392. Die zweite Gunst der von oben wirkenden Wesen ist das Erlebte, das Gewahrwerden, das Eingreifen der lebendig-beweglichen Monas in die Umgebungen der Außenwelt, wodurch sie sich erst selbst als innerlich Gränzenloses, als äußerlich Begränztes gewahr wird. Über dieses Erlebte können wir, obgleich Anlage, Aufmerksamkeit und Glück dazu gehört, in uns selbst klar werden; andern bleibt aber auch dieß immer ein Geheimniß.

393. Als Drittes entwickelt sich nun dasjenige, was wir als Handlung und That, als Wort und Schrift gegen die Außenwelt richten; dieses gehört derselben mehr an als uns selbst, so wie sie sich darüber auch eher verständigen kann, als wir es selbst vermögen; jedoch fühlt sie, daß sie, um recht klar darüber zu werden, auch von unserm Erlebten soviel als möglich zu erfahren habe. Weßhalb man auch auf Jugendanfänge, Stufen der Bildung, Lebenseinzelnheiten, Anekdoten und dergleichen höchst begierig ist.

394. Dieser Wirkung nach außen folgt unmittelbar eine Rückwirkung, es sei nun, daß Liebe uns zu fördern suche oder Haß uns zu hindern wisse. Dieser Conflict bleibt sich im Leben ziemlich gleich, indem ja der Mensch sich gleich bleibt und eben so alles dasjenige, was Zuneigung oder Abneigung an seiner Art zu sein empfinden muß.

395. Was Freunde mit und für uns thun, ist auch ein Erlebtes; denn es stärkt und fördert unsere Persönlichkeit. Was Feinde gegen uns unternehmen, erleben wir nicht, wir erfahren's nur, lehnen's ab und schützen uns dagegen wie gegen Frost, Sturm, Regen und Schlossenwetter oder sonst äußere Übel, die zu erwarten sind.

396. Man mag nicht *mit* jedem leben, und so kann man auch nicht *für* jeden leben; wer das recht einsieht, wird seine Freunde höchlich zu schätzen wissen, seine Feinde nicht hassen noch verfolgen; vielmehr erlangt der Mensch nicht leicht einen größeren Vortheil, als wenn er die Vorzüge seiner Widersacher gewahr werden kann: dieß gibt ihm ein entschiedenes Übergewicht über sie.

397. Gehen wir in die Geschichte zurück, so finden wir überall Persönlichkeiten, mit denen wir uns vertrügen, andere, mit denen wir uns gewiß in Widerstreit befänden.

398. Das Wichtigste bleibt jedoch das Gleichzeitige, weil es sich in uns am reinsten abspiegelt, wir uns in ihm.

399. Cato ward in seinem Alter gerichtlich angeklagt, da er denn in seiner Vertheidigungsrede hauptsächlich hervorhob, man könne sich vor niemand vertheidigen als vor denen, mit denen man gelebt habe. Und er hat vollkommen Recht: wie will eine Jury aus Prämissen urtheilen, die ihr ganz abgehen?

wie will sie sich über Motive berathen, die schon längst hinter ihr liegen?

400. Das Erlebte weiß jeder zu schätzen, am meisten der Denkende und Nachsinnende im Alter; er fühlt mit Zuversicht und Behaglichkeit, daß ihm das niemand rauben kann.

401. So ruhen meine Naturstudien auf der reinen Basis des Erlebten; wer kann mir nehmen, daß ich 1749 geboren bin, daß ich (um vieles zu überspringen) mich aus *Erxlebens Naturlehre* erster Ausgabe treulich unterrichtet, daß ich den Zuwachs der übrigen Editionen, die sich durch Lichtenbergs Aufmerksamkeit gränzenlos anhäuften, nicht etwa im Druck zuerst gesehen, sondern jede neue Entdeckung im Fortschreiten sogleich vernommen und erfahren; daß ich, Schritt für Schritt folgend, die großen Entdeckungen der zweiten Hälfte des achtzehnten Jahrhunderts bis auf den heutigen Tag wie einen Wunderstern nach dem andern vor mir aufgehen sehe? Wer kann mir die heimliche Freude nehmen, wenn ich mir bewußt bin, durch fortwährendes aufmerksames Bestreben mancher großen weltüberraschenden Entdeckung selbst so nahe gekommen zu sein, daß ihre Erscheinung gleichsam aus meinem eignen Innern hervorbrach und ich nun die wenigen Schritte klar vor mir liegen sah, welche zu wagen ich in düsterer Forschung versäumt hatte?

402. Wer die Entdeckung der Luftballone mit erlebt hat, wird ein Zeugniß geben, welche Weltbewegung daraus entstand, welcher Antheil die Luftschiffer begleitete, welche Sehnsucht in soviel tausend Gemüthern hervordrang, an solchen längst vorausgesetzten, vorausgesagten, immer geglaubten und immer unglaublichen, gefahrvollen Wanderungen theilzunehmen, wie frisch und umständlich jeder einzelne glückliche Versuch die Zeitungen füllte, zu Tagesheften und Kupfern Anlaß

gab, welchen zarten Antheil man an den unglücklichen Opfern solcher Versuche genommen. Dieß ist unmöglich selbst in der Erinnerung wieder herzustellen, so wenig, als wie lebhaft man sich für einen vor dreißig Jahren ausgebrochenen, höchst bedeutenden Krieg interessirte.

403. Die schönste Metempsychose ist die, wenn wir uns im andern wieder auftreten sehn.

404. Professor *Zaupers Deutsche Poetik aus Goethe*, so wie der *Nachtrag* zu derselben, Wien 1822, darf dem Dichter wohl einen angenehmen Eindruck machen; es ist ihm, als wenn er an Spiegeln vorbeiginge und sich im günstigen Lichte dargestellt erblickte.

405. Und wäre es denn anders? Was der junge Freund an uns erlebt, ist ja gerade Handlung und That, Wort und Schrift, die von uns in glücklichen Momenten ausgegangen sind, zu denen wir uns immer gern bekennen.

406. Gar selten thun wir uns selbst genug; desto tröstender ist es, andern genug gethan zu haben.

407. Wir sehen in unser Leben doch nur als in ein Zerstückeltes zurück, weil das Versäumte, Mißlungene uns immer zuerst entgegentritt und das Geleistete, Erreichte in der Einbildungskraft überwiegt.

408. Davon kommt dem theilnehmenden Jüngling nichts zur Erscheinung; er sieht, genießt, benutzt die Jugend eines Vorfahren und erbaut sich selbst daran aus dem Innersten heraus, als wenn er schon einmal gewesen wäre, was er ist.

409. Auf ähnliche, ja gleiche Weise erfreuen mich die mannich-

faltigen Anklänge, die aus fremden Ländern zu mir gelangen. Fremde Nationen lernen erst später unsere Jugendarbeiten kennen; ihre Jünglinge, ihre Männer, strebend und thätig, sehen ihr Bild in unserm Spiegel, sie erfahren, daß wir das, was sie wollen, auch wollten, ziehen uns in ihre Gemeinschaft und täuschen mit dem Schein einer rückkehrenden Jugend.

410. Die Wissenschaft wird dadurch sehr zurückgehalten, daß man sich abgibt mit dem, was nicht wissenswerth, und mit dem, was nicht wißbar ist.

411. Die höhere Empirie verhält sich zur Natur wie der Menschenverstand zum praktischen Leben.

412. Vor den Urphänomenen, wenn sie unseren Sinnen enthüllt erscheinen, fühlen wir eine Art von Scheu, bis zur Angst. Die sinnlichen Menschen retten sich in's Erstaunen; geschwind aber kommt der thätige Kuppler Verstand und will auf seine Weise das Edelste mit dem Gemeinsten vermitteln.

413. Die wahre Vermittlerin ist die Kunst. Über Kunst sprechen heißt die Vermittlerin vermitteln wollen, und doch ist uns daher viel Köstliches erfolgt.

414. Es ist mit den Ableitungsgründen wie mit den Eintheilungsgründen: sie müssen durchgehen, oder es ist gar nichts dran.

415. Auch in Wissenschaften kann man eigentlich nichts wissen, es will immer gethan sein.

416. Alles wahre Aperçu kömmt aus einer Folge und bringt Folge. Es ist ein Mittelglied einer großen, productiv aufsteigenden Kette.

417. Die Wissenschaft hilft uns vor allem, daß sie das Staunen, wozu wir von Natur berufen sind, einigermaßen erleichtere; sodann aber, daß sie dem immer gesteigerten Leben neue Fertigkeiten erwecke zu Abwendung des Schädlichen und Einleitung des Nutzbaren.

418. Man klagt über wissenschaftliche Akademien, daß sie nicht frisch genug in's Leben eingreifen; das liegt aber nicht an ihnen, sondern an der Art, die Wissenschaften zu behandeln, überhaupt.

AUS DEN HEFTEN ZUR NATURWISSENSCHAFT
ZWEITEN BANDES ERSTES HEFT
1823
(Älteres, beinahe Veraltetes)

419. Wenn ein Wissen reif ist, Wissenschaft zu werden, so muß nothwendig eine Krise entstehen; denn es wird die Differenz offenbar zwischen denen, die das Einzelne trennen und getrennt darstellen, und solchen, die das Allgemeine im Auge haben und gern das Besondere an- und einfügen möchten. Wie nun aber die wissenschaftliche, ideelle, umgreifendere Behandlung sich mehr und mehr Freunde, Gönner und Mitarbeiter wirbt, so bleibt auf der höheren Stufe jene Trennung zwar nicht so entschieden, aber doch genugsam merklich.

Diejenigen, welche ich die *Universalisten* nennen möchte, sind überzeugt und stellen sich vor: daß alles überall, obgleich mit unendlichen Abweichungen und Mannichfaltigkeiten, vorhanden und vielleicht auch zu finden sei; die andern, die ich *Singularisten* benennen will, gestehen den Hauptpunct im Allgemeinen zu, ja sie beobachten, bestimmen und lehren hiernach; aber immer wollen sie Ausnahmen finden da, wo der ganze Typus nicht ausgesprochen ist, und darin haben sie Recht. Ihr Fehler aber ist nur, daß sie die Grundgestalt verkennen, wo sie sich verhüllt, und läugnen, wenn sie sich verbirgt. Da nun beide Vorstellungsweisen ursprünglich sind und sich einander ewig gegenüberstehen werden, ohne sich zu vereinigen oder aufzuheben, so hüte man ja sich vor aller Controvers und stelle seine Überzeugung klar und nackt hin.

420. So wiederhole ich die meinige: daß man auf diesen höheren Stufen nicht *wissen* kann, sondern *thun* muß; so wie an einem Spiele wenig zu wissen und alles zu leisten ist. Die Natur hat uns das Schachbrett gegeben, aus dem wir nicht hinaus wirken können noch wollen, sie hat uns die Steine geschnitzt, deren Werth, Bewegung und Vermögen nach und nach bekannt werden: nun ist es an uns, Züge zu thun, von denen wir uns Gewinn versprechen; dieß versucht nun ein jeder auf seine Weise und läßt sich nicht gern einreden. Mag das also geschehen, und beobachten wir nur vor allem genau, wie nah oder fern ein jeder von uns stehe, und vertragen uns sodann vorzüglich mit denjenigen, die sich zu der Seite bekennen, zu der wir uns halten. Ferner bedenke man, daß man immer mit einem unauflöslichen Problem zu thun habe, und erweise sich frisch und treu, alles zu beachten, was irgend auf eine Art zur Sprache kommt, am meisten dasjenige, was uns widerstrebt; denn dadurch wird man am ersten das Problematische gewahr, welches zwar in den Gegenständen selbst, mehr aber noch in den Menschen liegt. Ich bin nicht gewiß, ob ich in diesem so wohl bearbeiteten Felde persönlich weiter wirke, doch behalte ich mir vor, auf diese oder jene Wendung des Studiums, auf diese oder jene Schritte der Einzelnen aufmerksam zu sein und aufmerksam zu machen.

421. Allein kann der Mensch nicht wohl bestehen, daher schlägt er sich gern zu einer Partei, weil er da, wenn auch nicht Ruhe, doch Beruhigung und Sicherheit findet.

422. Es gibt wohl zu diesem oder jenem Geschäft von Natur unzulängliche Menschen; Übereilung und Dünkel jedoch sind gefährliche Dämonen, die den Fähigsten unzulänglich machen, alle Wirkung zum Stocken bringen, freie Fortschritte lähmen. Dieß gilt von weltlichen Dingen, besonders auch von Wissenschaften.

423. Im Reich der Natur waltet *Bewegung* und *That*, im Reiche der Freiheit *Anlage* und *Willen*. Bewegung ist ewig und tritt bei jeder günstigen Bedingung unwiderstehlich in die Erscheinung. Anlagen entwickeln sich zwar auch naturgemäß, müssen aber erst durch den Willen geübt und nach und nach gesteigert werden. Deßwegen ist man des freiwilligen Willens so gewiß nicht als der selbstständigen That: diese thut sich selbst, er aber wird gethan; denn er muß, um vollkommen zu werden und zu wirken, sich im Sittlichen dem Gewissen, das nicht irrt, im Kunstreiche aber der Regel fügen, die nirgends ausgesprochen ist. Das Gewissen bedarf keines Ahnherrn, mit ihm ist alles gegeben; es hat nur mit der innern eigenen Welt zu thun. Das Genie bedürfte auch keine Regel, wäre sich selbst genug, gäbe sich selbst die Regel; da es aber nach außen wirkt, so ist es vielfach bedingt durch Stoff und Zeit, und an beiden muß es nothwendig irre werden; deßwegen es mit allem, was eine Kunst ist, mit dem Regiment wie mit Gedicht, Statue und Gemälde, durchaus so wunderlich und unsicher aussieht.

424. Es ist eine schlimme Sache, die doch manchem Beobachter begegnet, mit einer Anschauung sogleich eine Folgerung zu verknüpfen und beide für gleichgeltend zu achten.

425. Die Geschichte der Wissenschaften zeigt uns bei allem, was für dieselben geschieht, gewisse Epochen, die bald schneller, bald langsamer auf einander folgen. Eine bedeutende Ansicht, neu oder erneut, wird ausgesprochen; sie wird anerkannt, früher oder später; es finden sich Mitarbeiter; das Resultat geht in die Schüler über; es wird gelehrt und fortgepflanzt, und wir bemerken leider, daß es gar nicht darauf ankommt, ob die Ansicht wahr oder falsch sei; beides macht denselben Gang, beides wird zuletzt eine Phrase, beides prägt sich als todtes Wort dem Gedächtniß ein.

426. Zur Verewigung des Irrthums tragen die Werke besonders bei, die encyklopädisch das Wahre und Falsche des Tages überliefern. Hier kann die Wissenschaft nicht bearbeitet werden, sondern was man weiß, glaubt, wähnt, wird aufgenommen; deßwegen sehen solche Werke nach funfzig Jahren gar wunderlich aus.

427. Zuerst belehre man sich selbst, dann wird man Belehrung von andern empfangen.

428. Theorien sind gewöhnlich Übereilungen eines ungeduldigen Verstandes, der die Phänomene gern los sein möchte und an ihrer Stelle deßwegen Bilder, Begriffe, ja oft nur Worte einschiebt. Man ahnet, man sieht auch wohl, daß es nur ein Behelf ist; liebt sich nicht aber Leidenschaft und Parteigeist jederzeit Behelfe? Und mit Recht, da sie ihrer so sehr bedürfen.

429. Unsere Zustände schreiben wir bald Gott, bald dem Teufel zu und fehlen ein- wie das anderemal: in uns selbst liegt das Räthsel, die wir Ausgeburt zweier Welten sind. Mit der Farbe geht's eben so: bald sucht man sie im Lichte, bald draußen im Weltall, und kann sie gerade da nicht finden, wo sie zu Hause ist.

430. Es wird eine Zeit kommen, wo man eine pathologische Experimentalphysik vorträgt und alle jene Spiegelfechtereien an's Tageslicht bringt, welche den Verstand hintergehen, sich eine Überzeugung erschleichen und, was das Schlimmste daran ist, durchaus jeden praktischen Fortschritt verhindern. Die Phänomene müssen ein- für allemal aus der düstern empirisch-mechanisch-dogmatischen Marterkammer vor die Jury des gemeinen Menschenverstandes gebracht werden.

431. Daß Newton bei seinen prismatischen Versuchen die

Öffnung so klein als möglich nahm, um eine Linie zum Lichtstrahl bequem zu symbolisiren, hat eine unheilbare Verirrung über die Welt gebracht, an der vielleicht noch Jahrhunderte leiden.

Durch dieses kleine Löchlein ward Malus zu einer abenteuerlichen Theorie getrieben, und wäre Seebeck nicht so umsichtig, so mußte er verhindert werden, den Urgrund dieser Erscheinungen, die entoptischen Figuren und Farben zu entdecken.

432. Was aber das Allersonderbarste ist: der Mensch, wenn er auch den Grund des Irrthums aufdeckt, wird den Irrthum selbst deßhalb doch nicht los. Mehrere Engländer, besonders Dr. Reade, sprechen gegen Newton leidenschaftlich aus: das prismatische Bild sei keineswegs das Sonnenbild, sondern das Bild der Öffnung unseres Fensterladens, mit Farbensäumen geschmückt; im prismatischen Bilde gebe es kein ursprünglich Grün, dieses entstehe durch das Übereinandergreifen des Blauen und Gelben, so daß ein schwarzer Streif eben so gut als ein weißer in Farben aufgelös't scheinen könne, wenn man hier von Auflösen reden wolle. Genug, alles, was wir seit vielen Jahren dargethan haben, legt dieser gute Beobachter gleichfalls vor. Nun aber läßt ihn die fixe Idee einer diversen Refrangibilität nicht los, doch kehrt er sie um und ist wo möglich noch befangener als sein großer Meister. Anstatt, durch diese neue Ansicht begeistert, aus jenem Chrysalidenzustande sich herauszureißen, sucht er die schon erwachsenen und entfalteten Glieder auf's neue in die alten Puppenschalen unterzubringen.

433. Das unmittelbare Gewahrwerden der Urphänomene versetzt uns in eine Art von Angst: wir fühlen unsere Unzulänglichkeit; nur durch das ewige Spiel der Empirie belebt, erfreuen sie uns.

434. Der Magnet ist ein Urphänomen, das man nur ausspre-

chen darf, um es erklärt zu haben; dadurch wird es denn auch ein Symbol für alles Übrige, wofür wir keine Worte noch Namen zu suchen brauchen.

435. Alles Lebendige bildet eine Atmosphäre um sich her.

436. Die außerordentlichen Männer des sechzehnten und siebzehnten Jahrhunderts waren selbst Akademien, wie Humboldt zu unserer Zeit. Als nun das Wissen so ungeheuer überhand nahm, thaten sich Privatleute zusammen, um, was den Einzelnen unmöglich wird, vereinigt zu leisten. Von Ministern, Fürsten und Königen hielten sie sich fern. Wie suchte nicht das französische stille Conventikel die Herrschaft Richelieu's abzulehnen! Wie verhinderte der englische Oxforder und Londner Verein den Einfluß der Lieblinge Karls des Zweiten!
Da es aber einmal geschehen war und die Wissenschaften sich als ein Staatsglied im Staatskörper fühlten, einen Rang bei Processionen und andern Feierlichkeiten erhielten, war bald der höhere Zweck aus den Augen verloren; man stellte seine Person vor, und die Wissenschaften hatten auch Mäntelchen um und Käppchen auf. In meiner Geschichte der Farbenlehre habe ich dergleichen weitläuftig angeführt. Was aber geschrieben steht, es steht deßwegen da, damit es immerfort erfüllt werde.

437. Die Natur auffassen und sie unmittelbar benutzen ist wenig Menschen gegeben; zwischen Erkenntniß und Gebrauch erfinden sie sich gern ein Luftgespinnst, das sie sorgfältig ausbilden und darüber den Gegenstand zugleich mit der Benutzung vergessen.

438. Eben so begreift man nicht leicht, daß in der großen Natur das geschieht, was auch im kleinsten Cirkel vorgeht. Dringt es ihnen die Erfahrung auf, so lassen sie sich's zuletzt gefallen.

Spreu, von geriebenem Bernstein angezogen, steht mit dem ungeheuersten Donnerwetter in Verwandtschaft, ja ist eine und eben dieselbe Erscheinung. Dieses Mikromegische gestehen wir auch in einigen andern Fällen zu, bald aber verläßt uns der reine Naturgeist, und der Dämon der Künstelei bemächtigt sich unser und weiß sich überall geltend zu machen.

439. Die Natur hat sich soviel Freiheit vorbehalten, daß wir mit Wissen und Wissenschaft ihr nicht durchgängig beikommen oder sie in die Enge treiben können.

440. Mit den Irrthümern der Zeit ist schwer sich abzufinden: widerstrebt man ihnen, so steht man allein; läßt man sich davon befangen, so hat man auch weder Ehre noch Freude davon.

AUS WILHELM MEISTERS WANDERJAHREN

1829

(Betrachtungen im Sinne der Wanderer.
Kunst, Ethisches, Natur)

441. Alles Gescheidte ist schon gedacht worden, man muß nur versuchen, es noch einmal zu denken.

442. Wie kann man sich selbst kennen lernen? Durch Betrachten niemals, wohl aber durch Handeln. Versuche, deine Pflicht zu thun, und du weißt gleich, was an dir ist.

443. Was aber ist deine Pflicht? Die Forderung des Tages.

444. Die vernünftige Welt ist als ein großes unsterbliches Individuum zu betrachten, das unaufhaltsam das Nothwendige bewirkt und dadurch sich sogar über das Zufällige zum Herrn macht.

445. Mir wird, je länger ich lebe, immer verdrießlicher, wenn ich den Menschen sehe, der eigentlich auf seiner höchsten Stelle da ist, um der Natur zu gebieten, um sich und die Seinigen von der gewaltthätigen Nothwendigkeit zu befreien, wenn ich sehe, wie er aus irgend einem vorgefaßten falschen Begriff gerade das Gegentheil thut von dem, was er will, und sich alsdann, weil die Anlage im Ganzen verdorben ist, im Einzelnen kümmerlich herumpfuschet.

446. Tüchtiger thätiger Mann, verdiene dir und erwarte
von den Großen – Gnade,
von den Mächtigen – Gunst,
von Thätigen und Guten – Förderung,
von der Menge – Neigung,
von dem Einzelnen – Liebe!

447. Die Dilettanten, wenn sie das Möglichste gethan haben, pflegen zu ihrer Entschuldigung zu sagen, die Arbeit sei noch nicht fertig. Freilich kann sie nie fertig werden, weil sie nie recht angefangen ward. Der Meister stellt sein Werk mit wenigen Strichen als fertig dar; ausgeführt oder nicht, schon ist es vollendet. Der geschickteste Dilettant tastet im Ungewissen, und wie die Ausführung wächs't, kommt die Unsicherheit der ersten Anlage immer mehr zum Vorschein. Ganz zuletzt entdeckt sich erst das Verfehlte, das nicht auszugleichen ist, und so kann das Werk freilich nicht fertig werden.

448. In der wahren Kunst gibt es keine Vorschule, wohl aber Vorbereitungen; die beste jedoch ist die Theilnahme des geringsten Schülers am Geschäft des Meisters. Aus Farbenreibern sind treffliche Maler hervorgegangen.

449. Ein anderes ist die Nachäffung, zu welcher die natürliche allgemeine Thätigkeit des Menschen durch einen bedeutenden Künstler, der das Schwere mit Leichtigkeit vollbringt, zufällig angeregt wird.

450. Von der Nothwendigkeit, daß der bildende Künstler Studien nach der Natur mache, und von dem Werthe derselben überhaupt sind wir genugsam überzeugt; allein wir läugnen nicht, daß es uns öfters betrübt, wenn wir den Mißbrauch eines so löblichen Strebens gewahr werden.

451. Nach unserer Überzeugung sollte der junge Künstler wenig oder gar keine Studien nach der Natur beginnen, wobei er nicht zugleich dächte, wie er jedes Blatt zu einem Ganzen abrunden, wie er diese Einzelnheit, in ein angenehmes Bild verwandelt, in einen Rahmen eingeschlossen, dem Liebhaber und Kenner gefällig anbieten möge.

452. Es steht manches Schöne isolirt in der Welt, doch der Geist ist es, der Verknüpfungen zu entdecken und dadurch Kunstwerke hervorzubringen hat. – Die Blume gewinnt erst ihren Reiz durch das Insect, das ihr anhängt, durch den Thautropfen, der sie befeuchtet, durch das Gefäß, woraus sie allenfalls ihre letzte Nahrung zieht. Kein Busch, kein Baum, dem man nicht durch die Nachbarschaft eines Felsens, einer Quelle Bedeutung geben, durch eine mäßige einfache Ferne größern Reiz verleihen könnte. So ist es mit menschlichen Figuren und so mit Thieren aller Art beschaffen.

453. Der Vortheil, den sich der junge Künstler hiedurch verschafft, ist gar mannichfaltig. Er lernt denken, das Passende gehörig zusammenbinden, und, wenn er auf diese Weise geistreich componirt, wird es ihm zuletzt auch an dem, was man Erfindung nennt, an dem Entwickeln des Mannichfaltigen aus dem Einzelnen keineswegs fehlen können.

454. Thut er nun hierin der eigentlichen Kunstpädagogik wahrhaft Genüge, so hat er noch nebenher den großen, nicht zu verachtenden Gewinn, daß er lernt, verkäufliche, dem Liebhaber anmuthige und liebliche Blätter hervorzubringen.

455. Eine solche Arbeit braucht nicht im höchsten Grade ausgeführt und vollendet zu sein; wenn sie gut gesehen, gedacht und fertig ist, so ist sie für den Liebhaber oft reizender als ein größeres ausgeführtes Werk.

456. Beschaue doch jeder junge Künstler seine Studien im Büchelchen und im Portefeuille und überlege, wie viele Blätter er davon auf jene Weise genießbar und wünschenswerth hätte machen können.

457. Es ist nicht die Rede vom Höheren, wovon man wohl auch sprechen könnte, sondern es soll nur als Warnung gesagt sein, die von einem Abwege zurückruft und auf's Höhere hindeutet.

458. Versuche es doch der Künstler nur ein halb Jahr praktisch und setze weder Kohle noch Pinsel an ohne Intention, einen vorliegenden Naturgegenstand als Bild abzuschließen. Hat er angebornes Talent, so wird sich's bald offenbaren, welche Absicht wir bei diesen Andeutungen im Sinne hegten.

459. Sage mir, mit wem du umgehst, so sage ich dir, wer du bist; weiß ich, womit du dich beschäftigst, so weiß ich, was aus dir werden kann.

460. Jeder Mensch muß nach seiner Weise denken; denn er findet auf seinem Wege immer ein Wahres oder eine Art von Wahrem, die ihm durch's Leben hilft. Nur darf er sich nicht gehen lassen, er muß sich controlliren; der bloße nackte Instinct geziemt nicht dem Menschen.

461. Unbedingte Thätigkeit, von welcher Art sie sei, macht zuletzt bankerott.

462. In den Werken des Menschen wie in denen der Natur sind eigentlich die Absichten vorzüglich der Aufmerksamkeit werth.

463. Die Menschen werden an sich und andern irre, weil sie die

Mittel als Zweck behandeln, da denn vor lauter Thätigkeit gar nichts geschieht oder vielleicht gar das Widerwärtige.

464. Was wir ausdenken, was wir vornehmen, sollte schon vollkommen so rein und schön sein, daß die Welt nur daran zu verderben hätte; wir blieben dadurch in dem Vortheil, das Verschobene zurechtzurücken, das Zerstörte wieder herzustellen.

465. Ganze, Halb- und Viertelsirrthümer sind gar schwer und mühsam zurechtzulegen, zu sichten und das Wahre daran dahin zu stellen, wohin es gehört.

466. Es ist nicht immer nöthig, daß das Wahre sich verkörpere; schon genug, wenn es geistig umherschwebt und Übereinstimmung bewirkt, wenn es wie Glockenton ernst-freundlich durch die Lüfte wogt.

467. Wenn ich jüngere deutsche Maler, sogar solche, die sich eine Zeitlang in Italien aufgehalten, befrage, warum sie doch, besonders in ihren Landschaften, so widerwärtige grelle Töne dem Auge darstellen und vor aller Harmonie zu fliehen scheinen, so geben sie wohl ganz dreist und getrost zur Antwort, sie sähen die Natur genau auf solche Weise.

468. Kant hat uns aufmerksam gemacht, daß es eine Kritik der Vernunft gebe, daß dieses höchste Vermögen, was der Mensch besitzt, Ursache habe, über sich selbst zu wachen. Wie großen Vortheil uns diese Stimme gebracht, möge jeder an sich selbst geprüft haben. Ich aber möchte in eben dem Sinne die Aufgabe stellen, daß eine Kritik der Sinne nöthig sei, wenn die Kunst überhaupt, besonders die deutsche, irgend wieder sich erholen und in einem erfreulichen Lebensschritt vorwärts gehen solle.

469. Der zur Vernunft geborene Mensch bedarf noch großer

Bildung, sie mag sich ihm nun durch Sorgfalt der Eltern und Erzieher, durch friedliches Beispiel oder durch strenge Erfahrung nach und nach offenbaren. Eben so wird zwar der *angehende* Künstler, aber nicht der *vollendete* geboren; sein Auge komme frisch auf die Welt, er habe glücklichen Blick für Gestalt, Proportion, Bewegung: aber für höhere Composition, für Haltung, Licht, Schatten, Farben kann ihm die natürliche Anlage fehlen, ohne daß er es gewahr wird.

470. Ist er nun nicht geneigt, von höher ausgebildeten Künstlern der Vor- und Mitzeit das zu lernen, was ihm fehlt, um eigentlicher Künstler zu sein, so wird er im falschen Begriff von bewahrter Originalität hinter sich selbst zurückbleiben; denn nicht allein das, was mit uns geboren ist, sondern auch das, was wir erwerben können, gehört uns an und wir sind es.

471. Allgemeine Begriffe und großer Dünkel sind immer auf dem Wege, entsetzliches Unglück anzurichten.

472. »Blasen ist nicht flöten, ihr müßt die Finger bewegen.«

473. Die Botaniker haben eine Pflanzenabtheilung, die sie Incompletae nennen; man kann eben auch sagen, daß es incomplette unvollständige Menschen gibt. Es sind diejenigen, deren Sehnsucht und Streben mit ihrem Thun und Leisten nicht proportionirt ist.

474. Der geringste Mensch kann complett sein, wenn er sich innerhalb der Gränzen seiner Fähigkeiten und Fertigkeiten bewegt; aber selbst schöne Vorzüge werden verdunkelt, aufgehoben und vernichtet, wenn jenes unerläßlich geforderte Ebenmaß abgeht. Dieses Unheil wird sich in der neuern Zeit noch öfter hervorthun; denn wer wird wohl den Forderungen

einer durchaus gesteigerten Gegenwart und zwar in schnellster Bewegung genugthun können?

475. Nur klugthätige Menschen, die ihre Kräfte kennen und sie mit Maß und Gescheidtigkeit benutzen, werden es im Weltwesen weit bringen.

476. Ein großer Fehler: daß man sich mehr dünkt, als man ist, und sich weniger schätzt, als man werth ist.

477. Es begegnet mir von Zeit zu Zeit ein Jüngling, an dem ich nichts verändert noch gebessert wünschte; nur macht mir bange, daß ich manchen vollkommen geeignet sehe, im Zeitstrom mit fortzuschwimmen, und hier ist's, wo ich immerfort aufmerksam machen möchte: daß dem Menschen in seinem zerbrechlichen Kahn eben deßhalb das Ruder in die Hand gegeben ist, damit er nicht der Willkür der Wellen, sondern dem Willen seiner Einsicht Folge leiste.

478. Wie soll nun aber ein junger Mann für sich selbst dahin gelangen, dasjenige für tadelnswerth und schädlich anzusehen, was jedermann treibt, billigt und fördert? Warum soll er sich nicht und sein Naturell auch dahin gehen lassen?

479. Für das größte Unheil unserer Zeit, die nichts reif werden läßt, muß ich halten, daß man im nächsten Augenblick den vorhergehenden verspeis't, den Tag im Tage verthut und so immer aus der Hand in den Mund lebt, ohne irgend etwas vor sich zu bringen. Haben wir doch schon Blätter für sämmtliche Tageszeiten! ein guter Kopf könnte wohl noch eins und das andere intercaliren. Dadurch wird alles, was ein jeder thut, treibt, dichtet, ja was er vor hat, in's Öffentliche geschleppt. Niemand darf sich freuen oder leiden als zum Zeitvertreib der übrigen, und so springt's von Haus zu Haus, von Stadt zu Stadt, von

Reich zu Reich und zuletzt von Welttheil zu Welttheil, alles velociferisch.

480. So wenig nun die Dampfmaschinen zu dämpfen sind, so wenig ist dieß auch im Sittlichen möglich: die Lebhaftigkeit des Handels, das Durchrauschen des Papiergeldes, das Anschwellen der Schulden, um Schulden zu bezahlen, das alles sind die ungeheuern Elemente, auf die gegenwärtig ein junger Mann gesetzt ist. Wohl ihm, wenn er von der Natur mit mäßigem ruhigem Sinn begabt ist, um weder unverhältnißmäßige Forderungen an die Welt zu machen noch auch von ihr sich bestimmen zu lassen!

481. Aber in einem jeden Kreise bedroht ihn der Tagesgeist, und nichts ist nöthiger, als früh genug ihm die Richtung bemerklich zu machen, wohin sein Wille zu steuern hat.

482. Die Bedeutsamkeit der unschuldigsten Reden und Handlungen wächs't mit den Jahren, und wen ich länger um mich sehe, den suche ich immerfort aufmerksam zu machen, welch ein Unterschied statt finde zwischen Aufrichtigkeit, Vertrauen und Indiscretion, ja daß eigentlich kein Unterschied sei, vielmehr nur ein leiser Übergang vom Unverfänglichsten zum Schädlichsten, welcher bemerkt oder vielmehr empfunden werden müsse.

483. Hierauf haben wir unsern Tact zu üben, sonst laufen wir Gefahr, auf dem Wege, worauf wir uns die Gunst der Menschen erwarben, sie ganz unversehens wieder zu verscherzen. Das begreift man wohl im Laufe des Lebens von selbst, aber erst nach bezahltem theuren Lehrgelde, das man leider seinen Nachkommenden nicht ersparen kann.

484. Das Verhältniß der Künste und Wissenschaften zum Le-

ben ist nach Verhältniß der Stufen, worauf sie stehen, nach Beschaffenheit der Zeiten und tausend andern Zufälligkeiten sehr verschieden; deßwegen auch niemand darüber im Ganzen leicht klug werden kann.

484a (= 233). *Poesie* wirkt am meisten im Anfang der Zustände, sie seien nun ganz roh, halbcultivirt oder bei Abänderung einer Cultur, bei'm Gewahrwerden einer fremden Cultur, daß man also sagen kann, die Wirkung der Neuheit findet durchaus statt.

485. *Musik* im besten Sinne bedarf weniger der Neuheit, ja vielmehr je älter sie ist, je gewohnter man sie ist, desto mehr wirkt sie.

486. Die Würde der Kunst erscheint bei der Musik vielleicht am eminentesten, weil sie keinen Stoff hat, der abgerechnet werden müßte. Sie ist ganz Form und Gehalt und erhöht und veredelt alles, was sie ausdrückt.

487. Die Musik ist heilig oder profan. Das Heilige ist ihrer Würde ganz gemäß, und hier hat sie die größte Wirkung auf's Leben, welche sich durch alle Zeiten und Epochen gleich bleibt. Die profane sollte durchaus heiter sein.

488. Eine Musik, die den heiligen und profanen Charakter vermischt, ist gottlos, und eine halbschürige, welche schwache, jammervolle, erbärmliche Empfindungen auszudrücken Belieben findet, ist abgeschmackt. Denn sie ist nicht ernst genug, um heilig zu sein, und es fehlt ihr der Hauptcharakter des Entgegengesetzten: die Heiterkeit.

489. Die Heiligkeit der Kirchenmusiken, das Heitere und Neckische der Volksmelodien sind die beiden Angeln, um die

sich die wahre Musik herumdreht. Auf diesen beiden Puncten beweis't sie jederzeit eine unausbleibliche Wirkung: Andacht oder Tanz. Die Vermischung macht irre, die Verschwächung wird fade, und will die Musik sich an Lehrgedichte oder beschreibende und dergleichen wenden, so wird sie kalt.

490. *Plastik* wirkt eigentlich nur auf ihrer höchsten Stufe; alles Mittlere kann wohl aus mehr denn Einer Ursache imponiren, aber alle mittleren Kunstwerke dieser Art machen mehr irre, als daß sie erfreuen. Die Bildhauerkunst muß sich daher noch ein stoffartiges Interesse suchen, und das findet sie in den Bildnissen bedeutender Menschen. Aber auch hier muß sie schon einen hohen Grad erreichen, wenn sie zugleich wahr und würdig sein will.

491. Die *Malerei* ist die läßlichste und bequemste von allen Künsten. Die läßlichste, weil man ihr um des Stoffes und des Gegenstandes willen auch da, wo sie nur Handwerk oder kaum eine Kunst ist, vieles zu Gute hält und sich an ihr erfreut; theils, weil eine technische, obgleich geistlose Ausführung den Ungebildeten wie den Gebildeten in Verwunderung setzt, so daß sie sich also nur einigermaßen zur Kunst zu steigern braucht, um in einem höheren Grade willkommen zu sein. Wahrheit in Farben, Oberflächen, in Beziehungen der sichtbaren Gegenstände auf einander ist schon angenehm, und da das Auge ohnehin gewohnt ist, alles zu sehen, so ist ihm eine Mißgestalt und also auch ein Mißbild nicht so zuwider als dem Ohr ein Mißton. Man läßt die schlechteste Abbildung gelten, weil man noch schlechtere Gegenstände zu sehen gewohnt ist. Der Maler darf also nur einigermaßen Künstler sein, so findet er schon ein größeres Publikum als der Musiker, der auf gleichem Grade stünde; wenigstens kann der geringere Maler immer für sich operiren, anstatt daß der mindere Musiker sich mit anderen sociiren muß, um durch gesellige Leistung einigen Effect zu thun.

492. Die Frage, ob man bei Betrachtung von Kunstleistungen vergleichen solle oder nicht, möchten wir folgendermaßen beantworten: Der ausgebildete Kenner soll vergleichen; denn ihm schwebt die Idee vor, er hat den Begriff gefaßt, was geleistet werden könne und solle; der Liebhaber, auf dem Wege zur Bildung begriffen, fördert sich am besten, wenn er nicht vergleicht, sondern jedes Verdienst einzeln betrachtet: dadurch bildet sich Gefühl und Sinn für das Allgemeinere nach und nach aus. Das Vergleichen der Unkenner ist eigentlich nur eine Bequemlichkeit, die sich gern des Urtheils überheben möchte.

493. Wahrheitsliebe zeigt sich darin, daß man überall das Gute zu finden und zu schätzen weiß.

494. Ein historisches Menschengefühl heißt ein dergestalt gebildetes, daß es bei Schätzung gleichzeitiger Verdienste und Verdienstlichkeiten auch die Vergangenheit mit in Anschlag bringt.

495. Das Beste, was wir von der Geschichte haben, ist der Enthusiasmus, den sie erregt.

496. Eigenthümlichkeit ruft Eigenthümlichkeit hervor.

497. Man muß bedenken, daß unter den Menschen gar viele sind, die doch auch etwas Bedeutendes sagen wollen, ohne productiv zu sein, und da kommen die wunderlichsten Dinge an den Tag.

498. Tief und ernstlich denkende Menschen haben gegen das Publicum einen bösen Stand.

499. Wenn ich die Meinung eines andern anhören soll, so muß

sie positiv ausgesprochen werden; Problematisches hab' ich in mir selbst genug.

500. Der Aberglaube gehört zum Wesen des Menschen und flüchtet sich, wenn man ihn ganz und gar zu verdrängen denkt, in die wunderlichsten Ecken und Winkel, von wo er auf einmal, wenn er einigermaßen sicher zu sein glaubt, wieder hervortritt.

501. Wir würden gar vieles besser kennen, wenn wir es nicht zu genau erkennen wollten. Wird uns doch ein Gegenstand unter einem Winkel von fünfundvierzig Graden erst faßlich.

502. Mikroskope und Fernröhre verwirren eigentlich den reinen Menschensinn.

503. Ich schweige zu vielem still; denn ich mag die Menschen nicht irre machen und bin wohl zufrieden, wenn sie sich freuen da, wo ich mich ärgere.

504. Alles, was unsern Geist befreit, ohne uns die Herrschaft über uns selbst zu geben, ist verderblich.

505. Das *Was* des Kunstwerks interessiert die Menschen mehr als das *Wie*; jenes können sie einzeln ergreifen, dieses im Ganzen nicht fassen. Daher kommt das Herausheben von Stellen, wobei zuletzt, wenn man wohl aufmerkt, die Wirkung der Totalität auch nicht ausbleibt, aber jedem unbewußt.

506. Die Frage: »Woher hat's der Dichter?« geht auch nur auf's *Was*; vom *Wie* erfährt dabei niemand etwas.

507. Einbildungskraft wird nur durch Kunst, besonders durch

Poesie geregelt. Es ist nichts fürchterlicher als Einbildungskraft ohne Geschmack.

508. Das Manierirte ist ein verfehltes Ideelle, ein subjectivirtes Ideelle; daher fehlt ihm das Geistreiche nicht leicht.

509. Der Philolog ist angewiesen auf die Congruenz des geschrieben Überlieferten. Ein Manuscript liegt zum Grunde, es finden sich in demselben wirkliche Lücken, Schreibfehler, die eine Lücke im Sinne machen, und was sonst alles an einem Manuscript zu tadeln sein mag. Nun findet sich eine zweite Abschrift, eine dritte; die Vergleichung derselben bewirkt immer mehr, das Verständige und Vernünftige der Überlieferung gewahr zu werden. Ja er geht weiter und verlangt von seinem innern Sinn, daß derselbe ohne äußere Hülfsmittel die Congruenz des Abgehandelten immer mehr zu begreifen und darzustellen wisse. Weil nun hiezu ein besonderer Tact, eine besondere Vertiefung in seinen abgeschiedenen Autor nöthig und ein gewisser Grad von Erfindungskraft gefordert wird, so kann man dem Philologen nicht verdenken, wenn er sich auch ein Urtheil bei Geschmackssachen zutraut, welches ihm jedoch nicht immer gelingen wird.

510. Der Dichter ist angewiesen auf Darstellung. Das Höchste derselben ist, wenn sie mit der Wirklichkeit wetteifert, das heißt, wenn ihre Schilderungen durch den Geist dergestalt lebendig sind, daß sie als gegenwärtig für jedermann gelten können. Auf ihrem höchsten Gipfel scheint die Poesie ganz äußerlich; je mehr sie sich in's Innere zurückzieht, ist sie auf dem Wege zu sinken. – Diejenige, die nur das Innere darstellt, ohne es durch ein Äußeres zu verkörpern, oder ohne das Äußere durch das Innere durchfühlen zu lassen, sind beides die letzten Stufen, von welchen aus sie in's gemeine Leben hineintritt.

511. Die Redekunst ist angewiesen auf alle Vortheile der Poesie, auf alle ihre Rechte; sie bemächtigt sich derselben und mißbraucht sie, um gewisse äußere, sittliche oder unsittliche, augenblickliche Vortheile im bürgerlichen Leben zu erreichen.

512. Literatur ist das Fragment der Fragmente; das Wenigste dessen, was geschah und gesprochen worden, ward geschrieben, vom Geschriebenen ist das Wenigste übrig geblieben.

513. In natürlicher Wahrheit und Großheit, obgleich wild und unbehaglich ausgebildetes Talent ist Lord Byron, und deßwegen kaum ein anderes ihm vergleichbar.

514. Eigentlichster Werth der sogenannten Volkslieder ist der, daß ihre Motive unmittelbar von der Natur genommen sind. Dieses Vortheils aber könnte der gebildete Dichter sich auch bedienen, wenn er es verstünde.

515. Hiebei aber haben jene immer das voraus, daß natürliche Menschen sich besser auf den Lakonismus verstehen als eigentlich Gebildete.

516. Shakespeare ist für aufkeimende Talente gefährlich zu lesen; er nöthigt sie, ihn zu reproduciren, und sie bilden sich ein, sich selbst zu produciren.

517. Über Geschichte kann niemand urtheilen, als wer an sich selbst Geschichte erlebt hat. So geht es ganzen Nationen. Die Deutschen können erst über Literatur urtheilen, seitdem sie selbst eine Literatur haben.

518. Man ist nur eigentlich lebendig, wenn man sich des Wohlwollens andrer freut.

519. Frömmigkeit ist kein Zweck, sondern ein Mittel, um durch die reinste Gemüthsruhe zur höchsten Cultur zu gelangen.

520. Deßwegen läßt sich bemerken, daß diejenigen, welche Frömmigkeit als Zweck und Ziel aufstecken, meistens Heuchler werden.

521. »Wenn man alt ist, muß man mehr thun, als da man jung war.«

522. Erfüllte Pflicht empfindet sich immer noch als Schuld, weil man sich nie ganz genug gethan.

523. Die Mängel erkennt nur der Lieblose; deßhalb, um sie einzusehen, muß man auch lieblos werden, aber nicht mehr, als hiezu nöthig ist.

524. Das höchste Glück ist das, welches unsere Mängel verbessert und unsere Fehler ausgleicht.

525. Kannst du lesen, so sollst du verstehen; kannst du schreiben, so mußt du etwas wissen; kannst du glauben, so sollst du begreifen; wenn du begehrst, wirst du sollen; wenn du forderst, wirst du nicht erlangen, und wenn du erfahren bist, sollst du nutzen.

526. Man erkennt niemand an als den, der uns nutzt. Wir erkennen den Fürsten an, weil wir unter seiner Firma den Besitz gesichert sehen. Wir gewärtigen uns von ihm Schutz gegen äußere und innere widerwärtige Verhältnisse.

527. Der Bach ist dem Müller befreundet, dem er nutzt, und er stürzt gern über die Räder; was hilft es ihm, gleichgültig durch's Thal hinzuschleichen?

528. Wer sich mit reiner Erfahrung begnügt und darnach handelt, der hat Wahres genug. Das heranwachsende Kind ist weise in diesem Sinne.

529. Die Theorie an und für sich ist nichts nütze, als in so fern sie uns an den Zusammenhang der Erscheinungen glauben macht.

530. Alles Abstracte wird durch Anwendung dem Menschenverstand genähert, und so gelangt der Menschenverstand durch Handeln und Beobachten zur Abstraction.

531. Wer zu viel verlangt, wer sich am Verwickelten erfreut, der ist den Verirrungen ausgesetzt.

532. Nach Analogien denken ist nicht zu schelten: die Analogie hat den Vortheil, daß sie nicht abschließt und eigentlich nichts Letztes will; dagegen die Induction verderblich ist, die einen vorgesetzten Zweck im Auge trägt und, auf denselben losarbeitend, Falsches und Wahres mit sich fortreißt.

533. *Gewöhnliches* Anschauen, richtige Ansicht der irdischen Dinge ist ein Erbtheil des allgemeinen Menschenverstandes, *reines* Anschauen des Äußern und Innern ist sehr selten.

534. Es äußert sich jenes im praktischen Sinn, im unmittelbaren Handeln; dieses symbolisch, vorzüglich durch Mathematik, in Zahlen und Formeln, durch Rede, uranfänglich, tropisch, als Poesie des Genies, als Sprichwörtlichkeit des Menschenverstandes.

535. Das Abwesende wirkt auf uns durch Überlieferung. Die gewöhnliche ist historisch zu nennen; eine höhere, der Einbildungskraft verwandte, ist mythisch. Sucht man hinter dieser

noch etwas Drittes, irgend eine Bedeutung, so verwandelt sie sich in Mystik. Auch wird sie leicht sentimental, so daß wir uns nur, was gemüthlich ist, aneignen.

536. Die Wirksamkeiten, auf die wir achten müssen, wenn wir wahrhaft gefördert sein wollen, sind:

vorbereitende,
begleitende,
mitwirkende,
nachhelfende,
fördernde,
verstärkende,
hindernde,
nachwirkende.

537. Im Betrachten wie im Handeln ist das Zugängliche von dem Unzugänglichen zu unterscheiden; ohne dieß läßt sich im Leben wie im Wissen wenig leisten.

538. »Le sens commun est le Génie de l'humanité.«

539. Der Gemeinverstand, der als Genie der Menschheit gelten soll, muß vorerst in seinen Äußerungen betrachtet werden. Forschen wir, wozu ihn die Menschheit benutzt, so finden wir Folgendes:
Die Menschheit ist bedingt durch Bedürfnisse. Sind diese nicht befriedigt, so erweis't sie sich ungeduldig; sind sie befriedigt, so erscheint sie gleichgültig. Der eigentliche Mensch bewegt sich also zwischen beiden Zuständen, und seinen Verstand, den sogenannten Menschenverstand, wird er anwenden, seine Bedürfnisse zu befriedigen; ist es geschehen, so hat er die Aufgabe, die Räume der Gleichgültigkeit auszufüllen. Beschränkt sich dieses in die nächsten und nothwendigsten Gränzen, so gelingt es ihm auch. Erheben sich aber die Bedürfnisse, treten sie

aus dem Kreise des Gemeinen heraus, so ist der Gemeinverstand nicht mehr hinreichend, er ist kein Genius mehr, die Region des Irrthums ist der Menschheit aufgethan.

540. Es geschieht nichts Unvernünftiges, das nicht Verstand oder Zufall wieder in die Richte brächten; nichts Vernünftiges, das Unverstand und Zufall nicht mißleiten könnten.

541. Jede große Idee, sobald sie in die Erscheinung tritt, wirkt tyrannisch; daher die Vortheile, die sie hervorbringt, sich nur allzubald in Nachtheile verwandeln. Man kann deßhalb eine jede Institution vertheidigen und rühmen, wenn man an ihre Anfänge erinnert und darzuthun weiß, daß alles, was von ihr im Anfange gegolten, auch jetzt noch gelte.

542. Lessing, der mancherlei Beschränkung unwillig fühlte, läßt eine seiner Personen sagen: »Niemand muß müssen.« Ein geistreicher frohgesinnter Mann sagte: »Wer will, der muß.« Ein Dritter, freilich ein Gebildeter, fügte hinzu: »Wer einsieht, der will auch.« Und so glaubte man den ganzen Kreis des Erkennens, Wollens und Müssens abgeschlossen zu haben. Aber im Durchschnitt bestimmt die Erkenntniß des Menschen, von welcher Art sie auch sei, sein Thun und Lassen; deßwegen auch nichts schrecklicher ist, als die Unwissenheit handeln zu sehen.

543. Es gibt zwei friedliche Gewalten: das Recht und die Schicklichkeit.

544. Das Recht dringt auf Schuldigkeit, die Polizei auf's Geziemende. Das Recht ist abwägend und entscheidend, die Polizei überschauend und gebietend. Das Recht bezieht sich auf den Einzelnen, die Polizei auf die Gesammtheit.

545. Die Geschichte der Wissenschaften ist eine große Fuge, in

der die Stimmen der Völker nach und nach zum Vorschein kommen.

546. Man kann in den Naturwissenschaften über manche Probleme nicht gehörig sprechen, wenn man die Metaphysik nicht zu Hülfe ruft; aber nicht jene Schul- und Wortweisheit: es ist dasjenige, was vor, mit und nach der Physik war, ist und sein wird.

547. Autorität, daß nämlich etwas schon einmal geschehen, gesagt oder entschieden worden sei, hat großen Werth; aber nur der Pedant fordert überall Autorität.

548. Altes Fundament ehrt man, darf aber das Recht nicht aufgeben, irgendwo wieder einmal von vorn zu gründen.

549. Beharre, wo du stehst! – Maxime, nothwendiger als je, indem einerseits die Menschen in große Parteien gerissen werden, sodann aber auch jeder Einzelne nach individueller Einsicht und Vermögen sich geltend machen will.

550. Man thut immer besser, daß man sich grad ausspricht, wie man denkt, ohne viel beweisen zu wollen; denn alle Beweise, die wir vorbringen, sind doch nur Variationen unserer Meinungen, und die Widriggesinnten hören weder auf das Eine noch auf das Andere.

551. Da ich mit der Naturwissenschaft, wie sie sich von Tag zu Tage vorwärts bewegt, immer mehr bekannt und verwandt werde, so dringt sich mir gar manche Betrachtung auf über die Vor- und Rückschritte, die zu gleicher Zeit geschehen. Eines nur sei hier ausgesprochen: *daß wir sogar anerkannte Irrthümer aus der Wissenschaft nicht los werden.* Die Ursache hievon ist ein offenbares Geheimniß.

552. Einen Irrthum nenn' ich, wenn irgend ein Ereigniß falsch ausgelegt, falsch angeknüpft, falsch abgeleitet wird. Nun ereignet sich aber im Gange des Erfahrens und Denkens, daß eine Erscheinung folgerecht angeknüpft, richtig abgeleitet wird. Das läßt man sich wohl gefallen, legt aber keinen besondern Werth darauf und läßt den Irrthum ganz ruhig daneben liegen, und ich kenne ein kleines Magazin von Irrthümern, die man sorgfältig aufbewahrt.

553. Da nun den Menschen eigentlich nichts interessirt als seine Meinung, so sieht jedermann, der eine Meinung vorträgt, sich rechts und links nach Hülfsmitteln um, damit er sich und andere bestärken möge. Des Wahren bedient man sich, so lange es brauchbar ist; aber leidenschaftlich-rhetorisch ergreift man das Falsche, sobald man es für den Augenblick nutzen, damit als einem Halbargumente blenden, als mit einem Lückenbüßer das Zerstückelte scheinbar vereinigen kann. Dieses zu erfahren war mir erst ein Ärgerniß, dann betrübte ich mich darüber, und nun macht es mir Schadenfreude: ich habe mir das Wort gegeben, ein solches Verfahren niemals wieder aufzudecken.

554. Jedes Existirende ist ein Analogon alles Existirenden; daher erscheint uns das Dasein immer zu gleicher Zeit gesondert und verknüpft. Folgt man der Analogie zu sehr, so fällt alles identisch zusammen; meidet man sie, so zerstreut sich alles in's Unendliche. In beiden Fällen stagnirt die Betrachtung, einmal als überlebendig, das andere Mal als getödtet.

555. Die Vernunft ist auf das Werdende, der Verstand auf das Gewordene angewiesen; jene bekümmert sich nicht: wozu? dieser fragt nicht: woher? – Sie erfreut sich am Entwickeln; er wünscht alles festzuhalten, damit er es nutzen könne.

556. Es ist eine Eigenheit dem Menschen angeboren und mit

seiner Natur innigst verwebt: daß ihm zur Erkenntniß das Nächste nicht genügt; da doch jede Erscheinung, die wir selbst gewahr werden, im Augenblick das Nächste ist und wir von ihr fordern können, daß sie sich selbst erkläre, wenn wir kräftig in sie dringen.

557. Das werden aber die Menschen nicht lernen, weil es gegen ihre Natur ist; daher die Gebildeten es selbst nicht lassen können, wenn sie an Ort und Stelle irgend ein Wahres erkannt haben, es nicht nur mit dem Nächsten, sondern auch mit dem Weitesten und Fernsten zusammenzuhängen, woraus denn Irrthum über Irrthum entspringt. Das nahe Phänomen hängt aber mit dem fernen nur in dem Sinne zusammen, daß sich alles auf wenige große Gesetze bezieht, die sich überall manifestiren.

558. Was ist das Allgemeine?
Der einzelne Fall.
Was ist das Besondere?
Millionen Fälle.

559. Die Analogie hat zwei Verirrungen zu fürchten: einmal, sich dem Witz hinzugeben, wo sie in nichts zerfließt, die andere, sich mit Tropen und Gleichnissen zu umhüllen, welches jedoch weniger schädlich ist.

560. Weder Mythologie noch Legenden sind in der Wissenschaft zu dulden. Lasse man diese den Poeten, die berufen sind, sie zu Nutz und Freude der Welt zu behandeln. Der wissenschaftliche Mann beschränke sich auf die nächste klarste Gegenwart. Wollte derselbe jedoch gelegentlich als Rhetor auftreten, so sei ihm jenes auch nicht verwehrt.

561. Um mich zu retten, betrachte ich alle Erscheinungen als unabhängig von einander und suche sie gewaltsam zu isoliren;

dann betrachte ich sie als Correlate, und sie verbinden sich zu einem entschiedenen Leben. Dieß bezieh' ich vorzüglich auf Natur; aber auch in Bezug auf die neueste, um uns her bewegte Weltgeschichte ist diese Betrachtungsweise fruchtbar.

562. Alles, was wir Erfinden, Entdecken im höheren Sinne nennen, ist die bedeutende Ausübung, Bethätigung eines originalen Wahrheitsgefühles, das, im Stillen längst ausgebildet, unversehens, mit Blitzesschnelle zu einer fruchtbaren Erkenntniß führt. Es ist eine aus dem Innern am Äußern sich entwickelnde Offenbarung, die den Menschen seine Gottähnlichkeit vorahnen läßt. Es ist eine Synthese von Welt und Geist, welche von der ewigen Harmonie des Daseins die seligste Versicherung gibt.

563. Der Mensch muß bei dem Glauben verharren, daß das Unbegreifliche begreiflich sei; er würde sonst nicht forschen.

564. Begreiflich ist jedes Besondere, das sich auf irgend eine Weise anwenden läßt. Auf diese Weise kann das Unbegreifliche nützlich werden.

565. Es gibt eine zarte Empirie, die sich mit dem Gegenstand innigst identisch macht und dadurch zur eigentlichen Theorie wird. Diese Steigerung des geistigen Vermögens aber gehört einer hochgebildeten Zeit an.

566. Am widerwärtigsten sind die kricklichen Beobachter und grilligen Theoristen; ihre Versuche sind kleinlich und complicirt, ihre Hypothesen abstrus und wunderlich.

567. Es gibt Pedanten, die zugleich Schelme sind, und das sind die allerschlimmsten.

568. Um zu begreifen, daß der Himmel überall blau ist, braucht man nicht um die Welt zu reisen.

569. Das Allgemeine und Besondere fallen zusammen: das Besondere ist das Allgemeine, unter verschiedenen Bedingungen erscheinend.

570. Man braucht nicht alles selbst gesehen noch erlebt zu haben; willst du aber dem andern und seinen Darstellungen vertrauen, so denke, daß du es nun mit dreien zu thun hast: mit dem Gegenstand und zwei Subjecten.

571. Grundeigenschaft der lebendigen Einheit: sich zu trennen, sich zu vereinen, sich in's Allgemeine zu ergehen, im Besondern zu verharren, sich zu verwandeln, sich zu specificiren und, wie das Lebendige unter tausend Bedingungen sich darthun mag, hervorzutreten und zu verschwinden, zu solidesciren und zu schmelzen, zu erstarren und zu fließen, sich auszudehnen und sich zusammenzuziehen. Weil nun alle diese Wirkungen im gleichen Zeitmoment zugleich vorgehen, so kann alles und jedes zu gleicher Zeit eintreten. Entstehen und Vergehen, Schaffen und Vernichten, Geburt und Tod, Freud' und Leid, alles wirkt durch einander, in gleichem Sinn und gleicher Maße; deßwegen denn auch das Besonderste, das sich ereignet, immer als Bild und Gleichniß des Allgemeinsten auftritt.

572. Ist das ganze Dasein ein ewiges Trennen und Verbinden, so folgt auch, daß die Menschen im Betrachten des ungeheuren Zustandes auch bald trennen, bald verbinden werden.

573. Als getrennt muß sich darstellen: Physik von Mathematik. Jene muß in einer entschiedenen Unabhängigkeit bestehen und mit allen liebenden, verehrenden, frommen Kräften in die

Natur und das heilige Leben derselben einzudringen suchen, ganz unbekümmert, was die Mathematik von ihrer Seite leistet und thut. Diese muß sich dagegen unabhängig von allem Äußern erklären, ihren eigenen großen Geistesgang gehen und sich selber reiner ausbilden, als es geschehen kann, wenn sie wie bisher sich mit dem Vorhandenen abgibt und diesem etwas abzugewinnen oder anzupassen trachtet.

574. In der Naturforschung bedarf es eines kategorischen Imperativs so gut als im Sittlichen; nur bedenke man, daß man dadurch nicht am Ende, sondern erst am Anfang ist.

575. Das Höchste wäre: zu begreifen, daß alles Factische schon Theorie ist. Die Bläue des Himmels offenbart uns das Grundgesetz der Chromatik. Man suche nur nichts hinter den Phänomenen: sie selbst sind die Lehre.

576. In den Wissenschaften ist viel Gewisses, sobald man sich von den Ausnahmen nicht irre machen läßt und die Probleme zu ehren weiß.

577. Wenn ich mich bei'm Urphänomen zuletzt beruhige, so ist es doch auch nur Resignation; aber es bleibt ein großer Unterschied, ob ich mich an den Gränzen der Menschheit resignire oder innerhalb einer hypothetischen Beschränktheit meines bornirten Individuums.

578. Wenn man die Probleme des Aristoteles ansieht, so erstaunt man über die Gabe des Bemerkens und für was alles die Griechen Augen gehabt haben. Nur begehen sie den Fehler der Übereilung, da sie von dem Phänomen unmittelbar zur Erklärung schreiten, wodurch denn ganz unzulängliche theoretische Aussprüche zum Vorschein kommen. Dieses ist jedoch der allgemeine Fehler, der noch heut zu Tage begangen wird.

579. Hypothesen sind Wiegenlieder, womit der Lehrer seine Schüler einlullt; der denkende treue Beobachter lernt immer mehr seine Beschränkung kennen, er sieht: je weiter sich das Wissen ausbreitet, desto mehr Probleme kommen zum Vorschein.

580. Unser Fehler besteht darin, daß wir am Gewissen zweifeln und das Ungewisse fixiren möchten. Meine Maxime bei der Naturforschung ist, das Gewisse festzuhalten und dem Ungewissen aufzupassen.

581. Läßliche Hypothese nenn' ich eine solche, die man gleichsam schalkhaft aufstellt, um sich von der ernsthaften Natur widerlegen zu lassen.

582. Wie wollte einer als Meister in seinem Fach erscheinen, wenn er nichts Unnützes lehrte!

583. Das Närrischste ist, daß jeder glaubt, überliefern zu müssen, was man gewußt zu haben glaubt.

584. Weil zum didaktischen Vortrag Gewißheit verlangt wird, indem der Schüler nichts Unsicheres überliefert haben will, so darf der Lehrer kein Problem stehen lassen und sich etwa in einiger Entfernung da herum bewegen. Gleich muß etwas bestimmt sein (»bepaalt« sagt der Holländer), und nun glaubt man eine Weile, den unbekannten Raum zu besitzen, bis ein anderer die Pfähle wieder ausreißt und sogleich enger oder weiter abermals wieder bepfählt.

585. Lebhafte Frage nach der Ursache, Verwechslung von Ursache und Wirkung, Beruhigung in einer falschen Theorie sind von großer, nicht zu entwickelnder Schädlichkeit.

586. Wenn mancher sich nicht verpflichtet fühlte, das Unwahre zu wiederholen, weil er's einmal gesagt hat, so wären es ganz andere Leute geworden.

587. Das Falsche hat den Vortheil, daß man immer darüber schwätzen kann; das Wahre muß gleich genutzt werden, sonst ist es nicht da.

588. Wer nicht einsieht, wie das Wahre praktisch erleichtert, mag gern daran mäkeln und häkeln, damit er nur sein irriges mühseliges Treiben einigermaßen beschönigen könne.

589. Die Deutschen, und sie nicht allein, besitzen die Gabe, die Wissenschaften unzugänglich zu machen.

590. Der Engländer ist Meister, das Entdeckte gleich zu nutzen, bis es wieder zu neuer Entdeckung und frischer That führt. Man frage nun, warum sie uns überall voraus sind.

591. Der denkende Mensch hat die wunderliche Eigenschaft, daß er an die Stelle, wo das unaufgelös'te Problem liegt, gerne ein Phantasiebild hinfabelt, das er nicht los werden kann, wenn das Problem auch aufgelös't und die Wahrheit am Tage ist.

592. Es gehört eine eigene Geisteswendung dazu, um das gestaltlose Wirkliche in seiner eigensten Art zu fassen und es von Hirngespinnsten zu unterscheiden, die sich denn doch auch mit einer gewissen Wirklichkeit lebhaft aufdringen.

593. Bei Betrachtung der Natur im Großen wie im Kleinen hab' ich unausgesetzt die Frage gestellt: Ist es der Gegenstand oder bist du es, der sich hier ausspricht? Und in diesem Sinne betrachtete ich auch Vorgänger und Mitarbeiter.

594. Ein jeder Mensch sieht die fertige und geregelte, gebildete, vollkommene Welt doch nur als ein Element an, woraus er sich eine besondere, ihm angemessene Welt zu erschaffen bemüht ist. Tüchtige Menschen ergreifen sie ohne Bedenken und suchen damit, wie es gehen will, zu gebahren, andere zaudern an ihr herum, einige zweifeln sogar an ihrem Dasein.
Wer sich von dieser Grundwahrheit recht durchdrungen fühlte, würde mit niemanden streiten, sondern nur die Vorstellungsart eines andern wie seine eigene als ein Phänomen betrachten. Denn wir erfahren fast täglich, daß der eine mit Bequemlichkeit denken mag, was dem andern zu denken unmöglich ist, und zwar nicht etwa in Dingen, die auf Wohl und Wehe nur irgend einen Einfluß hätten, sondern in Dingen, die für uns völlig gleichgültig sind.

595. Man weiß eigentlich das, was man weiß, nur für sich selbst. Spreche ich mit einem andern von dem, was ich zu wissen glaube, unmittelbar glaubt er's besser zu wissen, und ich muß mit meinem Wissen immer wieder in mich selbst zurückkehren.

596. Das Wahre fördert; aus dem Irrthum entwickelt sich nichts, er verwickelt uns nur.

597. Der Mensch findet sich mitten unter Wirkungen und kann sich nicht enthalten, nach den Ursachen zu fragen; als ein bequemes Wesen greift er nach der nächsten als der besten und beruhigt sich dabei; besonders ist dieß die Art des allgemeinen Menschenverstandes.

598. Sieht man ein Übel, so wirkt man unmittelbar darauf, das heißt, man curirt unmittelbar auf's Symptom los.

599. Die Vernunft hat nur über das Lebendige Herrschaft; die

entstandene Welt, mit der sich die Geognosie abgibt, ist todt. Daher kann es keine Geologie geben; denn die Vernunft hat hier nichts zu thun.

600. Wenn ich ein zerstreutes Gerippe finde, so kann ich es zusammenlesen und aufstellen; denn hier spricht die ewige Vernunft durch ein Analogon zu mir, und wenn es das Riesenfaulthier wäre.

601. Was nicht mehr entsteht, können wir uns als entstehend nicht denken; das Entstandene begreifen wir nicht.

602. Der allgemeine neuere Vulkanismus ist eigentlich ein kühner Versuch, die gegenwärtige unbegreifliche Welt an eine vergangene unbekannte zu knüpfen.

603. Gleiche oder wenigstens ähnliche Wirkungen werden auf verschiedene Weise durch Naturkräfte hervorgebracht.

604. Nichts ist widerwärtiger als die Majorität; denn sie besteht aus wenigen kräftigen Vorgängern, aus Schelmen, die sich accommodiren, aus Schwachen, die sich assimiliren, und der Masse, die nachtrollt, ohne nur im mindesten zu wissen, was sie will.

605. Die Mathematik ist wie die Dialektik ein Organ des inneren höheren Sinnes; in der Ausübung ist sie eine Kunst wie die Beredsamkeit. Für beide hat nichts Werth als die Form; der Gehalt ist ihnen gleichgültig. Ob die Mathematik Pfennige oder Guineen berechne, die Rhetorik Wahres oder Falsches vertheidige, ist beiden vollkommen gleich.

606. Hier aber kommt es nun auf die Natur des Menschen an, der ein solches Geschäft betreibt, eine solche Kunst ausübt. Ein

durchgreifender Advocat in einer gerechten Sache, ein durchdringender Mathematiker vor dem Sternenhimmel erscheinen beide gleich gottähnlich.

607. Was ist an der Mathematik exact als die Exactheit? Und diese, ist sie nicht eine Folge des innern Wahrheitsgefühls?

608. Die Mathematik vermag kein Vorurtheil wegzuheben, sie kann den Eigensinn nicht lindern, den Parteigeist nicht beschwichtigen, nichts von allem Sittlichen vermag sie.

609. Der Mathematiker ist nur in so fern vollkommen, als er ein vollkommener Mensch ist, als er das Schöne des Wahren in sich empfindet; dann erst wird er gründlich, durchsichtig, umsichtig, rein, klar, anmuthig, ja elegant wirken. Das alles gehört dazu, um La Grange ähnlich zu werden.

610. Nicht die Sprache an und für sich ist richtig, tüchtig, zierlich, sondern der Geist ist es, der sich darin verkörpert, und so kommt es nicht auf einen jeden an, ob er seinen Rechnungen, Reden oder Gedichten die wünschenswerthen Eigenschaften verleihen will: es ist die Frage, ob ihm die Natur hiezu die geistigen und sittlichen Eigenschaften verliehen hat. Die geistigen: das Vermögen der An- und Durchschauung, die sittlichen: daß er die bösen Dämonen ablehne, die ihn hindern könnten, dem Wahren die Ehre zu geben.

611. Das Einfache durch das Zusammengesetzte, das Leichte durch das Schwierige erklären zu wollen ist ein Unheil, das in dem ganzen Körper der Wissenschaft vertheilt ist, von den Einsichtigen wohl anerkannt, aber nicht überall eingestanden.

612. Man sehe die Physik genau durch, und man wird finden,

daß die Phänomene so wie die Versuche, worauf sie gebaut ist, verschiedenen Werth haben.

613. Auf die primären, die Urversuche kommt alles an, und das Capitel, das hierauf gebaut ist, steht sicher und fest. Aber es gibt auch secundäre, tertiäre und so weiter; gesteht man diesen das gleiche Recht zu, so verwirren sie nur das, was von den ersten aufgeklärt war.

614. Ein großes Übel in den Wissenschaften, ja überall entsteht daher, daß Menschen, die kein Ideenvermögen haben, zu theoretisiren sich vermessen, weil sie nicht begreifen, daß noch so vieles Wissen hiezu nicht berechtigt. Sie gehen im Anfange wohl mit einem löblichen Menschenverstand zu Werke, dieser aber hat seine Gränzen, und wenn er sie überschreitet, kommt er in Gefahr, absurd zu werden. Des Menschenverstandes angewiesenes Gebiet und Erbtheil ist der Bezirk des Thuns und Handelns. Thätig wird er sich selten verirren; das höhere Denken, Schließen und Urtheilen jedoch ist nicht seine Sache.

615. Die Erfahrung nutzt erst der Wissenschaft, sodann schadet sie, weil die Erfahrung Gesetz und Ausnahme gewahr werden läßt. Der Durchschnitt von beiden gibt keineswegs das Wahre.

616. Man sagt, zwischen zwei entgegengesetzten Meinungen liege die Wahrheit mitten inne. Keineswegs! Das Problem liegt dazwischen, das Unschaubare, das ewig thätige Leben, in Ruhe gedacht.

AUS WILHELM MEISTERS WANDERJAHREN

1829

(»Aus Makariens Archiv«)

617. Die Geheimnisse der Lebenspfade darf und kann man nicht offenbaren; es gibt Steine des Anstoßes, über die ein jeder Wanderer stolpern muß. Der Poet aber deutet auf die Stelle hin.

618. Es wäre nicht der Mühe werth, siebzig Jahr alt zu werden, wenn alle Weisheit der Welt Thorheit wäre vor Gott.

619. Das Wahre ist gottähnlich: es erscheint nicht unmittelbar, wir müssen es aus seinen Manifestationen errathen.

620. Der echte Schüler lernt aus dem Bekannten das Unbekannte entwickeln und nähert sich dem Meister.

621. Aber die Menschen vermögen nicht leicht aus dem Bekannten das Unbekannte zu entwickeln; denn sie wissen nicht, daß ihr Verstand eben solche Künste wie die Natur treibt.

622. Denn die Götter lehren uns ihr eigenstes Werk nachahmen; doch wissen wir nur, was wir thun, erkennen aber nicht, was wir nachahmen.

623. Alles ist gleich, alles ungleich, alles nützlich und schädlich, sprechend und stumm, vernünftig und unvernünftig.

Und was man von einzelnen Dingen bekennt, widerspricht sich öfters.

624. Denn das Gesetz haben die Menschen sich selbst auferlegt, ohne zu wissen, über was sie Gesetze gaben; aber die Natur haben alle Götter geordnet.

625. Was nun die Menschen gesetzt haben, das will nicht passen, es mag recht oder unrecht sein; was aber die Götter setzten, das ist immer am Platz, recht oder unrecht.

626. Ich aber will zeigen, daß die bekannten Künste der Menschen natürlichen Begebenheiten gleich sind, die offenbar oder geheim vorgehen.

627. Von der Art ist die Weissagekunst. Sie erkennet aus dem Offenbaren das Verborgene, aus dem Gegenwärtigen das Zukünftige, aus dem Todten das Lebendige und den Sinn des Sinnlosen.

628. So erkennt der Unterrichtete immer recht die Natur des Menschen, und der Ununterrichtete sieht sie bald so, bald so an, und jeder ahmt sie nach seiner Weise nach.

629. Wenn ein Mann mit einem Weibe zusammentrifft und ein Knabe entsteht, so wird aus etwas Bekanntem ein Unbekanntes. Dagegen wenn der dunkle Geist des Knaben die deutlichen Dinge in sich aufnimmt, so wird er zum Mann und lernt aus dem Gegenwärtigen das Zukünftige erkennen.

630. Das Unsterbliche ist nicht dem sterblichen Lebenden zu vergleichen, und doch ist auch das bloß Lebende verständig. So weiß der Magen recht gut, wann er hungert und durstet.

631. So verhält sich die Wahrsagekunst zur menschlichen Natur. Und beide sind dem Einsichtsvollen immer recht; dem Beschränkten aber erscheinen sie bald so, bald so.

632. In der Schmiede erweicht man das Eisen, indem man das Feuer anbläs't und dem Stabe seine überflüssige Nahrung nimmt; ist er aber rein geworden, dann schlägt man ihn und zwingt ihn, und durch die Nahrung eines fremden Wassers wird er wieder stark. Das widerfährt auch dem Menschen von seinem Lehrer.

633. »Da wir überzeugt sind, daß derjenige, der die intellectuelle Welt beschaut und des wahrhaften Intellects Schönheit gewahr wird, auch wohl ihren Vater, der über allen Sinn erhaben ist, bemerken könne, so versuchen wir denn, nach Kräften einzusehen und für uns selbst auszudrücken – in so fern sich dergleichen deutlich machen läßt –, auf welche Weise wir die Schönheit des Geistes und der Welt anzuschauen vermögen.

634. Nehmet an daher, zwei steinerne Massen seien neben einander gestellt, deren eine roh und ohne künstliche Bearbeitung geblieben, die andere aber durch die Kunst zur Statue, einer menschlichen oder göttlichen, ausgebildet worden. Wäre es eine göttliche, so möchte sie eine Grazie oder Muse vorstellen; wäre es eine menschliche, so dürfte es nicht ein besonderer Mensch sein, vielmehr irgend einer, den die Kunst aus allem Schönen versammelte.

635. Euch wird aber der Stein, der durch die Kunst zur schönen Gestalt gebracht worden, alsobald schön erscheinen; doch nicht, weil er Stein ist – denn sonst würde die andere Masse gleichfalls für schön gelten –, sondern daher, daß er eine Gestalt hat, welche die Kunst ihm ertheilte.

636. Die Materie aber hatte eine solche Gestalt nicht, son
dern diese war in dem Ersinnenden früher, als sie zum Stei
gelangte. Sie war jedoch in dem Künstler nicht, weil e
Augen und Hände hatte, sondern weil er mit der Kunst be
gabt war.

637. Also war in der Kunst noch eine weit größere Schönheit
denn nicht die Gestalt, die in der Kunst ruhet, gelangt in de
Stein, sondern dorten bleibt sie, und es gehet indessen eine an
dere geringere hervor, die nicht rein in sich selbst verharret
noch auch wie sie der Künstler wünschte, sondern in so fern de
Stoff der Kunst gehorchte.

638. Wenn aber die Kunst dasjenige, was sie ist und besitzt
auch hervorbringt und das Schöne nach der Vernunft hervor
bringt, nach welcher sie immer handelt, so ist sie fürwahr die
jenige, die mehr und wahrer eine größere und trefflicher
Schönheit der Kunst besitzt, vollkommener als alles, was nac
außen hervortritt.

639. Denn indem die Form, in die Materie hervorschreitend
schon ausgedehnt wird, so wird sie schwächer als jene, welch
in Einem verharret. Denn was in sich eine Entfernung erduldet
tritt von sich selbst weg: Stärke von Stärke, Wärme von Wär
me, Kraft von Kraft, so auch Schönheit von Schönheit. Dahe
muß das Wirkende trefflicher sein als das Gewirkte. Denn nich
die Unmusik macht den Musiker, sondern die Musik, und di
übersinnliche Musik bringt die Musik in sinnlichem Ton her
vor.

640. Wollte aber jemand die Künste verachten, weil sie de
Natur nachahmen, so läßt sich darauf antworten, daß die Natu
ren auch manches Andere nachahmen, daß ferner die Künst
nicht das geradezu nachahmen, was man mit Augen siehet

sondern auf jenes Vernünftige zurückgehen, aus welchem die Natur bestehet und wornach sie handelt.

641. Ferner bringen auch die Künste vieles aus sich selbst hervor und fügen andrerseits manches hinzu, was der Vollkommenheit abgehet, indem sie die Schönheit in sich selbst haben. So konnte Phidias den Gott bilden, ob er gleich nichts sinnlich Erblickliches nachahmte, sondern sich einen solchen in den Sinn faßte, wie Zeus selbst erscheinen würde, wenn er unsern Augen begegnen möchte.«

642. Man kann den Idealisten alter und neuer Zeit nicht verargen, wenn sie so lebhaft auf Beherzigung des Einen dringen, woher alles entspringt und worauf alles wieder zurückzuführen wäre. Denn freilich ist das belebende und ordnende Princip in der Erscheinung dergestalt bedrängt, daß es sich kaum zu retten weiß. Allein wir verkürzen uns an der andern Seite wieder, wenn wir das Formende und die höhere Form selbst in eine vor unserm äußern und innern Sinn verschwindende Einheit zurückdrängen.

643. Wir Menschen sind auf Ausdehnung und Bewegung angewiesen; diese beiden allgemeinen Formen sind es, in welchen sich alle übrigen Formen, besonders die sinnlichen offenbaren. Eine geistige Form wird aber keineswegs verkürzt, wenn sie in der Erscheinung hervortritt, vorausgesetzt, daß ihr Hervortreten eine wahre Zeugung, eine wahre Fortpflanzung sei. Das Gezeugte ist nicht geringer als das Zeugende, ja es ist der Vortheil lebendiger Zeugung, daß das Gezeugte vortrefflicher sein kann als das Zeugende.

644. Dieses weiter auszuführen und vollkommen anschaulich, ja, was mehr ist, durchaus praktisch zu machen würde von wichtigem Belang sein. Eine umständliche folgerechte Aus-

führung aber möchte den Hörern übergroße Aufmerksamkeit zumuthen.

645. Was einem angehört wird man nicht los, und wenn man es wegwürfe.

646. Die neueste Philosophie unserer westlichen Nachbarn gibt ein Zeugniß, daß der Mensch, er gebärde sich, wie er wolle, und so auch ganze Nationen immer wieder zum Angeborenen zurückkehren. Und wie wollte das anders sein, da ja dieses seine Natur und Lebensweise bestimmt?

647. Die Franzosen haben dem Materialismus entsagt und den Uranfängen etwas mehr Geist und Leben zuerkannt, sie haben sich vom Sensualismus losgemacht und den Tiefen der menschlichen Natur eine Entwickelung aus sich selbst eingestanden, sie lassen in ihr eine productive Kraft gelten und suchen nicht alle Kunst aus Nachahmung eines gewahrgewordenen Äußern zu erklären. In solchen Richtungen mögen sie beharren.

648. Eine eklektische Philosophie kann es nicht geben, wohl aber eklektische Philosophen.

649. Ein Eklektiker aber ist ein jeder, der aus dem, was ihn umgibt, aus dem, was sich um ihn ereignet, sich dasjenige aneignet, was seiner Natur gemäß ist; und in diesem Sinne gilt alles, was Bildung und Fortschreitung heißt, theoretisch oder praktisch genommen.

650. Zwei eklektische Philosophen könnten demnach die größten Widersacher werden, wenn sie, antagonistisch geboren, jeder von seiner Seite sich aus allen überlieferten Philosophien dasjenige aneigneten, was ihm gemäß wäre. Sehe man doch

nur um sich her, so wird man immer finden, daß jeder Mensch auf diese Weise verfährt und deßhalb nicht begreift, warum er andere nicht zu seiner Meinung bekehren kann.

651. Besieht man es genauer, so findet sich, daß dem Geschichtschreiber selbst die Geschichte nicht leicht historisch wird; denn der jedesmalige Schreiber schreibt immer nur so, als wenn er damals selbst dabei gewesen wäre, nicht aber, was vormals war und damals bewegte. Der Chronikenschreiber selbst deutet nur mehr oder weniger auf die Beschränktheit, auf die Eigenheiten seiner Stadt, seines Klosters wie seines Zeitalters.

652. Sogar ist es selten, daß jemand im höchsten Alter sich selbst historisch wird, und daß ihm die Mitlebenden historisch werden, so daß er mit niemanden mehr controvertiren mag noch kann.

653. Verschiedene Sprüche der Alten, die man sich öfters zu wiederholen pflegt, hatten eine ganz andere Bedeutung, als man ihnen in späteren Zeiten geben möchte.

654. Das Wort, es solle kein mit der Geometrie Unbekannter, der Geometrie Fremder in die Schule des Philosophen treten, heißt nicht etwa, man solle ein Mathematiker sein, um ein Weltweiser zu werden.

655. Geometrie ist hier in ihren ersten Elementen gedacht, wie sie uns im Euklid vorliegt, und wie wir sie einen jeden Anfänger beginnen lassen. Alsdann aber ist sie die vollkommenste Vorbereitung, ja Einleitung in die Philosophie.

656. Wenn der Knabe zu begreifen anfängt, daß einem sichtbaren Puncte ein unsichtbarer vorhergehen müsse, daß der näch-

ste Weg zwischen zwei Puncten schon als Linie gedacht werde, ehe sie mit dem Bleistift auf's Papier gezogen wird, so fühlt er einen gewissen Stolz, ein Behagen. Und nicht mit Unrecht; denn ihm ist die Quelle alles Denkens aufgeschlossen, Idee und Verwirklichtes, ›potentia et actu‹ ist ihm klar geworden; der Philosoph entdeckt ihm nichts Neues, dem Geometer war von seiner Seite der Grund alles Denkens aufgegangen.

657. Nehmen wir sodann das bedeutende Wort vor: *Erkenne dich selbst*, so müssen wir es nicht im ascetischen Sinne auslegen. Es ist keineswegs die Heautognosie unserer modernen Hypochondristen, Humoristen und Heautontimorumenen damit gemeint; sondern es heißt ganz einfach: Gib einigermaßen Acht auf dich selbst, nimm Notiz von dir selbst, damit du gewahr werdest, wie du zu deines Gleichen und der Welt zu stehen kommst. Hiezu bedarf es keiner psychologischen Quälereien; jeder tüchtige Mensch weiß und erfährt, was es heißen soll; es ist ein guter Rath, der einem jeden praktisch zum größten Vortheil gedeiht.

658. Man denke sich das Große der Alten, vorzüglich der Sokratischen Schule, daß sie Quelle und Richtschnur alles Lebens und Thuns vor Augen stellt, nicht zu leerer Speculation, sondern zu Leben und That auffordert.

659. Wenn nun unser Schulunterricht immer auf das Alterthum hinweis't, das Studium der griechischen und lateinischen Sprache fördert, so können wir uns Glück wünschen, daß diese zu einer höheren Cultur so nöthigen Studien niemals rückgängig werden.

660. Denn wenn wir uns dem Alterthum gegenüber stellen und es ernstlich in der Absicht anschauen, uns daran zu bilden

so gewinnen wir die Empfindung, als ob wir erst eigentlich zu Menschen würden.

661. Der Schulmann, indem er Lateinisch zu schreiben und zu sprechen versucht, kommt sich höher und vornehmer vor, als er sich in seinem Alltagsleben dünken darf.

662. Der für dichterische und bildnerische Schöpfungen empfängliche Geist fühlt sich dem Althertum gegenüber in den anmuthigst-ideellen Naturzustand versetzt, und noch auf den heutigen Tag haben die Homerischen Gesänge die Kraft, uns wenigstens für Augenblicke von der furchtbaren Last zu befreien, welche die Überlieferung von mehrern tausend Jahren auf uns gewälzt hat.

663. Wie Sokrates den sittlichen Menschen zu sich berief, damit dieser ganz einfach einigermaßen über sich selbst aufgeklärt würde, so traten Plato und Aristoteles gleichfalls als befugte Individuen vor die Natur; der eine, mit Geist und Gemüth sich ihr anzueignen, der andere, mit Forscherblick und Methode sie für sich zu gewinnen. Und so ist denn auch jede Annäherung, die sich uns im Ganzen und Einzelnen an diese dreie möglich macht, das Ereigniß, was wir am freudigsten empfinden und was unsere Bildung zu befördern sich jederzeit kräftig erweis't.

664. Um sich aus der gränzenlosen Vielfachheit, Zerstückelung und Verwickelung der modernen Naturlehre wieder in's Einfache zu retten, muß man sich immer die Frage vorlegen: Wie würde sich Plato gegen die Natur, wie sie uns jetzt in ihrer größeren Mannichfaltigkeit, bei aller gründlichen Einheit, erscheinen mag, benommen haben?

665. Denn wir glauben überzeugt zu sein, daß wir auf demsel-

ben Wege bis zu den letzten Verzweigungen der Erkenntniß organisch gelangen und von diesem Grund aus die Gipfel eines jeden Wissens uns nach und nach aufbauen und befestigen können. Wie uns hiebei die Thätigkeit des Zeitalters fördert und hindert, ist freilich eine Untersuchung, die wir jeden Tag anstellen müssen, wenn wir nicht das Nützliche abweisen und das Schädliche aufnehmen wollen.

666. Man rühmt das achtzehnte Jahrhundert, daß es sich hauptsächlich mit Analyse abgegeben; dem neunzehnten bleibt nun die Aufgabe, die falschen obwaltenden Synthesen zu entdecken und deren Inhalt auf's neue zu analysiren.

667. Es gibt nur zwei wahre Religionen, die eine, die das Heilige, das in und um uns wohnt, ganz formlos, die andere, die es in der schönsten Form anerkennt und anbetet. Alles, was dazwischen liegt, ist Götzendienst.

668. Es ist nicht zu läugnen, daß der Geist sich durch die Reformation zu befreien suchte; die Aufklärung über griechisches und römisches Alterthum brachte den Wunsch, die Sehnsucht nach einem freieren, anständigeren und geschmackvolleren Leben hervor. Sie wurde aber nicht wenig dadurch begünstigt, daß das Herz in einen gewissen einfachen Naturstand zurückzukehren und die Einbildungskraft sich zu concentriren trachtete.

669. Aus dem Himmel wurden auf einmal alle Heiligen vertrieben und von einer göttlichen Mutter mit einem zarten Kinde Sinne, Gedanken, Gemüth auf den Erwachsenen, sittlich Wirkenden, ungerecht Leidenden gerichtet, welcher später als Halbgott verklärt, als wirklicher Gott anerkannt und verehrt wurde.

670. Er stand vor einem Hintergrunde, wo der Schöpfer das Weltall ausgebreitet hatte; von ihm ging eine geistige Wirkung aus, seine Leiden eignete man sich als Beispiel zu, und seine Verklärung war das Pfand für eine ewige Dauer.

671. So wie der Weihrauch einer Kohle Leben erfrischet, so erfrischet das Gebet die Hoffnungen des Herzens.

672. Ich bin überzeugt, daß die Bibel immer schöner wird, je mehr man sie versteht, das heißt, je mehr man einsieht und anschaut, daß jedes Wort, das wir allgemein auffassen und im Besondern auf uns anwenden, nach gewissen Umständen, nach Zeit- und Ortsverhältnissen einen eignen, besondern, unmittelbar individuellen Bezug gehabt hat.

673. Genau besehen, haben wir uns noch alle Tage zu reformiren und gegen andere zu protestiren, wenn auch nicht in religiösem Sinne.

674. Wir haben das unabweichliche, täglich zu erneuernde, grundernstliche Bestreben, das Wort mit dem Empfundenen, Geschauten, Gedachten, Erfahrenen, Imaginirten, Vernünftigen möglichst unmittelbar zusammentreffend zu erfassen.

675. Jeder prüfe sich, und er wird finden, daß dieß viel schwerer sei, als man denken möchte; denn leider sind dem Menschen die Worte gewöhnlich Surrogate: er denkt und weiß es meistentheils besser, als er sich ausspricht.

676. Verharren wir aber in dem Bestreben, das Falsche, Ungehörige, Unzulängliche, was sich in uns und andern entwickeln oder einschleichen könnte, durch Klarheit und Redlichkeit auf das möglichste zu beseitigen!

677. Mit den Jahren steigern sich die Prüfungen.

678. Wo ich aufhören muß, sittlich zu sein, habe ich keine Gewalt mehr.

679. Censur und Preßfreiheit werden immerfort mit einander kämpfen. Censur fordert und übt der Mächtige, Preßfreiheit verlangt der Mindere. Jener will weder in seinen Planen noch seiner Thätigkeit durch vorlautes widersprechendes Wesen gehindert, sondern gehorcht sein; diese wollen ihre Gründe aussprechen, den Ungehorsam zu legitimiren. Dieses wird man überall geltend finden.

680. Doch muß man auch hier bemerken, daß der Schwächere, der leidende Theil gleichfalls auf seine Weise die Preßfreiheit zu unterdrücken sucht, und zwar in dem Falle, wenn er conspirirt und nicht verrathen sein will.

681. Man wird nie betrogen, man betrügt sich selbst.

682. Wir brauchen in unserer Sprache ein Wort, das, wie Kindheit sich zu Kind verhält, so das Verhältniß Volkheit zum Volke ausdrückt. Der Erzieher muß die Kindheit hören, nicht das Kind; der Gesetzgeber und Regent die Volkheit, nicht das Volk. Jene spricht immer dasselbe aus, ist vernünftig, beständig, rein und wahr; dieses weiß niemals für lauter Wollen, was es will. Und in diesem Sinne soll und kann das Gesetz der allgemein ausgesprochene Wille der Volkheit sein, ein Wille, den die Menge niemals ausspricht, den aber der Verständige vernimmt, und den der Vernünftige zu befriedigen weiß und der Gute gern befriedigt.

683. Welches Recht wir zum Regiment haben, darnach fragen wir nicht: wir regieren. Ob das Volk ein Recht habe, uns abzu-

setzen, darum bekümmern wir uns nicht: wir hüten uns nur, daß es nicht in Versuchung komme, es zu thun.

684. Wenn man den Tod abschaffen könnte, dagegen hätten wir nichts; die Todesstrafen abzuschaffen wird schwer halten. Geschieht es, so rufen wir sie gelegentlich wieder zurück.

685. Wenn sich die Societät des Rechtes begibt, die Todesstrafe zu verfügen, so tritt die Selbsthülfe unmittelbar wieder hervor: die Blutrache klopft an die Thüre.

686. Alle Gesetze sind von Alten und Männern gemacht. Junge und Weiber wollen die Ausnahme, Alte die Regel.

687. Der Verständige regiert nicht, aber der Verstand; nicht der Vernünftige, sondern die Vernunft.

688. Wen jemand lobt, dem stellt er sich gleich.

689. Es ist nicht genug zu wissen, man muß auch anwenden; es ist nicht genug zu wollen, man muß auch thun.

690. Es gibt keine patriotische Kunst und keine patriotische Wissenschaft. Beide gehören wie alles hohe Gute der ganzen Welt an und können nur durch allgemeine freie Wechselwirkung aller zugleich Lebenden in steter Rücksicht auf das, was uns vom Vergangenen übrig und bekannt ist, gefördert werden.

691. Wissenschaften entfernen sich im Ganzen immer vom Leben und kehren nur durch einen Umweg wieder dahin zurück.

692. Denn sie sind eigentlich Compendien des Lebens: sie bringen die äußern und innern Erfahrungen in's Allgemeine, in einen Zusammenhang.

693. Das Interesse an ihnen wird im Grunde nur in einer besonderen Welt, in der wissenschaftlichen erregt; denn daß man auch die übrige Welt dazu beruft und ihr davon Notiz gibt, wie es in der neuern Zeit geschieht, ist ein Mißbrauch und bringt mehr Schaden als Nutzen.

694. Nur durch eine erhöhte Praxis sollten die Wissenschaften auf die äußere Welt wirken; denn eigentlich sind sie alle esoterisch und können nur durch Verbessern irgend eines Thuns exoterisch werden. Alle übrige Theilnahme führt zu nichts.

695. Die Wissenschaften, auch in ihrem innern Kreise betrachtet, werden mit augenblicklichem jedesmaligem Interesse behandelt. Ein starker Anstoß, besonders von etwas Neuem und Unerhörtem oder wenigstens mächtig Gefördertem, erregt eine allgemeine Theilnahme, die Jahrelang dauern kann und die besonders in den letzten Zeiten sehr fruchtbar geworden ist.

696. Ein bedeutendes Factum, ein geniales Aperçu beschäftigt eine sehr große Anzahl Menschen, erst nur um es zu kennen, dann um es zu erkennen, dann es zu bearbeiten und weiterzuführen.

697. Die Menge fragt bei einer jeden neuen bedeutenden Erscheinung, was sie nutze, und sie hat nicht Unrecht; denn sie kann bloß durch den Nutzen den Werth einer Sache gewahr werden.

698. Die wahren Weisen fragen, wie sich die Sache verhalte in sich selbst und zu andern Dingen, unbekümmert um den Nutzen, das heißt, um die Anwendung auf das Bekannte und zum Leben Nothwendige, welche ganz andere Geister, scharfsinnige, lebenslustige, technisch geübte und gewandte, schon finden werden.

699. Die Afterweisen suchen von jeder neuen Entdeckung nur so geschwind als möglich für sich einigen Vortheil zu ziehen, indem sie einen eitlen Ruhm bald in Fortpflanzung, bald in Vermehrung, bald in Verbesserung, geschwinder Besitznahme, vielleicht gar durch Präoccupation, zu erwerben suchen und durch solche Unreifheiten die wahre Wissenschaft unsicher machen und verwirren, ja ihre schönste Folge, die praktische Blüthe derselben, offenbar verkümmern.

700. Das schädlichste Vorurtheil ist, daß irgend eine Art Naturuntersuchung mit dem Bann belegt werden könne.

701. Jeder Forscher muß sich durchaus ansehen als einer, der zu einer Jury berufen ist. Er hat nur darauf zu achten, in wie fern der Vortrag vollständig sei und durch klare Belege auseinandergesetzt. Er faßt hiernach seine Überzeugung zusammen und gibt seine Stimme, es sei nun, daß seine Meinung mit der des Referenten übereintreffe, oder nicht.

702. Dabei bleibt er eben so beruhigt, wenn ihm die Majorität beistimmt, als wenn er sich in der Minorität befindet; denn er hat das Seinige gethan, er hat seine Überzeugung ausgesprochen, er ist nicht Herr über die Geister noch über die Gemüther.

703. In der wissenschaftlichen Welt haben aber diese Gesinnungen niemals gelten wollen; durchaus ist es auf Herrschen und Beherrschen angesehen, und weil sehr wenige Menschen eigentlich selbstständig sind, so zieht die Menge den Einzelnen nach sich.

704. Die Geschichte der Philosophie, der Wissenschaften, der Religion, alles zeigt, daß die Meinungen massenweis sich verbreiten, immer aber diejenige den Vorrang gewinnt, welche faßlicher, das heißt, dem menschlichen Geiste in seinem ge-

meinen Zustande gemäß und bequem ist. Ja derjenige, der sich in höherem Sinne ausgebildet, kann immer voraussetzen, daß er die Majorität gegen sich habe.

705. Wäre die Natur in ihren leblosen Anfängen nicht so gründlich stereometrisch, wie wollte sie zuletzt zum unberechenbaren und unermeßlichen Leben gelangen?

706. Der Mensch an sich selbst, in so fern er sich seiner gesunden Sinne bedient, ist der größte und genaueste physikalische Apparat, den es geben kann, und das ist eben das größte Unheil der neuern Physik, daß man die Experimente gleichsam vom Menschen abgesondert hat und bloß in dem, was künstliche Instrumente zeigen, die Natur erkennen, ja, was sie leisten kann, dadurch beschränken und beweisen will.

707. Eben so ist es mit dem Berechnen. Es ist vieles wahr, was sich nicht berechnen läßt, so wie sehr vieles, was sich nicht bis zum entschiedenen Experiment bringen läßt.

708. Dafür steht ja aber der Mensch so hoch, daß sich das sonst Undarstellbare in ihm darstellt. Was ist denn eine Saite und alle mechanische Theilung derselben gegen das Ohr des Musikers? Ja man kann sagen: was sind die elementaren Erscheinungen der Natur selbst gegen den Menschen, der sie alle erst bändigen und modificiren muß, um sie sich einigermaßen assimiliren zu können?

709. Es ist von einem Experiment zu viel gefordert, wenn es alles leisten soll. Konnte man doch die Elektricität erst nur durch Reiben darstellen, deren höchste Erscheinung jetzt durch bloße Berührung hervorgebracht wird.

710. Wie man der französischen Sprache niemals den Vorzug

streitig machen wird, als ausgebildete Hof- und Weltsprache, sich immer mehr aus- und fortbildend, zu wirken, so wird es niemand einfallen, das Verdienst der Mathematiker gering zu schätzen, welches sie, in ihrer Sprache die wichtigsten Angelegenheiten verhandlend, sich um die Welt erwerben, indem sie alles, was der Zahl und dem Maß im höchsten Sinne unterworfen ist, zu regeln, zu bestimmen und zu entscheiden wissen.

711. Jeder Denkende, der seinen Kalender ansieht, nach seiner Uhr blickt, wird sich erinnern, wem er diese Wohlthaten schuldig ist. Wenn man sie aber auch auf ehrfurchtsvolle Weise in Zeit und Raum gewähren läßt, so werden sie erkennen, daß wir etwas gewahr werden, was weit darüber hinausgeht, welches allen angehört, und ohne welches sie selbst weder thun noch wirken könnten: *Idee* und *Liebe*.

712. »Wer weiß etwas von Electricität«, sagte ein heiterer Naturforscher, »als wenn er im Finstern eine Katze streichelt oder Blitz und Donner neben ihm niederleuchten und rasseln? Wie viel und wie wenig weiß er alsdann davon?«

713. Lichtenbergs Schriften können wir uns als der wunderbarsten Wünschelruthe bedienen: wo er einen Spaß macht, liegt ein Problem verborgen.

714. In den großen leeren Weltraum zwischen Mars und Jupiter legte er auch einen heitren Einfall. Als Kant sorgfältig bewiesen hatte, daß die beiden genannten Planeten alles aufgezehrt und sich zugeeignet hätten, was nur in diesen Räumen zu finden gewesen von Materie, sagte jener scherzhaft nach seiner Art: »Warum sollte es nicht auch unsichtbare Welten geben?« Und hat er nicht vollkommen wahr gesprochen? Sind die neu entdeckten Planeten nicht der ganzen Welt unsichtbar, außer

den wenigen Astronomen, denen wir auf Wort und Rechnung glauben müssen?

715. Einer neuen Wahrheit ist nichts schädlicher als ein alter Irrthum.

716. Die Menschen sind durch die unendlichen Bedingungen des Erscheinens dergestalt obruirt, daß sie das Eine Urbedingende nicht gewahren können.

717. »Wenn Reisende ein sehr großes Ergötzen auf ihren Bergklettereien empfinden, so ist für mich etwas Barbarisches, ja Gottloses in dieser Leidenschaft. Berge geben uns wohl den Begriff von Naturgewalt, nicht aber von Wohlthätigkeit der Vorsehung. Zu welchem Gebrauch sind sie wohl dem Menschen? Unternimmt er, dort zu wohnen, so wird im Winter eine Schneelawine, im Sommer ein Bergrutsch sein Haus begraben oder fortschieben; seine Heerden schwemmt der Gießbach weg, seine Kornscheuern die Windstürme. Macht er sich auf den Weg, so ist jeder Aufstieg die Qual des Sisyphus, jeder Niederstieg der Sturz Vulcans; sein Pfad ist täglich von Steinen verschüttet, der Gießbach unwegsam für Schiffahrt. Finden auch seine Zwergheerden nothdürftige Nahrung, oder sammelt er sie ihnen kärglich: entweder die Elemente entreißen sie ihm oder wilde Bestien. Er führt ein einsam-kümmerlich Pflanzenleben wie das Moos auf einem Grabstein, ohne Bequemlichkeit und ohne Gesellschaft. Und diese Zickzackkämme, diese widerwärtigen Felsenwände, diese ungestalteten Granitpyramiden, welche die schönsten Weltbreiten mit den Schrecknissen des Nordpols bedecken, wie sollte sich ein wohlwollender Mann daran gefallen und ein Menschenfreund sie preisen?«

718. Auf diese heitere Paradoxie eines würdigen Mannes wäre

zu sagen, daß, wenn es Gott und der Natur gefallen hätte, den Urgebirgsknoten von Nubien durchaus nach Westen bis an das große Meer zu entwickeln und fortzusetzen, ferner diese Gebirgsreihe einigemal von Norden nach Süden zu durchschneiden, sodann Thäler entstanden sein würden, worin gar mancher Urvater Abraham ein Canaan, mancher Albert Julius eine Felsenburg würde gefunden haben, wo denn seine Nachkommen, leicht mit den Sternen rivalisirend, sich hätten vermehren können.

719. Steine sind stumme Lehrer, sie machen den Beobachter stumm, und das Beste, was man von ihnen lernt, ist nicht mitzutheilen.

720. Was ich recht weiß, weiß ich nur mir selbst; ein ausgesprochenes Wort fördert selten, es erregt meistens Widerspruch, Stocken und Stillstehen.

721. Die Krystallographie, als Wissenschaft betrachtet, gibt zu ganz eigenen Ansichten Anlaß. Sie ist nicht productiv, sie ist nur sie selbst und hat keine Folgen, besonders nunmehr, da man so manche isomorphische Körper angetroffen hat, die sich ihrem Gehalte nach ganz verschieden erweisen. Da sie eigentlich nirgends anwendbar ist, so hat sie sich in dem hohen Grade in sich selbst ausgebildet. Sie gibt dem Geist eine gewisse beschränkte Befriedigung und ist in ihren Einzelnheiten so mannichfaltig, daß man sie unerschöpflich nennen kann; deßwegen sie auch vorzügliche Menschen so entschieden und lange an sich festhält.

722. Etwas Mönchisch-Hagestolzenartiges hat die Krystallographie und ist daher sich selbst genug. Von praktischer Lebenseinwirkung ist sie nicht; denn die köstlichsten Erzeugnisse ihres Gebiets, die krystallinischen Edelsteine, müssen erst zu-

geschliffen werden, ehe wir unsere Frauen damit schmücken können.

723. Ganz das Entgegengesetzte ist von der Chemie zu sagen, welche von der ausgebreitetsten Anwendung und von dem gränzenlosesten Einfluß auf's Leben sich erweis't.

724. Der Begriff vom Entstehen ist uns ganz und gar versagt; daher wir, wenn wir etwas werden sehen, denken, daß es schon dagewesen sei. Deßhalb das System der Einschachtelung uns begreiflich vorkommt.

725. Wie manches Bedeutende sieht man aus Theilen zusammensetzen: man betrachte die Werke der Baukunst; man sieht manches sich regel- und unregelmäßig anhäufen. Daher ist uns der atomistische Begriff nah und bequem zur Hand; deßhalb wir uns nicht scheuen, ihn auch in organischen Fällen anzuwenden.

726. Wer den Unterschied des Phantastischen und Ideellen, des Gesetzlichen und Hypothetischen nicht zu fassen weiß, der ist als Naturforscher in einer üblen Lage.

727. Es gibt Hypothesen, wo Verstand und Einbildungskraft sich an die Stelle der Idee setzen.

728. Man thut nicht wohl, sich allzulange im Abstracten aufzuhalten. Das Esoterische schadet nur, indem es exoterisch zu werden trachtet. Leben wird am besten durch's Lebendige belehrt.

729. Für die vorzüglichste Frau wird diejenige gehalten, welche ihren Kindern den Vater, wenn er abgeht, zu ersetzen im Stande wäre.

730. Der unschätzbare Vortheil, welchen die Ausländer gewinnen, indem sie unsere Literatur erst jetzt gründlich studiren, ist der, daß sie über die Entwickelungskrankheiten, durch die wir nun schon beinahe während dem Laufe des Jahrhunderts durchgehen mußten, auf einmal weggehoben werden und, wenn das Glück gut ist, ganz eigentlich daran sich auf das wünschenswertheste ausbilden.

731. Wo die Franzosen des achtzehnten Jahrhunderts zerstörend sind, ist Wieland neckend.

732. Das poetische Talent ist dem Bauer so gut gegeben wie dem Ritter; es kommt nur darauf an, daß jeder seinen Zustand ergreife und ihn nach Würden behandle.

733. »Was sind Tragödien anders als versificirte Passionen solcher Leute, die sich aus den äußern Dingen ich weiß nicht was machen?«

734. Das Wort Schule, wie man es in der Geschichte der bildenden Kunst nimmt, wo man von einer florentinischen, römischen und venetianischen Schule spricht, wird sich künftighin nicht mehr auf das deutsche Theater anwenden lassen. Es ist ein Ausdruck, dessen man sich vor dreißig, vierzig Jahren vielleicht noch bedienen konnte, wo unter beschränkteren Umständen sich eine natur- und kunstgemäße Ausbildung noch denken ließ; denn, genau besehen, gilt auch in der bildenden Kunst das Wort Schule nur von den Anfängen: denn sobald sie treffliche Männer hervorgebracht hat, wirkt sie alsobald in die Weite. Florenz beweis't seinen Einfluß über Frankreich und Spanien; Niederländer und Deutsche lernen von den Italiänern und erwerben sich mehr Freiheit in Geist und Sinn, anstatt daß die Südländer von ihnen eine glücklichere Technik und die genauste Ausführung von Norden her gewinnen.

735. Das deutsche Theater befindet sich in der Schlußepoche, wo eine allgemeine Bildung dergestalt verbreitet ist, daß sie keinem einzelnen Orte mehr angehören, von keinem besondern Puncte mehr ausgehen kann.

736. Der Grund aller theatralischen Kunst wie einer jeden andern ist das Wahre, das Naturgemäße. Je bedeutender dieses ist, auf je höherem Puncte Dichter und Schauspieler es zu fassen verstehen, eines desto höheren Ranges wird sich die Bühne zu rühmen haben. Hiebei gereicht es Deutschland zu einem großen Gewinn, daß der Vortrag trefflicher Dichtung allgemeiner geworden ist und auch außerhalb des Theaters sich verbreitet hat.

737. Auf der Recitation ruht alle Declamation und Mimik. Da nun bei'm Vorlesen jene ganz allein zu beachten und zu üben ist, so bleibt offenbar, daß Vorlesungen die Schule des Wahren und Natürlichen bleiben müssen, wenn Männer, die ein solches Geschäft übernehmen, von dem Werth, von der Würde ihres Berufs durchdrungen sind.

738. Shakespeare und Calderon haben solchen Vorlesungen einen glänzenden Eingang gewährt; jedoch bedenke man immer dabei, ob nicht hier grade das imposante Fremde, das bis zum Unwahren gesteigerte Talent der deutschen Ausbildung schädlich werden müsse!

739. Eigenthümlichkeit des Ausdrucks ist Anfang und Ende aller Kunst. Nun hat aber eine jede Nation eine von dem allgemeinen Eigenthümlichen der Menschheit abweichende besondere Eigenheit, die uns zwar anfänglich widerstreben mag, aber zuletzt, wenn wir's uns gefallen ließen, wenn wir uns derselben hingäben, unsere eigene charakteristische Natur zu überwältigen und zu erdrücken vermöchte.

740. Wie viel Falsches Shakespeare und besonders Calderon über uns gebracht, wie diese zwei großen Lichter des poetischen Himmels für uns zu Irrlichtern geworden, mögen die Literatoren der Folgezeit historisch bemerken.

741. Eine völlige Gleichstellung mit dem spanischen Theater kann ich nirgends billigen. Der herrliche Calderon hat soviel Conventionelles, daß einem redlichen Beobachter schwer wird, das große Talent des Dichters durch die Theateretiquette durchzuerkennen. Und bringt man so etwas irgend einem Publicum, so setzt man bei demselben immer guten Willen voraus, daß es geneigt sei, auch das Weltfremde zuzugeben, sich an ausländischem Sinn, Ton und Rhythmus zu ergötzen und aus dem, was ihm eigentlich gemäß ist, eine Zeitlang herauszugehen.

742. Yorik-Sterne war der schönste Geist, der je gewirkt hat; wer ihn lies't, fühlt sich sogleich frei und schön; sein Humor ist unnachahmlich, und nicht jeder Humor befreit die Seele.

743. »Mäßigkeit und klarer Himmel sind Apollo und die Musen.«

744. »Das Gesicht ist der edelste Sinn. Die andern vier belehren uns nur durch die Organe des Tacts: wir hören, wir fühlen, riechen und betasten alles durch Berührung; das Gesicht aber steht unendlich höher, verfeint sich über die Materie und nähert sich den Fähigkeiten des Geistes.«

745. »Setzten wir uns an die Stelle anderer Personen, so würden Eifersucht und Haß wegfallen, die wir so oft gegen sie empfinden; und setzten wir andere an unsere Stelle, so würde Stolz und Einbildung gar sehr abnehmen.«

746. »Nachdenken und Handlen verglich einer mit Rahel und Lea: die eine war anmuthiger, die andere fruchtbarer.«

747. »Nichts im Leben, außer Gesundheit und Tugend, ist schätzenswerther als Kenntniß und Wissen; auch ist nichts so leicht zu erreichen und so wohlfeil zu erhandeln: die ganze Arbeit ist Ruhigsein und die Ausgabe Zeit, die wir nicht retten, ohne sie auszugeben.«

748. »Könnte man Zeit wie baares Geld bei Seite legen, ohne sie zu benutzen, so wäre dieß eine Art von Entschuldigung für den Müßiggang der halben Welt, aber keine völlige; denn es wäre ein Haushalt, wo man von dem Hauptstamm lebte, ohne sich um die Interessen zu bemühen.«

749. »Neuere Poeten thun viel Wasser in die Tinte.«

750. »Unter mancherlei wunderlichen Albernheiten der Schulen kommt mir keine so vollkommen lächerlich vor als der Streit über die Echtheit alter Schriften, alter Werke. Ist es denn der Autor oder die Schrift, die wir bewundern oder tadeln? Es ist immer nur der Autor, den wir vor uns haben; was kümmern uns die Namen, wenn wir ein Geisteswerk auslegen?«

751. »Wer will behaupten, daß wir Virgil oder Homer vor uns haben, indem wir die Worte lesen, die ihm zugeschrieben werden? Aber die Schreiber haben wir vor uns, und was haben wir weiter nöthig? Und ich denke fürwahr, die Gelehrten, die in dieser unwesentlichen Sache so genau zu Werke gehen, scheinen mir nicht weiser als ein sehr schönes Frauenzimmer, das mich einmal mit möglichst süßem Lächeln befragte, wer denn der Autor von Shakespeare's Schauspielen gewesen sei.«

752. »Es ist besser, das geringste Ding von der Welt zu thun, als eine halbe Stunde für gering halten.«

753. »Muth und Bescheidenheit sind die unzweideutigsten Tugenden; denn sie sind von der Art, daß Heuchelei sie nicht nachahmen kann. Auch haben sie die Eigenschaft gemein, sich beide durch dieselbe Farbe auszudrücken.«

754. »Unter allem Diebsgesindel sind die Narren die schlimmsten: sie rauben euch beides, Zeit und Stimmung.«

755. »Uns selbst zu achten leitet unsre Sittlichkeit; andere zu schätzen regiert unser Betragen.«

756. »Kunst und Wissenschaft sind Worte, die man so oft braucht und deren genauer Unterschied selten verstanden wird; man gebraucht oft eins für das andere.«

757. »Auch gefallen mir die Definitionen nicht, die man davon gibt. Verglichen fand ich irgendwo Wissenschaft mit Witz, Kunst mit Humor. Hierin find' ich mehr Einbildungskraft als Philosophie: es gibt uns wohl einen Begriff von dem Unterschied beider, aber keinen von dem Eigenthümlichen einer jeden.«

758. »Ich denke, Wissenschaft könnte man die Kenntniß des Allgemeinen nennen, das abgezogene Wissen; Kunst dagegen wäre Wissenschaft, zur That verwendet. Wissenschaft wäre Vernunft und Kunst ihr Mechanismus; deßhalb man sie auch praktische Wissenschaft nennen könnte. Und so wäre denn endlich Wissenschaft das Theorem, Kunst das Problem.«

759. »Vielleicht wird man mir einwenden: Man hält die Poesie für Kunst, und doch ist sie nicht mechanisch. Aber ich läugne,

daß sie eine Kunst sei; auch ist sie keine Wissenschaft. Künste und Wissenschaften erreicht man durch Denken, Poesie nicht; denn diese ist Eingebung: sie war in der Seele empfangen, als sie sich zuerst regte. Man sollte sie weder Kunst noch Wissenschaft nennen, sondern Genius.«

760. Auch jetzt im Augenblick sollte jeder Gebildete Sterne's Werke wieder zur Hand nehmen, damit auch das neunzehnte Jahrhundert erführe, was wir ihm schuldig sind, und einsähe, was wir ihm schuldig werden können.

761. In dem Erfolg der Literaturen wird das frühere Wirksame verdunkelt und das daraus entsprungene Gewirkte nimmt überhand; deßwegen man wohlthut, von Zeit zu Zeit wieder zurückzublicken. Was an uns Original ist wird am besten erhalten und belobt, wenn wir unsre Altvordern nicht aus den Augen verlieren.

762. Möge das Studium der griechischen und römischen Literatur immerfort die Basis der höhern Bildung bleiben!

763. Chinesische, indische, ägyptische Alterthümer sind immer nur Curiositäten; es ist sehr wohlgethan, sich und die Welt damit bekannt zu machen; zu sittlicher und ästhetischer Bildung aber werden sie uns wenig fruchten.

764. Der Deutsche läuft keine größere Gefahr, als sich mit und an seinen Nachbarn zu steigern. Es ist vielleicht keine Nation geeigneter, sich aus sich selbst zu entwickeln; deßwegen es ihr zum größten Vortheil gereichte, daß die Außenwelt von ihr so spät Notiz nahm.

765. Sehen wir unsre Literatur über ein halbes Jahrhundert zu-

rück, so finden wir, daß nichts um der Fremden willen geschehen ist.

766. Daß Friedrich der Große aber gar nichts von ihnen wissen wollte, das verdroß die Deutschen doch, und sie thaten das Möglichste, als Etwas vor ihm zu erscheinen.

767. Jetzt, da sich eine Weltliteratur einleitet, hat, genau besehen, der Deutsche am meisten zu verlieren; er wird wohl thun, dieser Warnung nachzudenken.

768. Auch einsichtige Menschen bemerken nicht, daß sie dasjenige erklären wollen, was Grunderfahrungen sind, bei denen man sich beruhigen müßte.

769. Doch mag dieß auch vortheilhaft sein, sonst unterließe man das Forschen allzu früh.

770. Wer sich von nun an nicht auf eine Kunst oder Handwerk legt, der wird übel dran sein. Das Wissen fördert nicht mehr bei dem schnellen Umtriebe der Welt; bis man von allem Notiz genommen hat, verliert man sich selbst.

771. Eine allgemeine Ausbildung dringt uns jetzt die Welt ohnehin auf, wir brauchen uns deßhalb darum nicht weiter zu bemühen; das Besondere müssen wir uns zueignen.

772. Die größten Schwierigkeiten liegen da, wo wir sie nicht suchen.

773. Lorenz Sterne war geboren 1713, starb 1768. Um ihn zu begreifen, darf man die sittliche und kirchliche Bildung seiner Zeit nicht unbeachtet lassen; dabei hat man wohl zu bedenken, daß er Lebensgenosse Warburtons gewesen.

774. Eine freie Seele wie die seine kommt in Gefahr, frech zu werden, wenn nicht ein edles Wohlwollen das sittliche Gleichgewicht herstellt.

775. Bei leichter Berührbarkeit entwickelte sich alles von innen bei ihm heraus; durch beständigen Conflict unterschied er das Wahre vom Falschen, hielt am ersten fest und verhielt sich gegen das andere rücksichtlos.

776. Er fühlte einen entschiedenen Haß gegen Ernst, weil er didaktisch und dogmatisch ist und gar leicht pedantisch wird, wogegen er den entschiedensten Abscheu hegte. Daher seine Abneigung gegen Terminologie.

777. Bei den vielfachsten Studien und Lectüre entdeckte er überall das Unzulängliche und Lächerliche.

778. Shandeism nennt er die Unmöglichkeit, über einen ernsten Gegenstand zwei Minuten zu denken.

779. Dieser schnelle Wechsel von Ernst und Scherz, von Antheil und Gleichgültigkeit, von Leid und Freude, soll in dem irländischen Charakter liegen.

780. Sagacität und Penetration sind bei ihm gränzenlos.

781. Seine Heiterkeit, Genügsamkeit, Duldsamkeit auf der Reise, wo diese Eigenschaften am meisten geprüft werden, finden nicht leicht ihres Gleichen.

782. So sehr uns der Anblick einer freien Seele dieser Art ergötzt, eben so sehr werden wir gerade in diesem Fall erinnert, daß wir von allem dem, wenigstens von dem meisten, was uns entzückt, nichts in uns aufnehmen dürfen.

783. Das Element der Lüsternheit, in dem er sich so zierlich und sinnig benimmt, würde vielen andern zum Verderben gereichen.

784. Das Verhältniß zu seiner Frau wie zur Welt ist betrachtenswerth. »Ich habe mein Elend nicht wie ein weiser Mann benutzt«, sagt er irgendwo.

785. Er scherzt gar anmuthig über die Widersprüche, die seinen Zustand zweideutig machen.

786. »Ich kann das Predigen nicht vertragen; ich glaube, ich habe in meiner Jugend mich daran übergessen.«

787. Er ist in nichts ein Muster und in allem ein Andeuter und Erwecker.

788. »Unser Antheil an öffentlichen Angelegenheiten ist meist nur Philisterei.«

789. »Nichts ist höher zu schätzen als der Werth des Tages.«

790. »Pereant, qui ante nos nostra dixerunt!«
So wunderlich könnte nur derjenige sprechen, der sich einbildete, ein Autochthon zu sein. Wer sich's zur Ehre hält, von vernünftigen Vorfahren abzustammen, wird ihnen doch wenigstens eben so viel Menschensinn zugestehen als sich selbst.

791. Die originalsten Autoren der neusten Zeit sind es nicht deßwegen, weil sie etwas Neues hervorbringen, sondern allein, weil sie fähig sind, dergleichen Dinge zu sagen, als wenn sie vorher niemals wären gesagt gewesen.

792. Daher ist das schönste Zeichen der Originalität, wenn

man einen empfangenen Gedanken, dergestalt fruchtbar zu entwicklen weiß, daß niemand leicht, wie viel in ihm verborgen liege, gefunden hätte.

793. Viele Gedanken heben sich erst aus der allgemeinen Cultur hervor wie die Blüthen aus den grünen Zweigen. Zur Rosenzeit sieht man Rosen überall blühen.

794. Eigentlich kommt alles auf die Gesinnungen an: wo diese sind, treten auch die Gedanken hervor, und nachdem sie sind, sind auch die Gedanken.

795. »Nichts wird leicht ganz unparteiisch wieder dargestellt. Man könnte sagen, hievon mache der Spiegel eine Ausnahme, und doch sehen wir unser Angesicht niemals ganz richtig darin; ja der Spiegel kehrt unsre Gestalt um und macht unsre linke Hand zur rechten. Dieß mag ein Bild sein für alle Betrachtungen über uns selbst.«

796. »Im Frühling und Herbst denkt man nicht leicht an's Kaminfeuer, und doch geschieht es, daß, wenn wir zufällig an einem vorbeigehen, wir das Gefühl, das es mittheilt, so angenehm finden, daß wir ihm wohl nachhängen mögen. Dieß möchte mit jeder Versuchung analog sein.«

797. »Sei nicht ungeduldig, wenn man deine Argumente nicht gelten läßt.«

798. Wer lange in bedeutenden Verhältnissen lebt, dem begegnet freilich nicht alles, was dem Menschen begegnen kann, aber doch das Analoge, und vielleicht einiges, was ohne Beispiel war.

AUS DEM NACHLASS
(Über Literatur und Leben)

799. Jede große Idee, die als ein Evangelium in die Welt tritt, wird dem stockenden pedantischen Volke ein Ärgerniß und einem Viel-, aber Leichtgebildeten eine Thorheit.

800. Eine jede Idee tritt als ein fremder Gast in die Erscheinung, und wie sie sich zu realisiren beginnt, ist sie kaum von Phantasie und Phantasterei zu unterscheiden.

801. Dieß ist es, was man Ideologie im guten und bösen Sinne genannt hat, und warum der Ideolog den lebhaft wirkenden praktischen Tagesmenschen so sehr zuwider war.

802. Alle unmittelbare Aufforderung zum Ideellen ist bedenklich, besonders an die Weiblein. Wie es auch sei, umgibt sich der einzelne bedeutende Mann mit einem mehr oder weniger religios-moralisch-ästhetischen Serail.

803. Alle Empiriker streben nach der Idee und können sie in der Mannichfaltigkeit nicht entdecken; alle Theoretiker suchen sie im Mannichfaltigen und können sie darinne nicht auffinden.

804. Beide jedoch finden sich im Leben, in der That, in der Kunst zusammen, und das ist so oft gesagt; wenige aber verstehen, es zu nutzen.

805. Man kann die Nützlichkeit einer Idee anerkennen und doch nicht recht verstehen, sie vollkommen zu nutzen.

806. Jedem Alter des Menschen antwortet eine gewisse Philosophie. Das Kind erscheint als Realist; denn es findet sich so überzeugt von dem Dasein der Birnen und Äpfel als von dem seinigen. Der Jüngling, von innern Leidenschaften bestürmt, muß auf sich selbst merken, sich vorfühlen: er wird zum Idealisten umgewandelt. Dagegen ein Skeptiker zu werden hat der Mann alle Ursache; er thut wohl zu zweifeln, ob das Mittel, das er zum Zwecke gewählt hat, auch das rechte sei. Vor dem Handeln, im Handeln hat er alle Ursache, den Verstand beweglich zu erhalten, damit er nicht nachher sich über eine falsche Wahl zu betrüben habe. Der Greis jedoch wird sich immer zum Mysticismus bekennen. Er sieht, daß so vieles vom Zufall abzuhängen scheint: das Unvernünftige gelingt, das Vernünftige schlägt fehl, Glück und Unglück stellen sich unerwartet in's Gleiche; so ist es, so war es, und das hohe Alter beruhigt sich in dem, der da ist, der da war, und der da sein wird.

807. Wir sind naturforschend Pantheisten, dichtend Polytheisten, sittlich Monotheisten.

808. Den teleologischen Beweis vom Dasein Gottes hat die kritische Vernunft beseitigt; wir lassen es uns gefallen. Was aber nicht als Beweis gilt, soll uns als Gefühl gelten, und wir rufen daher von der Brontotheologie bis zur Niphotheologie alle dergleichen fromme Bemühungen wieder heran. Sollten wir im Blitz, Donner und Sturm nicht die Nähe einer übergewaltigen Macht, in Blüthenduft und lauem Luftsäuseln nicht ein liebevoll sich annäherndes Wesen empfinden dürfen?

809. »Ich glaube einen Gott!« dieß ist ein schönes löbliches

Wort; aber Gott anerkennen, wo und wie er sich offenbare, das ist eigentlich die Seligkeit auf Erden.

810. Wer die Natur als göttliches Organ läugnen will, der läugne nur gleich alle Offenbarung.

811. »Die Natur verbirgt Gott!« Aber nicht jedem!

812. Kepler sagte: »Mein höchster Wunsch ist, den Gott, den ich im Äußern überall finde, auch innerlich, innerhalb meiner gleichermaßen gewahr zu werden.« Der edle Mann fühlte, sich nicht bewußt, daß eben in dem Augenblicke das Göttliche in ihm mit dem Göttlichen des Universums in genauster Verbindung stand.

813. Gott, wenn wir hoch stehen, ist alles; stehen wir niedrig, so ist er ein Supplement unsrer Armseligkeit.

814. Die Creatur ist sehr schwach; denn sucht sie etwas, findet sie's nicht. Stark aber ist Gott; denn sucht er die Creatur, so hat er sie gleich in seiner Hand.

815. Glaube ist Liebe zum Unsichtbaren, Vertrauen auf's Unmögliche, Unwahrscheinliche.

816. Mythologie = Luxe de croyance.

817. Was ist Praedestinatio?
Antwort: Gott ist mächtiger und weiser als wir; drum macht er es mit uns nach seinem Gefallen.

818. Das Christenthum steht mit dem Judenthum in einem weit stärkern Gegensatz als mit dem Heidenthum.

819. Die christliche Religion ist eine intentionirte politische Revolution, die, verfehlt, nachher moralisch geworden ist.

820. Es gibt Theologen, die wollten, daß es nur einen einzigen Menschen in der Welt gegeben hätte, den Gott erlös't hätte; denn da hätte es keine Ketzer geben können.

821. »Die Kirche schwächt alles, was sie anrührt.«

822. Apokrypha: wichtig wäre es, das hierüber historisch schon Bekannte nochmals zusammenzufassen und zu zeigen, daß gerade jene apokryphischen Schriften, mit denen die Gemeinden schon die ersten Jahrhunderte unserer Ära überschwemmt wurden und woran unser Canon jetzt noch leidet, die eigentliche Ursache sind, warum das Christenthum in keinem Momente der politischen und Kirchengeschichte in seiner ganzen Schönheit und Reinheit hervortreten konnte.

823. Die Ohrenbeichte im besten Sinne ist eine fortgesetzte Katechisation der Erwachs'nen.

824. In Neu-York, sagt man, finden sich neunzig christliche Kirchen abweichender Confession, und nun wird diese Stadt besonders seit Eröffnung des Eriekanals überschwänglich reich. Wahrscheinlich ist man der Überzeugung, daß religiose Gedanken und Gefühle, von welcher besondern Art sie auch seien, dem beruhigenden Sonntag angehören, angestrengte Thätigkeit, von frommen Gesinnungen begleitet, den Werkeltagen.

825. Wenn ein gutes Wort eine gute Statt findet, so findet ein frommes Wort gewiß noch eine bessere.

826. Alles kommt bei der Mission darauf an, daß der rohe

sinnliche Mensch gewahr wird, daß es eine Sitte gebe; daß der leidenschaftliche ungebändigte merkt, daß er Fehler begangen hat, die er sich selbst nicht verzeihen kann. Die erste führt zur Annahme zarter Maximen, das letzte auf Glauben einer Versöhnung. Alles Mittlere von zufällig scheinenden Übeln wird einer weisen unerforschlichen Führung anheim gegeben.

827. Wo Lampen brennen, gibt's Ölflecken, wo Kerzen brennen, gibt's Schnuppen; die Himmelslichter allein erleuchten rein und ohne Makel.

828. »Vollkommenheit ist die Norm des Himmels, Vollkommenes wollen die Norm des Menschen.«

829. Pflicht: wo man liebt, was man sich selbst befiehlt.

830. Der rechtliche Mensch denkt immer, er sei vornehmer und mächtiger, als er ist.

831. Alle Gesetze sind Versuche, sich den Absichten der moralischen Weltordnung im Welt- und Lebenslaufe zu nähern.

832. Es ist besser, es geschehe dir Unrecht, als die Welt sei ohne Gesetz. Deßhalb füge sich jeder dem Gesetze.

833. Es ist besser, daß Ungerechtigkeiten geschehn, als daß sie auf eine ungerechte Weise gehoben werden.

834. Nero hätte in den vier Jahren, die das Interregnum dauerte – so nenne ich die Regierungen des Galba, Otho, Vitellius – nicht soviel Unheil stiften können, als nach seiner Ermordung über die Welt gekommen.

835. Wäre es Gott darum zu thun gewesen, daß die Menschen

in der Wahrheit leben und handeln sollten, so hätte er seine Einrichtung anders machen müssen.

836. Man könnte zum Scherze sagen, der Mensch sei ganz aus Fehlern zusammengesetzt, wovon einige der Gesellschaft nützlich, andre schädlich, einige brauchbar, einige unbrauchbar gefunden werden. Von jenen spricht man Gutes: nennt sie Tugenden; von diesen Böses: nennt sie Fehler.

837. Nicht allein das Angeborene, sondern auch das Erworbene ist der Mensch.

838. Unsre Eigenschaften müssen wir cultiviren, nicht unsre Eigenheiten.

839. Charakter im Großen und Kleinen ist, daß der Mensch demjenigen eine stäte Folge gibt, dessen er sich fähig fühlt.

840. Man sieht gleich, wo die zwei nothwendigsten Eigenschaften fehlen: Geist und Gewalt.

841. Unsre Meinungen sind nur Supplemente unsrer Existenz. Wie einer denkt, daran kann man sehn, was ihm fehlt. Die leersten Menschen halten sehr viel auf sich, treffliche sind mißtrauisch, der Lasterhafte ist frech, und der Gute ist ängstlich. So setzt sich alles in's Gleichgewicht; jeder will ganz sein oder es vor sich scheinen.

842. Historisch betrachtet, erscheint unser Gutes in mäßigem Lichte und unsere Mängel entschuldigen sich.

843. Der liebt nicht, der die Fehler des Geliebten nicht für Tugenden hält.

844. Man kann niemand lieben, als dessen Gegenwart man sicher ist, wenn man sein bedarf.

845. Man kennt nur diejenigen, von denen man leidet.

846. Man beobachtet niemand als die Personen, von denen man leidet. Um unerkannt in der Welt umherzugehen, müßte man nur niemand wehe thun.

847. *Mit* jemand leben oder *in* jemand leben ist ein großer Unterschied. Es gibt Menschen, in denen man leben kann, ohne mit ihnen zu leben, und umgekehrt. Beides zu verbinden ist nur der reinsten Liebe und Freundschaft möglich.

848. Es ist besser, man betrügt sich an seinen Freunden, als daß man seine Freunde betrüge.

849. Wenn ein paar Menschen recht mit einander zufrieden sind, kann man meistens versichert sein, daß sie sich irren.

850. Der Wolf im Schafpelze ist weniger gefährlich als das Schaf in irgend einem Pelze, wo man es für mehr als einen Schöps nimmt.

851. Sage nicht, daß du geben willst, sondern gib! Die Hoffnung befriedigst du nie.

852. Man würde viel Almosen geben, wenn man Augen hätte zu sehen, was eine empfangende Hand für ein schönes Bild macht.

853. Zum Thun gehört Talent, zum Wohlthun Vermögen.

854. Eine gefallene Schreibfeder muß man gleich aufheben, sonst wird sie zertreten.

855. Es ist keine Kunst, eine Göttin zur Hexe, eine Jungfrau zur Hure zu machen; aber zur umgekehrten Operation, Würde zu geben dem Verschmähten, wünschenswerth zu machen das Verworfene, dazu gehört entweder Kunst oder Charakter.

856. Es gibt keine Lage, die man nicht veredlen könnte durch Leisten oder Dulden.

857. Dem Verzweiflenden verzeiht man alles, dem Verarmten gibt man jeden Erwerb zu.

858. Glaube, Liebe, Hoffnung fühlten einst in ruhiger geselliger Stunde einen plastischen Trieb in ihrer Natur; sie befleißigten sich zusammen und schufen ein liebliches Gebild, eine Pandora im höhern Sinne: die Geduld.

859. Lüsternheit: Spiel mit dem zu Genießenden, Spiel mit dem Genossenen.

860. Eitelkeit ist eine persönliche Ruhmsucht: man will nicht wegen seiner Eigenschaften, seiner Verdienste, Thaten geschätzt, geehrt, gesucht werden, sondern um seines individuellen Daseins willen. Am besten kleidet die Eitelkeit deßhalb eine frivole Schöne.

861. Dummheit, seinen Feind vor dem Tode, und Niederträchtigkeit, nach dem Siege zu verkleinern.

862. Die schwer zu lösende Aufgabe strebender Menschen ist, die Verdienste älterer Mitlebenden anzuerkennen und sich von ihren Mängeln nicht hindern zu lassen.

863. Das radicale Übel: daß jeder gern sein möchte, was er sein könnte, und die Übrigen nichts, ja nicht wären.

864. Ein Mensch zeigt nicht eher seinen Charakter, als wenn er von einem großen Menschen oder irgend von etwas Außerordentlichem spricht. Es ist der rechte Probirstein auf's Kupfer.

865. Nur solchen Menschen, die nichts hervorzubringen wissen, denen ist nichts da.

866. Warum man doch ewige Mißreden hört? Sie glauben sich alle etwas zu vergeben, wenn sie das kleinste Verdienst anerkennen.

867. Vom Verdienste fordert man Bescheidenheit; aber diejenigen, die unbescheiden das Verdienst schmälern, werden mit Behagen angehört.

868. Dem Menschen ist verhaßt, was er nicht glaubt, selbst gethan zu haben; deßwegen der Parteigeist so eifrig ist. Jeder Alberne glaubt, in's Beste einzugreifen, und alle Welt, die nichts ist, wird zu was.

869. Egoistische Kleinstädterei, die sich Centrum däucht.

870. Es ist niemand fähig zu denken, daß jemand etwas construiren und protegiren möchte, als um Partei zu machen.

871. Im Laufe des frischen Lebens erduldet man viel, es sei nun vom Veralteten oder Überneuen.

872. Wie haben sich die Deutschen nicht gebärdet, um dasjenige abzuwehren, was ich allenfalls gethan und geleistet habe, und thun sie's nicht noch? Hätten sie alles gelten lassen und wä-

ren weiter gegangen, hätten sie mit meinem Erwerb gewuchert, so wären sie weiter, wie sie sind.

873. Daß die Naturforscher nicht durchaus mit mir einig werden, ist bei der Stellung so verschiedener Denkweisen ganz natürlich; die meinige werde ich gleichfalls künftig zu behaupten suchen. Aber auch im ästhetischen und moralischen Felde wird es Mode, gegen mich zu streiten und zu wirken. Ich weiß recht gut woher und wohin, warum und wozu, erkläre mich aber weiter nicht darüber. Die Freunde, mit denen ich gelebt, für die ich gelebt, werden sich und mein Andenken aufrecht zu erhalten wissen.

874. Das Urtheil können sie verwehren, aber die Wirkung nicht hindern.

875. Toleranz sollte eigentlich nur eine vorübergehende Gesinnung sein: sie muß zur Anerkennung führen. Dulden heißt beleidigen.

876. Die wahre Liberalität ist Anerkennung.

877. Mit wahrhaft Gleichgesinnten kann man sich auf die Länge nicht entzweien, man findet sich immer wieder einmal zusammen; mit eigentlich Widergesinnten versucht man umsonst, Einigkeit zu halten, es bricht immer wieder einmal aus einander.

878. Ich bin mit allen Menschen einig, die mich zunächst angehen, und von den Übrigen lass' ich mir nichts mehr gefallen und da ist die Sache aus.

879. Ich höre das ganze Jahr jedermann anders reden, als ich's meine; warum sollt' ich denn auch nicht einmal sagen, wie ich gesinnt bin?

880. Eine nachgesprochne Wahrheit verliert schon ihre Grazie, aber ein nachgesprochner Irrthum ist ganz ekelhaft.

881. Das Absurde, Falsche läßt sich jedermann gefallen: denn es schleicht sich ein; das Wahre, Derbe nicht: denn es schließt aus.

882. Es gibt Menschen, die auf die Mängel ihrer Freunde sinnen; dabei ist nichts zu gewinnen. Ich habe immer auf die Verdienste meiner Widersacher Acht gehabt und davon Vortheil gezogen.

883. Vernünftiges und Unvernünftiges haben gleichen Widerspruch zu erleiden.

884. Es ist ganz einerlei, ob man das Wahre oder das Falsche sagt: beidem wird widersprochen.

885. Gegner glauben, uns zu widerlegen, wenn sie ihre Meinung wiederholen und auf die unsrige nicht achten.

886. Diejenigen, welche widersprechen und streiten, sollten mitunter bedenken, daß nicht jede Sprache jedem verständlich sei.

887. Es hört doch jeder nur, was er versteht.

888. Eine richtige Antwort ist wie ein lieblicher Kuß.

889. Es gibt viele Menschen, die sich einbilden, was sie erfahren, das verstünden sie auch.

890. Wer kann sagen, er erfahre was, wenn er nicht ein *Erfahrender* ist?

891. Über die wichtigsten Angelegenheiten des Gefühls wie der Vernunft, der Erfahrung wie des Nachdenkens soll man nur mündlich verhandeln. Das ausgesprochene Wort ist sogleich todt, wenn es nicht durch ein folgendes, dem Hörer gemäßes am Leben erhalten wird. Man merke nur auf ein geselliges Gespräch! Gelangt das Wort nicht schon todt zu dem Hörer, so ermordet er es alsogleich durch Widerspruch, Bestimmen, Bedingen, Ablenken, Abspringen, und wie die tausendfältigen Unarten des Unterhaltens auch heißen mögen. Mit dem Geschriebenen ist es noch schlimmer. Niemand mag lesen als das, woran er schon einigermaßen gewöhnt ist; das Bekannte, das Gewohnte verlangt er unter veränderter Form. Doch hat das Geschriebene den Vortheil, daß es dauert und die Zeit abwarten kann, wo ihm zu wirken gegönnt ist.

892. Was man mündlich ausspricht, muß der Gegenwart, dem Augenblick gewidmet sein; was man schreibt, widme man der Ferne, der Folge.

893. Man frage nicht, ob man durchaus übereinstimmt, sondern ob man in Einem Sinne verfährt.

894. Nichts Peinlichers habe gefunden, als mit jemand in widerwärtigem Verhältniß zu stehen, mit dem ich übrigens aus Einem Sinne gern gehandelt hätte.

895. Bei'm Zerstören gelten alle falschen Argumente, bei'm Aufbauen keineswegs. Was nicht wahr ist, baut nicht.

896. Die gegenwärtige Welt ist nicht werth, daß wir etwas für sie thun; denn die bestehende kann in dem Augenblick abscheiden. Für die vergangne und künftige müssen wir arbeiten: für jene, daß wir ihr Verdienst anerkennen, für diese, daß wir ihren Werth zu erhöhen suchen.

897. Wie viele Jahre muß man nicht *thun*, um nur einigermaßen zu wissen, was und wie es zu thun sei!

898. Es ist nichts furchtbarer anzuschauen als gränzenlose Thätigkeit ohne Fundament. Glücklich diejenigen, die im Praktischen gegründet sind und sich zu gründen wissen! Hiezu bedarf's aber einer ganz eigenen Doppelgabe.

899. Es ist nichts inconsequenter als die höchste Consequenz, weil sie unnatürliche Phänomene hervorbringt, die zuletzt umschlagen. (Setze den Stein nach der Richtschnur, nicht die Richtschnur nach dem Stein.)

900. Wer das erste Knopfloch verfehlt, kommt mit dem Zuknöpfen nicht zu Rande.

901. Man geht nie weiter, als wenn man nicht mehr weiß, wohin man geht.

902. Wer sein Leben mit einem Geschäft zubringt, dessen Undankbarkeit er zuletzt einsieht, der haßt es und kann es doch nicht los werden.

903. Frage sich doch jeder, mit welchem Organ er allenfalls in seine Zeit einwirken kann und wird!

904. Ein schäbiges Kameel trägt immer noch die Lasten vieler Esel.

905. Derjenige, der's allen andern zuvorthun will, betrügt sich meist selbst; er thut nur alles, was er kann, und bildet sich dann gefällig vor, das sei so viel und mehr als das, was alle können.

906. Versuche, die eigne Autorität zu fundiren: sie ist überall begründet, wo Meisterschaft ist.

907. Denke nur niemand, daß man auf ihn als den Heiland gewartet habe!

908. Wer thätig sein will und muß, hat nur das Gehörige des Augenblicks zu bedenken, und so kommt er ohne Weitläufigkeit durch. Das ist der Vortheil der Frauen, wenn sie ihn verstehen.

909. Der Augenblick ist eine Art von Publicum: man muß ihn betrügen, daß er glaube, man thue was; dann läßt er uns gewähren und im Geheimen fortführen, worüber seine Enkel erstaunen müssen.

910. Der Tag an und für sich ist gar zu miserabel; wenn man nicht ein Lustrum anpackt, so gibt's keine Garbe.

911. Der Tag gehört dem Irrthum und dem Fehler, die Zeitreihe dem Erfolg und dem Gelingen.

912. Wer vorsieht, ist Herr des Tags.

913. Ich verwünsche das Tägliche, weil es immer absurd ist. Nur was wir durch mögliche Anstrengung ihm übergewinnen, läßt sich wohl einmal summiren.

914. Indeß wir, dem Ungeheuren unterworfen, kaum auf- und umschauen, was zu thun sei und wohin wir unser Bestes von Kräften, Thätigkeiten hinwenden sollen, und des höchsten Enthusiasmus bedürftig sind, der nur nachhalten kann, wenn er nicht empirisch ist, nagen zwar keine Lind-, aber Lump-Würme an unsern Täglichkeiten.

915. Das ganze Leben besteht aus
Wollen und Nicht-Vollbringen,
Vollbringen und Nicht-Wollen.

916. Wollen und Vollbringen ist nicht der Mühe werth oder verdrießlich, davon zu sprechen.

917. Das Leben vieler Menschen besteht aus Klatschigkeiten, Tägigkeiten, Intrigue zu momentaner Wirkung.

918. Wenn die Affen es dahin bringen könnten, Langeweile zu haben, so könnten sie Menschen werden.

919. Dem Klugen kommt das Leben leicht vor, wenn dem Thoren schwer, und oft dem Klugen schwer, dem Thoren leicht.

920. Es ist besser, eine Thorheit pure geschehen zu lassen, als ihr mit einiger Vernunft nachhelfen zu wollen. Die Vernunft verliert ihre Kraft, indem sie sich mit der Thorheit vermischt, und die Thorheit ihr Naturell, das ihr oft forthilft.

921. Mit Gedanken, die nicht aus der thätigen Natur entsprungen sind und nicht wieder auf's thätige Leben wohlthätig hinwirken und so in einem mit dem jedesmaligen Lebenszustand übereinstimmenden mannichfaltigen Wechsel unaufhörlich entstehen und sich auflösen, ist der Welt wenig geholfen.

922. In Rücksicht auf's Praktische ist der unerbittliche Verstand Vernunft, weil der Vernunft Höchstes ist, vis-à-vis des Verstands nämlich, den Verstand unerbittlich zu machen.

923. Falsche Tendenzen sind eine Art realer Sehnsucht, immer noch vortheilhafter als die falsche Tendenz, die sich als ideelle Sehnsucht ausdrückt.

924. Alle praktische Menschen suchen sich die Welt handrecht

zu machen; alle Denker wollen sie kopfrecht haben. Wie weit es jedem gelingt, mögen sie zusehen.

925. *Die Realen.*

Was nicht geleistet wird, wird nicht verlangt.

Die Idealen.

Was verlangt wird, ist nicht gleich zu leisten.

926. Im Idealen kommt alles auf die élans, im Realen auf die Beharrlichkeit an.

927. Das Wunderlichste im Leben ist das Vertrauen, daß andre uns führen werden. Haben wir's nicht, so tappen und tolpen wir unsern eignen Weg hin; haben wir's, so sind wir auch, eh' wir's uns versehen, auf das schlechteste geführt.

928. Die ungeheuerste Cultur, die der Mensch sich geben kann, ist die Überzeugung, daß die andern nicht nach ihm fragen.

929. Wer hätte mit mir Geduld haben sollen, wenn ich's nicht gehabt hätte?

930. Die Menschen glauben, daß man sich mit ihnen abgeben müsse, da man sich mit sich selbst nicht abgibt.

931. Ein gebranntes Kind scheut das Feuer, ein oft versengter Greis scheut, sich zu wärmen.

932. Wie viel vermag nicht die Übung! Die Zuschauer schreien und der Geschlagne schweigt.

933. Welcher Gewinn wäre es für's Leben, wenn man dieß früher gewahr würde, zeitig erführe, daß man mit seiner Schö-

nen nie besser steht, als wenn man seinen Rivalen lobt. Alsdann geht ihr das Herz auf, jede Sorge, euch zu verletzen, die Furcht, euch zu verlieren, ist verschwunden; sie macht euch zum Vertrauten, und ihr überzeugt euch mit Freuden, daß ihr es seid, dem die Frucht des Baumes gehört, wenn ihr guten Humor genug habt, anderen die abfallenden Blätter zu überlassen.

934. Wenn mir eine Sache mißfällt, so lass' ich sie liegen oder mache sie besser.

935. Wer in sich recht ernstlich hinabsteigt, wird sich immer nur als Hälfte finden; er fasse nachher ein Mädchen oder eine Welt, um sich zum Ganzen zu constituiren, das ist einerlei.

936. Weiß denn der Sperling, wie dem Storch zu Muthe sei?

937. Der Tiger, der dem Hirsch begreiflich machen will, wie köstlich es ist, Blut zu schlürfen.

938. Gesunde Menschen sind die, in deren Leibes- und Geistesorganisation jeder Theil eine vita propria hat.

939. Daß man gerade nur denkt, wenn man das, worüber man denkt, nicht ausdenken kann!

940. Wenn weise Männer nicht irrten, müßten die Narren verzweifeln.

941. Manche sind auf das, was sie wissen, stolz, gegen das, was sie nicht wissen, hoffärtig.

942. Wer sich in ein Wissen einlassen soll, muß betrogen werden oder sich selbst betrügen, wenn äußere Nöthigungen ihn nicht unwiderstehlich bestimmen. Wer würde ein Arzt wer-

den, wenn er alle Unbilden auf einmal vor sich sähe, die seiner warten?

943. Der Historiker kann und braucht nicht alles auf's Gewisse zu führen; wissen doch die Mathematiker auch nicht zu erklären, warum der Komet von 1770, der in fünf oder eilf Jahren wieder kommen sollte, sich zur bestimmten Zeit noch nicht wieder hat sehen lassen.

944. Es ist mit der Geschichte wie mit der Natur, wie mit allem Profunden, es sei vergangen, gegenwärtig oder zukünftig: je tiefer man ernstlich eindringt, desto schwierigere Probleme thun sich hervor. Wer sie nicht fürchtet, sondern kühn darauf losgeht, fühlt sich, indem er weiter gedeiht, höher gebildet und behaglicher.

945. Die Geschichte wie das Universum, das sie repräsentiren soll, hat einen realen und idealen Theil.

946. Zum idealen Theile gehört der Credit, zum realen Besitzthum, physische Macht pp.

947. Der Credit ist eine durch reale Leistungen erzeugte Idee der Zuverlässigkeit.

948. Jeder Besitz ist eine plumpe Sache, und es ist gut, daß darüber abgesprochen werde, ne incerta sint rerum dominia.

949. Jeder Mensch fühlt sich privilegirt.
Diesem Gefühl widerspricht

1. die Naturnothwendigkeit,
2. die Gesellschaft.

ad 1. Der Mensch kann ihr nicht entgehen, nicht ausweichen

nichts abgewinnen. Nur kann er durch Diät sich fügen und ihr nicht vorgreifen.

ad 2. Der Mensch kann ihr nicht entgehen, nicht ausweichen; aber er kann ihr abgewinnen, daß sie ihn ihre Vortheile mitgenießen läßt, wenn er seinem Privilegiengefühl entsagt.

950. Der höchste Zweck der Gesellschaft ist Consequenz der Vortheile, jedem gesichert. Jeder einzelne Vernünftige opfert schon der Consequenz vieles auf, geschweige die Gesellschaft. Über diese Consequenz geht fast der momentane Vortheil der Glieder zu Grunde.

951. In der Gesellschaft sind alle gleich. Es kann keine Gesellschaft anders als auf den Begriff der Gleichheit gegründet sein, keineswegs aber auf den Begriff der Freiheit. Die Gleichheit will ich in der Gesellschaft finden; die Freiheit, nämlich die sittliche, daß ich mich subordiniren mag, bringe ich mit.

952. Die Gesellschaft, in die ich trete, muß also zu mir sagen: »Du sollst allen uns andern gleich sein.« Sie kann aber nur hinzufügen: »Wir wünschen, daß du auch frei sein mögest«, das heißt: Wir wünschen, daß du dich mit Überzeugung, aus freiem vernünftigem Willen deiner Privilegien begibst.

953. Gesetzgeber oder Revolutionärs, die Gleichsein und Freiheit zugleich versprechen, sind Phantasten oder Charlatans.

954. Eingebildete Gleichheit: das erste Mittel, die Ungleichheit zu zeigen.

955. Jede Revolution geht auf Naturzustand hinaus, Gesetz- und Schamlosigkeit. (Picarden, Wiedertäufer, Sansculotten.)

956. Sobald die Tyrannei aufgehoben ist, geht der Conflict zwischen Aristokratie und Demokratie unmittelbar an.

957. Die Menschen sind als Organe ihres Jahrhunderts anzusehen, die sich meist unbewußt bewegen.

958. Fehler der sogenannten Aufklärung: daß sie Menschen Vielseitigkeit gibt, deren einseitige Lage man nicht ändern kann.

959. Vor der Revolution war alles Bestreben; nachher verwandelte sich alles in Forderung.

960. In einigen Staaten ist in Folge der erlebten heftigen Bewegungen fast in allen Richtungen eine gewisse Übertreibung im Unterrichtswesen eingetreten, dessen Schädlichkeit in der Folge allgemeiner eingesehen, aber jetzt schon von tüchtigen redlichen Vorstehern solcher Anstalten vollkommen anerkannt ist. Treffliche Männer leben in einer Art von Verzweiflung, daß sie dasjenige, was sie amts- und vorschriftsgemäß lehren und überliefern müssen, für unnütz und schädlich halten.

961. Es ist nichts trauriger anzusehn als das unvermittelte Streben in's Unbedingte in dieser durchaus bedingten Welt; es erscheint im Jahre 1830 vielleicht ungehöriger als je.

962. Einen gerüsteten, auf die *Defensive* berechneten Zustand kann kein Staat aushalten.

963. Ob eine Nation reif werden könne, ist eine wunderliche Frage. Ich beantworte sie mit Ja, wenn alle Männer als dreißigjährig geboren werden könnten; da aber die Jugend vorlaut, das Alter aber kleinlaut ewig sein wird, so ist der eigentlich reife

Mann immer zwischen beiden geklemmt und wird sich auf eine wunderliche Weise behelfen und durchhelfen müssen.

964. Das große Recht, nicht etwa nur in seinen Privatangelegenheiten – denn das weiß ein jeder – sondern auch in öffentlichen verständig, ja vernünftig zu sein.

965. Majestät ist das Vermögen, ohne Rücksicht auf Belohnung oder Bestrafung recht oder unrecht zu handlen.

966. Herrschen und genießen geht nicht zusammen. Genießen heißt, sich und andern in Fröhlichkeit angehören; herrschen heißt, sich und anderen im ernstlichsten Sinne wohlthätig sein.

967. Herrschen lernt sich leicht, regieren schwer.

968. Wer klare Begriffe hat, kann befehlen.

969. Was von Seiten der Monarchen in den Zeitungen gedruckt wird, nimmt sich nicht gut aus; denn die Macht soll handeln und nicht reden. Was die Liberalen vorbringen, läßt sich immer lesen; denn der Übermächtigte, weil er nicht handeln kann, mag sich wenigstens redend äußern. »Laßt sie singen, wenn sie nur bezahlen!« sagte Mazarin, als man ihm die Spottlieder auf eine neue Steuer vorlegte.

970. Wenn man einige Monate die Zeitungen nicht gelesen hat und man lies't sie alsdann zusammen, so zeigt sich erst, wie viel Zeit man mit diesen Papieren verdirbt. Die Welt war immer in Parteien getheilt, besonders ist sie es jetzt, und während jedes zweifelhaften Zustandes kirrt der Zeitungsschreiber eine oder die andere Partei mehr oder weniger und nährt die innere Neigung und Abneigung von Tag zu Tag, bis zuletzt Entschei-

dung eintritt und das Geschehene wie eine Gottheit angestaunt wird.

971. In den Zeitungen ist alles Officielle geschraubt, das Übrige platt.

972. Nach Preßfreiheit schreit niemand, als wer sie mißbrauchen will.

973. Die Deutschen der neueren Zeit haben nichts anders für Denk- und Preßfreiheit gehalten, als daß sie sich einander öffentlich mißachten dürfen.

974. Die Deutschen der alten Zeit freute nichts, als daß keiner dem andern gehorchen durfte.

975. Gerechtigkeit: Eigenschaft und Phantom der Deutschen.

976. Der echte Deutsche bezeichnet sich durch mannichfaltige Bildung und Einheit des Charakters.

977. Die Engländer werden uns beschämen durch reinen Menschenverstand und guten Willen, die Franzosen durch geistreiche Umsicht und praktische Ausführung.

978. Der Deutsche soll alle Sprachen lernen, damit ihm zu Hause kein Fremder unbequem, er aber in der Fremde überall zu Hause sei.

979. Die Gewalt einer Sprache ist nicht, daß sie das Fremde abweis't, sondern daß sie es verschlingt.

980. Ich verfluche allen negativen Purismus, daß man ein Wort nicht brauchen soll, in welchem eine andre Sprache Vieles oder Zarteres gefaßt hat.

981. Meine Sache ist der affirmative Purismus, der productiv ist und nur davon ausgeht: Wo müssen wir *umschreiben*, und der Nachbar hat ein entscheidendes Wort?

982. Der pedantische Purismus ist ein absurdes Ablehnen weiterer Ausbreitung des Sinnes und Geistes. (Z. B. das englische Wort grief.)

983. Kein Wort steht still, sondern es rückt immer durch den Gebrauch von seinem anfänglichen Platz, eher hinab als hinauf, eher in's Schlechtere als in's Bessere, in's Engere als Weitere, und an der Wandelbarkeit des Worts läßt sich die Wandelbarkeit der Begriffe erkennen.

984. Philologen: Apollo Sauroktonos, immer mit dem spitzen Griffelchen in der Hand aufpassend, eine Eidechse zu spießen.

985. Es ist kein großer Unterschied, ob ich eine correcte Stelle falsch verstehe, oder ob ich einer corrupten irgend einen Sinn unterlege. Das letzte ist für den Einzelnen vortheilhafter als das erste. Es wird eine Privat-Emendation, wodurch er für seinen Geist gewinnt, was jene für den Buchstaben gewonnen.

986. Was man Mode heißt, ist augenblickliche Überlieferung. Alle Überlieferung führt eine gewisse Nothwendigkeit mit sich, sich ihr gleichzustellen.

987. Wenn man älter wird, muß man mit Bewußtsein auf einer gewissen Stufe stehen bleiben.

988. Es ziemt sich dem Bejahrten weder in der Denkweise noch in der Art sich zu kleiden der Mode nachzugehen.

989. Aber man muß wissen, wo man steht und wohin die andern wollen.

990. Es ist mit den Jahren wie mit den Sibyllinischen Büchern: je mehr man ihrer verbrennt, desto theurer werden sie.

991. Wenn die Jugend ein Fehler ist, so legt man ihn sehr bald ab.

992. In der Jugend bald die Vorzüge des Alters gewahr zu werden, im Alter die Vorzüge der Jugend zu erhalten, beides ist nur ein Glück.

993. Es betrügt sich kein Mensch, der in seiner Jugend noch soviel erwartet. Aber wie er damals die Ahndung in seinem Herzen empfand, so muß er auch die Erfüllung in seinem Herzen suchen, nicht außer sich.

994. »Ich bin über die Wurzeln des Baums gestolpert, den ich gepflanzt hatte.« Das muß ein alter Forstmann gewesen sein, der dieß gesagt hat.

995. Daß der Mensch zuletzt Epitomator von sich selbst wird! Und dahin zu gelangen ist schon Glück genug.

996. Eltern und Kindern bleibt nichts übrig, als entweder vor oder hinter einander zu sterben, und man weiß am Ende nicht, was man vorziehen sollte.

997. Wenn ich an meinen Tod denke, darf ich, kann ich nicht denken, welche Organisation zerstört wird.

998. In jeder großen Trennung liegt ein Keim von Wahnsinn; man muß sich hüten, ihn nachdenklich auszubrüten und zu pflegen.

999. Höchst merkwürdig ist, daß von dem menschlichen Wesen das Entgegengesetzte übrig bleibt: Gehäus' und Gerüst, worin und womit sich der Geist hienieden genügte, sodann aber die idealen Wirkungen, die in Wort und That von ihm ausgingen.

1000. Ein ausgesprochnes Wort fordert sich selbst wieder.

1001. Mystik: eine unreife Poesie, eine unreife Philosophie;
Poesie: eine reife Natur;
Philosophie: eine reife Vernunft.

1002: Poesie deutet auf die Geheimnisse der Natur und sucht sie durch's Bild zu lösen;
Philosophie deutet auf die Geheimnisse der Vernunft und sucht sie durch's Wort zu lösen (Naturphilosophie, Experimentalphilosophie);
Mystik deutet auf die Geheimnisse der Natur und Vernunft und sucht sie durch Wort und Bild zu lösen.

1003. Bildliche Vorstellung: Reich der Poesie; hypothetische Erklärung: Reich der Philosophie.

1004. Das Wahre (Allgemeine), das wir erkennen und festhalten;
das Leidenschaftliche (Besondere), das uns hindert und festhält;
das Dritte, Rednerische, schwankend zwischen Wahrheit und Leidenschaft.

1005. Die Laune ist ein Bewußtloses und beruht auf der Sinnlichkeit. Es ist der Widerspruch der Sinnlichkeit mit sich selbst.

1006. Der Humor entsteht, wenn die Vernunft nicht im

Gleichgewicht mit den Dingen ist, sondern entweder sie zu beherrschen strebt und nicht damit zu Stande kommen kann: welches der ärgerliche oder üble Humor ist; oder sich ihnen gewissermaßen unterwirft und mit sich spielen läßt, salvo honore: welches der heitre Humor oder der gute ist. Sie läßt sich gut symbolisiren durch einen Vater, der sich herabläßt, mit seinen Kindern zu spielen, und mehr Spaß einnimmt als ausgibt. In diesem Falle spielt die Vernunft den Goffo, im ersten Falle den Moroso.

1007. Das Genie übt eine Art Ubiquität aus, in's Allgemeine vor, in's Besondere nach der Erfahrung.

1008. Das Glück des Genies: wenn es zu Zeiten des Ernstes geboren wird.

1009. Große Talente sind das schönste Versöhnungsmittel.

1010. Das Genie mit Großsinn sucht seinem Jahrhundert vorzueilen; das Talent aus Eigensinn möchte es oft zurückhalten.

1011. Der Scharfsinn verläßt geistreiche Männer am wenigsten, wenn sie Unrecht haben.

1012. Das Fürchterlichste ist, wenn platte unfähige Menschen zu Phantasten sich gesellen.

1013. Man kann sich nicht verläugnen, daß die deutsche Welt, mit vielen, guten, trefflichen Geistern geschmückt, immer uneiniger, unzusammenhängender in Kunst und Wissenschaft, sich auf historischem, theoretischem und praktischem Wege immer mehr verirrt und verwirrt.

1014. Sähe man Kunst und Wissenschaft nicht als ein Ewiges,

in sich selbst Lebendig-Fertiges verehrend an, das im Zeitverlaufe nur Vorzüge und Mängel durch einander mischt, so würde man selbst irre werden und sich betrüben, daß Reichthum in eine solche Verlegenheit setzen kann.

1015. Was ist das für eine Zeit, wo man die Begrabenen beneiden muß?

1016. Was nicht originell ist, daran ist nichts gelegen, und was originell ist, trägt immer die Gebrechen des Individuums an sich.

1017. Wer's nicht besser machen kann, macht's wenigstens anders; Zuhörer und Leser, in herkömmlicher Gleichgültigkeit, lassen dergleichen am liebsten gelten.

1018. Man spricht soviel von Geschmack: der Geschmack besteht in Euphemismen. Diese sind Schonungen des Ohrs mit Aufregung des Sinnes.

1019. Das Publicum will wie Frauenzimmer behandelt sein: man soll ihnen durchaus nichts sagen, als was sie hören möchten.

1020. Das Publicum beklagt sich lieber unaufhörlich, übel bedient worden zu sein, als daß es sich bemühte, besser bedient zu werden.

1021. Es gibt empirische Enthusiasten, die, obgleich mit Recht, an neuen guten Producten, aber mit einer Ekstase sich erweisen, als wenn sonst in der Welt nichts Vorzügliches zu sehen gewesen wäre.

1022. Ein großes Unheil entspringt aus den falschen Begriffen der Menge, weil der Werth vorhandener Werke gleich verkannt wird, wenn sie nicht im currenten Vorurtheil mit einbegriffen sind.

1023. Innerhalb einer Epoche gibt es keinen Standpunct, eine Epoche zu betrachten.

1024. Keine Nation hat ein Urtheil als über das, was bei ihr gethan und geschrieben ist. Man könnte dieß auch von jeder Zeit sagen.

1025. Wahre, in alle Zeiten und Nationen eingreifende Urtheile sind sehr selten.

1026. Keine Nation hat eine Kritik als in der Maße, wie sie vorzügliche, tüchtige und vortreffliche Werke besitzt.

1027. Die Kritik erscheint wie Ate: sie verfolgt die Autoren, aber hinkend.

1028. Das Wahre, Gute und Vortreffliche ist einfach und sich immer gleich, wie es auch erscheine. Das Irren aber, das den Tadel hervorruft, ist höchst mannichfaltig, in sich selbst verschieden und nicht allein gegen das Gute und Wahre, sondern auch gegen sich selbst kämpfend, mit sich selbst in Widerspruch. Daher müssen in jeder Literatur die Ausdrücke des Tadels die Worte des Lobes überwiegen.

1029. Bei den Griechen, deren Poesie und Rhetorik einfach und positiv war, erscheint die Billigung öfter als die Mißbilligung; bei den Lateinern hingegen ist es umgekehrt, und je mehr sich Poesie und Redekunst verdirbt, desto mehr wird der Tadel wachsen und das Lob sich zusammenziehen.

1030. Die Literatur verdirbt sich nur in dem Maße, als die Menschen verdorbener werden.

1031. Classisch ist das Gesunde, romantisch das Kranke.

1032. Ovid blieb classisch auch im Exil: er sucht sein Unglück nicht in sich, sondern in seiner Entfernung von der Hauptstadt der Welt.

1033. Das Romantische ist schon in seinen Abgrund verlaufen; das Gräßlichste der neuern Productionen ist kaum noch gesunkener zu denken.

1034. Engländer und Franzosen haben uns darin überboten. Körper, die bei Leibesleben verfaulen und sich in detaillirter Betrachtung ihres Verwesens erbauen, Todte, die zum Verderben anderer am Leben bleiben und ihren Tod am Lebendigen ernähren: dahin sind unsre Producenten gelangt!

1035. Im Alterthum spuken dergleichen Erscheinungen nur vor wie seltene Krankheitsfälle; bei den Neuern sind sie endemisch und epidemisch geworden.

1036. Sakuntala: hier erscheint der Dichter in seiner höchsten Function. Als Repräsentant des natürlichsten Zustandes, der feinsten Lebensweise, des reinsten sittlichen Bestrebens, der würdigsten Majestät und der erstesten Gottesverehrung wagt er sich in gemeine und lächerliche Gegensätze.

1037. Jemand sagte: »Was bemüht ihr euch um den Homer? Ihr versteht ihn doch nicht.« Darauf antwortet' ich: Versteh ich doch auch Sonne, Mond und Sterne nicht; aber sie gehen über meinem Haupt hin und ich erkenne mich in ihnen, indem ich sie sehe und ihren regelmäßigen wunderbaren Gang betrachte, und denke dabei, ob auch wohl etwas aus mir werden könnte.

1038. Daß die bildende Kunst in der Ilias auf einer so hohen Stufe erscheint, möchte wohl ein Argument für die Modernität des Gedichtes abgeben.

1039. Die Modernen sollen nur Lateinisch schreiben, wenn sie aus nichts etwas zu machen haben. Umgekehrt machen sie ihr weniges Etwas immer zu nichts.

1040. Die lateinische Sprache hat eine Art von Imperativus der Autorschaft.

1041. Zu den glücklichen Umständen, welche Shakespeare's gebornes großes Talent frei und rein entwickelten, gehört auch, daß er Protestant war; er hätte sonst wie Kalidasa und Calderon Absurditäten verherrlichen müssen.

1042. Heinrich der Vierte von Shakespeare: wenn alles verloren wäre, was je, dieser Art geschrieben, zu uns gekommen, so könnte man Poesie und Rhetorik daraus vollkommen wiederherstellen.

1043. Um die alten abgeschmacktesten locos communes der Menschheit durchzupeitschen, hat Klopstock Himmel und Hölle, Sonne, Mond und Sterne, Zeit und Ewigkeit, Gott und Teufel aufgeboten.

1044. Schmidt von Werneuchen ist der wahre Charakter der Natürlichkeit. Jedermann hat sich über ihn lustig gemacht und das mit Recht; und doch hätte man sich über ihn nicht lustig machen können, wenn er nicht als Poet wirkliches Verdienst hätte, das wir an ihm zu ehren haben.

1045. Eulenspiegel: alle Hauptspäße des Buchs beruhen darauf, daß alle Menschen *figürlich* sprechen und Eulenspiegel es *eigentlich* nimmt.

1046. Mährchen: das uns unmögliche Begebenheiten unter möglichen oder unmöglichen Bedingungen als möglich darstellt.

1047. Roman: der uns mögliche Begebenheiten unter unmöglichen oder beinahe unmöglichen Bedingungen als wirklich darstellt.

1048. Der Romanenheld assimilirt sich alles; der Theaterheld muß nichts Ähnliches in allem dem finden, was ihn umgibt.

1049. Einen wundersamen Anblick geben des Aristoteles Fragmente des Tractats über Dichtkunst. Wenn man das Theater in- und auswendig kennt wie Unsereiner, der einen bedeutenden Theil des Lebens auf diese Kunst verwendet und selbst viel darin gearbeitet hat, so sieht man erst, daß man sich vor allen Dingen mit der philosophischen Denkart des Mannes bekannt machen müßte, um zu begreifen, wie er diese Kunsterscheinung angesehen habe; außerdem verwirrt unser Studium nur, wie denn die moderne Poetik das Alleräußerlichste seiner Lehre nur zu ihrem Verderben anwendet und angewendet hat.

1050. Des tragischen Dichters Aufgabe und Thun ist nichts anders, als ein psychisch-sittliches Phänomen, in einem faßlichen Experiment dargestellt, in der Vergangenheit nachzuweisen.

1051. Was man Motive nennt, sind also eigentlich Phänomene des Menschengeistes, die sich wiederholt haben und wiederholen werden, und die der Dichter nur als historische nachweis't.

1052. Ein dramatisches Werk zu verfassen, dazu gehört Genie. Am Ende soll die Empfindung, in der Mitte die Vernunft, am Anfang der Verstand vorwalten und alles gleichmäßig durch eine lebhaft-klare Einbildungskraft vorgetragen werden.

1053. Es ist nichts theatralisch, was nicht für die Augen symbolisch wäre.

1054. Die gewöhnlichen Theaterkritiken sind unbarmherzige Sündenregister, die ein böser Geist vorwurfsweise den armen Schächern vorhält ohne hülfreiche Hand zu einem bessern Wege.

1055. Eine Romanze ist kein Proceß, wo ein Definitiv-Urtheil sein muß.

1056. Bei'm Übersetzen muß man bis an's Unübersetzliche herangehen; alsdann wird man aber erst die fremde Nation und die fremde Sprache gewahr.

1057. Es ist ein großer Unterschied, ob ich lese zu Genuß und Belebung oder zu Erkenntniß und Belehrung.

1058. Es gibt Bücher, durch welche man alles erfährt und doch zuletzt von der Sache nichts begreift.

1059. Wenn einem Autor ein Lexikon nachkommen kann, so taugt er nichts.

1060. Ich denke immer, wenn ich einen Druckfehler sehe, es sei etwas Neues erfunden.

1061. Verleger haben die Autoren und sich selbst für vogelfrei erklärt; wie wollen sie unter einander, wer will mit ihnen rechten?

1062. Die Sehnsucht, die nach außen, in die Ferne strebt, sich aber melodisch in sich selbst beschränkt, erzeugt den Minor.

1063. Cantilene: die Fülle der Liebe und jedes leidenschaftlichen Glücks verewigend.

AUS DEM NACHLASS
(ÜBER KUNST UND KUNSTGESCHICHTE)
(Aphorismen, Freunden und Gegnern zur Beherzigung)

1064. Wer gegenwärtig über Kunst schreiben oder gar streiten will, der sollte einige Ahndung haben von dem, was die Philosophie in unsern Tagen geleistet hat und zu leisten fortfährt.

1065. Wer einem Autor Dunkelheit vorwerfen will, sollte erst sein eigen Inneres beschauen, ob es denn da auch recht hell ist: in der Dämmerung wird eine sehr deutliche Schrift unlesbar.

1066. Wer streiten will, muß sich hüten, bei dieser Gelegenheit Sachen zu sagen, die ihm niemand streitig macht.

1067. Wer Maximen bestreiten will, sollte fähig sein, sie recht klar aufzustellen und innerhalb dieser Klarheit zu kämpfen, damit er nicht in den Fall gerathe, mit selbstgeschaffenen Luftbildern zu fechten.

1068. Die Dunkelheit gewisser Maximen ist nur relativ: nicht alles ist dem Hörenden deutlich zu machen, was dem Ausübenden einleuchtet.

1069. Ein Künstler, der schätzbare Arbeiten verfertiget, ist nicht immer im Stande, von eignen oder fremden Werken Rechenschaft zu geben.

1070. Natur und Idee läßt sich nicht trennen, ohne daß die Kunst so wie das Leben zerstört werde.

1071. Wenn Künstler von Natur sprechen, subintelligiren sie immer die Idee, ohne sich's deutlich bewußt zu sein.

1072. Eben so geht's allen, die ausschließlich die Erfahrung anpreisen; sie bedenken nicht, daß die Erfahrung nur die Hälfte der Erfahrung ist.

1073. Erst hört man von Natur und Nachahmung derselben; dann soll es eine schöne Natur geben. Man soll wählen. Doch wohl das Beste! Und woran soll man's erkennen? Nach welcher Norm soll man wählen? Und wo ist denn die Norm? Doch wohl nicht auch in der Natur?

1074. Und gesetzt, der Gegenstand wäre gegeben, der schönste Baum im Walde, der in seiner Art als vollkommen auch vom Förster anerkannt würde. Nun, um den Baum in ein Bild zu verwandeln, gehe ich um ihn herum und suche mir die schönste Seite. Ich trete weit genug weg, um ihn völlig zu übersehen, ich warte ein günstiges Licht ab, und nun soll von dem Naturbaum noch viel auf das Papier übergegangen sein!

1075. Der Laie mag das glauben; der Künstler, hinter den Coulissen seines Handwerks, sollte aufgeklärter sein.

1076. Gerade das, was ungebildeten Menschen am Kunstwerk als Natur auffällt, das ist nicht Natur (von außen), sondern der Mensch (Natur von innen).

1077. Wir wissen von keiner Welt als im Bezug auf den Menschen; wir wollen keine Kunst, als die ein Abdruck dieses Bezugs ist.

1078. Wer zuerst im Bilde auf seinen Horizont die Zielpuncte des mannichfaltigen Spiels wagerechter Linien bannte, erfand das Princip der Perspective.

1079. Wer zuerst aus der Systole und Diastole, zu der die Retina gebildet ist, aus dieser Synkrisis und Diakrisis, mit Plato zu sprechen, die Farbenharmonie entwickelte, der hat die Principien des Colorits entdeckt.

1080. Suchet in euch, so werdet ihr alles finden, und erfreuet euch, wenn da draußen, wie ihr es immer heißen möget, eine Natur liegt, die Ja und Amen zu allem sagt, was ihr in euch gefunden habt!

1081. Gar vieles kann lange erfunden, entdeckt sein, und es wirkt nicht auf die Welt; es kann wirken und doch nicht bemerkt werden, wirken und nicht in's Allgemeine greifen. Deßwegen jede Geschichte der Erfindung sich mit den wunderbarsten Räthseln herumschlägt.

1082. Es ist so schwer, etwas von Mustern zu lernen, als von der Natur.

1083. Die Form will so gut verdauet sein als der Stoff; ja sie verdaut sich viel schwerer.

1084. Mancher hat nach der Antike studirt und sich ihr Wesen nicht ganz zugeeignet: ist er darum scheltenswerth?

1085. Die höheren Forderungen sind an sich schon schätzbarer, auch unerfüllt, als niedrige, ganz erfüllte.

1086. Das Trocken-Naive, das Steif-Wackere, das Ängstlich-Rechtliche, und womit man ältere deutsche Kunst charakterisiren mag, gehört zu jeder früheren einfacheren Kunstweise. Die alten Venetianer, Florentiner und so weiter haben das alles auch.

1087. Und wir Deutsche sollen uns dann nur für original halten, wenn wir uns nicht über die Anfänge erheben?

1088. Weil Albrecht Dürer bei dem unvergleichlichen Talent sich nie zur Idee des Ebenmaßes der Schönheit, ja sogar nie zum Gedanken einer schicklichen Zweckmäßigkeit erheben konnte, sollen wir auch immer an der Erde kleben?

1089. Albrecht Dürern förderte ein höchst innigstes realistisches Anschauen, ein liebenswürdiges menschliches Mitgefühl aller gegenwärtigen Zustände; ihm schadete eine trübe, form- und bodenlose Phantasie.

1090. Wie Martin Schön neben ihm steht und wie das deutsche Verdienst sich dort beschränkt, wäre interessant zu zeigen, und nützlich zu zeigen, daß dort nicht aller Tage Abend war.

1091. Lös'te sich doch in jeder italiänischen Schule der Schmetterling aus der Puppe los!

1092. Sollen wir ewig als Raupen herumkriechen, weil einige nordische Künstler ihre Rechnung dabei finden?

1093. Nachdem uns Klopstock vom Reim erlös'te und Voß uns prosodische Muster gab, so sollen wir wohl wieder Knittelverse machen wie Hans Sachs?

1094. Laßt uns doch vielseitig sein! Märkische Rübchen schmecken gut, am besten gemischt mit Kastanien, und diese beiden edlen Früchte wachsen weit aus einander.

1095. Erlaubt uns in unsern vermischten Schriften doch neben den abend- und nordländischen Formen auch die morgen- und südländischen!

1096. Man ist nur vielseitig, wenn man zum Höchsten strebt, weil man muß (im Ernst), und zum Geringern herabsteigt, wenn man will (zum Spaß).

1097. Laßt doch den deutschen Dichtern den frommen Wunsch, auch als Homeriden zu gelten! Deutsche Bildhauer, es wird euch nicht schaden, zum Ruhm der letzten Praxiteliden zu streben!

1098. Was hat ein Maler zu studiren, bis er eine Pfirsche sehen kann wie Huysum, und wir sollen nicht versuchen, ob es möglich sei, den Menschen zu sehen, wie ihn ein Grieche gesehen hat?

1099. Wer Proportion (das Meßbare) von der Antike nehmen muß, sollte uns nicht gehässig sein, weil wir das Unmeßbare von der Antike nehmen wollen.

1100. Es ist schon genug, daß Kunstliebhaber das Vollkommene übereinstimmend anerkennen und schätzen; über das Mittlere läßt sich der Streit nicht endigen.

1101. Alles Prägnante, was allein an einem Kunstwerke vortrefflich ist, wird nicht anerkannt, alles Fruchtbare und Fördernde wird beseitigt, eine tiefumfassende Synthesis begreift nicht leicht jemand.

1102. Ihr wählt euch ein Muster und damit vermischt ihr eure Individualität: das ist alle eure Kunst. Da ist an keine Grundsätze, an keine Schule, an keine Folge zu denken, alles willkürlich und wie es einem jeden einfällt. Daß man sich von Gesetzen losmacht, die bloß durch Tradition geheiligt sind, dagegen ist nichts zu sagen; aber daß man nicht denkt, es müssen doch Gesetze sein, die aus der Natur jeder Kunst entspringen, daran denkt niemand.

1103. Jedes gute und schlechte Kunstwerk, sobald es entstanden ist, gehört zur Natur. Die Antike gehört zur Natur und zwar, wenn sie anspricht, zur natürlichsten Natur, und diese edle Natur sollen wir nicht studiren, aber die gemeine!

1104. Denn das Gemeine ist's eigentlich, was den Herren Natur heißt! Aus sich schöpfen mag wohl heißen, mit dem eben fertig werden, was uns bequem wird!

1105. Kunst: eine andere Natur, auch geheimnißvoll, aber verständlicher; denn sie entspringt aus dem Verstande.

1106. Die Natur wirkt nach Gesetzen, die sie sich in Eintracht mit dem Schöpfer vorschrieb, die Kunst nach Regeln, über die sie sich mit dem Genie einverstanden hat.

1107. Die Kunst ruht auf einer Art religiosem Sinn, auf einem tiefen unerschütterlichen Ernst; deßwegen sie sich auch so gern mit der Religion vereinigt. Die Religion bedarf keines Kunstsinnes, sie ruht auf ihrem eignen Ernst; sie verleiht aber auch keinen, so wenig sie Geschmack gibt.

1108. Realität in der *höchsten* Nützlichkeit (Zweckmäßigkeit) wird auch schön sein.

1109. Vollkommenheit ist schon da, wenn das Nothwendige geleistet wird, Schönheit, wenn das Nothwendige geleistet, doch verborgen ist.

1110. Vollkommenheit kann mit Disproportion bestehen, Schönheit allein mit Proportion.

1111. Werke der Kunst werden zerstört, sobald der Kunstsinn verschwindet.

1112. Die Allegorie verwandelt die Erscheinung in einen Begriff, den Begriff in ein Bild, doch so, daß der Begriff im Bilde immer noch begränzt und vollständig zu halten und zu haben und an demselben auszusprechen sei.

1113. Die Symbolik verwandelt die Erscheinung in Idee, die Idee in ein Bild, und so, daß die Idee im Bild immer unendlich wirksam und unerreichbar bleibt und, selbst in allen Sprachen ausgesprochen, doch unaussprechlich bliebe.

1114. In Rembrandts trefflicher Radirung, der Austreibung der Käufer und Verkäufer aus den Tempelhallen, ist die Glorie, welche gewöhnlich des Herrn Haupt umgibt, in die vorwärts wirkende Hand gleichsam gefahren, welche nun in göttlicher That, glanzumgeben, derb zuschlägt. Um das Haupt ist's, wie auch das Gesicht, dunkel.

1115. Jeder große Künstler reißt uns weg, steckt uns an. Alles, was in uns von eben der Fähigkeit ist, wird rege, und da wir eine Vorstellung vom Großen und einige Anlage dazu haben, so bilden wir uns gar leicht ein, der Keim davon stecke in uns.

1116. Gemüth hat jedermann, Naturell manche, Kunstbegriffe sind selten.

1117. In allen Künsten gibt es einen gewissen Grad, den man mit den natürlichen Anlagen, so zu sagen allein erreichen kann.

Zugleich aber ist es unmöglich, denselben zu überschreiten, wenn nicht die Kunst zu Hülfe kommt.

1118. Man sagt wohl zum Lobe des Künstlers: er hat alles aus sich selbst. Wenn ich das nur nicht wieder hören müßte! Genau besehen, sind die Productionen eines solchen Originalgenies meistens Reminiscenzen; wer Erfahrung hat, wird sie meist einzeln nachweisen können.

1119. Das sogenannte Aus-Sich-Schöpfen macht gewöhnlich falsche Originale und Manieristen.

1120. Warum schelten wir das Manierirte so sehr, als weil wir glauben, das Umkehren daher auf den rechten Weg sei unmöglich?

1121. Die Kunst soll das Penible nicht vorstellen.

1122. Was die letzte Hand thun kann, muß die erste schon entschieden aussprechen. Hier muß schon bestimmt sein, was gethan werden soll.

1123. »An meinen Bildern müßt ihr nicht schnuffeln, die Farben sind ungesund.« Rembrandt.

1124. Aus vielen Skizzen endlich ein Ganzes hervorzubringen, gelingt selbst den Besten nicht immer.

1125. Selbst das mäßige Talent hat immer Geist in Gegenwart der Natur; deßwegen einigermaßen sorgfältige Zeichnungen der Art immer Freude machen.

1126. Ursache des Dilettantismus: Flucht vor der Manier, Unkenntniß der Methode, thörichtes Unternehmen, gerade immer das Unmögliche leisten zu wollen, welches die höchste Kunst erforderte, wenn man sich ihm je nähern könnte.

1127. Fehler der Dilettanten: Phantasie und Technik unmittelbar verbinden zu wollen.

1128. Es ist eine Tradition, Dädalus, der erste Plastiker, habe die Erfindung der Drehscheibe des Töpfers beneidet. Von Neid möchte wohl nichts vorgekommen sein; aber der große Mann hat wahrscheinlich vorempfunden, daß die Technik zuletzt in der Kunst verderblich werden müsse.

1129. Die Technik im Bündniß mit dem Abgeschmackten ist die fürchterlichste Feindin der Kunst.

1130. Bei Gelegenheit der Berlinischen Vorbilder für Fabrikanten kam zur Sprache, ob so großer Aufwand auf die höchste Ausführung der Blätter wäre nöthig gewesen; wobei sich ergab, daß gerade den talentvollen jungen Künstler und Handwerker die Ausführung am meisten reizt, und daß er durch Beachtung und Nachbildung erst befähigt wird, das Ganze und den Werth der Formen zu begreifen.

1131. Chodowiecky ist ein sehr respectabler und wir sagen *idealer* Künstler. Seine *guten* Werke zeugen durchaus von *Geist* und *Geschmack*. Mehr Ideales war in dem Kreise, in dem er arbeitete, nicht zu fordern.

1132. Das Schrecklichste für den Schüler ist, daß er sich am Ende doch gegen den Meister wiederherstellen muß. Je kräftiger das ist, was dieser gibt, in desto größerem Unmuth, ja Verzweiflung ist der Empfangende.

1133. Ein edler Philosoph sprach von der Baukunst als einer *er-*

starrten Musik und mußte dagegen manches Kopfschütteln gewahr werden. Wir glauben diesen schönen Gedanken nicht besser nochmals einzuführen, als wenn wir die Architektur eine *verstummte Tonkunst* nennen.
Man denke sich den Orpheus, der, als ihm ein großer wüster Bauplatz angewiesen war, sich weislich an dem schicklichsten Ort niedersetzte und durch die belebenden Töne seiner Leier den geräumigen Marktplatz um sich her bildete. Die von kräftig gebietenden, freundlich lockenden Tönen schnell ergriffenen, aus ihrer massenhaften Ganzheit gerissenen Felssteine mußten, indem sie sich enthusiastisch herbei bewegten, sich kunst- und handwerksgemäß gestalten, um sich sodann in rhythmischen Schichten und Wänden gebührend hinzuordnen. Und so mag sich Straße zu Straßen anfügen! An wohlschützenden Mauern wird's auch nicht fehlen.
Die Töne verhallen, aber die Harmonie bleibt. Die Bürger einer solchen Stadt wandlen und weben zwischen ewigen Melodieen; der Geist kann nicht sinken, die Thätigkeit nicht einschlafen, das Auge übernimmt Function, Gebühr und Pflicht des Ohres, und die Bürger am gemeinsten Tage fühlen sich in einem ideellen Zustand: ohne Reflexion, ohne nach dem Ursprung zu fragen, werden sie des höchsten sittlichen und religiosen Genusses theilhaftig. Man gewöhne sich, in Sanct Peter auf und ab zu gehen, und man wird ein Analogon desjenigen empfinden, was wir auszusprechen gewagt.
Der Bürger dagegen in einer schlecht gebauten Stadt, wo der Zufall mit leidigem Besen die Häuser zusammenkehrte, lebt unbewußt in der Wüste eines düstern Zustandes; dem fremden Eintretenden jedoch ist es zu Muthe, als wenn er Dudelsack, Pfeifen und Schellentrommeln hörte und sich bereiten müßte, Bärentänzen und Affensprüngen beiwohnen zu müssen.

1134. Antike Tempel concentriren den Gott im Menschen; des Mittelalters Kirchen streben nach dem Gott in der Höhe.

AUS DEM NACHLASS
(Über Natur und Naturwissenschaft)

1135. Begriff ist *Summe*, Idee *Resultat* der Erfahrung; jene zu ziehen, wird Verstand, dieses zu erfassen, Vernunft erfordert.

1136. Was man Idee nennt: das, was immer zur Erscheinung kommt und daher als Gesetz aller Erscheinungen uns entgegentritt.

1137. Nur im Höchsten und im Gemeinsten trifft Idee und Erscheinung zusammen; auf allen mittlern Stufen des Betrachtens und Erfahrens trennen sie sich. Das Höchste ist das Anschauen des Verschiednen als identisch; das Gemeinste ist die That, das active Verbinden des Getrennten zur Identität.

1138. Was uns so sehr irre macht, wenn wir die Idee in der Erscheinung anerkennen sollen, ist, daß sie oft und gewöhnlich den Sinnen widerspricht.

Das Copernicanische System beruht auf einer Idee, die schwer zu fassen war und noch täglich unseren Sinnen widerspricht. Wir sagen nur nach, was wir nicht erkennen noch begreifen.

Die Metamorphose der Pflanzen widerspricht gleichfalls unsren Sinnen.

1139. Das Erhabene, durch Kenntniß nach und nach vereinzelt, tritt vor unserm Geist nicht leicht wieder zusammen, und so werden wir stufenweise um das Höchste gebracht, was uns gegönnt war, um die Einheit, die uns in vollem Maß zur Mitempfindung des Unendlichen erhebt, dagegen wir bei vermehrter Kenntniß immer kleiner werden. Da wir vorher mit dem Ganzen als Riesen standen, sehen wir uns als Zwerge gegen die Theile.

1140. Es ist ein angenehmes Geschäft, die Natur zugleich und sich selbst zu erforschen, weder ihr noch seinem Geiste Gewalt anzuthun, sondern beide durch gelinden Wechseleinfluß mit einander in's Gleichgewicht zu setzen.

1141. Sich den Objecten in der Breite gleichstellen heißt lernen; die Objecte in ihrer Tiefe auffassen heißt erfinden.

1142. Was man erfindet, thut man mit Liebe, was man gelernt hat, mit Sicherheit.

1143. Was ist denn das Erfinden? Es ist der Abschluß des Gesuchten.

1144. Was ist der Unterschied zwischen Axiom und Enthymem? Axiom: was wir von Haus aus, ohne Beweis anerkennen; Enthymem: was uns an viele Fälle erinnert und das zusammenknüpft, was wir schon einzeln erkannten.

1145. Die Freude des ersten Gewahrwerdens, des sogenannten Entdeckens kann uns niemand nehmen. Verlangen wir aber auch Ehre davon, die kann uns sehr verkümmert werden; denn wir sind meistens nicht die Ersten.

1146. Was heißt auch erfinden und wer kann sagen, daß er dieß oder jenes erfunden habe? Wie es denn überhaupt, auf Priorität zu pochen, wahre Narrheit ist; denn es ist nur bewußtloser Dünkel, wenn man sich nicht redlich als Plagiarier bekennen will.

1147. Mit den Ansichten, wenn sie aus der Welt verschwinden, gehen oft die Gegenstände selbst verloren. Kann man doch im höheren Sinne sagen, daß die Ansicht der Gegenstand sei.

1148. Es ist viel mehr schon entdeckt, als man glaubt.
Da die Gegenstände durch die Ansichten der Menschen erst aus dem Nichts hervorgehoben werden, so kehren sie, wenn sich die Ansichten verlieren, auch wieder in's Nichts zurück: Rundung der Erde, Plato's Bläue.

1149. Es sind zwei Gefühle die schwersten zu überwinden: gefunden zu haben, was schon gefunden ist, und nicht gefunden zu sehen, was man hätte finden sollen.

1150. Denken ist interessanter als Wissen, aber nicht als Anschauen.

1151. Das Wissen beruht auf der Kenntniß des zu Unterscheidenden, die Wissenschaft auf der Anerkennung des nicht zu Unterscheidenden.

1152. Das Wissen wird durch das Gewahrwerden seiner Lükken, durch das Gefühl seiner Mängel zur Wissenschaft geführt, welche vor, mit und nach allem Wissen besteht.

1153. Im Wissen und Nachsinnen ist Falsches und Wahres. Wie das sich nun das Ansehn der Wissenschaft gibt, so wird's ein wahr-lügenhaftes Wesen.

1154. Wir würden unser Wissen nicht für Stückwerk erklären, wenn wir nicht einen Begriff von einem Ganzen hätten.

1155. Die Wissenschaften so gut als die Künste bestehen in einem überlieferbaren (realen), erlernbaren Theil und in einem unüberlieferbaren (idealen), unlernbaren Theil.

1156. In der Geschichte der Wissenschaften hat der ideale Theil ein ander Verhältniß zum realen als in der übrigen Weltgeschichte.

1157. Geschichte der Wissenschaften: der reale Theil sind die Phänomene, der ideale die Ansichten der Phänomene.

1158. Vier Epochen der Wissenschaften:

kindliche,
poetische, abergläubische,
empirische,
forschende, neugierige,
dogmatische,
didaktische, pedantische,
ideelle,
methodische, mystische.

1159. »Nur die gegenwärtige Wissenschaft gehört uns an, nicht die vergangne noch die zukünftige.«

1160. Im sechzehnten Jahrhundert gehören die Wissenschaften nicht diesem oder jenem Menschen, sondern der Welt. Diese hat sie, besitzt sie pp., der Mensch ergreift nur den Reichthum.

1161. Die Wissenschaften zerstören sich auf doppelte Weise selbst: durch die Breite, in die sie gehen, und durch die Tiefe, in die sie sich versenken.

1162. Alles, was man (in Wissenschaften) fordert, ist so ungeheuer, daß man recht gut begreift, daß gar nichts geleistet wird.

1163. Was die Wissenschaften am meisten retardirt, ist, daß diejenigen, die sich damit beschäftigen, ungleiche Geister sind.

1164. Der Fehler schwacher Geister ist, daß sie im Reflectiren sogleich vom Einzelnen in's Allgemeine gehen, anstatt daß man nur in der Gesammtheit das Allgemeine suchen kann.

1165. In der Geschichte der Naturforschung bemerkt man durchaus, daß die Beobachter von der Erscheinung zu schnell zur Theorie hineilen und dadurch unzulänglich, hypothetisch werden.

1166. Man datirt von Baco von Verulam eine Epoche der Erfahrungs-Naturwissenschaften. Ihr Weg ist jedoch durch theoretische Tendenzen oft durchschnitten und ungangbar gemacht worden. Genau besehen, kann und soll man von jedem Tag eine neue Epoche datiren.

1167. Das Jahrhundert ist vorgerückt; jeder Einzelne aber fängt doch von vorne an.

1168. Jeden Tag hat man Ursache, die Erfahrung aufzuklären und den Geist zu reinigen.

1169. Da diejenigen, welche wissenschaftliche Versuche anstellen, selten wissen, was sie eigentlich wollen und was dabei herauskommen soll, so verfolgen sie ihren Weg meistenteils mit großem Eifer; bald aber, da eigentlich nichts Entschiedenes entstehen will, so lassen sie die Unternehmung fahren und suchen sie sogar andern verdächtig zu machen.

1170. Nachdem man in der zweiten Hälfte des siebzehnten Jahrhunderts dem Mikroskop so unendlich viel schuldig geworden war, so suchte man zu Anfang des achtzehnten Jahrhunderts dasselbe geringschätzig zu behandeln.

1171. Nachdem man in der neuern Zeit die meteorologischen Beobachtungen auf den höchsten Grad der Genauigkeit getrieben hatte, so will man sie nunmehr aus den nördlichen Gegenden verbannen und will sie nur dem Beobachter unter den Tropen zugestehen.

1172. Ward man doch auch des Sexualsystems, das, im höhern Sinne genommen, so großen Werth hat, überdrüssig und wollt' es verbannt wissen! Geht es doch mit der alten Kunstgeschichte eben so, in der man seit funfzig Jahren sich gewissenhaft zu üben und die Unterschiede der auf einander folgenden Zeiten einzusehen sich auf das genauste bestrebt hat! Das soll nun alles vergebens gewesen und alles auf einander Folgende als identisch und ununterscheidbar anzusehen sein.

1173. Nach unserm Rath bleibe jeder auf dem eingeschlagenen Wege und lasse sich ja nicht durch Autorität imponiren, durch allgemeine Übereinstimmung bedrängen und durch Mode hinreißen.

1174. Autorität: ohne sie kann der Mensch nicht existiren, und doch bringt sie eben soviel Irrthum als Wahrheit mit sich. Sie verewigt im Einzelnen, was einzeln vorübergehen sollte, lehnt ab und läßt vorübergehen, was festgehalten werden sollte, und ist hauptsächlich Ursache, daß die Menschheit nicht vom Flecke kommt.

1175. Der gemeine Wissenschäftler hält alles für überlieferbar und fühlt nicht, daß die Niedrigkeit seiner Ansichten ihm sogar das eigentlich Überlieferbare nicht fassen läßt.

1176. Das Unzulängliche widerstrebt mehr, als man denken sollte, dem Auslangenden.

1177. Vor zwei Dingen kann man sich nicht genug in Acht nehmen: beschränkt man sich in seinem Fache, vor Starrsinn, tritt man heraus, vor Unzulänglichkeit.

1178. Wenn in Wissenschaften alte Leute retardiren, so retrogradiren junge. Alte läugnen die Vorschritte, wenn sie nicht mit ihren früheren Ideen zusammenhängen; junge, wenn sie der Idee nicht gewachsen sind und doch auch etwas Außerordentliches leisten möchten.

1179. Es ist ihnen wohl Ernst, aber sie wissen nicht, was sie mit dem Ernst machen sollen.

1180. Von dem, was sie verstehen, wollen sie nichts wissen.

1181. In Neu-York sind neunzig verschiedene christliche Confessionen, von welchen jede auf ihre Art Gott und den Herrn bekennt, ohne weiter an einander irre zu werden. In der Naturforschung, ja in jeder Forschung müssen wir es so weit bringen; denn was will das heißen, daß jedermann von Liberalität spricht und den andern hindern will, nach seiner Weise zu denken und sich auszusprechen?

1182. Alle Individuen und, wenn sie tüchtig sind und auf andre wirken, ihre Schulen sehen das *Problematische* in den Wissenschaften als etwas an, wofür oder wogegen man streiten soll, eben als wenn es eine andre Lebenspartei wäre, anstatt daß das Wissenschaftliche eine Auflösung, Ausgleichung oder eine

Aufstellung unausgleichbarer Antinomien fordert. In diesem Falle ist auch Aguilonius.

1183. Wenn jemand spricht, er habe mich widerlegt, so bedenkt er nicht, daß er nur eine Ansicht der meinigen entgegen aufstellt; dadurch ist ja noch nichts ausgemacht. Ein Dritter hat eben das Recht und so in's Unendliche fort.

1184. Bei wissenschaftlichen Streitigkeiten nehme man sich in Acht, die Probleme nicht zu vermehren.

1185. In Wissenschaften, so wie auch sonst, wenn man sich über das Ganze verbreiten will, bleibt zur Vollständigkeit am Ende nichts übrig, als Wahrheit für Irrthum, Irrthum für Wahrheit gelten zu machen. Er kann nicht alles selbst untersuchen, muß sich an Überlieferung halten und, wenn er ein Amt haben will, den Meinungen seiner Gönner fröhnen. Mögen sich die sämmtlichen akademischen Lehrer hiernach prüfen!

1186. Das wäre wohl der wertheste Professor der Physik, der die Nichtigkeit seines Compendiums und seiner Figuren, gegen die Natur und gegen die höhren Forderungen des Geists gehalten, durchaus zur Anschauung bringen könnte.

1187. Nicht alles Wünschenswerthe ist erreichbar, nicht alles Erkennenswerthe erkennbar.

1188. Derjenige, der sich mit Einsicht für beschränkt erklärt, ist der Vollkommenheit am nächsten.

1189. Die Menschen, da sie zum Nothwendigen nicht hinreichen, bemühen sich um's Unnütze.

1190. Das Thier wird durch seine Organe belehrt; der Mensch belehrt die seinigen und beherrscht sie.

1191. Anaxagoras lehrt, daß alle Thiere die thätige Vernunft haben, aber nicht die leidende, die gleichsam der Dolmetscher des Verstandes ist.

1192. Die Alten vergleichen die Hand der Vernunft.
Die Vernunft ist die Kunst der Künste, die Hand die Technik alles Handwerks.

1193. Die Sinne trügen nicht, das Urtheil trügt.

1194. Der Mensch ist genugsam ausgestattet zu allen wahren irdischen Bedürfnissen, wenn er seinen Sinnen traut und sie dergestalt ausbildet, daß sie des Vertrauens werth bleiben.

1195. Man läugnet dem Gesicht nicht ab, daß es die Entfernung der Gegenstände, die sich neben und über einander befinden, zu schätzen wisse; das Hintereinander will man nicht gleichmäßig zugestehen.

1196. Und doch ist dem Menschen, der nicht stationär, sondern beweglich gedacht wird, hierin die sicherste Lehre durch Parallaxe verliehen.

1197. Die Lehre von dem Gebrauch der correspondirenden Winkel ist, genau besehen, darin eingeschlossen.

1198. Kant beschränkt sich mit Vorsatz in einen gewissen Kreis und deutet ironisch immer darüber hinaus.

1199. Man hat sich lange mit der Kritik der Vernunft beschäftigt; ich wünschte eine Kritik des Menschenverstandes. Es wäre eine wahre Wohlthat für's Menschengeschlecht, wenn man dem Gemeinverstand bis zur Überzeugung nachweisen könnte, wie weit er reichen kann, und das ist gerade soviel, als er zum Erdenleben vollkommen bedarf.

1200. »Genau besehen, ist alle Philosophie nur der Menschenverstand in amphigurischer Sprache.«

1201. Der Menschenverstand, der eigentlichst auf's Praktische angewiesen ist, irrt nur alsdann, wenn er sich an die Auflösung höherer Probleme wagt; dagegen weiß aber auch eine höhere Theorie sich selten in den Kreis zu finden, wo jener wirkt und wes't.

1202. Die Dialektik ist die Ausbildung des Widersprechungsgeistes, welcher dem Menschen gegeben, damit er den Unterschied der Dinge erkennen lerne.

1203. Eine thätige Skepsis: welche unablässig bemüht ist, sich selbst zu überwinden, um durch geregelte Erfahrung zu einer Art von bedingter Zuverlässigkeit zu gelangen.

1204. Das Allgemeine eines solchen Geistes ist die Tendenz: zu erforschen, ob irgend einem Object irgend ein Prädicat wirklich zukomme, und geschieht diese Untersuchung in der Absicht, das als geprüft Gefundene in praxi mit Sicherheit anwenden zu können.

1205. Der lebendige begabte Geist, sich in praktischer Absicht an's Allernächste haltend, ist das Vorzüglichste auf Erden.

1206. Je weiter man in der Erfahrung fortrückt, desto näher kommt man dem Unerforschlichen; je mehr man die Erfahrung zu nutzen weiß, desto mehr sieht man, daß das Unerforschliche keinen praktischen Nutzen hat.

1207. Das schönste Glück des denkenden Menschen ist, das Erforschliche erforscht zu haben und das Unerforschliche ruhig zu verehren.

1208. Wir leben innerhalb der abgeleiteten Erscheinungen und wissen keineswegs, wie wir zur Urfrage gelangen sollen.

1209. Alles ist einfacher, als man denken kann, zugleich verschränkter, als zu begreifen ist.

1210. Es ist das Eigne zu bemerken, daß der Mensch sich mit dem einfachen Erkennbaren nicht begnügt, sondern auf die verwickelteren Probleme losgeht, die er vielleicht nie erfassen wird. Jenes einfache Faßliche ist durchaus anwendbar und nützlich und kann uns ein ganzes Leben durch beschäftigen, wenn es uns genügt und belebt.

1211. Man erkundige sich um's Phänomen, nehme es so genau damit als möglich und sehe, wie weit man in der Einsicht und in praktischer Anwendung damit kommen kann, und lasse das Problem ruhig liegen. Umgekehrt handeln die Physiker: sie gehen gerade auf's Problem los und verwickeln sich unterwegs in soviel Schwierigkeiten, daß ihnen zuletzt jede Aussicht verschwindet.

1212. Deßhalb hat die Petersburger Akademie auf ihre Preisfrage keine Antwort erhalten; auch der verlängerte Termin wird nichts helfen. Sie sollte jetzt den Preis verdoppeln und ihn demjenigen versprechen, der sehr klar und deutlich vor Augen legte, warum keine Antwort eingegangen ist und warum sie nicht erfolgen konnte. Wer dieß vermöchte, hätte jeden Preis wohl verdient.

1213. Schon jetzt erklären die Meister der Naturwissenschaften die Nothwendigkeit monographischer Behandlung und also des Interesse an Einzelnheiten. Dieß aber ist nicht denkbar ohne eine Methode, die das Interesse an der Gesammtheit offenbart; hat man das erlangt, so braucht man freilich nicht in Millionen Einzelnheiten umherzutasten.

1214. Zur Methode wird nur der getrieben, dem die Empirie lästig wird.

1215. Cartesius schrieb sein Buch *De Methodo* einige Male um, und wie es jetzt liegt, kann es uns doch nichts helfen. Jeder, der eine Zeitlang auf dem redlichen Forschen verharrt, muß seine Methode irgend einmal umändern.

1216. Das neunzehnte Jahrhundert hat alle Ursache, hierauf zu achten.

1217. So ganz leere Worte wie die von der Decomposition und Polarisation des Lichts müssen aus der Physik hinaus, wenn etwas aus ihr werden soll. Doch wäre es möglich, ja es ist wahrscheinlich, daß diese Gespenster noch bis in die zweite Hälfte des Jahrhunderts hinüberspuken.

1218. Man nehme das nicht übel. Eben dasjenige, was niemand zugibt, niemand hören will, muß desto öfter wiederholt werden.

1219. Wer das Falsche vertheidigen will, hat alle Ursache, leise aufzutreten und sich zu einer feinen Lebensart zu bekennen. Wer das Recht auf seiner Seite fühlt, muß derb auftreten: ein höfliches Recht will gar nichts heißen.

1220. Zum Ergreifen der Wahrheit braucht es ein viel höheres Organ als zur Vertheidigung des Irrthums.

1221. Alle Hypothesen hindern den Ἀναθεωρισμὸς, das Wiederbeschauen, das Betrachten der Gegenstände, der fraglichen Erscheinungen von allen Seiten.

1222. Hypothesen sind Gerüste, die man vor dem Gebäude aufführt, und die man abträgt, wenn das Gebäude fertig ist. Sie sind dem Arbeiter unentbehrlich; nur muß er das Gerüste nicht für das Gebäude ansehn.

1223. Wenn man den menschlichen Geist von einer Hypothese befreit, die ihn unnöthig einschränkte, die ihn zwang, falsch oder halb zu sehen, falsch zu combiniren, anstatt zu schauen zu grübeln, anstatt zu urtheilen zu sophistisiren, so hat man ihm schon einen großen Dienst erzeigt. Er sieht die Phänomene freier, in anderen Verhältnissen und Verbindungen an, er ordnet sie nach seiner Weise, und er erhält wieder die Gelegenheit, selbst und auf seine Weise zu irren, eine Gelegenheit, die unschätzbar ist, wenn er in der Folge bald dazu gelangt, seinen Irrthum selbst wieder einzusehen.

1224. Die Erscheinung ist vom Beobachter nicht losgelös't vielmehr in die Individualität desselben verschlungen und verwickelt.

1225. Aus dem Größten wie aus dem Kleinsten – nur durch künstlichste Mittel dem Menschen zu vergegenwärtigen – geht die Metaphysik der Erscheinungen hervor; in der Mitte liegt das Besondere, unsern Sinnen Angemessene, worauf ich angewiesen bin, deßhalb aber die Begabten von Herzen segne, die jene Regionen zu mir heranbringen.

1226. Wer kann sagen, daß er eine Neigung zur reinen Erfahrung habe? Was Baco dringend empfohlen hatte, glaubte jeder zu thun, und wem gelang es?

1227. Wer ein Phänomen vor Augen hat, denkt schon oft drüber hinaus; wer nur davon erzählen hört, denkt gar nichts.

1228. Die Phänomene sind nichts werth, als wenn sie uns eine tiefere reichere Einsicht in die Natur gewähren oder wenn sie uns zum Nutzen anzuwenden sind.

1229. Die Constanz der Phänomene ist allein bedeutend; was wir dabei denken, ist ganz einerlei.

1230. Kein Phänomen erklärt sich an und aus sich selbst; nur viele, zusammen überschaut, methodisch geordnet, geben zuletzt etwas, das für Theorie gelten könnte.

1231. Theorie und { Erfahrung / Phänomen } stehen gegeneinander in beständigem Conflict. Alle Vereinigung in der Reflexion ist eine Täuschung; nur durch Handeln können sie vereinigt werden.

1232. Etwas Theoretisches populär zu machen, muß man es absurd darstellen. Man muß es erst selbst in's Praktische einführen; dann gilt's für alle Welt.

1233. Man sagt gar gehörig: das Phänomen ist eine Folge ohne Grund, eine Wirkung ohne Ursache. Es fällt dem Menschen so schwer, Grund und Ursache zu finden, weil sie so einfach sind, daß sie sich dem Blick verbergen.

1234. Der denkende Mensch irrt besonders, wenn er sich nach Ursach' und Wirkung erkundigt: sie beide zusammen machen das untheilbare Phänomen. Wer das zu erkennen weiß, ist auf dem rechten Wege zum Thun, zur That.

1235. Das genetische Verfahren leitet uns schon auf bessere Wege, ob man gleich damit auch nicht ausreicht.

1236. Der eingeborenste Begriff, der nothwendigste, von *Ursach'* und *Wirkung*, wird in der Anwendung die Veranlassung zu unzähligen, sich immer wiederholenden Irrthümern.

1237. Ein großer Fehler, den wir begehen, ist, die Ursache der Wirkung immer nahe zu denken wie die Sehne dem Pfeil, den sie fortschnellt, und doch können wir ihn nicht vermeiden, weil Ursache und Wirkung immer zusammengedacht und also im Geiste angenähert werden.

1238. Die nächsten faßlichen Ursachen sind greiflich und eben deßhalb am begreiflichsten; weßwegen wir uns gern als mechanisch denken, was höherer Art ist.

1239. Indem wir der Einbildungskraft zumuthen, das Entstehen statt des Entstandenen, der Vernunft, die Ursache statt der Wirkung zu reproduciren und auszusprechen, so haben wir zwar beinahe nichts gethan, weil es nur ein Umsetzen der { Anschauung / Vorstellung } ist, aber genug für den Menschen, der vielleicht im Verhältniß { zur / gegen die Außenwelt } nicht mehr leisten kann.

1240. Es gibt jetzt eine böse Art, in den Wissenschaften abstrus zu sein: man entfernt sich vom gemeinen Sinne, ohne einen höhern aufzuschließen, transscendirt, phantasirt, fürchtet lebendiges Anschauen, und wenn man zuletzt in's Praktische will und muß, wird man auf einmal atomistisch und mechanisch.

1241. Der Granit verwittert auch sehr gern in Kugel- und Eiform; man hat daher keineswegs nöthig, die in Norddeutschland häufig gefundenen Blöcke solcher Gestalten wegen als im Wasser hin- und hergeschoben und durch Stoßen und Wälzen enteckt und entkantet zu denken.

1242. Fall und Stoß: dadurch die Bewegung der Weltkörper erklären zu wollen, ist eigentlich ein versteckter Anthropomorphismus; es ist des Wanderers Gang über Feld. Der aufgehobene Fuß sinkt nieder, der zurückgebliebene strebt vorwärts und fällt, und immer so fort vom Ausgehen bis zum Ankommen.

1243. Wie wäre es, wenn man auf demselben Wege den Vergleich von dem Schrittschuhfahren hernähme, wo das Vorwärtsdringen dem zurückbleibenden Fuße obliegt, indem er zugleich die Obliegenheit übernimmt, noch eine solche Anregung zu geben, daß sein nunmehriger Hintermann auch wieder eine Zeitlang sich vorwärtszubewegen die Bestimmung erhält?

1244. Das Zurückführen der Wirkung auf die Ursache ist bloß ein historisches Verfahren, zum Beispiel die Wirkung, daß ein Mensch getödtet, auf die Ursache der losgefeuerten Büchse.

1245. Induction habe ich zu stillen Forschungen bei mir selbst nie gebraucht, weil ich zeitig genug deren Gefahr empfand.

1246. Dagegen aber ist mir's unerträglich, wenn ein anderer sie gegen mich brauchen, mich durch eine Art Treibejagen mürbe machen und in die Enge schließen will.

1247. Mittheilung durch Analogieen halt' ich für so nützlich als angenehm: der analoge Fall will sich nicht aufdringen, nichts beweisen, er stellt sich einem andern entgegen, ohne sich mit ihm zu verbinden. Mehrere analoge Fälle vereinigen sich nicht zu geschlossenen Reihen, sie sind wie gute Gesellschaft, die immer mehr anregt als gibt.

1248. Irren heißt, sich in einem Zustande befinden, als wenn das Wahre gar nicht wäre; den Irrthum sich und andern entdekken, heißt rückwärts erfinden.

1249. Die Kreise des Wahren berühren sich unmittelbar; aber in den Intermundien hat der Irrthum Raum genug, sich zu ergehen und zu walten.

1250. Die Natur bekümmert sich nicht um irgend einen Irrthum; sie selbst kann nicht anders als ewig recht handeln, unbekümmert, was daraus erfolgen möge.

1251. Die Natur füllt mit ihrer gränzenlosen Productivität alle Räume. Betrachten wir nur bloß unsre Erde: alles, was wir bös, unglücklich nennen, kommt daher, daß sie nicht allem Entstehenden Raum geben, noch weniger ihm Dauer verleihen kann.

1252. Alles, was entsteht, sucht sich Raum und will Dauer; deßwegen verdrängt es ein anderes vom Platz und verkürzt seine Dauer.

1253. Das Lebendige hat die Gabe, sich nach den vielfältigsten Bedingungen äußerer Einflüsse zu bequemen und doch eine gewisse errungene entschiedene Selbstständigkeit nicht aufzugeben.

1254. Man gedenke der leichten Erregbarkeit aller Wesen, wie der mindeste Wechsel einer Bedingung, jeder Hauch gleich in den Körpern Polarität manifestirt, die eigentlich in ihnen allen schlummert.

1255. *Spannung* ist der indifferent scheinende Zustand eines energischen Wesens in völliger Bereitschaft, sich zu manifestiren, zu differenziren, zu polarisiren.

1256. Die Vögel sind ganz späte Erzeugnisse der Natur.

1257. Natur hat zu nichts gesetzmäßige Fähigkeit, was sie nicht gelegentlich ausführte und zu Tage brächte.

1258. Nicht allein der freie Stoff, sondern auch das Derbe und Dichte drängt sich zur Gestalt: ganze Massen sind von Natur und Grund aus krystallinisch; in einer gleichgültigen formlosen Masse entsteht durch stöchiometrische Annäherung und Übereinandergreifen die porphyrartige Erscheinung, welche durch alle Formationen durchgeht.

1259. Die schönste Metamorphose des unorganischen Reiches ist, wenn bei'm Entstehen das Amorphe sich in's Gestaltete verwandelt. Jede Masse hat hiezu Trieb und Recht. Der Glimmerschiefer verwandelt sich in Granaten und bildet oft Gebirgsmassen, in denen der Glimmer beinahe ganz aufgehoben ist und nur als geringes Bindungsmittel sich zwischen jenen Krystallen befindet.

1260. Die Mineralienhändler beklagen sich, daß sich Liebhaberei zu ihrer Waare in Deutschland vermindere, und geben der eindringlichen Krystallographie die Schuld. Es mag sein; jedoch in einiger Zeit wird gerade das Bestreben, die Gestalt genauer zu erkennen, auch den Handel wieder beleben, ja gewisse Exemplare kostbarer machen.

1261. Krystallographie so wie Stöchiometrie vollendet auch den Oryktognosten; ich aber finde, daß man seit einiger Zeit in der Lehrmethode geirrt hat. Lehrbücher zu Vorlesungen und zugleich zum Selbstgebrauch, vielleicht gar als Theile zu einer wissenschaftlichen Encyklopädie sind nicht zu billigen; der Verleger kann sie bestellen, der Schüler nicht wünschen.

1262. Lehrbücher sollen anlockend sein; das werden sie nur, wenn sie die heiterste zugänglichste Seite des Wissens und der Wissenschaft hinbieten.

1263. Alle Männer vom Fach sind darin sehr übel dran, daß ihnen nicht erlaubt ist, das Unnütze zu ignoriren.

1264. »Wir gestehen lieber unsre moralischen Irrthümer, Fehler und Gebrechen als unsre wissenschaftlichen.«

1265. Das kommt daher, weil das Gewissen demüthig ist und sich sogar in der Beschämung gefällt; der Verstand aber ist hochmüthig, und ein abgenöthigter Widerruf bringt ihn in Verzweiflung.

1266. Daher kommt, daß offenbarte Wahrheiten erst im Stillen zugestanden werden, sich nach und nach verbreiten, bis dasjenige, was man hartnäckig geläugnet hat, endlich als etwas ganz Natürliches erscheinen mag.

1267. Unwissende werfen Fragen auf, welche von Wissenden vor tausend Jahren schon beantwortet sind.

1268. Bei Erweitung des Wissens macht sich von Zeit zu Zeit eine Umordnung nöthig; sie geschieht meistens nach neueren Maximen, bleibt aber immer provisorisch.

1269. Männer vom Fach bleiben im Zusammenhange; dem Liebhaber dagegen wird es schwerer, wenn er die Nothwendigkeit fühlt nachzufolgen.

1270. Deßwegen sind Bücher willkommen, die uns sowohl das neu empirisch Aufgefundene als die neubeliebten Methoden darlegen.

1271. In der Mineralogie ist dieß höchst nöthig, wo die Krystallographie so große Forderungen macht, und wo die Chemie das Einzelne näher zu bestimmen und das Ganze zu ordnen unternimmt. Zwei willkommene: Leonhard und Cleaveland.

1272. Wenn wir das, was wir wissen, nach anderer Methode oder wohl gar in fremder Sprache dargelegt finden, so erhält es einen sonderbaren Reiz der Neuheit und frischen Ansehens.

1273. Wenn zwei Meister derselben Kunst in ihrem Vortrag von einander differiren, so liegt wahrscheinlicherweise das unauflösliche Problem in der Mitte zwischen beiden.

1274. Die Geognosie des Herren d'Aubuisson de Voisins, übersetzt vom Herrn Wiemann, wie sie mir zu Handen kommt, fördert mich in diesem Augenblicke auf vielfache Weise, ob sie mich gleich im Hauptsinne betrübt; denn hier ist die Geognosie, welche doch eigentlich auf der lebendigen Ansicht der Weltoberfläche ruhen sollte, aller Anschauung beraubt und nicht einmal in Begriffe verwandelt, sondern auf Nomenclatur zurückgeführt, in welcher letzten Rücksicht sie freilich einem jeden und auch mir förderlich und nützlich ist.

1275. Das Große, Überkolossale der Natur eignet man so leicht sich nicht an; denn wir haben nicht reine Verkleinerungsgläser wie wir Linsen haben, um das unendlich Kleine

zu gewahren. Und da muß man doch noch Augen haben wie Carus und Nees, wenn dem Geiste Vortheil entstehen soll.
Da jedoch die Natur im Größten wie im Kleinsten sich immer gleich ist und eine jede trübe Scheibe so gut die schöne Bläue darstellt wie die ganze weltüberwölkende Atmosphäre, so find' ich es gerathen, auf Musterstücke aufmerksam zu sein und sie vor mir zusammenzulegen. Hier nun ist das Ungeheuere nicht verkleinert, sondern im Kleinen, und eben so unbegreiflich als im Unendlichen.

1276. Wenn in der Mathematik der menschliche Geist seine Selbstständigkeit und unabhängige Thätigkeit gewahr wird und dieser ohne weitere Rücksicht in's Unendliche zu folgen sich geneigt fühlt, so flößt er zugleich der Erfahrungswelt ein solches Zutrauen ein, daß sie es an gelegentlichen Aufforderungen nicht fehlen läßt. Astronomie, Mechanik, Schiffsbau, Festungsbau, Artillerie, Spiel, Wasserleitung, Schnitt der Bausteine, Verbesserung der Fernröhre riefen in der zweiten Hälfte des siebzehnten Jahrhunderts die Mathematik wechselsweise zu Hülfe.

1277. Die Mathematiker sind wunderliche Leute; durch das Große, was sie leisteten, haben sie sich zur Universal-Gilde aufgeworfen und wollen nichts anerkennen, als was in ihren Kreis paßt, was ihr Organ behandlen kann. Einer der ersten Mathematiker sagte bei Gelegenheit, da man ihm ein physisches Capitel andringlich empfehlen wollte: »Aber läßt sich denn gar nichts auf den Calcül reduciren?«

1278. Falsche Vorstellung, daß man ein Phänomen durch Calcül oder durch Worte abthun und beseitigen könne.

1279. Die Mathematiker sind eine Art Franzosen: redet man zu ihnen, so übersetzen sie es in ihre Sprache, und dann ist es alsobald ganz etwas Anders.

1280. Es folgt eben gar nicht, daß der Jäger, der das Wild erlegt, auch zugleich der Koch sein müsse, der es zubereitet. Zufälligerweise kann ein Koch mit auf die Jagd gehen und gut schießen; er würde aber einen bösen Fehlschluß thun, wenn er behauptete, um gut zu schießen, müsse man Koch sein. So kommen mir die Mathematiker vor, die behaupten, daß man in physischen Dingen nichts sehen, nichts finden könne, ohne Mathematiker zu sein, da sie doch immer zufrieden sein könnten, wenn man ihnen in die Küche bringt, das sie mit Formeln spicken und nach Belieben zurichten können.

1281. Wir müssen erkennen und bekennen, was Mathematik sei, wozu sie der Naturforschung wesentlich dienen könne, wo hingegen sie nicht hingehöre, und in welche klägliche Abirrung Wissenschaft und Kunst durch falsche Anwendung seit ihrer Regeneration gerathen sei.

1282. Die große Aufgabe wäre, die mathematisch-philosophischen Theorien aus den Theilen der Physik zu verbannen, in welchen sie Erkenntniß, anstatt sie zu fördern, nur verhindern, und in welchen die mathematische Behandlung durch Einseitigkeit der Entwicklung der neuern wissenschaftlichen Bildung eine so verkehrte Anwendung gefunden hat.

1283. Darzuthun wäre, welches der wahre Weg der Naturforschung sei: wie derselbe auf dem einfachsten Fortgange der Beobachtung beruhe, die Beobachtung zum Versuch zu steigern sei und wie dieser endlich zum Resultat führe.

1284. Tycho de Brahe, ein großer Mathematiker, vermochte sich nur halb von dem alten System loszulösen, das wenigstens den Sinnen gemäß war, das er aber aus Rechthaberei durch ein complicirtes Uhrwerk ersetzen wollte, das weder den Sinnen zu schauen noch den Gedanken zu erreichen war.

1285. Newton als Mathematiker steht in so hohem Ruf, daß der ungeschickteste Irrthum, nämlich das klare, reine, ewig ungetrübte Licht sei aus dunklen Lichtern zusammengesetzt, bis auf den heutigen Tag sich erhalten hat, und sind es nicht Mathematiker, die dieses Absurde noch immer vertheidigen und gleich dem gemeinsten Hörer in Worten wiederholen, bei denen man nichts denken kann?

1286. Der Mathematiker ist angewiesen auf's Quantitative, auf alles, was sich durch Zahl und Maß bestimmen läßt, und also gewissermaßen auf das äußerlich erkennbare Universum. Betrachten wir aber dieses, in so fern uns Fähigkeit gegeben ist, mit vollem Geiste und aus allen Kräften, so erkennen wir, daß Quantität und *Qualität* als die zwei Pole des erscheinenden Daseins gelten müssen; daher denn auch der Mathematiker seine Formelsprache so hoch steigert, um, in so fern es möglich, in der meßbaren und zählbaren Welt die unmeßbare mitzubegreifen. Nun erscheint ihm alles greifbar, faßlich und mechanisch, und er kommt in den Verdacht eines heimlichen Atheismus, indem er ja das Unmeßbarste, welches wir Gott nennen, zugleich mitzuerfassen glaubt und daher dessen besonderes oder vorzügliches Dasein aufzugeben scheint.

1287. Der Sprache liegt zwar die Verstandes- und Vernunftsfähigkeit des Menschen zum Grunde, aber sie setzt bei dem, der sich ihrer bedient, nicht eben reinen Verstand, ausgebildete Vernunft, redlichen Willen voraus. Sie ist ein Werkzeug, zweckmäßig und willkürlich zu gebrauchen; man kann sie eben so gut zu einer spitzfindig-verwirrenden Dialektik wie zu einer verworren-verdüsternden Mystik verwenden, man miß-

braucht sie bequem zu hohlen und nichtigen prosaischen und poetischen Phrasen, ja man versucht, prosodisch untadelhafte und doch nonsensicalische Verse zu machen.
Unser Freund, der Ritter Ciccolini sagt: »Ich wünschte wohl, daß alle Mathematiker in ihren Schriften des Genies und der Klarheit eines La Grange sich bedienten«, das heißt: möchten doch alle den gründlich-klaren Sinn eines La Grange besitzen und mit solchem Wissen und Wissenschaft behandeln!

1288. Der Newtonische Versuch, auf dem die herkömmliche Farbenlehre beruht, ist von der vielfachsten Complication; er verknüpft folgende Bedingungen.
Damit das Gespenst erscheine, ist nöthig:

1. ein gläsern Prisma;
2. dieses dreiseitig,
3. klein;
4. ein Fensterladen;
5. eine Öffnung darin;
6. diese sehr klein;
7. Sonnenbild, das hereinfällt;
8. in einer gewissen Entfernung, in einer
9. gewissen Richtung auf's Prisma fällt;
10. sich auf einer Tafel abbildet,
11. die in einer gewissen Entfernung hinter das Prisma gestellt ist.

Nehme man von diesen Bedingungen 3., 6. und 11. weg: man mache die Öffnung groß, man nehme ein großes Prisma, man stelle die Tafel nah heran, und das beliebte Spectrum kann und wird nicht zum Vorschein kommen.

1289. Man spricht geheimnißvoll von einem wichtigen Experimente, womit man die Lehre erst recht befestigen will; ich kenn' es recht gut und kann es auch darstellen: das ganze Kunststück ist, daß zu obigen Bedingungen noch ein paar hinzugefügt werden, wodurch das Hokuspokus sich noch mehr verwickelt.

1290. Der Fraunhoferische Versuch, wo Querlinien im Spectrum erscheinen, ist von derselben Art, so wie auch die Versuche, wodurch eine neue Eigenschaft des Lichts entdeckt werden soll. Sie sind doppelt und dreifach complicirt; wenn sie was nützen sollten, müßten sie in ihre Elemente zerlegt werden, welches dem Wissenden nicht schwer fällt, welches aber zu fassen und zu begreifen kein Laie weder Vorkenntniß noch Geduld, kein Gegner weder Intention noch Redlichkeit genug mitbringt: man nimmt lieber überhaupt an, was man sieht, und zieht die alte Schlußfolge daraus.

1291. Ich weiß wohl, daß diese Worte vergebens dastehen; aber sie mögen als offenbares Geheimniß der Zukunft bewahrt bleiben. Vielleicht interessirt sich auch noch einmal ein La Grange für diese Angelegenheit.

1292. Da seit einiger Zeit meiner Farbenlehre mehr nachgefragt wird, machen sich frisch illuminirte Tafeln nöthig. Indem ich nun dieses kleine Geschäft besorge, muß ich lächeln, welche unsägliche Mühe ich mir gegeben, das Vernünftige sowohl als das Absurde palpabel zu machen. Nach und nach wird man beides erfassen und anerkennen.

1293. Der Newtonische Irrthum steht so nett im Conversationslexikon, daß man die Octavseite nur auswendig lernen darf, um die Farbe für's ganze Leben los zu sein.

1294. Der Kampf mit Newton geht eigentlich in einer sehr niedern Region vor. Man bestreitet ein schlecht gesehnes, schlecht entwickeltes, schlecht angewendetes, schlecht theoretisirtes Phänomen. Man beschuldigt ihn in den früheren Versuchen einer Unvorsichtigkeit, in den folgenden einer Absichtlichkeit, bei'm Theoretisiren der Übereilung, bei'm Vertheidigen der Hartnäckigkeit und im Ganzen einer halb bewußtlosen, halb bewußten Unredlichkeit.

1295. Hundert graue Pferde machen nicht einen einzigen Schimmel.

1296. Diejenigen, die das einzige grundklare Licht aus farbigen Lichtern zusammensetzen, sind die eigentlichen Obscuranten.

1297. Wer sich an eine falsche Vorstellung gewöhnt, dem wird jeder Irrthum willkommen sein.

1298. Deßwegen sagte man ganz richtig: »Wer die Menschen betrügen will, muß vor allen Dingen das Absurde plausibel machen.«

1299. Licht und Geist, jenes im Physischen, dieser im Sittlichen herrschend, sind die höchsten denkbaren untheilbaren Energien.

1300. Ich habe nichts dagegen, wenn man die Farbe sogar zu fühlen glaubt; ihr eigenes Eigenschaftliche würde nur dadurch noch mehr bethätigt.

1301. Auch zu schmecken ist sie. Blau wird alkalisch, Gelbroth sauer schmecken. Alle Manifestationen der Wesenheiten sind verwandt.

1302. Und gehört die Farbe nicht ganz eigentlich dem Gesicht an?

AUS DEM NACHLASS

(Skizzirtes. Zweifelhaftes. Unvollständiges)

1303. Religion: Alte;
Poesie: Religion der Jugend.

1304. Die Natur ist immer Jehovah.
Was sie ist, was sie war, und was sie sein wird.

1305. Daß Christus auf eine Hamletische Weise zu Grunde ging, und schlimmer, weil er Menschen um sich berief, die er fallen ließ, da Hamlet bloß als Individuum perirte.

1306. Anthropomorphism,
Erotomorphism.
Daß er alles, was auch vorgeht, in sittlich-sinnlich Gefühl auflös't und verwandelt.

1307. Reine Naturgesinnung in fremdem Zustande.
Je reiner die Gesinnung, desto weniger Bedürfniß des Zustandes.
Je complicirter, interessanter für sich selbst der Zustand ist, so gibt er unsern Gesinnungen das Gesetz.

1308. Der gränzenlose Verstand, dem jeder Verstand zusagt, dem die Vernunft nichts anhaben kann, wenn auch das Gefühl nicht immer beistimmt.

1309. Stetigkeit
(als) mit (und doch)
Gegensatz.

1310. Es ist nicht wahr, daß das Leben ein Traum sei; nur dem scheint es so, der

auf eine alberne Weise ruhet,
auf die ungeschickteste Weise verletzt.

1311. Man hat den Epikur, der ein armer Hund war wie ich, sehr mißverstanden, wenn er das Höchste in die Schmerzlosigkeit legte.

1312. Besonderes Vergnügen, sich mit Personen, die man liebt, über Dinge zu erklären und weitläufig zu sein, Empfinden rege zu machen, wenn man gleich weiß, daß was man sagt nicht wahr ist.

1313. Die Menschen wundern sich, daß ich es besser weiß wie sie, und es ist kein Wunder, sie halten sehr oft für falsch, was ich denke.

1314. Man muß nicht fürchten, überstimmt zu werden, wenn uns widersprochen wird.

1315. Menschen, die ihre Kenntnisse an die Stelle der Einsicht setzen. (Junge Leute.)

1316. Das Falsche (der Irrthum) ist meistens der Schwäche bequemer.

1317. Wenn sie wüßten, wo das liegt, was sie suchen, so suchten sie ja nicht.

1318. Die Güte des Herzens nimmt einen weiteren Raum ein als der Gerechtigkeit geräumiges Feld.

1319. Je uneigennütziger der Mensch ist, desto mehr ist der … unterworfen den Eigennützigen.

1320. Das, was man für sie thut, ist nicht genug, das, was man für sie gethan hat, ist nichts: die ganze Existenz, die man ihnen geschaffen hat, nehmen sie von Gottes Gnaden, und so ist man, als wenn man nicht wäre, nicht gewesen wäre.

1321. In weltlichen Dingen sind nur zu betrachten die Mittel und der Gebrauch.

1322. Rasches Vorschreiten zum Zweck, ohne die Mittel zu bedenken.

1323. Als wenn man, um dem Sohn, der in der Wiege liegt, bei Zeiten Vortheil zu bringen, den Vater todtschlagen wollte.

1324. Gedankenlosigkeit, die uns den Werth des Augenblicks verkennen läßt.

1325. Charakter, der, dargestellt, kein Bild, pragmatisirt, kein Resultat gibt.

1326. Drei Dinge werden nicht eher erkannt als zu gewisser Zeit:

ein Held im Kriege,
ein weiser Mann im Zorn,
ein Freund in der Noth.

1327. Drei Classen von Narren:

die Männer aus Hochmuth,

die Mädchen aus Liebe,
die Frauen aus Eifersucht.

1328. Toll ist:
wer Thoren belehrt,
Weisen widerredet,
von hohlen Reden bewegt wird,
Huren glaubt,
Geheimnisse Unsichern vertraut.

1329. Wer muß Langmuth üben?
Der große That vorhat,
bergan steigt,
Fische speis't.

1330. Jüdisches Wesen:

Energie der Grund von allem.

Unmittelbare Zwecke.

Keiner, auch nur der kleinste geringste Jude, der nicht entschiedenes Bestreben verriethe, und zwar ein irdisches, zeitliches, augenblickliches.

Judensprache hat etwas Pathetisches.

1331. Ein Deutscher war schon absurd, so lang er hoffte; da er nun überwunden war, so war gar nicht mehr mit ihm zu leben.

1332. Vorschlag zu einem polemischen Purism in Schulen.

1333. Stoffartige Hülfe, die sich die Poesie der letzten Zeit gibt durch bedeutende Motive, Religion und Ritterwesen.

1334. Beispiele, wie sich die Menschen über das Unerwartete, ja Unerträgliche durch poetische Formen begütigen:

empirisch erscheinende absolute Gewalt

Oberon, Blaubart.

335. Identität rasenden Enthusiasmus und unbarmherziger Kritik schwer in sich zu erzielen.

1336. Wirkung namhafter, gründlich arbeitender Autoren. Gegenwirkung journalistisch anonymer.

1337. Ein geistreicher Humorist als quasi Poet, der, der Fülle seines Wissens und Empfindens gedenkend, sich in Tropen auszusprechen genöthigt fühlt.

1338. Trübe Stellen, wo die Intention des Dichters uns nicht klar entgegentritt, die man sich, weil man ihn liebt, erst auslegt und auf die man zurückkehrend immer eine gewisse Unbehaglichkeit empfindet.

1339. Es kommt mir wunderbar vor, eine so tragische Schuld zu sehen, daß eine Tragödie gar nicht darauf zu folgen brauchte.

1340. Abstumpfen des Geistes durch's Geistreiche.

1341. Englische Stücke.
Das Verruchte des Stoffs,
das Absurde der Form,
verwerfliche Handlungen.
Vermaledeites englisches Theater!

1342. Hersilie sagte von der Pilgernden Thörin: »Wenn ich närrisch werden möchte, wie mir manchmal die Lust ankommt, so wäre es auf diese Weise.«

1343. Das Erhabene, für uns Übererhabene, höchst Verehrungswerthe, doch, genau besehen, mit einem absurden, ja infamen Empirischen Verbundene macht uns stutzig, und man entschließt sich schwer.

1344. Es ist etwas unbekanntes Gesetzliches im Object, welches dem unbekannten Gesetzlichen im Subject entspricht.

1345. Zum Schönen wird erfordert ein Gesetz, das in die Erscheinung tritt.
Beispiel von der Rose.
In den Blüthen tritt das vegetabilische Gesetz in seine höchste Erscheinung, und die Rose wäre nun wieder der Gipfel dieser Erscheinung.
Perikarpien können noch schön sein.
Die Frucht kann nie schön sein; denn da tritt das vegetabilische Gesetz in sich (in's bloße Gesetz) zurück.

1346. Das Gesetz, das in die Erscheinung tritt, in der größten Freiheit, nach seinen eigensten Bedingungen, bringt das objectiv Schöne hervor, welches freilich würdige Subjecte finden muß, von denen es aufgefaßt wird.

1347. Die Unmöglichkeit, Rechenschaft zu geben von dem Natur- und Kunstschönen; denn
ad 1. müßten wir die Gesetze kennen, nach welchen die allgemeine Natur handeln will und handelt, wenn sie kann, und
ad 2. die Gesetze kennen, nach denen die allgemeine Natur unter der besondern Form der menschlichen Natur productiv handeln will und handelt, wenn sie kann.

1348. Schönheit der Jugend aus Obigem abzuleiten.
Alter: stufenweises Zurücktreten aus der Erscheinung. In wie fern das Alternde schön genannt werden kann.
Ewige Jugend der griechischen Götter.

1349. Beharren eines jeden im Charakter, bis zum Gipfel des menschlichen Daseins, ohne an die Rückkehr zu denken.

1350. Die Schönheit: jede[?] milde hohe Übereinstimmung alles dessen, was unmittelbar, ohne Überlegen und Nachdenken zu erfordern, gefällt.

1351. Vollkommne Künstler haben mehr dem Unterricht als der Natur zu danken.

1352. Die höchste Absicht der Kunst ist, menschliche Formen zu zeigen, so *sinnlich* bedeutend und so schön, als es möglich ist.

1353. Friedrich der Zweite zu Pferd nach Chodowiecky ist, in Zinn gemalt, in Nürnberg zu haben; gewöhnlich führt er die Soldaten der Kinder an und ist auch da noch ehrwürdig.
Ich möchte ihn aber doch auf ähnliche Weise weder in Lebensgröße, noch weniger colossal mit Augen sehen.

1354. Zeichnet doch euere patriotischen Gegenstände! Einen König, der auf einer Brunnenröhre sitzt und denkt! Ja wenn ihr seine Gedanken zeichnen könntet!
Ein solcher König hat mit eurer bildenden Kunst [nichts] zu thun: er soll nur im Geist und der Wahrheit verehrt werden.

1355. Zeichnet, stecht in Kupfer, bezahlt, verkauft, belohnt immer in offenbarer Stille, und wenn euch ein tadelnd Wort trifft, so laßt's ja hingehn; aber reizt nur niemanden, diese Armseligkeiten immer lauter und lauter vor den Ohren der Welt auszulachen!

1356. Wenn ihr sagt: »Wir machen's so«, da hat kein Mensch was dagegen; sagt ihr aber: »Ihr sollt's auch so machen, euch nach unserer Beschränkung beschränken«, da kommt ihr um vieles zu spät.

1357. Paris ist offen, Italien wird's auch werden; so lange uns der Athem bleibt, werden wir den Künstler in das Weite der Welt und Kunst und in die Beschränktheit seiner selbst weisen.

1358. Beschränkt doch den Künstler nicht durch solche ...; fühlt sich doch ohnehin jeder in dem weitesten Welt- und Kunstgenuß beschränkt genug!

1359. Sich in seiner Beschränktheit gefallen ist ein elender Zustand; in Gegenwart des Besten seine Beschränktheit fühlen ist freilich ängstlich, aber diese Angst erhebt.

1360. Bei Betrachtung von Kunstwerken, sowohl dichterischen als bildnerischen, des dritten und vierten Jahrhunderts läßt sich bemerken, wie lange die Künstler noch am alten guten Sinne festgehalten haben, da schon alles um sie her dafür erstorben war. Erklärungsart der Kunstwerke auf diesem Wege. Sie sind keineswegs abstrus, sondern plastisch zu nennen. Siehe das capitolinische Basrelief mit dem Prometheus pp.

1361. Das Menschliche, Liebenswürdige, Zarte unter der Form einer imaginirten bildenden Kunst. Klosterbruder, Sternbald.

1362. Organische Natur: in's Kleinste lebendig; Kunst: in's Kleinste empfunden.

1363. Conflicte.

Sprünge der Natur und Kunst.
Eintretender Genius zur rechten Zeit.
Element genugsam vorbereitet.
Nicht roh und starr.
Auch nicht schon verbraucht.
Eben so mit der Organisation.

Hier springt die Natur auch nur, in so fern alles vorbereitet ist, als ein Höheres, in die Wirklichkeit Tretendes zur eminenten Erscheinung gelangen kann.

1364. Daß die Natur, die uns zu schaffen macht, gar keine Natur mehr ist, sondern ein ganz anderes Wesen als dasjenige, womit sich die Griechen beschäftigten.

1365. Die Griechen nannten Entelecheia ein Wesen, das immer in Function ist.

1366. Die Griechen, wenn sie beschrieben oder erzählten, sprachen weder von Ursache noch von Resultat, sondern trugen die äußere Erscheinung vor.
Auch in der Naturwissenschaft machten sie keine Versuche wie wir, sondern hielten sich an den einzelnen Erfahrungsfällen.

1367. Die Function ist das Dasein, in Thätigkeit gedacht.

1368. Alle Wirksamkeit ist stärker am Mittelpunct als gegen die Peripherie zu. Raum zwischen Mars und Jupiter.

1369. Urphänomene: ideal, real, symbolisch, identisch.
Empirie: unbegränzte Vermehrung derselben, Hoffnung der Hülfe daher, Verzweiflung an Vollständigkeit.
Urphänomen

ideal als das letzte Erkennbare,
real als erkannt,
symbolisch, weil es alle Fälle begreift,
identisch mit allen Fällen.

1370. Ersparniß der Erfahrung,
Sündfluth der Erfahrung,
Dinge, wovon man nicht reden würde, wenn man wüßte, wovon die Rede ist.

1371. Wie das Unbedingte sich selbst bedingen und so das Bedingte zu seines Gleichen machen kann.

1372. Daß das Bedingte zugleich unbedingt sei. Welches unbegreiflich ist, ob wir es gleich alle Tage erfahren.

1373. Der Empirismus zur Unbedingtheit { erhöht / erweitert } ist ja Naturphilosophie. Schelling.

1374. Daß es dem Menschen selten gegeben ist, in dem einzelnen Falle das Gesetz zu erkennen. Und doch, wenn er es immer [?] in tausenden erkennt, muß er es ja wieder in jedem einzelnen finden. Die großen Umwege [?] erspart sich der Geist.

1375. Bei Naturforschung auf Anordnung, auf System auszugehen, hinderlich und förderlich.

1376. Alles, was im Subject ist, ist im Object und noch etwas mehr.
Alles, was im Object ist, ist im Subject und noch etwas mehr.
Wir sind auf doppelte Weise verloren oder geborgen:
Gestehen wir dem Object sein Mehr zu,
Pochen wir auf unser Subject.

1377. Jede [Erscheinung] ist zugänglich wie ein planum inclinatum, das bequem zu ersteigen ist, wenn der hintere Theil des Keiles schroff und unerreichbar dasteht.

1378. Perspectivische Gesetze: die mit so großem Sinn als Richtigkeit die Welt auf das Auge des Menschen und seinen Standpunct beziehen und dadurch möglich machen, daß jedes sonderbare verworrne Gedräng von Gegenständen in ein reines ruhiges Bild verwandelt werden kann.

1379. Alle Verhältnisse der Dinge wahr. Irrthum allein in dem Menschen. An ihm nichts wahr, als daß er irrt, sein Verhältniß zu sich, zu andern, zu den Dingen nicht finden kann.

1380. Wissen: das Bedeutende der Erfahrung, das immer in's Allgemeine hinweis't.

1381 *Geschichte der Wissenschaft*

Was muß zu allen Zeiten den Menschen von Haus aus interessieren?

Wie hat man nach und nach gesucht, sich davon Rechenschaft zu geben oder sich zu beruhigen?

Geschichte des Wissens.

Was ist dem Menschen nach und nach bekannt geworden?

Wie hat er sich dabei und damit benommen?

1382. Niederträchtigkeit der mittlern Zeit bis in's sechzehnte Jahrhundert, treffliche Menschen wie Aristoteles, Hippokrates durch dumme Mährchen lächerlich und verhaßt zu machen.

1383. Unglücklich ist immer derjenige, der sich in Corporationen einläßt. v. Humboldt darf von allem nichts melden, als was in Paris gilt. Was soll denn da aus dem werden, was wir Wissen und Wissenschaft nennen? In hundert Jahren wird es ganz anders aussehen.

1384. Redensarten, wodurch das, was das Genie in einer Folge und aus einer Folge entdeckt, als etwas Einzelnes und wo nicht Zufälliges, doch Unzusammenhangendes angesprochen wird.

1385. Nicht bloß Barbaren mit Feuer und Schwert, nicht

bloß Pfaffen-Obscurantismus: die Gelehrten selbst sind solche barbarische Obscuranten, die etwas, das pp.

1386. Bei den Controversen darauf zu sehen, wer das Punctum saliens getroffen.

1387. Mathematik sich immer mit dem ... und Würdigen beschäftigend. Verglichen mit dem Wollen und Dichten.

1388. Mathematik, die auf Conviction, Überführung ausgeht, weßhalb gute Köpfe sich an ihr ärgern.

1389. Man hört, nur die Mathematik sei gewiß; sie ist es nicht mehr als jedes andere Wissen und Thun. Sie ist gewiß, wenn sie sich klüglich nur mit Dingen abgibt, über die man gewiß werden und in so fern man darüber gewiß werden kann.

1390. Das ist eben das Hohe der Mathematik, daß ihre Methode gleich zeigt, wo ein Anstoß ist. Fanden sie doch dem Gang der himmlischen Körper nicht ihre Rechnungen gemäß und wendeten sich daher auf die Annahme[?] der Störungen und diese Störungen noch immer zu viel oder zu wenig.

1391. In diesem Sinne kann man die Mathematik als die höchste und sicherste Wissenschaft ansprechen.
Aber wahr kann sie nichts machen, als was wahr ist.

1392. Was hat denn der Mathematiker für ein Verhältniß zum Gewissen, was doch das höchste, das würdigste Erbtheil der Menschen ist, eine incommensurable, bis in's Feinste wirkende, sich selber spaltende und wieder verbindende Thätigkeit? Und Gewissen ist's vom Höchsten bis in's Geringste. Gewissen ist's, wer das kleinste Gedicht gut und vortrefflich macht.

1393. Wenn diese Hoffnungen sich verwirklichen, daß die Menschen sich mit allen ihren Kräften, mit Herz und Geist, mit Verstand und Liebe vereinigen und von einander Kenntniß nehmen, so wird sich ereignen, woran jetzt noch kein Mensch denken kann. Die Mathematiker werden sich gefallen lassen, in diesen allgemeinen sittlichen Weltbund als Bürger eines bedeutenden Staates aufgenommen zu werden, und nach und nach sich des Dünkels entäußern, als Universalmonarchen über alles zu herrschen; sie werden sich nicht mehr beigehen lassen, alles für nichtig, für inexact, für unzulänglich zu erklären, was sich nicht dem Calcül unterwerfen läßt.

1394. Alle Krystallisationen sind ein realisirtes Kaleidoskop.

1395. Von denen selbst, die sich mit meiner Vorstellungsart befreundeten, ist keiner über mich...

1396. Es war schon bei den Römern, wenn sie was Tüchtigs sagen wollten, sagten sie's *griechisch*. Warum wir nicht *französch*?
Wie's kommt, daß eine fremde Sprache uns zum Ausdruck einer seltnen Empfindung mehr...

1397. Die Frage über die Instincte der Thiere läßt sich nur durch den Begriff von Monaden und Entelechien auflösen.
Jede Monas ist eine Entelechie, die unter gewissen Bedingungen zur Erscheinung kommt. Ein gründliches Studium des Organismus läßt in die Geheimnisse...

1398. Bescheidenheit gehört in gute geschlossene Gesellschaft Schon in größerer Societät steht das Unbescheidne immer im Vortheil, aber Derbheit, ja Grobheit gehört in eine Volksversammlung, wo der Pöbel mitreden will und den man überschreien oder selbst schweigen und sich nach Hause drücken muß. Übrigens kann ich die Newtonische Turba, sie bestehe aus Volk, Pharisäern oder Schriftgelehrten, welche das...

1399. Das Wahre, Anerkannte sowie das Falsche, Angenommene werden neben einander aufgef...

1400. ... Das unheilbare Übel dieser religiosen Streitigkeiten besteht darin, daß der eine Theil auf Mährchen und leere Worte das höchste Interesse der Menschheit zurückführen will, der andere aber es da zu begründen denkt, wo sich niemand beruhigt.

1401. ... Ich erwarte wohl, daß mir mancher Leser widerspricht; aber er muß doch stehen lassen, was er schwarz auf weiß vor sich hat. Ein anderer stimmt vielleicht mir bei, eben dasselbe Exemplar in der Hand.

1402. ... Denn eben, wenn man Probleme, die nur dynamisch erklärt werden können, bei Seite schiebt, dann kommen mechanische Erklärungsarten wieder zur Tagesordnung.

1403. ... Was hat man sich nicht mit dem Granit beschäftigt! Man hat ihn mit in die neuern Epochen herangezogen, und doch entsteht keiner mehr vor unsern Augen. Geschäh' es im tiefsten Meeresgrunde, so hätten wir keine Kenntniß davon.

1404. ... Es ist daher das Beste, wenn wir bei Beobachtungen so viel als möglich uns der Gegenstände und bei'm Denken darüber so viel als möglich uns unsrer selbst bewußt sind.

1405. Der Mensch kann nur mit seines Gleichen leben und auch mit denen nicht; denn er kann auf die Länge nicht leiden, daß ihm jemand gleich sei.

1406. Der mittelmäßigste Roman ist immer noch besser als die mittelmäßigen Leser, ja der schlechteste participirt etwas von der Vortrefflichkeit des ganzen Genres.

1407. Schauspieler gewinnen die Herzen und geben die ihrigen nicht hin; sie hintergehen aber mit Anmuth.

1408. Zu berichtigen verstehen die Deutschen, nicht nachzuhelfen.

1409. Aus der Natur, nach welcher Seite hin man schaue, entspringt Unendliches.

1410. Man muß eine Sache gefunden haben, wenn man wissen will, wo sie liegt.

1411. Wer freudig thut und sich des Gethanen freut, ist glücklich.

1412. Mit Ungeduld bestraft sich zehnfach Ungeduld; man will das Ziel heranziehn und entfernt es nur.

1413. Die jungen Leute sind neue Aperçus der Natur.

IN HECKERS AUSGABE NOCH NICHT ENTHALTENE MAXIMEN UND REFLEXIONEN

I.

AUS DER FARBENLEHRE (1810)

DES ZWEITEN BANDES ERSTER, HISTORISCHER TEIL
DRITTE ABTEILUNG

1. Die Kultur des Wissens durch inneren Trieb um der Sache selbst willen, das reine Interesse am Gegenstand sind freilich immer das vorzüglichste und nutzbarste; und doch sind von den frühsten Zeiten an die Einsichten der Menschen in natürliche Dinge durch jenes weniger gefördert worden als durch ein naheliegendes Bedürfnis, durch einen Zufall, den die Aufmerksamkeit nutzte, und durch mancherlei Art von Ausbildung zu entschiedenen Zwecken.

2. Es gibt bedeutende Zeiten, von denen wir wenig wissen, Zustände, deren Wichtigkeit uns nur durch ihre Folgen deutlich wird. Diejenige Zeit, welcher der Same unter der Erde zubringt, gehört vorzüglich mit zum Pflanzenleben.
Es gibt auffallende Zeiten, von denen uns Weniges, aber höchst Merkwürdiges bekannt ist. Hier treten außerordentliche Individuen hervor, es ereignen sich seltsame Begebenheiten. Solche Epochen geben einen entschiedenen Eindruck, sie erregen große Bilder, die uns durch ihr Einfaches anziehen.
Die historischen Zeiten erscheinen uns im vollen Tag. Man sieht vor lauter Licht keinen Schatten, vor lauter Hellung keinen Körper, den Wald nicht vor Bäumen, die Menschheit nicht vor Menschen; aber es sieht aus, als wenn jedermann und allem Recht geschähe, und so ist jedermann zufrieden.
Die Existenz irgendeines Wesens erscheint uns ja nur, insofern

wir uns desselben bewußt werden. Daher sind wir ungerecht gegen die stillen, dunklen Zeiten, in denen der Mensch, unbekannt mit sich selbst, aus innerm starken Antrieb tätig war, trefflich vor sich hin wirkte und kein anderes Dokument seines Daseins zurückließ als eben die Wirkung, welche höher zu schätzen wäre als alle Nachrichten.
Höchst reizend ist für den Geschichtsforscher der Punkt, wo Geschichte und Sage zusammengrenzen. Es ist meistens der schönste der ganzen Überlieferung. Wenn wir uns aus dem bekannten Gewordenen das unbekannte Werden aufzubauen genötigt finden, so erregt es eben die angenehme Empfindung, als wenn wir eine uns bisher unbekannte gebildete Person kennen lernen und die Geschichte ihrer Bildung lieber herausahnden als herausforschen.
Nur müßte man nicht so griesgrämig, wie es würdige Historiker neuerer Zeit getan haben, auf Dichter und Chronikenschreiber herabsehen.

3. Betrachtet man die einzelne frühere Ausbildung der Zeiten, Gegenden, Ortschaften, so kommen uns aus der dunklen Vergangenheit überall tüchtige und vortreffliche Menschen, tapfere, schöne, gute in herrlicher Gestalt entgegen. Der Lobgesang der Menschheit, dem die Gottheit so gerne zuhören mag, ist niemals verstummt, und wir selbst fühlen ein göttliches Glück, wenn wir die durch alle Zeiten und Gegenden verteilten harmonischen Ausströmungen bald in einzelnen Stimmen, in einzelnen Chören, bald fugenweise, bald in einem herrlichen Vollgesang vernehmen.
Freilich müßte man mit reinem, frischen Ohre hinlauschen und jedem Vorurteil selbstsüchtiger Parteilichkeit, mehr vielleicht, als dem Menschen möglich ist, entsagen.

4. Es gibt zwei Momente der Weltgeschichte, die bald aufeinander folgen, bald gleichzeitig, teils einzeln und abgesondert

teils höchst verschränkt sich an Individuen und Völkern zeigen.
Der erste ist derjenige, in welchem sich die Einzelnen nebeneinander frei ausbilden; dies ist die Epoche des Werdens, des Friedens, des Nährens, der Künste, der Wissenschaften, der Gemütlichkeit, der Vernunft. Hier wirkt alles nach innen und strebt in den besten Zeiten zu einem glücklichen häuslichen Auferbauen; doch löst sich dieser Zustand zuletzt in Parteisucht und Anarchie auf.
Die zweite Epoche ist die des Benutzens, des Kriegens, des Verzehrens, der Technik, des Wissens, des Verstandes. Die Wirkungen sind nach außen gerichtet; im schönsten und höchsten Sinne gewährt dieser Zeitpunkt Dauer und Genuß unter gewissen Bedingungen. Leicht artet jedoch ein solcher Zustand in Selbstsucht und Tyrannei aus, wo man sich aber keineswegs den Tyrannen als eine einzelne Person zu denken nötig hat; es gibt eine Tyrannei ganzer Massen, die höchst gewaltsam und unwiderstehlich ist.

5. Man mag sich die Bildung und Wirkung der Menschen unter welchen Bedingungen man will denken, so schwanken beide durch Zeiten und Länder, durch Einzelnheiten und Massen, die proportionierlich und unproportionierlich aufeinander wirken; und hier liegt das Inkalkulable, das Inkommensurable der Weltgeschichte. Gesetz und Zufall greifen ineinander, der betrachtende Mensch aber kommt oft in den Fall, beide miteinander zu verwechseln, wie sich besonders an parteiischen Historikern bemerken läßt, die zwar meistens unbewußt, aber doch künstlich genug sich eben dieser Unsicherheit zu ihrem Vorteil bedienen.

6. Der schwache Faden, der sich aus dem manchmal so breiten Gewebe des Wissens und der Wissenschaften durch alle Zeiten, selbst die dunkelsten und verworrensten, ununterbrochen

fortzieht, wird durch Individuen durchgeführt. Diese werden in einem Jahrhundert wie in dem andern von der besten Art geboren und verhalten sich immer auf dieselbe Weise gegen jedes Jahrhundert, in welchem sie vorkommen. Sie stehen nämlich mit der Menge im Gegensatz, ja im Widerstreit. Ausgebildete Zeiten haben hierin nichts voraus vor den barbarischen: denn Tugenden sind zu jeder Zeit selten, Mängel gemein. Und stellt sich denn nicht sogar im Individuum eine Menge von Fehlern der einzelnen Tüchtigkeit entgegen?
Gewisse Tugenden gehören der Zeit an, und so auch gewisse Mängel, die einen Bezug auf sie haben.

7. Die neuere Zeit schätzt sich selbst zu hoch wegen der großen Masse Stoffes, den sie umfaßt. Der Hauptvorzug des Menschen beruht aber nur darauf, inwiefern er den Stoff zu behandeln und zu beherrschen weiß.

8. Es gibt zweierlei Erfahrungsarten, die Erfahrung des Abwesenden und die des Gegenwärtigen. Die Erfahrung des Abwesenden, wozu das Vergangene gehört, machen wir auf fremde Autorität, die des Gegenwärtigen sollten wir auf eigene Autorität machen. Beides gehörig zu tun, ist die Natur des Individuums durchaus unzulänglich.

9. Die ineinandergreifenden Menschen- und Zeitalter nötigen uns, eine mehr oder weniger untersuchte Überlieferung gelten zu lassen, um so mehr, als auf der Möglichkeit dieser Überlieferung die Vorzüge des menschlichen Geschlechts beruhen.
Überlieferung fremder Erfahrung, fremden Urteils sind bei so großen Bedürfnissen der eingeschränkten Menschheit höchst willkommen, besonders wenn von hohen Dingen, von allgemeinen Anstalten die Rede ist.

10. Ein ausgesprochenes Wort tritt in den Kreis der übrigen

notwendig wirkenden Naturkräfte mit ein. Es wirkt um so lebhafter, als in dem engen Raume, in welchem die Menschheit sich ergeht, die nämlichen Bedürfnisse, die nämlichen Forderungen immer wiederkehren.

11. Und doch ist jede Wortüberlieferung so bedenklich. Man soll sich, heißt es, nicht an das Wort, sondern an den Geist halten. Gewöhnlich aber vernichtet der Geist das Wort oder verwandelt es doch dergestalt, daß ihm von seiner frühern Art und Bedeutung wenig übrigbleibt.

12. Wir stehen mit der Überlieferung beständig im Kampfe, und jene Forderung, daß wir die Erfahrung des Gegenwärtigen auf eigene Autorität machen sollten, ruft uns gleichfalls zu einem bedenklichen Streit auf. Und doch fühlt ein Mensch, dem eine originelle Wirksamkeit zuteil geworden, den Beruf, diesen doppelten Kampf persönlich zu bestehen, der durch den Fortschritt der Wissenschaften nicht erleichtert, sondern erschwert wird. Denn es ist am Ende doch nur immer das Individuum, das einer breiteren Natur und breiteren Überlieferung Brust und Stirn bieten soll.

13. Der Konflikt des Individuums mit der unmittelbaren Erfahrung und der mittelbaren Überlieferung ist eigentlich die Geschichte der Wissenschaften: denn was in und von ganzen Massen geschieht, bezieht sich doch nur zuletzt auf ein tüchtigeres Individuum, das alles sammeln, sondern, redigieren und vereinigen soll; wobei es wirklich ganz einerlei ist, ob die Zeitgenossen ein solch Bemühen begünstigen oder ihm widerstreben. Denn was heißt begünstigen, als das Vorhandene vermehren und allgemein machen. Dadurch wird wohl genutzt, aber die Hauptsache nicht gefördert.

14. Sowohl in Absicht auf Überlieferung als eigene Erfahrung

muß nach Natur der Individuen, Nationen und Zeiten ein sonderbares Entgegenstreben, Schwanken und Vermischen entstehen.

15. Gehalt ohne Methode führt zur Schwärmerei, Methode ohne Gehalt zum leeren Klügeln; Stoff ohne Form zum beschwerlichen Wissen, Form ohne Stoff zu einem hohlen Wähnen.

16. Leider besteht der ganze Hintergrund der Geschichte der Wissenschaften bis auf den heutigen Tag aus lauter solchen beweglichen, ineinanderfließenden und sich doch nicht vereinigenden Gespenstern, die den Blick dergestalt verwirren, daß man die hervortretenden, wahrhaft würdigen Gestalten kaum recht scharf ins Auge fassen kann.

II.

NACHLESE AUS »ÜBER KUNST UND ALTERTUM«

1. Eine Stelle in d'Alemberts Einleitung in das große französische enzyklopädische Werk, deren Übersetzung hier einzurükken der Platz verbietet, war uns von großer Wichtigkeit; sie beginnt Seite X der Quartausgabe mit den Worten: A l'égard des sciences mathématiques, und endigt Seite XI: étendu son domaine. Ihr Ende, sich an den Anfang anschließend, umfaßt die große Wahrheit, daß auf Inhalt, Gehalt und Tüchtigkeit eines zuerst aufgestellten Grundsatzes und auf der Reinheit des Vorsatzes alles in den Wissenschaften beruhe. Auch wir sind überzeugt, daß dieses große Erfordernis nicht bloß in mathematischen Fällen, sondern überall in Wissenschaften, Künsten wie im Leben stattfinden müsse.

2. Also kommt wie bei der künstlerischen, so bei der naturwissenschaftlichen, auch bei der mathematischen Behandlung alles an auf das Grundwahre, dessen Entwicklung sich nicht so leicht in der Spekulation als in der Praxis zeigt; denn diese ist der Prüfstein des vom Geist Empfangenen, des von dem innern Sinn für wahr Gehaltenen. Wenn der Mann, überzeugt von dem Gehalt seiner Vorsätze, sich nach außen wendet und von der Welt verlangt nicht etwa nur, daß sie mit seinen Vorstellungen übereinkommen solle, sondern daß sie sich nach ihm bequemen, ihnen gehorchen, sie realisieren müsse, dann ergibt sich erst für ihn die wichtige Erfahrung, ob er sich in seinem

Unternehmen geirrt oder ob seine Zeit das Wahre nicht erkennen mag.

3. Durchaus aber bleibt ein Hauptkennzeichen, woran das Wahre vom Blendwerk am sichersten zu unterscheiden ist: jenes wirkt immer fruchtbar und begünstigt den, der es besitzt und hegt, da hingegen das Falsche an und für sich tot und fruchtlos daliegt, ja sogar wie eine Nekrose anzusehen ist, wo der absterbende Teil den lebendigen hindert, die Heilung zu vollbringen.

4. Man kann nicht genug wiederholen, der Dichter sowie der bildende Künstler solle zuerst aufmerken, ob der Gegenstand, den er zu behandeln unternimmt, von der Art sei, daß sich ein mannigfaltiges, vollständiges, hinreichendes Werk daraus entwickeln könne. Wird dieses versäumt, so ist alles übrige Bestreben völlig vergebens: Silbenfuß und Reimwort, Pinselstrich und Meißelhieb sind umsonst verschwendet; und wenn sogar eine meisterhafte Ausführung den geistreichen Beschauer auch einige Augenblicke bestechen könne, so wird er doch das Geistlose, woran alles Falsche krankt, gar bald empfinden.

5. Einer freien Weltansicht, die der Deutsche sich zu verkümmern auf dem Weg ist, würde ferner sehr zustatten kommen, wenn ein junger geistreicher Gelehrter das wahrhaft poetische Verdienst zu würdigen unternähme, welches deutsche Dichter in der lateinischen Sprache seit drei Jahrhunderten an den Tag gegeben. Es würde daraus hervorgehen, daß der Deutsche sich treu bleibt, und wenn er auch mit fremden Zungen spricht. Wir dürfen nur des Johannes Secundus und Balde's gedenken. Vielleicht übernähme der Übersetzer des ersten, Herr Passow, diese verdienstliche Arbeit. Zugleich würde er beachten, wie auch andere gebildete Nationen zu der Zeit, als Lateinisch die

Weltsprache war, in ihr gedichtet und sich auf eine Weise unter einander verständigt, die uns jetzo verloren geht.

6. Leider bedenkt man nicht, daß man in seiner Muttersprache oft ebenso dichtet, als wenn es eine fremde wäre. Dieses ist aber also zu verstehen: Wenn eine gewisse Epoche hindurch in einer Sprache viel geschrieben und in derselben von vorzüglichen Talenten der lebendig vorhandene Kreis menschlicher Gefühle und Schicksale durchgearbeitet worden, so ist der Zeitgehalt erschöpft und die Sprache zugleich, so daß nun jedes mäßige Talent sich der vorliegenden Ausdrücke als gegebener Phrasen mit Bequemlichkeit bedienen kann.

7. Wir geben gerne zu, daß jeder Deutsche seine vollkommene Ausbildung innerhalb unserer Sprache ohne irgendeine fremde Beihilfe hinreichend gewinnen könne. Dies verdanken wir einzelnen vielseitigen Bemühungen des vergangenen Jahrhunderts, welche nunmehr der ganzen Nation, besonders aber einem gewissen Mittelstand zu Gute gehn, wie ich ihn im besten Sinne des Worts nennen möchte. Hiezu gehören die Bewohner kleiner Städte, deren Deutschland so viele wohlgelegene, wohlbestellte zählt, alle Beamte und Unterbeamte daselbst, Handelsleute, Fabrikanten, vorzüglich Frauen und Töchter solcher Familien, auch Landgeistliche, insofern sie Erzieher sind. Diese Personen sämtlich, die sich zwar in beschränkten, aber doch wohlhäbigen, auch ein sittliches Behagen fordernden Verhältnissen befinden, alle können ihr Lebens- und Lehrbedürfnis innerhalb der Muttersprache befriedigen.

8. Die Forderung dagegen, die in weiteren und höheren Regionen an uns auch in Absicht einer ausgebreiteten Sprachfertigkeit gemacht wird, kann niemand verborgen bleiben, der sich nur einigermaßen in der Welt bewegt.

9. Die Muttersprache zugleich reinigen und bereichern, ist das Geschäft der besten Köpfe. Reinigung ohne Bereicherung erweist sich öfters geistlos; denn es ist nichts bequemer, als von dem Inhalt absehen und auf den Ausdruck passen. Der geistreiche Mensch knetet seinen Wortstoff, ohne sich zu bekümmern, aus was für Elementen er bestehe; der geistlose hat gut rein sprechen, da er nichts zu sagen hat. Wie sollte er fühlen, welches kümmerliche Surrogat er an der Stelle eines bedeutenden Wortes gelten läßt, da ihm jenes Wort nie lebendig war, weil er nichts dabei dachte? Es gibt gar viele Arten von Reinigung und Bereicherung, die eigentlich alle zusammengreifen müssen, wenn die Sprache lebendig wachsen soll. Poesie und leidenschaftliche Rede sind die einzigen Quellen, aus denen dieses Leben hervordringt, und sollten sie in ihrer Heftigkeit auch etwas Bergschutt mitführen, er setzt sich zu Boden, und die reine Welle fließt darüber her.

(Textgrundlage: Für die Sprüche aus der *Farbenlehre* 1810: Neue Cotta-Ausgabe der poetischen Werke und Schriften Goethes, Bd. 2, Stuttgart 1950, S. 651–57; die dort gegebene Reihenfolge, die der Ausgabe von Günther Müller folgt, wurde beibehalten. – Für die Nachlese aus *Kunst und Altertum:* Hamburger Ausgabe, Bd. XII, München [7]1973; Konkordanz: Nr. 1 = HA, Nr. 632; Nr. 2 = Nr. 633; Nr. 3 = Nr. 634; Nr. 4 = Nr. 831; Nr. 5 = Nr. 1004; Nr. 6 = Nr. 1005; Nr. 7 = Nr. 1012; Nr. 8 = Nr. 1013; Nr. 9 = Nr. 1020)

ERLÄUTERUNGEN MAX HECKERS

(Bearbeitung: Christoph Michel)

[*W.* = *Weimarer Ausgabe, 1. Abteilung;*
die 2.–4. Abteilung wird mit römischen,
die Band- und Seitenzahl mit arabischen Ziffern zitiert.
Ziffer im Exponent = Teilband]

1–57
AUS DEN WAHLVERWANDTSCHAFTEN
1809
(Ottiliens Tagebuch)

4. Seneca, De beneficiis II, 10, 4: »Haec beneficii inter duos lex est: alter statim oblivisci debet dati, alter accepti nunquam.«

6. »Dichtung und Wahrheit«: Denn daß niemand den andern versteht, daß keiner bei denselben Worten dasselbe, was der andere, denkt, daß ein Gespräch, eine Lecture bei verschiedenen Personen verschiedene Gedankenfolgen aufregt, hatte ich schon allzu deutlich eingesehen« (W. 29, 11). Vgl. 7. 887. 891.

8. »Zahme Xenie«: »Gibt's ein Gespräch, wenn wir uns nicht betrügen, Mehr oder weniger versteckt?« (W. 3, 239) Mephistopheles in Paralipomenon 68, Faust II: »Der Mensch vernimmt nur, was ihm schmeichelt« (W. 15^2, 180). Vgl. 10.

9. Riemer, 6. Dez. 1807: »So wie etwas ausgesprochen wird, sogleich wird ihm auch widersprochen, wie der Ton gleich sein Echo hat.« Vgl. 720. 883. 884.

11. vgl. 365.

12–15 zusammengehörig; vgl. 837.

16. Quelle: Vasconiana, ou recueil des bons mots, des pensées les plus plaisantes, et des rencontres les plus vives des Gascons. Lyon 1730, S. 414: »On railloit un Gascon qui n'étoit plus jeune, de ce qu'il avoit toûjours pour les femmes les mêmes empressemens. Hélas, répondit-il, je l'avoueray, je suis un peu du goût d'Ovide. Je leur trouve à toutes quelque chose qui me porte à les aimer, quand ce ne seroit que leur sexe; et je n'en vois pas de non vieilles qui n'ayent de quoy me rajeunir.« Lektüre der Vasconiana: 27. März–13. Apr. 1809 (Tagebuch). Vgl. 385.

17–20 zusammengehörig; vgl. 125. 151. 282. 645. 838. Über »Eigenheiten« im Aufsatz »Lorenz Sterne« (1826): »... sie sind irrthümlich nach außen, wahrhaft nach innen... Sie sind das, was das Individuum constituirt... sie sind es, die den Menschen nach einer gewissen Seite hintreiben... und immerfort in Leben und Bewegung erhalten« (W. 41^2, 252f.).

21–24 zusammengehörig.

21. Riemers Tagebuch, 24. März 1807: »Die Formel der Steigerung läßt sich auch im... Moralischen verwenden.«

22. Quelle: Vasconiana (vgl. zu 16.), S. 466: »Nos passions sont autant de Phenix qui renaissent de leurs cendres. La fin de l'une est le com-

mencement d'une autre.« Vgl. 305. Das Bild vom Phönix mehrfach: an Knebel. 17. Nov. 1786; an Ernst Meyer, 6. Apr. 1825. Der gleiche Gedanke »Dichtung und Wahrheit«: »Es ist eine sehr angenehme Empfindung, wenn sich eine neue Leidenschaft in uns zu regen anfängt, ehe die alte noch ganz verklungen ist. So sieht man bei untergehender Sonne gern auf der entgegengesetzten Seite den Mond aufgehn und erfreut sich an dem Doppelglanze der beiden Himmelslichter« (W. 28, 184).

23. Quelle: Vasconiana (vgl. zu 16.), S. 405: »Les grandes passions... sont des maux sans remede. Ce qui les guerit les rend perilleuses.«

25. Quelle: Vasconiana (vgl. zu 16.), S. 303: »C'est une maxime reçuë dans le grand monde. On y est traité comme on s'y traite soy-mème.«

27–29 zusammengehörig. »Divan«: »Wer in mein Haus tritt, der kann schelten, Was ich ließ viele Jahre gelten«, (W. 6, 129); »Zahme Xenie«: »Was ich in meinem Haus' ertrag', Das sieht ein Fremder am ersten Tag« (W. 3, 308).

32. 33 sind nicht in *einen* Spruch zusammenzufassen: Goethe pflegt die relative Berechtigung, die jedem von zwei einander entgegen gesetzten Sätzen zukommt, durch äußerliche Koordination zu kennzeichnen, so 538 und 539, 633–641 und 642. 643, 717 und 718, 1200 und 1201. In 32 werden Charakter und Lebensart als unvereinbar, in 33 als gegenseitig fördernd dargestellt. Zu 32 vgl. 160.; auf das hier angeregte Problem war Goethes Aufmerksamkeit auch sonst gerichtet, die Lösung in Schopenhauers »Welt als Wille und Vorstellung« erregte 1819 sein höchstes Interesse. Zu 33 vgl. 177.

37. vgl. 482.

39. Quelle: Vasconiana (vgl. zu 16.), S. 482: »La conduite est un miroir où chacun montre son portrait.«

41. vgl. 829.

42. »Wilhelm Meisters Lehrjahre«: »Geht es doch unsern Vorsätzen wie unsern Wünschen. Sie sehen sich gar nicht mehr ähnlich, wenn sie ausgeführt, wenn sie erfüllt sind« (W. 23, 115).

44. vgl. 43, 461. 504. 961. Lebensmaxime schon des jungen Goethe, die aus innerlicher Überzeugung bereits in der ersten Weimarer Zeit zum Ausdruck kommt (Tagebuch Febr. 1778): »Bestimmteres Gefühl von Einschränkung, und dadurch der wahren Ausbreitung.« Diese Maxime der Selbstbeschränkung zur Erlangung sittlicher Freiheit wird von Wilhelm Meister zu seinem Schaden nicht beachtet: »Wilhelm, der eine unbedingte Existenz führt, in höchster Freyheit lebt, bedingt sich solche immer mehr, eben weil er frey und ohne Rücksichten handelt« (aus dem Jahre 1788; W. 21, 331), aber in Iphigenie findet sie eine reine Bekennerin: »... folgsam fühlt' ich immer meine Seele Am schönsten frei« (W. 10, 80), und in den »Geheimnissen« hat Humanus ihr sein Le-

ben gewidmet: »Von der Gewalt, die alle Wesen bindet, Befreit der Mensch sich, der sich überwindet« (W. 16, 178.). Goethe verleiht ihr häufig kräftigen Ausdruck. So in den Versen, die bisher als »Spruch in Prosa« gegolten: »Wer Bedingung früh erfährt, Gelangt bequem zur Freiheit; Wem Bedingung sich spät aufdringt, Gewinnt nur bittre Freiheit.« Vgl. 1188 und im Aufsatz »Ein Wort für junge Dichter«: »Sich frei zu erklären ist eine große Anmaßung« (W. 42^2, 107.).

45. Schiller an Goethe, 2. Juli 1796: »Wie lebhaft habe ich bey dieser Gelegenheit [der Lektüre des »Wilhelm Meister«] erfahren, daß das Vortrefliche eine Macht ist, daß es auf selbstsüchtige Gemüther auch nur als eine Macht wirken kann, daß es, dem Vortreflichen gegenüber keine Freyheit giebt als die Liebe.« Goethe an Schiller mit Beziehung auf Voß, 15. Nov. 1796: »... man muß seinen Nebenbuhlern doch einigermaßen gleich seyn, wenn man sie nicht hassen soll.«

46. Handschriftlich in der französischen Fassung: »C'est une terrible chose qu'un grand homme dont les sots se glorifient.«

47. »Divan« (nach orientalischer Quelle): »Einen Helden mit Lust preisen und nennen Wird jeder der selbst als kühner stritt...« (W. 6, 124). Der Satz »Für den Kammerdiener kein Held« findet sich in den »Lettres de Mademoiselle Aîssé à Madame Saladin [Calandrini]« im 13. Brief, Paris, 13. août 1743 (richtig 1728), als Ausspruch der geistreichen Mad. Anna Cornuel, in der Form: »Je vous renvoie à ce que disoit Madame Cornuel, qu'il n'y avoit point de héros pour les valets de chambre.« Wichtiger aber als solche literarischen Einflüsse dürfte die eigene lebendige Erfahrung gewesen sein, die Goethe in Berlin gemacht hat, über die er an Merck berichtet (5. Aug. 1778): »... dem alten Fritz bin ich recht nah worden, da ich hab sein Wesen gesehn, sein Gold, Silber, Marmor, Affen, Papageien und zerrissene Vorhänge, und hab über den großen Menschen seine eignen Lumpenhunde räsonniren hören.«

48. Tagebuch 5. Juni 1807: »Ein Deutscher, der sich über das Übergewicht des N[apoleon] dadurch tröstete, daß doch das Genie auch nicht unsterblich sey.«

49. Handschriftlich in französischer Fassung: »Les plus grands hommes tiennent toujours a leur siecle par quelque foible.« Vgl. 150.

51. vgl. 74. 465. Gegen Halbheit auf intellektuellem Gebiet wendet sich die »Zahme Xenie«: »Irr-Thümer sollen uns plagen« (W. 3, 274), gegen sittliche Halbheit der Brief an Boisserée, 3. Okt. 1830: »In den hohen Jahren werden mir alle halben Verhältnisse ganz unmöglich durchzuführen.«

53. vgl. 384. 413.

54. In der Handschrift die lateinische Fassung: »Ars est de difficili et bono«, wie sie oft von Goethe gesprächsweise gebraucht wurde.

56. vgl. 57. Montan in den »Wanderjahren«: »Aller Anfang ist schwer! Das mag in einem gewissen Sinne wahr sein; allgemeiner aber kann man sagen: aller Anfang ist leicht, und die letzten Stufen werden am schwersten und seltensten erstiegen« (W. 24, 50).

58–66
AUS KUNST UND ALTERTHUM
ERSTEN BANDES DRITTES HEFT
1818
(Naivität und Humor)

58. Kunst und Religion vgl. 1107.
60. vgl. 103. 191.
61. Leonore Sanvitale über Tasso: »Oft adelt er, was uns gemein erschien« (W. 10, 111). Goethe in Riemers Tagebuch, 9. Juli 1809: »Die Willkür des Genies läßt sich gar nicht bestimmen und abmessen. Genie kann im Schönen und Vollkommenen verbleiben, oder darüber hinausgehen ins Absurde.«
63. Es sind zwei Teppiche mit der »Anbetung der Heiligen Drei Könige« im Vatikan, zu denen Raphael die Kartons entworfen haben soll. Sie werden mit anderen am Fronleichnamsfest aufgehängt; sie bei dieser Gelegenheit zu sehen, ließ Goethe sogar die herrliche Natur Neapels hinter sich (W. 31, 269; 32, 3. 21ff.).
64. Humoristische Figur ist der Heilige gelegentlich auch für Goethe. Im Epigramm »Heilige Familie«: »Welche Wonne gewährte der Blick auf dieß herrliche Bild mir, Stünd' ich Armer nicht so heilig wie Joseph dabei« (W. 2, 131). Zu Riemer am 3. August 1809: »Ein Hahnreih, eine Hure und ein Wechselbalg machen immer eine heilige Familie«. – »Byzantiner«: die Vertreter der byzantinisch-niederrheinischen Schule, deren Lieblingsgegenstand, wie Goethe im Aufsatz »Kunst und Alterthum am Rhein und Main« ausführt (W. 34¹, 176f.), die Anbetung der Drei Könige ist.
65. Vgl. 109. 1006. S. dazu Goethes Gespräch mit Kanzler v. Müller, 6. Juni 1824: »Nur wer kein Gewissen oder keine Verantwortung hat, kann humoristisch sein. Musäus konnte es sein, der seine Schule schlecht genug versah und sich um nichts und um niemand bekümmerte. Freilich humoristische Augenblicke hat wohl jeder; aber es kommt darauf an, ob der Humor eine beharrliche Stimmung ist, die durchs ganze Leben geht... Wieland z. B. hatte Humor, weil er ein Skeptiker war, und den Skeptikern ist es mit nichts ein großer Ernst... Wem es aber bitterer Ernst ist mit dem Leben, der kann kein Humorist sein.«

66. Eine solche Arbeit über die byzantinisch-niederrheinische Kunst wird schon 1816 im Aufsatz »Kunst und Alterthum am Rhein und Main« (W. 34^1, 189), dann wieder 1817 im »Nachtrag« (W. 34^1, 191) in Aussicht gestellt, ist aber nicht ausgeführt worden. Mancherlei Materialien dazu: W. 34^2, 12 ff.

67–68
AUS KUNST UND ALTERTHUM
ZWEITEN BANDES DRITTES HEFT
1820
(Bedenklichstes)

67. 68. Vgl. 134. 260. 312. 473. 476. Eine Selbstoffenbarung (vgl. 83): so sind Goethes Bemühungen in der Malerei dem Dichter, dem Naturforscher zu Gute gekommen. An W. v. Humboldt, 19. Okt. 1830: »Es ist wunderbar genug, daß der Mensch auch unwiderstehliche Triebe fühlt, dasjenige auszuüben, was er nicht leisten kann, dadurch aber doch in seinen eigentlichen Leistungen auf das reellste gefördert wird.« Wilhelm in den »Wanderjahren«: »Wer soll, wer kann aber auf sein vergangenes Leben zurückblicken, ohne gewissermaßen irre zu werden, da er meistens finden wird, daß sein Wollen richtig, sein Thun falsch, sein Begehren tadelhaft und sein Erlangen dennoch erwünscht gewesen?« (W. 24, 181) »Zahme Xenie«: »Das Tüchtige, und wenn auch falsch, Wirkt Tag für Tag, von Haus zu Haus« (W. 3, 267).

69–165
AUS KUNST UND ALTERTHUM
DRITTEN BANDES ERSTES HEFT
1821
(Eigenes und Angeeignetes in Sprüchen)

72. Ähnlich 11. Mai 1807 über Erasmus, er »gehöre zu denen, die froh sind, daß sie selbst gescheit sind, und keinen Beruf finden, andre gescheit zu machen, – was man ihnen auch nicht verdenken könne« (Riemers Tagebuch). 1825 notiert Goethe aus der Nummer 104 des »Globe«: *»On oublie trop souvent en composant les traités élémentaires, que l'affaire principale dans ces sortes d'ouvrages est d'instruire les autres et non de briller soi-même«* (W. II, 11, 84).

73. »Quark«: die festen Bestandteile der sauren Milch; »Crème«: Sahne. Offenbar nach französischer Quelle: »créme fouettée«, gepeitschte Crème, Schlagsahne. Anders im Divanspruch: »Getretner Quark Wird breit, nicht stark«, wo Quark soviel wie Schlamm bedeutet.

74. vgl. 51.
75. vgl. das 33. der Venetianischen Epigramme: »Sämtliche Künste lernt und treibet der Deutsche…«
76. vgl. 134.
80. Anders hatte Goethe in Straßburg zur Zeit »emergirender Deutschheit« über die Anlage der Deutschen zum Geschmack geurteilt (W. 28, 56f.). Riemer verzeichnet unter dem 26. Okt. 1813: »Deutsche haben keinen Geschmack, weil sie keinen Euphemismus haben und zu derb sind.« Vgl. 1018.
81. Gegen die komplizierten optischen Experimente Newtons (vgl. 1288) gerichtet. Vgl. 116.
82. In der Handschrift die italienische Fassung: *»Non è si picciol pelo che non abbia l'ombra sua.«*
83. vgl. 68.
85. Handschriftlich in metrischer Form: »Und wie sich nun der Staub vor dem Gewitter Zum letztenmale hebt der nun auf lange Getilgt seyn soll.«
86. vgl. 745.
87. Mißachtung fremder, Überschätzung eigener Individualität; vgl. 272.
89. Im Notizbuch statt: »Stehende… Zeugniß« zuerst: »steht und niemand ist in diesem Falle als der sein Handwerck oder seine Kunst aus dem Grunde versteht. Der Vortheil alles Handelns und Wandelns ruht hierauf.«
90. Ein weit verbreitetes Sprichwort liegt zugrunde. Wander, Sprichwörter-Lexikon: »Wo Foerske sint, doa is ok Water.«
91. vgl. 978–982. Hamann »Gedanken über meinen Lebenslauf«: »So sollte die Erlernung der fremden Sprachen als ein Hülfsmittel, die Muttersprache besser zu verstehen, …gebraucht werden.« Lichtenberg: »Es verdient sehr überlegt zu werden, inwiefern die Erlernung fremder Sprachen uns die Begriffe in unserer eigenen aufklärt.«
92. Eckermann notiert am 16. Aug. 1824: »Man muß keine Jugendfehler ins Alter hineinnehmen; denn das Alter führt seine eigenen Mängel mit sich.« Im Aufsatz »Herder«: »Fehler der Jugend sind erträglich, denn man betrachtet sie als Übergänge, als die Säure einer unreifen Frucht; am Alter bringen sie zur Verzweiflung« (W. 36, 255). Herders Name stellt sich ein, wenn Goethe von solchen Gebrechen spricht. An Zelter, 7. Nov. 1816: »Herder hatte sich auch solche jugendliche Unarten bis ins Alter durchzuführen vermessen und ist darüber verzweifelnd in die Grube gefahren.« Mit Müller, 8. Juni 1821: »… leider hatte er [Herder] die Reizbarkeit und Bitterkeit im Urteil, die ihm von Jugend auf angeklebt, ins Alter hinübergetragen. Aber

Unarten, die in der Jugend sogar interessant und am Manne noch erträglich sind, werden ganz unleidlich, wenn man sie ins Alter hinübernimmt.«

93. vgl. 92. Eine Erklärung von »travers« im Gespräch mit Müller, 8. März 1824: »Was sind *travers*? Falsche Stellungen zur Außenwelt. ...Jede Lebensstufe hat die ihr eigenen.«

94. Ein Verwirrung stiftender »travers« ist die eifersüchtige Autoreneitelkeit Richelieus gewesen: indem sie die Akademie zu dem abweisenden Votum: »Sentiments de l'Académie française sur la tragicomédie du Cid« veranlaßt hat, worin ein romantischer Stoff wie der des Cid als unbrauchbar für eine klassische Tragödie hohen Stils bezeichnet wurde, hat sie den Dichter aus seiner Bahn gelenkt. Auf diesen Konflikt zwischen Corneille und Richelieu kommt Goethe auch 436 und in »Dichtung und Wahrheit« (W. 26, 170) zu sprechen.

95. Statt: »wie... Nationalbildung« zuerst: »So sie nicht wieder zurückkann. Die Juden sind in der höhren Organisation ein Beyspiel.« Vgl. 175. 1330.

96. Im 25. Gesang des »Inferno« (v. 49–141) schildert Dante, wie ein Drache und ein Mensch sich zu neuem Wesen vereinigen, während zugleich zwei andere die Gestalten tauschen. »Metamorphose im höhern Sinn« so viel wie »Metamorphose in's Höhere«; es liegt der Gedanke der Stufenleiter alles Lebendigen zugrunde, dem auch 1256 entsprungen ist. In einem kleinen Aufsatz »Poetische Metamorphosen« kommt Goethe auf die Dante-Stelle zurück: »Bei Ovid ist die Analogie der thierischen und menschlichen Glieder im Übergang trefflich ausgedrückt. Dante hat eine höchst merkwürdige Stelle dieser Art« (W. II, 6, 361). Vgl. 302.

98. Vgl. 657. Riemer verzeichnet unter dem 3. Mai 1814 (Mitteilungen 2, 718): »Hypochondrisch seyn heißt nichts anders als ins Subject versinken.« Vgl. 338: »Abgrund des Subjects.«

100. Ebenso »Sprichwörtlich«: »Thu' nur das Rechte in deinen Sachen; Das Andre wird sich von selber machen« (W. 2, 225) und »Zahme Xenie«: »›Triebst du doch bald dieß, bald das! War es ernstlich, war es Spaß?‹ Daß ich redlich mich beflissen, Was auch werde, Gott mag's wissen« (W. 3, 243). An Schubarth, 9. Juli 1820: »... und so hab ich mich bis an den heutigen Tag gewöhnt, nur vorzuarbeiten, unbesorgt wie und wo das wirken könne.« Quelle: eine von Ménage (1613–1692) zusammengebrachte Sammlung von Bonmots und Anekdoten, nach seinem Tod herausgegeben unter dem Titel »Ménagiana« von Bernard de la Monnoie (1641–1728), mehrfach aufgelegt. Im dritten Bande der »Ménagiana« (1790) spricht Ménage von seinen 1650 erschienenen »Origines de la langue françoise« und sagt auf S. 43:

»Les mots des langues modernes sont nés des anciennes an même idiôme. Le françois, par exemple, l'italien et l'espagnol, du latin. Et il est à remarquer que les mots françois, par exemple, ne sont pas nés des mots latins écrits, mais des mots latins prononcés.«
103. vgl. 60. 350.
104. An Frau v. Stein, Braunschweig, 21. Aug. 1784: »*Ce soir on a fait entrer des Soldats revenus de l'Amerique deguisés en sauvages, tatoués et peints c'etoit un aspect tout a fait singulier. Je ne saurois dire qu'ils avoit l'air terrible et degoutant comme ils paroissoit aux personnes du beau monde, ils me faisoit plustot voir les efforts de l'espece humaine pour rentrer dans la Classe des animaux.*«
106. So auch vom Eigentümer eines unverstandenen Kunstwerkes: »Und er besitzt dich nicht, er hat dich nur« (W. 16, 144). Faust: »Erwirb es, um es zu besitzen« (W. 14, 39).
108. Gunst kann zu wahrhafter Förderung nur der Mächtige erweisen, vgl. 446; Gunst des Schwachen gibt keine Möglichkeit des Produzierens.
109. vgl. 65. 103.
110. Ein Kantischer Grundsatz. »Überzeugt« sein kann der Mensch nur vom *Vernünftigen*, und hier liegt seine Freiheit, die nach Goethes Äußerung gegen Müller, 20. Juni 1827, nichts anderes ist »als die Möglichkeit, unter allen Bedingungen das Vernünftige zu thun«.
111. Ein französisches Diktum sagt: »Tout le monde se plaint de sa memoire, personne de son jugement.«
112. Veranlaßt durch die »Uhterlesenen pladdütschen Gedichte« des Rostocker Naturdichters Dietrich Georg Babst (1741–1800), die Goethe am 30. Okt. 1820 kennenlernte (W. 42[1], 97). Die Bekanntschaft des Deutsch-Böhmen Jakob Fürnstein machte er erst August 1822.
113. vgl. 517. 1024. 1026.
115–121 zusammengehörig: Polemik gegen die Farbenlehre Newtons.
115. Nachbildung eines Bibelwortes, Matth. 5, 37. Gerichtet gegen das in 1288 beschriebene Experiment, von dem in § 114 des »Polemischen Theils« der »Farbenlehre« gesagt wird: »Es ist dieses das sogenannte *Experimentum crucis*, wobei der Forscher die Natur auf die Folter spannte, um sie zu dem Bekenntniß dessen zu nöthigen, was er schon vorher bei sich festgesetzt hatte. Allein die Natur gleicht einer standhaften und edelmüthigen Person, welche selbst unter allen Qualen bei der Wahrheit verharrt« (W. II, 2, 69). In der Einfachheit seiner eigenen Versuche sieht Goethe die Gewähr für die Richtigkeit seiner Lehre (vgl. 706–708); die Methode seiner Naturforschung (vgl. 580) schildert er im Gespräch mit Eckermann, 1. Okt. 1828: »Man muß mit der

Natur langsam und läßlich verfahren, wenn man ihr etwas abgewinnen will.« So schon im Fragment über die Natur: »Man reißt ihr keine Erklärung vom Leibe« (W. II, 11, 9) und im »Faust«: »... Und was sie deinem Geist nicht offenbaren mag, Das zwingst du ihr nicht ab mit Hebeln und mit Schrauben« (W. 14, 39).

116. vgl. 81. 115. 1028. Paralipomenon 19 »Faust«: »Die Wahrheit zu ergründen, Spannt ihr vergebens euer blöd Gesicht; Das Wahre wäre leicht zu finden, Doch eben das genügt euch nicht« (W. 14, 293). An Zelter, 2. Jan. 1829: »... das Wahre ist einfach und gibt wenig zu thun, das Falsche gibt Gelegenheit, Zeit und Kräfte zu zersplittern.« Tagebuch 3. März 1831: »Hofrath Vogel. Interessantes Gespräch über die Unfähigkeit der Menschen sich mit der einfachen Wahrheit zu befreunden und ihre Neigung zu dem complicirten Irrthum.« Vgl. 1284.

118. Auf die Newtonsche Schule gemünzt; vgl. 425.

119. vgl. 158. 159. 1218.

120. Dieses Experiment, Nachahmung eines Versuches, den Antonius Lucas angestellt, beschrieben in der »Geschichte der Farbenlehre« (»Erste Gegner Newtons«): »Wären diese Farben [Blau und Orange] divers refrangibel [nach Newtons Annahme], so müßte das eine *mehr* als das andere nach dem Auge zu gebogen erscheinen, welches aber nicht geschieht«: das eine Stäbchen wird genau so weit gebrochen wie das andere (W. II, 4, 58; 5^2, 423). Jedoch ist die gleichmäßige Brechung nur scheinbar, weil die tatsächlich erfolgende Verrückung der Farben nur gering ist.

121. Dasselbe Bild im Gespräch mit Müller, 31. Okt. 1819.

123. vgl. 147. 1147. 1148. Auf Senecas Polemik gegen die Behauptung, »daß die Kometen eine vorübergehende Erscheinung seien«, wurde Goethe anläßlich der »Geschichte der Farbenlehre« geführt (W. II, 3, 126). Die »Quaestiones naturales«, deren siebtes Buch die Kometen behandelt, werden Tagebuch 25. Sept.–21. Nov. 1808 erwähnt.

124. Sowohl Plato und Pythagoras (vgl. Diogenes Laertius 3, 24; 8, 26) als Plinius (Hist. Nat. 2, 65; 4, 12) hatten die Existenz der Antipoden anerkannt, die dann von den Kirchenvätern (Augustin, De civitate Dei 16, 9) verworfen wurde.

125. Aus dem Brief Wielands an Bodmer vom 8. Juni 1752. Vgl. 17–20.

126. Aus dem Brief an Eichstädt, 21. März 1804, anläßlich des »Ugolino Gherardesca« von Kasimir v. Böhlendorff (1775–1825), einer Nachahmung des Schillerschen »Wallenstein« (W. 40, 319ff.). Ähnlich zu Eckermann, 11. März 1828: »Wir haben in der Literatur Poeten, die für sehr productiv gehalten werden, weil von ihnen ein Band Gedichte nach dem andern erschienen ist. Nach meinem Begriffe aber sind diese

Leute durchaus unproductiv zu nennen; denn was sie machten, ist ohne Leben und Dauer.«

128. Über den Unterschied von Idee und Begriff handeln 243. 375. 1135.

129. Ganz so in dem Aufsatz: »Ein Wort für junger Dichter«: »Unser Meister ist derjenige, unter dessen Anleitung wir uns in einer Kunst fortwährend üben und welcher uns, wie wir nach und nach zur Fertigkeit gelangen, stufenweise die Grundsätze mittheilt, nach welchen handelnd wir das ersehnte Ziel am sichersten erreichen« (W. 42^2, 106).

130. »Sprichwörtlich«: »Durch Vernünfteln wird Poesie vertrieben, Aber sie mag das Vernünftige lieben« (W. 2, 243). In gleichem Sinn zu Eckermann, 6. Mai 1827: »... je incommensurabler und für den Verstand unfaßlicher eine poetische Production, desto besser.«

132. vgl. 867. Seiner Verdienste darf sich der Tüchtige rühmen (vgl. 860), falsche Bescheidenheit ist seiner unwürdig. »Zahme Xenie«: »›Was willst du, redend zur Menge, Dich selbst fürtrefflich preisen?‹ Cato selbst war ruhmredig, der Strenge; ...« (W. 3, 307). Wie Goethes Bestes im Publikum aufgenommen wurde, darüber hat Victor Hehn eine »Literaturgeschichte im Kleinen« zusammengestellt. Goethe hat selbst mit gutem Humor 23. Februar 1824 vorgeschlagen, einen »Goethe in den mißwollenden Zeugnissen der Mitlebenden« zu »besorgen« (W. 42^2, 59 f.).

133. Im Gespräch mit einem Unbekannten (mitgeteilt von Laube im Abschnitt »Briefe und Gespräche Goethes« seiner »Reisenovellen. Zweite Auflage. Neunter Theil. Mannheim 1847« S. 36) anläßlich des »Wilhelm Meister«: »Haben wir eine eigne Welt gemacht, so muß es uns doch auch für's Erste zustehn, die Gesetze darin zu machen.« Die französische Form »Epopée« häufig bei Goethe und Zeitgenossen (W. III, 2, 238).

134. vgl. 67. 68. 76. 473. Der Keim zu Spielhagens Roman »Problematische Naturen«.

135. In der Handschrift in folgender Fassung: »Das Beste, was man thut, thut man nur bittweise.« Eine juristische Reminiszenz: »Gegen Denjenigen, dessen Sache ich *clam, vi* oder *precario* (heimlich, gewaltsam oder bittweise) in Besitz genommen habe, gewährt der Praetor mir keinen Schutz.« Der Mensch widersetzt sich in beschränktem Eigensinn dem am meisten, was ihn am meisten fördern könnte (vgl. 141). Wer ihm wahrhaft Gutes tun will, muß daher entweder heimlich verfahren oder seine Wohltat aufdrängen, sei es durch Bitten oder Gewalt.

136. Alte Volksweisheit. – Der »Rollwagen« ist der Reisewagen, die Postkutsche.

137. Trimeter?
140. Vgl. Goethes Brief an Trebra, 5. Jan. 1814: »Man bedient sich als Symbol der Ewigkeit der Schlange, die sich in einen Reif abschließt; ich betrachte dieß hingegen gern als Gleichniß einer glücklichen Zeitlichkeit. Was kann der Mensch mehr wünschen, als daß ihm erlaubt sey das Ende an den Anfang anzuschließen, und wodurch kann dieß geschehen, als durch die Dauer der Zuneigung, des Vertrauens, der Liebe, der Freundschaft.« In diesem Sinne sind jene Kärtchen mit dem Bild einer Schlange gemeint, mit denen Goethe freundschaftliche Sendungen zu begleiten liebte. »Dauer im Wechsel«: »Laß den Anfang mit dem Ende Sich in Eins zusammenziehn« (W. 1, 120).
141. In der Handschrift nur als Keim und rhythmisch: »Zu seinem Besten will er nicht genötigt, Zu seinem Schaden wohl gezwungen seyn.«
147. vgl. 123.
148. An Boisserée, 18. Juni 1819: »Man sollte manchmal einen kühnen Gedanken auszusprechen wagen, damit er Frucht brächte.« – Das Bild vom Schachbrett mehrfach, so 420; ferner an Reinhardt, 26. Dez. 1825. Das Motto zum Aufsatz über Calderons »Tochter der Luft«: »De nugis hominum seria veritas Uno volvitur assere« hat Goethe der Ode Jakob Baldes »Das Schachspiel« entnommen.
150. vgl. 49. 313. In den »Biographien zur Trauerloge 15. Juni 1821:« »An den Fehlern erkennt man den Menschen, an den Vorzügen den Einzelnen; Mängel und Schicksale haben wir alle gemein, die Tugenden gehören jedem besonders« (W. 36, 363). Vgl. Arndts »Geist der Zeit«, 1806, wo es von Friedrich dem Großen heißt: »Seine Fehler hatte er mit seiner Zeit gemein, es waren zum Theil die Schoßkinder seiner Zeit; seine Größe, seine Energie, seine Unbeugsamkeit im Glück und Unglück mit so vielen Tugenden gehören ihm allein.«
151. vgl. 17–20. »Tasso«: »Laß uns, geliebter Bruder, nicht vergessen, Daß von sich selbst der Mensch nicht scheiden kann« (W. 10, 117).
152. vgl. 476.
155. An Frau von Stein (nach biblischer Quelle: 1. Kor. 15. 53; 2. Kor. 5, 17), 29. Juni 1782: »Mit iedem Tage wird bey mir das alte neu, und das vergängliche scheint die Unvergänglichkeit angezogen zu haben.« Aus Rom, 23. Aug. 1787: »... ich möchte mich nur mit dem beschäftigen, was bleibende Verhältnisse sind, und so ... meinem Geiste erst die Ewigkeit verschaffen« (W. 32, 62). »Zahme Xenie«: »Nichts vom Vergänglichen, Wie's auch geschah! Uns zu verewigen Sind wir ja da« (W. 3, 235).
156–159 zusammengehörig: Polemik gegen Newton.
156. »Versuch als Vermittler von Object und Subject«: »So schätzbar aber auch ein jeder Versuch, einzeln betrachtet, sein mag, so erhält er

doch nur seinen Werth durch Vereinigung und Verbindung mit andern« (W. II, 11, 27).
157. vgl. 426. 1293.
158. vgl. 119. 292.
159. vgl. 549.
160. vgl. 32.
162. vgl. 348. Eine Tagebuch-Aufzeichnung Riemers, ohne Datum: »Die höchsten Kunstwerke sind schlechthin ungefällig, sie sind Ideale, die nur *approximando* gefallen können und sollen, ästhetische *Imperative.*» Dasselbe Gefühl dem Erhabenen der *Natur* gegenüber empfand Goethe angesichts des Rheinfalls bei Schaffhausen (W. III, 2, 145).

166–229
AUS KUNST UND ALTERTHUM
VIERTEN BANDES ZWEITES HEFT
1823
(Eigenes und Angeeignetes)

166. »Nachträge zur Farbenlehre«: »Es ist aber mit dem Wahren völlig wie mit dem Bernstein in den Dünen, es thäte Noth man triebe Bergbau drauf« (W. II, 5, 407). Im »Divan«: »Denn das Rechte zu ergreifen, Muß man aus dem Grunde leben« (W. 6, 102).
169. An Knebel, 24. Nov. 1813: »Sich von einander abzusondern ist die Eigenschaft der Deutschen.«
170. vgl. 350. 836. »Wanderers Gemüthsruhe« (W. 6, 106).
171. Aus dem Aufsatz: »Justus Möser« (im selben Heft von »Kunst und Alterthum« wie 171; vgl. Tagebuch 31. Okt. 1822): »Der Aberglaube ist die Poesie des Lebens, beide erfinden eingebildete Wesen, ...Dem Poeten schadet der Aberglaube nicht, weil er seinen Halbwahn, dem er nur eine mentale Gültigkeit verleiht, mehrseitig zu Gute machen kann« (W. 41^2, 54. 55). Riemer, 20. Apr. 1829 (Mitteilungen 2, 723): »Der Aberglaube ist den Dichtern zuträglich.« Als Beispiel gab Goethe jenem Aufsatz über Möser seine Übersetzung des Bannfluchs aus Byrons »Manfred« mit, vgl. Erläuterungen zu 500. Auch im Brief an Schiller, anläßlich des astrologischen Motivs im »Wallenstein«, 8. Dez. 1798, redet Goethe dem Aberglauben entschieden das Wort, und schon in den Betrachtungen »über epische und dramatische Dichtung«, die 1797 aus Erörterungen zwischen den beiden Dichtern hervorgegangen sind, wird als Welt, die in der Dichtung zum Anschauen gebracht werden soll, neben die physische und sittliche als gleichberechtigt die Welt »der Phantasien, Ahnungen, Erscheinungen, Zufälle und Schicksale« gestellt (W. 41^2, 222).

172. »Vielrath« (W. 3, 156).
173. Prüfstein, oft von Goethe gebrauchtes Bild (4. Aug. 1776, Tagebuch; an Frau von Stein, 9. Dez. 1777, 5. Okt. 1784; an Zelter 3. Dez. 1812).
176. Wohl durch die Beurteilungen der »Wahlverwandtschaften« veranlaßt. Vgl. 1027. Nach einer Mitteilung war es Jean Paul, dem Goethe auf seine Bemerkung hin, er wolle nur dann einem Kritiker antworten, wenn man ihm den Diebstahl silberner Löffel vorwerfe, entgegnet haben soll: »Auch dann müßten Sie schweigen.« Kritik durch *Tat* zu widerlegen, ist die Maxime Goethes. An Schiller, 19. Okt. 1796: »Überhaupt aber sind alle Oppositions-Männer... wie jene Bewegungsleugner zu behandeln: man muß nur unablässig vor ihren Augen gelassen auf und abgehen.« An denselben, 15. Nov. 1796: »... nach dem tollen Wagestück mit den Xenien müssen wir uns bloß großer und würdiger Kunstwerke befleißigen.«
177. vgl. 33. Den »Haß des Volkes gegen den Besten, den es doch nicht entbehren kann« fand Goethe in Shakespeares »Coriolan« dargestellt; »Shakespeare und kein Ende!«: »So geht durch den ganzen Coriolan der Ärger durch, daß die Volksmasse den Vorzug der Bessern nicht anerkennen will« (W. 41^1, 57).
178. »Überträgt«: erträgt? oder nicht vielmehr: als ›debita‹ auf eine neue Seite schreibt (= Übertrag), das Schuldbuch fortführt? Vgl. 203.
179. Veranlaßt durch die Selbstbiographie des Weimarer Bibliothekdieners Joh. Christoph Sachse, des »deutschen Gil Blas«, die Goethe im Manuskript las (W. 41^1, 255 ff,; 42^1, 88 ff.) und für den Druck bei Cotta mit einem Vorwort versah (vgl. 180): die Lektüre eines ähnlichen Werkes hatte sich angeschlossen: »Wanderschaften und Schicksale von Johann Kaspar Steube, Gotha 1791« (Tagebuch 4. Dez. 1820). Vgl. 230.
180. Auch hier steht der »Deutsche Gil Blas« (vgl. 179) im Hintergrund, diese »Bibel der Bedienten und Handwerksbursche« (W. 41^1, 257).
182. Den »Hymnus in die Pentecostes« (dem Hrabanus Maurus zugeschrieben) übersetzte Goethe am 9. April 1820 unter der Überschrift »Appell an's Genie« (W. 4, 329 und 5^2, 204) und sandte seine Übertragung mit einem vom 12.–14. April datierten Brief an Zelter zur Komposition. Bekanntschaft mit dem Original verrät bereits der Brief an Schiller vom 15. Nov. 1796.
183. vgl. 377. 1345.
186. Vgl. über den jungen Herzog Carl August in »Ilmenau«: »Noch ist bei tiefer Neigung für das Wahre Ihm Irrthum eine Leidenschaft« (W. 2, 146).
187. vgl. 189. 422. Unter Pedanten versteht Goethe Menschen, »die

nicht aus der Form herauskönnen« (Riemers Tagebuch, 20. März 1807).

189. vgl. 187. Riemer am 29. August 1816 (Mitteilungen 2, 719): »Die lieben Deutschen kenn' ich schon: erst schweigen sie, dann mäkeln sie, dann beseitigen sie, dann bestehlen und verschweigen sie.« Über Präokkupation ausführlich in den »Meteoren des literarischen Himmels« (W. II, 11, 246ff.); an Zelter 7. Nov. 1816.

191. vgl. 60. 450. 1073. 1074.

192. »Zahme Xenie«: »Die Jugend ist vergessen Aus getheilten Interessen; Das Alter ist vergessen Aus Mangel an Interessen« (W. 3, 320).

194. Indessen heißt es auch (»Sprichwörtlich«): »Wer uns am strengsten kritisirt? Ein Dilettant, der sich resignirt« (W. 2, 243. Vgl. auch W. 47, 299–326 und dazu G. Baumann, Goethe »Über den Dilettantismus«, Euphorion 49, 1952, S. 348ff.).

196. Vom Wert der »Conversationslexika« handelt die »Zahme Xenie«: »Conversations-Lexikon heißt's mit Recht« (W. 3, 317).

197. Die Kehrseite des Faustischen »Es irrt der Mensch, so lang er strebt.« »Tabulae votivae«: »Nur das feurige Roß, das muthige, stürzt auf der Rennbahn, Mit bedächtigem Paß schreitet der Esel daher« (W. 5, 311). »Epigrammatisch«: »Wenn dir's in Kopf und Herzen schwirrt, Was willst du Bess'res haben! Wer nicht mehr liebt und nicht mehr irrt, Der lasse sich begraben« (W. 2, 282).

198. vgl. 460. An Zelter, 31. Dez. 1829: »Ich habe bemerkt, daß ich *den* Gedanken für wahr halte, der für mich fruchtbar ist, sich an meinen übriges Denken anschließt und zugleich mich fördert; nun ist es nicht allein möglich, sondern natürlich, daß sich ein solcher Gedanke dem Sinne des Andern nicht anschließe, ihn nicht fördere, wohl gar hindere, und so wird er ihn für falsch halten.«

199. Schiller an Goethe, 21. Juli 1797: »Und wie Sie in der Einleitung zum Laocoon sagen, daß in einem einzelnen Kunstwerk die Kunst ganz liege, so glaube ich muß man alles Allgemeine in der Kunst wieder in den besondersten Fall verwandeln, wenn die Realität der Idee sich bewähren soll.« Vgl. 279. 558. 569.

201. Aus den »Wanderjahren«. Wilhelm durchwandert mit einem Maler Oberitalien: »Verdächtig waren ihm von jeher Nachbildungen italiänischer Gegenden gewesen; ... nun verschmolz er aber mit seinem neuen Freunde auf's innigste und lernte ... mit dessen Augen die Welt sehen, und indem die Natur das offenbare Geheimniß ihrer Schönheit entfaltete, mußte man nach Kunst, als der würdigsten Auslegerin, unbezwingliche Sehnsucht empfinden« (W. 24, 357f.). Vgl. 384. 413. »Offenbares Geheimniß«: ein Goethisches Lieblingswort (551. W. 2, 64. 3, 88. 6, 41. 25[1], 241. 33, 285. II, 6, 188).

202. Die Zeit ist nach Kant eine aprioristische *Form* unserer Anschauung, nach Goethe mit Rücksicht auf ihren praktischen Wert im täglichen Leben ein *Element* derselben, »das nur Wert und Würde durch den Sinn des Menschen erhält« (Goethe an Voigt, 29. 3. 1818). Vgl. 752.
203. Juni, Juli 1822 – Zunächst auf die Gottesvorstellung zu beziehen (vgl. 813), aber auch auf dem Feld der Wissenschaft gültig, vgl. 1242. W. II, 5^1, 392: »In der Geschichte überhaupt, besonders aber der Philosophie, Wissenschaft, Religion, fällt es uns auf, daß die armen beschränkten Menschen ihre dunkelsten subjectiven Gefühle, die Apprehensionen eingeengter Zustände in das Beschauen des Weltalls und dessen hoher Erscheinungen überzutragen nicht unwürdig finden.«
205. Phanerogamie: Fortpflanzung durch Samen; Kryptogamie: – durch Sporen (Linné).
207. Dazu gibt Goethe im selben Heft von »Kunst und Alterthum« folgende »Aufklärung«: »Auf Seite 44 des gegenwärtigen Heftes findet sich ein Sprüchlein, das man nicht gern weder unter die eigenen noch unter die angeeigneten zählen möchte; deswegen hier einige Erläuterung zu geben wäre, wie sich solches in die ernstere Gesellschaft geschlichen; es heißt: »Wenn man alle Gesetze studieren sollte, so hätte man keine Zeit, sie zu übertreten.« Ich kenne so fleißige und eifrige Leser meiner Schriften, die bey wenigem Nachdenken gleich entdecken würden, wohin dieses Paradoxon eigentlich gehöre; da nun aber dies vom größern Publicum nicht zu erwarten ist, dem ich doch auch Rechenschaft schuldig bin, so will ich nur gestehen, daß diese verwegenen Worte dem neapolitanischen Prinzeßchen angehören, Worte, welche ich in meiner italiänischen Reise vergessen und wie sie mir wieder einfielen, auf ein Zettelchen geschrieben hatte. Dieses kam zufällig unter andere ernstere und mehrbedachte Blättchen, es schlich sich ein und zog so sachte mit fort, bis es endlich zum Druck gelangte. Dieser Zufall aber, dieses Übersehen giebt mir Gelegenheit auszusprechen, wie anmuthig und geistreich dieser eingestreute Scherz sich damals erwies. Jene heitere Schöne war leibliche Schwester von Filangieri, welches ich am angeführten Orte verschwieg. Ein leidenschaftlich ernster Mann, wie er war, eingenommen von dem Thema, das er so ausführlich behandelt hatte (denn es standen schon zehen Bände über Gesetzgebung von ihm gedruckt), war geneigt, mit einem jeden, dem er sein Vertrauen schenkte, aufrichtig und eindringlich über die Mängel der Gegenwart und über die Hoffnung einer bessern Zukunft zu sprechen. Da er nun einst der Schwester, die ganz andere Dinge im Sinne hatte, mit einem Gespräch von Gesetzen und aber Gesetzen in die Quere kam, fuhr sie mit jenem Spruche heraus, den man ihr, zu so viel anderem, wegen sonstiger Anmuth gar gern verzeihen wird, ohne sich als guter

Staatsbürger denselben im mindesten anzueignen« (W. 41², 73 f.). Indessen hat Goethe den Ausspruch in der »Italiänischen Reise« keineswegs vergessen, nur ihm eine etwas andere Fassung gegeben. Die Prinzessin sagt von ihrem Bruder: »Der gute Mann! er macht sich viel zu schaffen. Schon oft habe ich ihm gesagt: wenn ihr neue Gesetze macht, so müssen wir uns wieder neue Mühe geben, um auszusinnen, wie wir auch die zunächst übertreten können; bei den alten haben wir es schon weg« (W. 31, 46). Vgl. 686.

208. vgl. 396. 847.

211. ›Die Konvertiten sind bei mir kaltgestellt.‹ *Star fresco,* kalt stehn, ist hier ironisch gebraucht im Sinne von: sie kommen bei mir nicht an. Der Satz enthält die Umkehrung des biblischen Worts von der Freude über auch nur einen Bekehrten. Die Quelle ist unermittelt. Aus den Briefen des Papstes Clemens XIV.?

212. Gespräch mit Soret, 21. August 1830: »Ich habe eine beträchtliche Zeit meines Lebens und große Summen darauf verwendet, junge Leute zu unterstützen, auf die große Hoffnungen gesetzt wurden, aus denen aber nichts geworden ist.«

213. Auf Lavater oder F. H. Jacobi gemünzt?

215. Die liberalen Ideen haben sich so weit verbreitet, daß ihre Verkünder sich der unverfänglichsten Wendungen bedienen können und doch verstanden werden, das ganze Publikum ergänzt, »supplirt«.

220. Vgl. 593. Riemer im Tagebuch, 2. Aug. 1807: »Wir mögen an der Natur beobachten, messen, rechnen, wägen etc. wie wir wollen, es ist doch nur unser Maß und Gewicht, wie der Mensch das Maß der Dinge ist. ... Mit Duodezimal oder Dezimalmaß wird nichts von der sonstigen anderweitigen Natur des Dinges ausgesprochen und verraten«, wobei die mechanische, ganz äußerliche Operation des Messens als Symbol für Naturbeobachtung überhaupt erscheint.

221. Zur Form vgl. 542. Die Aussprüche von Archimedes und Nose sind in dieser Verbindung schon als Motto gebraucht zum Aufsatz »Zur Geologie, besonders der böhmischen« (W. II, 9, 124). Veranlaßt durch die Schrift des Geologen Karl Wilh. Nose (1753–1835) »Historische Symbola, die Basalt-Genese betreffend« (vgl. Tagebuch 24./25. Juli 1820), worin eine Vermittlung zwischen den Neptunisten und Vulkanisten versucht wird (W. II, 9, 183 ff.). Goethe seinerseits will auf seinem neptunistischen Standpunkt verharren und wiederholt seine Entgegnung 549.

222. vgl. 1233–1238.

223. Volksweisheit, nachklingend in des Mephistopheles Schlußwor (Faust II): »Und hat mit diesem kindisch-tollen Ding Der Kluger-

fahrne sich beschäftigt, So ist fürwahr die Thorheit nicht gering, Die seiner sich am Schluß bemächtigt« (W. 15^1, 326).

224. vgl. 273.

225. vgl. 257.

226. »Du hast auch nichts gelernt.« Der Schüler war Goethes Freund, der spätere Polizeiarzt Joh. Seb. Grüner in Eger. In seinem Buch »Briefwechsel und mündlicher Verkehr zwischen Goethe und dem Rathe Grüner. Leipzig 1853«, S. 138, gibt Grüner ein Gespräch wieder, das er mit Goethe (30. Juni 1822?) über seinen Bildungsgang gehabt hatte, und berichtet darin diesen Ausspruch seines Examinators.

228. Bei Gelegenheit seiner Beschäftigung mit Mantegnas »Triumphzug Caesars« (W. 49^1, 253–288), 1820–1822, hatte Goethe die Beobachtung gemacht, »daß die Künstler des fünfzehnten und sechzehnten Jahrhunderts immer mit Gelehrten und Alterthumsforschern... in genauer Verbindung standen. Dieses beweist vorzüglich auch der Triumphzug des Mantegna, denn es ist offenbar daß er den Triumph des Paulus Aemilius über Perseus König von Mazedonien vor Augen gehabt...« (W. 49^2, 235). Dies die Veranlassung für Goethe, sich mit Biographien des röm. Feldherrn Lucius Aemilius Paulus zu beschäftigen. Am 29. Mai 1822 entlieh er der Jenaer Bibliothek C. Vellejus Paterculus, Historiae Romanae, in der Ausgabe des Anton Thysius, 1668, wo sich Buch I, Kap. 9 das zitierte Wort findet (»Den Aemilius Paulus, einen Mann, der in solchem Maße Lob verdient, als männliche Vortrefflichkeit überhaupt begriffen werden kann«).

230–257
AUS KUNST UND ALTERTHUM
FÜNFTEN BANDES ERSTES HEFT
1824
(Einzelnes)

230. »Lebensgeschichte«: Anhaltende Lektüre des Plutarch seit Nov. 1820. – Goethe an W. v. Humboldt, 17. März 1832: »... Zettel und Einschlag, ein Gleichniß, das ich so gern brauche.« So W. 3, 92; 29, 176; 49^1, 327.

231. Gespräch mit Kanzler v. Müller, 22. Jan. 1821: »Wilhelm Meister« sei lange mißverstanden worden, sogar anstößig gewesen. »Erst in ihren Unglückstagen zu Memel [1807] hat die mir früher nicht sonderlich wohlwollende Königin Luise von Preußen den Wilhelm Meister liebgewonnen und immer wieder gelesen. Sie mochte wohl finden, daß er tief genug in der Brust und gerade da anklopfte, wo der wahre menschliche Schmerz und die wahre Lust, wo eigentliches Leid und

Freude wohnen. Noch ohnlängst hat mir die Herzogin von Cumberland versichert, daß die Königin durch die Thränen, die sie über jene Stelle in Mignon's [richtig: des Harfners] Lied: ›Wer nie sein Brod mit Thränen aß...‹ vergoß, sich ungemein erleichtert gefunden habe.«

232. Goethes Aufenthalt in Frascati 25. Sept.–4. Okt. 1787; eine Einladung des Fürsten Paolo Borghese gab Gelegenheit, von der Villa Aldobrandini aus »eine herrliche, obgleich nicht unerwartete Aussicht« zu bewundern (W. 32, 99). Domenico Zampieri, gen. Domenichino (1581–1641), Schüler des Annibale Carracci; die Wirkung, die er auf Goethe ausübte, wird W. 30, 163 (Bologna, 19. Okt. 1786) geschildert.

233. wiederholt 484a.

234. »Mannräuschlein«: Auf Grund von »Lieben Lust und Leben der Deutschen des sechzehnten Jahrhunderts in den Begebenheiten des... Hans von Schweinichen«, Breslau 1822, Bd. 2, 131, hier aber nur als Druckfehler oder Versehen des Herausgebers Büsching statt »Maurauschlein«, »Marauschlein«, Verkleinerung von »Marusche«, dem polnischen »Marysia«, Mariechen, einer liebkosenden Bezeichnung für jedes Mädchen. Vgl. 253.

235. »Hiddensee«: Insel bei Rügen. Quelle: Das plattdeutsche Wörterbuch von J. K. Dähler, 1781, S. 554.

240. »Sprichwörtlich«: »Ihr zählt mich immer unter die Frohen« (W. 2, 235) und »Zahme Xenie«: »Sag' nur, wie trägst du so behäglich« (W. 3, 236).

237. Übersetzung eines Fragments (Trimeter), überliefert bei Philostrat, Vita Apollonii IV 16: »*σοφοῖς γὰϱ πϱὸς σοφοὺς ἐστὶ κηδεία*«. (est enim sapientibus affinitas quaedam).

242. Eduard in den »Wahlverwandtschaften«: »Ich verwünsche die Glücklichen, denen der Unglückliche nur zum Spectakel dienen soll. Er soll sich in der grausamsten Lage körperlicher und geistiger Bedrängniß noch edel gebärden, um ihren Beifall zu erhalten, und, damit sie ihm bei'm Verscheiden noch applaudiren, wie ein Gladiator mit Anstand vor ihren Augen umkommen« (W. 20, 190; vgl. auch W. 29, 9).

243. »begreifen« (Zeile 3): »in Begriffe fassen«. Vgl. die »Zahme Xenie«: »›Wie soll ich meine Kinder unterrichten? Unnützes, Schädliches zu sichten Belehre mich!‹ – Belehre sie von Himmel und Erden, Was sie niemals begreifen werden!« (W. 3, 321). Vgl. 939. – Timon v. Athen, genannt der Misanthrop, Zeitgenosse des Perikles und Sokrates (s. Shakespeares Schauspiel »Timon von Athen«).

245. Altes Sprichwort, von Goethe der Selbstbiographie Schweinichens (vgl. 234, 253) entnommen, wo von den zwei Brüdern Heinrich und Friedrich von Liegnitz gesagt wird: »Der eine Fürst brach Töpfe, der andere Krüge.« (1, 333)

251. Hamann an F. H. Jacobi, Königsberg, 18. Jan. 1786: »Wenn Sie unter Deutlichkeit eine gehörige Vertheilung des Lichts und Schattens verstehen, so hoffe ich, diesen Wunsch zu erreichen.« Goethe fand den Brief in »Friedrich Heinrich Jacobi's Werken«, Bd. 4, Abt. 3 (»Hamanns Briefwechsel mit Jacobi«), S. 145. Tagebuch 16./18./19. Dez. 1823. vgl. 265.
252. Tropen: bildhafte, figürliche Redewendungen. Der Gegensatz von eilfertiger Broschüre und Buch als »bedächtigem Kunstwerk« wird gestreift W. II, 4, 3.
253. Hans v. Schweinichen (1552–1616), schlesischer Ritter, Marschall der Herzöge Heinrich XI. und Friedrich IV. von Liegnitz. Seine autobiographische Sittenschilderung erwähnt 245. Vgl. 234.
254. Dagegen eifert Goethe häufig. Satirisch im Gedicht »Neologen« (W. 2, 206), feierlich mahnend im »Vermächtniß« (W. 3, 82): »Das alte Wahre faß es an!« An Zelter, 2. Jan. 1829: »Es giebt sehr vorzügliche junge Leute, aber die Hansnarren wollen alle von vorn anfangen und unabhängig, selbständig, original, eigenmächtig, uneingreifend, gerade vor sich hin, und wie man die Thorheiten alle nennen möchte, wirken und dem Unerreichbaren genugthun.« Vgl. 441. 1118.
257. vgl. 225.

258–280
AUS KUNST UND ALTERTHUM
FÜNFTEN BANDES ZWEITES HEFT
1825
(Einzelnes)

258. Madame Manon Jeanne Roland, Gattin des Girondistenführers, 1793 hingerichtet. Ihre 1820 erschienenen »Mémoires« werden Tagebuch 15.–19. Febr. 1829 erwähnt. Vgl. »Annalen« für das Jahr 1820.
260. Thomas Medwins (1788–1869) »Unterhaltungen mit Byron« werden im Tagebuch vom 20. Nov. bis 16. Dez. 1824 erwähnt. Vgl. 67. 68. 513.
263. Reinhard an Goethe, 4. Juli 1825: »Wie wahr, was Sie von Napoleon sagen, daß er in der Idee lebte!« In der Ableugnung der Idee ist Napoleon nach Goethe nur Franzose, die Franzosen sind keiner Idee fähig (Riemers Tagebuch 30. Mai, 20. Juli 1809).
264. »Caput mortuum« (»Totenkopf«); Destillationsrückstand (chemisch).
265. Hamann wendet sich gegen Fritz Jacobis Geständnis in den Briefen »Über die Lehre des Spinoza«: »Ich ging noch im Polnischen Rokke, da ich schon anfing, mich über Dinge einer andern Welt zu ängsti-

gen.« Bei der Aufnahme der »Briefe« in seine »Werke« kommt Jacobi in der »Beilage III« auf Hamanns Polemik zu sprechen, teilt zwei Proben davon mit und berichtet: »Von dieser Anmerkung habe ich unter den nachgelassenen Papieren meines Freundes nicht weniger als zehn verschiedene Entwürfe gefunden.« Von dieser Stelle ist Goethe ausgegangen: Friedrich Heinrich Jacobi's Werke. Vierter Band. Zweite Abteilung. 1819. S. 70ff.

267–271 veranlaßt durch die Lektüre Friedrich von Raumers »Geschichte der Hohenstaufen« (1823/25) und Joh. Friedr. Ludwig Wachlers »Handbuch der Geschichte der Literatur« (vierbändige Ausgabe 1823/24) (vgl. 269).

267. Derselbe Gedanke: 512.

269. »sine voto«: ohne Stimmrecht.

271. Ebenso 295. 495. 943.

272. Ähnlich bei Betrachtung von »F. H. Jacobi's auserlesenem Briefwechsel«: W. 42^2, 85.

273. Über Ernst Stiedenroths (1794–1858) »Psychologie zur Erklärung der Seelenerscheinungen« (2 Bde, 1824) W. II, 11, 73ff.; die beanstandete Stelle steht 1, 180. – »Entelechie«: mit diesem Aristotelischen Ausdruck bezeichnet Goethes Psychologie die ewig wirksame, unzerstörbare Seelenkraft; »Chor der Engel (Faustens Entelechie heranbringend)« hieß es ursprünglich »Faust« II, vor Vers 11954. Über Entelechie und Genie, Produktivität und geistige Zeugungskraft ausführlich zu Eckermann, 11. März 1828. Vgl. ferner dazu 224.

277. Der zweijährige Knabe und sein (älterer) Bruder: wohl Goethes Enkel Wolfgang (geb. 1820) und Walther (geb. 1818).

279. Zu Eckermann, 11. Apr. 1827: »Dagegen war mein Verhältniß zu Schiller so einzig, weil wir das herrlichste Bindungsmittel in unseren gemeinsamen Bestrebungen fanden.« Die »zarte Differenz« vielleicht verursacht durch die Stelle in Schillers Brief vom 20. Jan. 1802: »Daß von der transzendentalen Philosophie zu dem wirklichen Faktum noch eine Brücke fehlt.« Dieser Brief war mit anderen fortlaufend in »Kunst und Alterthum« V, 1 gedruckt worden. Vgl. 199, 314.

280. Veranlaßt durch Windischmann »Was der Heilkunst noth thut«. (W. 41^2, 161f.).

281–381
AUS KUNST UND ALTERTHUM
FÜNFTEN BANDES DRITTES HEFT
1826
(Einzelnes)

281. Ursprüngliche Quelle: Prediger Salomonis 1, 18: »Denn wo viel Weisheit ist, da ist viel Grämens.« Bei Goethe mehrfach: »... denn die Wahrheit jenes alten Worts, Zuwachs an Kenntniß ist Zuwachs an Unruhe, hatte mich mit ganzer Gewalt getroffen« (W. 27, 177). Ein Faustisches Wort, das die Unzulänglichkeit aller Wissenschaft ausdrückt. Paralipomenon 80, Faust II: »Das Wissen wächst, die Unruh wächst mit ihm« (W. 15^2, 183). So auch Byrons Manfred: *»Sorrow is knowledge.«* Ähnlich 579. 944.

283. »Ein guter Mann bleibt immer Rekrut (= Anfänger).« Quelle: Zincgref, »Der Teutschen Scharpfsinnige kluge Sprüch, Apophthegmata genant«, Straßburg 1628, wo auf S. 302 von Janus Gruterus, Professor Historiarum und Bibliothecarius zu Heidelberg, erzählt wird: »Wann einer irgend betrogen ward, pflegt er zu sagen: Bonus vir semper Tyro: Fromme Leut müssen täglich Lehrgelt geben.« Martial XII, 51, 2: »semper homo bonus tiro est.«

286. Wohl veranlaßt durch die Kritiken, welche Goethes Bände »Zur Naturwissenschaft« in der Jenaischen Allg. Lit. Zeit. gefunden hatten; er kommt darauf zu sprechen im Aufsatz: »Über den Bau und die Wirkungsart der Vulkane. Von Humboldt« (Tagebuch 3. April 1823): »Durch wohlwollende, einsichtige, vollkommen unterrichtete Männer seh' ich mich günstig geschildert, und zwar so recht durch und durch erkannt und aufgefaßt, ... ein ehrwürdiges Beispiel, wie Scharf- und Tiefblick, mit Wohlwollen verbunden, ... sogleich zur lebendigsten Förderniß behülflich sind« (W. II, 9, 300). Vgl. 518.

287. »Panoramic ability«: Der englische Kritiker, dem Goethe die Fähigkeit der Überschau und Zusammenschau zuschreibt, ist Sir Francis Palgrave (1788–1861), der in einem anonymen Aufsatz der »Edinburgh Review«, März 1817, S. 91, schreibt: »Goethe's panoramic descriptions are always pleasing and intelligible«, und auf S. 96 mit Bezug auf die Schilderung, die Goethe vom Panorama in Bologna von der Torre Asinelli aus gibt (Italien. Reise, 18. Okt. 1786): »This, again, is a specimen of his panoramic ability.« (Jutta Hecker)

289. Stoff, Gehalt, Form sind für Goethe die hauptsächlichsten Kategorien zur Hervorbringung und Beurteilung eines Kunstwerks; näher ausgeführt in den »Noten und Abhandlungen zum Divan« (»Eingeschaltetes« W. 7, 100), und im Aufsatz »Neueste deutsche Poesie« (W. 41^2, 279 f.).

290. Hervorgerufen durch die Gemälde C. D. Friedrichs in Dresden am 18. Sept. 1810. »Und so wie die jungen Studirenden sich auch am liebsten an junge Lehrer halten...« (W. II, 6, 114).
291. Anspielung auf G. H. v. Schuberts »Ansichten von der Nachtseite der Naturwissenschaften.« An Nees von Esenbeck, 27. Sept. 1826: »Man mag so gern das Leben aus dem Tode betrachten, und zwar nicht von der Nachtseite, sondern von der ewigen Tagseite her, wo der Tod immer vom Leben verschlungen wird.«
292. Vgl. 158. Zu Eckermann, 16. Dez. 1828: »Man muß das Wahre immer wiederholen, weil auch der Irrthum um uns her immer wieder gepredigt wird, und zwar nicht von Einzelnen, sondern von der Masse.«
293. Das gleiche Bild in der Rezension der Lyrischen Gedichte von Voß: »Und wie man zu sagen pflegte, daß neben dem römischen Volke noch ein Volk von Statuen die Stadt verherrliche« (W. 40, 281); in tadelndem Sinne: »... das zweite Volk von Statuen, womit die Stadt [Rom] überladen war« (W. II, 3, 128).
295. Vgl. die Bemerkung zu 267–271.
296. »Noten und Abhandlungen zu besserem Verständniß des Divans«: »Wenn der Mensch daran denken soll, von Ereignissen, die ihn zunächst betreffen, künftigen Geschlechtern Nachricht zu hinterlassen, so gehört dazu ein gewisses Behagen an der Gegenwart, ein Gefühl von dem hohen Werthe derselben« (W. 7, 48). Mit Müller unterhielt sich Goethe am 28. März 1819 »über den Unterschied zwischen Chronik und Memoiren, den Mangel des Gefühls vom Werthe der Gegenwart, die jedes nur los zu werden trachte, um darüber hinauszukommen; das sei die Ursache, daß man jetzt so wenig Historisches aufzeichne«.
298. Herkunft des Zitats nicht ermittelt.
299. vgl. 1056.
300. 301. Eine Erinnerung Goethes an den eigenen Vater, von dem er in »Dichtung und Wahrheit« als von seinem Gehilfen bei der Frankfurter Advokatenpraxis erzählt: »Gründlich und tüchtig, aber von langsamer Conception und Ausführung, studirte er die Acten als geheimer Referendar, und wenn wir zusammentraten, legte er mir die Sache vor, und die Ausfertigung ward von mir mit solcher Leichtigkeit vollbracht, daß es ihm zur höchsten Vaterfreude gedieh und er auch wohl einmal auszusprechen nicht unterließ: wenn ich ihm fremd wäre, er würde mich beneiden« (W. 29, 47).
302. Vgl. »Dichtung und Wahrheit«: »Aber das Wachsthum ist nicht bloß Entwickelung; die verschiedenen organischen Systeme, die den Einen Menschen ausmachen, entspringen aus einander, folgen einander, verwandeln sich in einander, verdrängen einander, ja zehren einander auf, so daß von manchen Fähigkeiten, von manchen Kraftäuße-

rungen nach einer gewissen Zeit kaum eine Spur mehr zu finden ist« (W. 26, 110). An Schubarth, 9. Juli 1820: »... wie ich mein Leben aufgeben mußte, um zu seyn, wie ich den Augenblick aufgeben mußte, um nach Jahren des Guten zu genießen...«

305. »Ce que vous me dites que l'amour est un vrai recommenceur, est tellement joli...« schreibt an den Grafen de Bussy-Rabutin am 19. Juli 1655 Frau von Sévigné, deren Briefsammlung (Lettres de Madame de Sévigné, de sa famille et de ses amis, Paris 1818) Goethe am 4./7. Juni 1824 las. Vgl. 22.

306. Quelle: Madame de Staël, De l'Allemagne, Abt. 2, Kap. 18 (Oeuvr. compl., Paris 1838, 2, 93), anläßlich der Schillerschen »Maria Stuart« über das Verhältnis der Elisabeth zu ihren Hofleuten: »Les courtisans aussi ont, avec une reine, un genre de bassesse qui tient de la galanterie. Ils veulent se persuader quils l'aiment, pour lui obéir plus noblement, et cacher la crainte servile d'un sujet sous le servage d'un chevalier.«

307. Herkunft nicht ermittelt.

311. Gegen die Romantische Schule?

313. Vom 26. Sept. 1807. Wie Nr. 545 Niederschlag aus den zu dieser Zeit für die »Geschichte der Farbenlehre« betriebenen Studien. Vgl. 150. Der Vorwurf gegen die Zeitalter erinnert an Schillers Klage in »Rousseau«: »Einst war's finster, und die Weisen starben, Nun ist's lichter, und der Weise stirbt.«

314. vgl. 279. 1113.

315. Anlaß und Beleg hierzu gab die Entwertung des österreichischen Papiergeldes in den Jahren 1809/10, die in den »Annalen« von 1811 geschildert wird (W. 36, 69f.). Zu erinnern ist an Faust II, V. 6066ff. Über den Verfall der französischen Assignaten (1791–97) äußert sich Goethe im Gespräch mit Soret, 14. Febr. 1830. Vgl. 480. 947.

316. Nach Riemer als Motiv zu einem geplanten Roman »Der Egoist«. (1810/11).

317. Vom 17. Dez. 1809, nach Riemers Tagebuch, »bei Gelegenheit des Simplicissimus«; in den »Briefen von und an Goethe« heißt es 1. Aug. 1807: »In dem Protestantismus trat an die Stelle der guten Werke Sentimentalität.« Sentimentalität entsteht da, wo der Bezug nur auf's Innere geht (W. 33, 208).

318. »Ein gewarnter Mann ist halb gerettet« (W. 3, 304).

320. Quelle: Zincgref, Apophthegmata (vgl. 283), S. 350, wo erzählt wird, wie ein Verurteilter vor seiner Hinrichtung zum Volke redet: »Liebe Freund, heut solt jhr an mir lernen, daß, welcher einen Stein nicht allein erheben mag, der soll jhn auch selb ander ligen lassen. Ich hab mich auff ander Leut verlassen, die bey mir halten wolten, aber ich

bin von jhnen allen betrogen.« Zincgref fügt hinzu: »Tacitus spricht lib. 13 Annal. c. 19. Nihil rerum mortalium tam instabile, ac fluxum est, quam potentia, non suâ vi nixa.« Das lateinische Zitat ist die Maxime Nr. 325.

321. Veranlaßt durch Napoleon. Ähnlich »Noten und Abhandlungen zu besserem Verständniß des Divans«: »Die Despotie schafft große Charaktere: kluge ruhige Übersicht, strenge Thätigkeit, Festigkeit, Entschlossenheit, alles Eigenschaften, die man braucht, um den Despoten zu dienen, entwickeln sich in fähigen Geistern und verschaffen ihnen die ersten Stellen des Staats, wo sie sich zu Herrschern ausbilden« (W. 7, 40).

322. Folgende handschriftlichen Fassungen liegen vor:

»Alles spinozistische in der Poesie erscheint in der Reflex[ion] als *Machiavellismus* (verrucht).«

»Was in der poetischen Production *Spinozismus* ist, wird in der critischen Reflexion *Machiavellismus*.«

Veranlaßt durch Vorlesungen Adam Müllers über das spanische Drama, die Goethe im Manuskript vorlagen (Tagebuch 29. bis 31. Juli, 28. August 1807). Sie sind nicht gedruckt worden. Aus ihnen würde sicherlich Licht auf den Goethischen Ausspruch fallen, der wegen seiner gedrängten Form vielfach zur Interpretation gereizt hat. Sein Sinn scheint mir dieser zu sein. Nach Spinoza haben (in ontologischem Sinne) die flüchtigen Einzeldinge nur so weit Wert und Gehalt, als sie Modi, Erscheinungsformen der ewigen Substanz sind, oder, wie Goethe sich im Brief an Jacobi, 9. Juni 1785, ausdrückt: vor Spinozas Blick »schwinden alle einzelnen Dinge«. Eben dies läßt sich (in ethischem Sinne) auch von Machiavelli sagen; auch in Machiavells Augen sind Individuen und Einzelinteressen nichtig, gemessen an dem großen Zweck des Staates, der Gesamtheit. Nun haben in einem poetischen Produkt alle Einzelmotive ihren eigentlichen Gehalt von der Hauptidee, die handelnden Personen und ihre Bestrebungen sind nur um des Helden willen da, Leben und Tod des Helden selbst dient nur einem höheren Zweck. So sind (in ontologischem Sinne) gewissermaßen in einer poetischen Produktion die Einzeldinge nur Modi der Substanz der Dichtung, während man andererseits, von einem außerhalb der Dichtung liegenden, ehtisch-reflektierenden Standpunkt aus, die Nichtachtung der Einzelexistenz, ihre schonungslose Aufopferung als machiavellistisch und »verrucht« bezeichnen muß. Der Dichter ist ein Autokrat, ein Despot; diese Vorstellung war Goethe geläufig. Sich selbst hat er mit Friedrich dem Großen verglichen (W. 3, 343).

325. Vgl. 320. Genau: »Nihil rerum mortalium tam instabile ac fluxum est, quam fama potentiae, non sua vi nixa.« (Tacitus, Annalen

13, Kap. 19) »Nichts von den sterblichen Dingen ist so unbeständig und flüchtig wie eine Macht [bzw. der Anschein einer Macht], die sich nicht auf eigene Kraft stützt.«

326. Wirklich ein »angeeigneter« Ausspruch?

327. Vgl. 136. 893. Der Greis nimmt den ungeduldigen Jugendseufzer zurück: »... ich trete die Kelter allein« (W. 28, 311). »... es hat jedes einzelne Beginnen so viele Schwierigkeiten, daß es einen ganzen Menschen, ja mehrere zusammen braucht, um zu einem erwünschten Ziele zu gelangen« (W. II, 4, 284). Ausführlich über die Vorteile gemeinsamen Handelns im Aufsatz »Über die Entstehung des Festspiels zu Ifflands Andenken« (W. 41^1, 90ff.).

328. vgl. 1143.

330. Nach »Vorschule« folgt in der Handschrift: »Den zeichnenden Schüler wird der Meister auf die größte Genauigkeit [?] weisen. Die Alten sagt man«. Vgl. 448.

331. An Eichstädt, 15. Sept. 1804: »Jede Rückkehr vom Irrthum bildet mächtig den Menschen im Einzelnen und Ganzen aus.«

335. vgl. 373. 672.

336–339. Zusammengehörig.

337. Goethe denkt an Hafis, den persischen Dichter, der Mystiker ist, ohne der Welt zu entsagen (vgl. W. 6, 41).

338. »Abgrund des Subjects« vgl. zu 98.

339. Der »geistreiche Mann«: Graf Reinhard? Vgl. 369. – Trophonios: mythischer Baumeister (Apollontempel in Delphi), von der Erde verschlungen und aus einer böotischen Höhle weissagend. Viele Ratsuchende, die in Trance versetzt das Höhlenorakel befragten, sollen schwermütig geworden sein.

341. Ähnlich anläßlich der Lektüre von De Gerandos »Histoire comparée des Systèmes de Philosophie« an Graf Reinhard, 22. Januar 1811: »Bei Lesung dieses Werks begriff ich aufs Neue, ... daß die verschiedenen Denkweisen in der Verschiedenheit der Menschen gegründet sind, und eben deshalb eine durchgehende gleichförmige Überzeugung unmöglich ist.« Riemer notiert für das Jahr 1806: »... wir wissen nur zu sehr, daß die Überzeugung nicht von der Einsicht, sondern von dem Willen abhängt... Im Wissen wie im Handeln entscheidet das Vorurtheil Alles« (Briefe von und an Goethe).

342. »Weltkenner« deutet Reinhards Brief an Goethe, 11. Nov. 1826, auf Talleyrand. Zum zweiten Teil vgl. die »Zahmen Xenien«: »Gränzlose Lebenspein« und »Und wenn man auch den Tyrannen ersticht« (W. 3, 295).

344. In einer Handschrift folgt unmittelbar die Maxime 1116. Vgl. 533. 539.

346. An Fritz von Stein, 11. März 1819: »Und nun... hebt man die Innungen auf, weil jeder Einzelne gern an denen Vortheilen Theil nähme die nur durch Corporationen zu erringen sind; man hebt die Gemeinschaft der Grundstücke auf, weil ein solcher Complex durch Corporationen nicht so gut als durch einzelne Besitzer genutzt werden kann. So setzt man sich in den Besitz, aus dem Besitz nach Convenienz, aus Überzeugung und Grille und versichert durchaus, das sey der Zeitgeist, dem nicht zu widerstehen sey.«

347. Hydrioten: Bewohner der griechischen Insel Hydra, berühmt für ihre Tapferkeit im Freiheitskampf gegen die Türkei. – Brander: mit Pulver gefülltes Rammschiff. – Wilhelm Müllers bekanntes Gedicht »Der kleine Hydriot«, wovon Goethe gewissermaßen eine prosaische Umschreibung gibt, war bereits 1822 im zweiten Heft der »Lieder der Griechen« erschienen; das erste Heft besaß Goethe als Geschenk des Verfassers, vgl. W. III, 8, 315. Am Schluß von 347 spielt Goethe auf den Branderführer Konstantin Kanaris (1790–1877) an, der zweimal, am 19. Juni und 9. November 1822, das türkische Admiralschiff in die Luft gesprengt hatte. Vgl. auch (zu »Handel, Tausch und Beute«) »Faust« II, Worte des Mephistopheles: »Krieg, Handel und Piraterie, Dreieinig sind sie, nicht zu trennen« (Vers 11187f.).

348. vgl. 162.

350. Vgl. 103. 170. und die Worte Schillers (Wallensteins Tod I, 4): »Das ganz Gemeine ist's, das ewig Gestrige, Was immer war und immer wiederkehrt, Und morgen gilt, weil's heute hat gegolten.«

351. vgl. 499.

354. vgl. 420.

355. Gemeint sind die von Aristoteles (und in seiner Nachfolge von den franz. Klassizisten) für das dramatische Genos geforderten Einheiten der Zeit, des Orts und der Handlung, gegen die Lessing die Dramatik Shakespeares geltend macht. – Vgl. Goethes »Nachlese zu Aristoteles' Poetik« (1827) und seine »Regeln für Schauspieler«.

356. Vom 29. Mai 1811 (Riemer, Mitteilungen): »Wenn die Männer sich mit den Weibern schleppen, wie Stolberg mit der *** [Fürstin Gallitzin], [Zacharias] Werner mit der *** [Sophie von Schardt], so werden sie so gleichsam abgesponnen wie ein Wocken.« – Ähnlich schon nach Riemers Tagebuch 30. Mai 1809: [Weiber] »nehmen überhaupt von den Männern mehr als daß sie geben«. Zu Müller, 14. Dez. 1808 in Bezug auf Caroline Jagemann: »Es ist unglaublich, wie der Umgang der Weiber herabzieht.« Vgl. 802. Das Bild vom Wocken, niederdeutsche Form statt Rocken, bei Goethe beliebt: an Schiller, 19. Febr. 1802; an Reinhardt, 12. April 1820.

358. Goethe las das Stück, eine Ehebruchstragödie, in »Shakespeare's

Vorschule«, herausgegeben von Tieck, Bd. 1, 1823, wo es auf dem Titelblatt (S. 113) bezeichnet wird als »Eine Tragödie. Von einem unbekannten Autor, vielleicht eine Jugendarbeit Shakespears.« Vgl. Tagebuch 26.–28. Juli 1824.
359. Genauer ausgeführt schon im dritten Abschnitt des Aufsatzes »Shakespeare und kein Ende!«: »Shakespeare als Theaterdichter« (W. 41^1, 64–71).
362. Marienbad, August 1821 – Mit: »O vis superba formae!« (»O stolze Macht der Form!«) schließt der neulateinische Liebeslyriker Johannes Secundus (Jan Nicolai Everaerts, 1511–36) das achte seiner »Basia« (Kußgedichte); vgl. Goethes-Gedicht »An den Geist des Johannes Secundus« (1776). – Jener Ausruf schon in der »Pandora«; Phileros: »Nun sage mir, Vater, wer gab der Gestalt Die einzige furchtbar entschiedne Gewalt?« (W. 50, 319; ähnlich Epimetheus: »Die Schönheit besaß ich, sie hat mich gebunden« ebda., 328). Letzte Anregung, sich mit Johannes Secundus zu beschäftigen, hatte März 1820 eine Anfrage Boisserées gegeben (an diesen, 3. April 1820); Veranlassung zu 362 aber ist im Verkehr mit der Familie Levetzow zu suchen.
366. In einer Handschrift erscheint die Maxime in Schemaform: *»La Vision* Mehr Energie als Enthousiasmus Mehr Charakter als Gehalt Mehr Rhetorick als Poesie Im Ganzen etwas männliches.« Verfasserin des Gedichtes »La Vision« ist Delphine Gay, die spätere Madame de Girardin (1804–55).
367. vgl. 542.
368. Vgl. die Worte der Prinzessin im »Tasso«: »Zu fürchten ist das Schöne, das Fürtreffliche« (W. 10, 180).
369. vgl. 339.
371. vgl. 399.
372. Aus dem Brief an Carus und d'Alton zu Neujahr 1827: »Wenn ich das neuste Vorschreiten der Naturwissenschaften betrachte, so komm ich mir vor wie ein Wandrer, der in der Morgendämmerung gegen Osten ging, das heranwachsende Licht mit Freuden anschaute und die Erscheinung des großen Feuerballens mit Sehnsucht erwartete, aber doch bey dem Hervortreten desselben die Augen wegwenden mußte, welche den gewünschten gehofften Glanz nicht ertragen konnten.«
373. vgl. 335.
375. 376. vgl. 128, 183.
381. An Unger, 28. März 1797, mit dem Dank für Schadows Umrißzeichnungen des Tänzerpaares Vigano: »Man muß ein so solider, geistreicher und geübter Künstler seyn wie Herr Schadow, um vorübergehende Momente dergestalt zu fassen... Aller Tanz muß seiner Natur nach an's manierirte gränzen und von allen geringern Künstlern

wird die Abbildung eines Tanzenden gewiß dahin hinüber geführt werden.«

382–390
AUS KUNST UND ALTERTHUM
SECHSTEN BANDES ERSTES HEFT
1827

382. vgl. 562.

384. Über die Schwierigkeit in der Beschreibung von Kunstwerken: »... wie der Künstler die Natur überbieten muß, um nur wie sie zu scheinen, so muß der Betrachtende des Künstlers Intentionen überbieten, um sich ihnen nur einigermaßen anzunähern, denn da der Künstler das Unaussprechliche schon ausgesprochen hat, wie will man ihn denn noch in einer andern und zwar in einer Wortsprache aussprechen?« (W. 49^2, 234. 235). Die Kunst eine Vermittlerin der Idee: 201, 413; eine Vermittlerin zwischen Welt und Individuum: 52.

Die barocke Bezeichnung »Brocardicon« stammt von Riemer. In seinen »Briefen von und an Goethe« gibt Riemer einen Abschnitt »Brocardica« Goethes: »treffende Sentenzen, sowohl in ernster als in witziger Beziehung anwendbar«; hier erklärt er den Ausdruck, der in seiner engern Bedeutung »Rechtsregeln in sprüchwörtlicher Fassung« bezeichnet, wie sie »zuerst ein gewisser Burchard (nach italienischer Aussprache Brocardo), Bischof zu Worms (um 1008), ... zusammengetragen hat«.

385. vgl. 16.

388. »Natürliche Tochter«: »Der Liebe Sehnsucht fordert Gegenwart« (W. 10, 309).

390. »Neigung besiegen ist schwer; gesellet sich aber Gewohnheit, Wurzelnd, allmählich zu ihr, unüberwindlich ist sie« (W. 1, 349); »Wanderjahre«: »... in der Gewohnheit ruht das einzige Behagen des Menschen: selbst das Unangenehme, woran wir uns gewöhnten, vermissen wir ungern« (W. 24, 53). Ähnlich im Aufsatz »Lorenz Sterne«, W. 41^2, 253.

391–418
AUS DEN HEFTEN ZUR MORPHOLOGIE
ERSTEN BANDES VIERTES HEFT
1822

391–418 aufs engste zusammengehörig: Mensch und Welt in Wechselwirkung. Veranlassung gab Christian Wilhelm von Schütz

(1776–1847) mit seinem Heft »Zur Morphologie« 1821 (Tagebuch 11.–14. Aug. 1821). Hier fand Goethe ein mit dem seinen »einstimmendes Verfahren«, ein richtiges Verständnis für die historisch-genetische Darstellung seiner Naturstudien (vgl. 401), eine erfreuliche Metempsychose seiner selbst in einem andern (403). Ähnliches boten auf ästhetischem Feld die Arbeiten von Zauper und Schubarth (404).

391–393. Der antike Begriff »Monas« wurde von Giordano Bruno und Leibniz weiterentwickelt (individuelle Substanz, letzte, unteilbare Einheit, in ihrem Wesen handelnde Kraft). Goethe ist wohl im Jahre 1800 durch Schellings »System des transzendentalen Idealismus« auf die Leibnizsche Vorstellung der Monade geführt worden. »Monade« ist im wesentlichen bei Goethe nur ein anderer Ausdruck für »Entelechie« (vgl. 273): die sich im Tätigsein verwirklichende, unzerstörbare Lebenseinheit, das Geheimnis der Individualität. Vgl. »Urworte. Orphisch. Daimon« (W. 3, 95f.) und Goethes Gespräch mit Falk am 25. Jan. 1813. Die Charakterisierung der Monas als eingeborener Trieb, das Leben zu hegen (391), erinnert an Schopenhauers »Willen zum Leben«.

395. »Widersacher kommen nicht in Betracht, denn mein Dasein ist ihnen verhaßt, ... Ich weise sie daher ab und ignorire sie ...; von Freunden aber laß' ich mich eben so gern bedingen als in's Unendliche hinweisen« (W. II, 11, 60).

396. Der erste Teil schon 208, der zweite kehrt wieder 882. So hat Goethe vor allem seinen Widersacher Kotzebue zu nutzen gesucht; die »Biographischen Einzelnheiten« schildern, wie er sich gewöhnt hatte, die Existenz Kotzebues, »die Existenz desjenigen, der mich mit Abneigung und Haß verfolgt, als ein nothwendiges und zwar günstiges Ingrediens zu der meinigen zu betrachten« (W. 36, 281). »Sprichwörtlich«: »Nicht größern Vortheil wüßt ich zu nennen, Als des Feindes Verdienst erkennen« (W. 2, 246).

399. Quelle: Plutarchs Biographie des Marcus Portius Cato, in der Übersetzung von Kaltwasser (»Des Plutarchus von Chäroneia vergleichende Lebensbescheibungen.« Dritter Teil. 1801, S. 397): »... er soll nicht viel weniger als funfzigmahl verklagt worden seyn, und das letzte Mahl noch in seinem sechsundachtzigsten Jahre, bey welcher Gelegenheit er auch die so oft angeführten Worte sagte: Es hält schwer, sich vor andern Menschen als denen, mit welchen man gelebt hat, zu vertheidigen.« Vgl. 371. Auf einem Blatt mit Exzerpten andere Fassung: »Cato sagt, als er im hohen Alter angeklagt wird: Man kann sich nur vor denjenigen vertheidigen, mit denen man gelebt hat. Eben so ließe sich's sagen: Man kann sich nur denen verständigen, mit denen [man] gelebt hat.«

401. 402. Die Schrift »Anfangsgründe der Naturlehre« des Göttinger Physikers Joh. Christian Erxleben (1744–1777) war 1772 erschienen. Die 6. Auflage (1794) hatte Georg Christoph Lichtenberg (1742–99), der von Goethe hoch geschätzte Naturforscher und Aphoristiker, herausgegeben. Vgl. das Schema »Naturwissenschaftlicher Entwicklungsgang« (W.'II, 11, 299ff.). Welcher Entdeckung Goethe nahegekommen, wird eben dort erzählt: »Die Luftballone werden entdeckt [1783]. Wie nah ich dieser Entdeckung gewesen. Einiger Verdruß es nicht selbst entdeckt zu haben. Baldige Tröstung.« Am 5. Juni 1783 war in Paris der erste öffentliche Ballonflug der Brüder Montgolfier unternommen worden. – Vgl. 372.

403. Metempsychose: Seelenwanderung.

404. 405. Das Buch des Gymnasialprofessors der Poetik und Rhetorik Joseph Stanislaus Zauper (1784–1850) in Pilsen: »Grundzüge zu einer deutschen theoretisch-praktischen Poetik, aus Goethes Werken entwickelt« Wien 1821, traf am 5. April 1821 bei Goethe ein. Den »Nachtrag« empfing er im Manuskript am 23. Aug. 1821, im Druck mit einem vom 20. März 1822 datierten Begleitbrief. Das Bild der Spiegelung aus 404 kehrt wieder im Schreiben vom 7. Sept. 1821, mit dem Goethe für die Manuskriptsendung dankt: »... erkenne dankbar und bemerke, daß Sie mir... den besonderen Vortheil verschaffen, meine eigenen vielfachen Arbeiten in einem abgespiegelten Zusammenhange zu sehen.« Und so noch sonst in dieser Zeit: an Schubarth, der ihm sein Buch »Zur Beurtheilung Goethes« zuschickte, 9. Juli 1820: »... als wenn ich durch einen Doppelspath hindurchsähe, werd ich zwey Bilder meiner Persönlichkeit gewahr, die ich kaum zu unterscheiden weiß, welches das ursprüngliche und welches das abgeleitete sey.« Anläßlich der »Anthropologie« Heinroths, Ende 1822: »... in wie fern andere mich wohl erkennen möchten, damit ich in und an ihnen, wie an so viel Spiegeln, über mich selbst... deutlicher werden könnte«, W. II, 11, 59f. Näkes »Wallfahrt nach Sesenheim« veranlaßte Goethe Anfang 1823 zu dem Aufsatz »Wiederholte Spiegelungen«.

407. Die Fassung in der Handschrift lautet: »Am eigenen behaglichen Selbstbewußtseyn stört uns immer das Andenken unnütz oder unglücklich vollbrachter Stunden, des vielfach Versäumten, Mißglückten und wie das alles heißen mag.« – »Sprichwörtlich«: »Das Rechte, das ich viel gethan, Das ficht mich nun nicht weiter an, Aber das Falsche, das mir entschlüpft, Wie ein Gespenst mir vor Augen hüpft« (W. 2, 245). An Zelter, 20. Aug. 1831: »Je älter ich werde, seh' ich mein Leben immer lückenhafter.«

409. Ähnlich 730.

411. »Höhere Empirie«: das Ergebnis des »*reinen* Anschauens«, die

nicht durch die Zufälligkeiten und Unzulänglichkeiten des Augenblicks getrübte Erfahrung. Vgl. 412. 533. 565.

412. Ende März 1822 – Der Begriff des »Urphänomens« ist der Grund- und Hauptbegriff Goethischer Natur- (und Kunst-) Betrachtung: es ist der Schnittpunkt der künstlerisch-anschaulichen und der philosophisch-abstrakten Richtung seiner Natur, ein »reines Phänomen« (»Hauptererscheinung«), das anschaubar und doch nicht individuell bestimmt ist, die typische Erscheinung, die alles Empirische abgestreift hat und doch der letzten und höchsten Erfahrung zugänglich bleibt (W. II, 1, 72ff.; 11, 40). Das Urphänomen ist der »einzelne Fall«, insofern er nach den Gesetzen verläuft, die für alle generisch gleichen Fälle maßgebend sind (vgl. 558); es schauen, bedeutet: auf den Grund sehen. Vgl. 434. 577. 716. 1208. 1369. Das Gewahrwerden eines Urphänomens ist von Erstaunen (zu Eckermann, 18. Febr. 1829), ja Angst begleitet. Die Angst angesichts eines Urphänomens wird 433 begründet; ähnlich wirkt die Erkenntnis der »Idee« (vgl. 128. 800. 1136). Aus der Betrachtung der »Urphänomene« ergibt sich die höhere Empirie (vgl. 411); das menschliche Organ, sie zu erfassen, ist das *reine* Anschauen (vgl. 533); die Kupplertätigkeit des gewöhnlichen Menschenverstandes ist unzulänglich. – Vgl. »Annalen« 1794, Erste Bekanntschaft mit Schiller; »Erfahrung und Wissenschaft« (1798), »Farbenlehre. Didaktischer Teil«, § 175.

413. vgl. 201. 384. 412. 1074.

415. vgl. 420. 689.

416. Begriff und Wirkung des Aperçus erklärt 562.

417. Vom Begriff des »Erstaunens« geht die griechische Philosophie auf ihrem Höhepunkt aus. Aristoteles zu Beginn der »Metaphysik«: »Propter admirationem enim et nunc et primo inceperunt homines philosophari«, Plato: »mirari, valde philosophicus affectus.« An Plato schließt sich Goethe an, indem er an ihm die heilige Scheu rühmt, »womit er sich der Natur nähert, ... jenes Erstaunen, das, wie er selbst sagt, den Philosophen so gut kleidet« (W. II, 3, 114). Zu Eckermann, 18. Febr. 1829: »Das Höchste, wozu der Mensch gelangen kann, ist das Erstaunen«; im Gedicht »Parabase«: »Zum Erstaunen bin ich da« (W. 3, 84). So auch in der Kunst: »Wer nicht mit Erstaunen und Bewunderung anfangen will, der findet nicht den Zugang in das innere Heiligthum« (W. 36, 328). Und endlich ganz allgemein Fausts: »Das Schaudern ist der Menschheit [das heißt: des menschlichen Wesens; vgl. 682] bestes Theil« (W. 15^1, 72).

418. vgl. 436. 1383.

419–440
AUS DEN HEFTEN ZUR NATURWISSENSCHAFT
ZWEITEN BANDES ERSTES HEFT
1823
(Älteres, beinahe Veraltetes)

419. Im Streit zwischen den Denkweisen der synthetischen Betrachtung des Allgemeinen und der analytischen Beobachtung der Einzelnen, damals repräsentiert durch den Universalisten G. de Saint-Hilaire und den Singularisten Cuvier, nimmt Goethe hier und in der Abhandlung »Principes de Philosophie Zoologique« (1830/32) eine ausgleichende Position ein, indem er beide als »unzertrennliche Lebensakte... wie Ausatmen und Einatmen« begreift (noch im Gespräch mit Eckermann am 2. Aug. 1830 stellt er sich auf die Seite Saint-Hilaires). – Der am Schluß erteilte Rat kehrt 550 wieder; vgl. 119.

420. vgl. 354. 415. Das Bild vom Schachbrett: 148. Gespräch mit Kanzler Müller, 26. Jan. 1825: »Mit der Farbenlehre ist es wie mit dem Whistspiel; man lernt nie aus; muß es aber beständig spielen, um weiter zu kommen. Es läßt sich nur darin *thun,* nicht überliefern, nicht lehren.« Ähnlich 12. Aug. 1827. Das Bild vom Whistspiel: an Schultz 24. Nov. 1817.

422. vgl. 187.

425. vgl. 118.

426. vgl. 118. 157. 1185. 1293. Ein Lexikon, ein Kompendium einer Erfahrungswissenschaft ist nach der »Geschichte der Farbenlehre« »eigentlich nur eine Sammlung des cursirenden Wahren und Falschen« (W. II, 4, 187).

428. Das Wesen einer *fördernden* Theorie wird 565. 575 entwickelt.

431. Newtons Versuch: 1288. Die Theorie von der Polarisation des Lichts, die der franz. Physiker Etienne Louis Malus (1775–1812) aufgestellt hatte, geht, mit Goethes polemischen Worten, aus von »Lichtkügelchen, denen Pol und Äquator angedichtet ward« (W. II, 5^1, 224; an Boisserée, 1. Juli 1817); Goethe spottet an zahlreichen Stellen darüber (so W. 3, 103); über Thomas Seebecks (1770–1831) Entdeckung der Farberscheinungen innerhalb der durchsichtigen Körper verbreitet er sich im Aufsatz »Die entoptischen Farben« (W. II, 5^1, 223 ff.). Vgl. 1217. 1290.

432. Diese Engländer nennt Goethe in den »Annalen« von 1817: außer Joseph Reade (»Experimental outlines for a new theory of light« 1816) noch Bancroft, Sowerby und Brewster (W. 36, 121). Vgl. 551. Diverse Refrangibilität: unterschiedliche Brechung. – Chrysalide: Schmetterlingspuppe.

433. vgl. 412. Als Goethe am 7. Juni 1817 die »Grundphänomene der

entoptischen Farben« entdeckt hat, schreibt er an Schultz, 24. Nov. 1817: »Die Lehre vom direkten und obliquen Licht ist so fruchtbar, daß ich selbst noch oft dafür erschrecke.«

434. vgl. 768. 577.

436. Humboldt: gemeint ist Alexander v. H. (1769–1859), dessen Zugehörigkeit zur Pariser Akademie Goethe als Fessel beklagt (s. Nr. 1383 und seinen Brief an W. v. Humboldt v. 1. Dez. 1831). Die Beeinflussung der Französischen Akademie durch Richelieu wird 94 erwähnt; Entwicklung der Royal Society in London und Oxford: »Geschichte der Farbenlehre«, sechste Abteilung, W. II, 4, 1 ff. Am Schluß bezieht sich Goethe auf den Artikel »Jean Jacques d'Ortons de Mairan« (W. II, 4, 129), worin u. a. der Satz: »Gelehrte Gesellschaften, sobald sie, vom Gouvernement bestätigt, einen Körper ausmachen, befinden sich in Absicht der reinen Wahrheit in einer mißlichen Lage.«

438. Anlehnung an Lichtenberg: »Die Kraft, die im geriebenen Bernstein zieht, ist dieselbe, die in den Wolken donnert.« »Das Mikromegische« (Verwandtschaft des Kleinen mit dem Großen): der Ausdruck ist der Voltaireschen Erzählung »Mikromegas« entnommen; Goethe gebraucht ihn auch im Aufsatz »Dante« (W. 42^2, 71).

441–616
AUS WILHELM MEISTERS WANDERJAHREN
1829

(Betrachtungen im Sinne der Wanderer, Kunst, Ethisches, Natur)

441. Die Tatsache, daß »alles Gescheidte schon gedacht worden«, spricht Goethe, unter Anlehnung an Terenz »Nullum est jam dictum, quod non dictum sit prius«, häufig aus, so in den »Nachträgen zur Farbenlehre«: »So wie nicht leicht etwas Vernünftiges gedacht oder gesagt werden kann, was nicht irgendwo schon einmal gedacht oder gesagt wäre«, W. II, 5^1, 357, oder »Faust« II: »Wer kann was Dummes, wer was Kluges denken, Das nicht die Vorwelt schon gedacht?«, W. 15^1, 100; vgl. die Maximen 254. 790. 1145. 1146. Der Spruch weist darüber hinaus auf die Verpflichtung, das schon Erkannte durch eigenes *Nach*denken zu wirklichem Besitz zu machen: »Das alte Wahre, faß es an!« (W. 3, 82).

442. 443. Gegen unfruchtbare Selbsterforschung wendet sich 657. Die praktische Methode der Selbsterkenntnis durch Pflichterfüllung ist Goethes eigene Lebensmaxime. An Lavater, 20. Sept. 1780: »Das Tagewerck das mir aufgetragen ist, das mir täglich leichter und schweerer wird, erfordert wachend und träumend meine Gegenwart. Diese

Pflicht wird mir täglich theurer...«. So auch die Egmonts: »Eines jeden Tages hab' ich mich gefreut; an jedem Tage mit rascher Wirkung meine Pflicht gethan, wie mein Gewissen mir sie zeigte« (W. 8, 300). »Schwerer Dienste tägliche Bewahrung« verlangt das »Vermächtniß altpersischen Glaubens« (W. 6, 240); »Lebensregel«: »Was jeder Tag will, sollst du fragen, Was jeder Tag will, wird er sagen« (W. 5, 107).

444. Aus dem Brief an Friedr. Aug. von Beulwitz, 17. Juli 1828, nach Karl Augusts Tod in Dornburg niedergeschrieben, ein Selbsttrost angesichts des vom Herzog Geschaffenen, ihn Überdauernden: »Ein so geregeltes, sinniges Regiment waltet von Fürsten zu Fürsten. Feststehend sind die Einrichtungen, zeitgemäß die Verbesserungen. So war es *vor*, so wird es *nach* uns seyn, damit das hohe Wort eines Weisen erfüllt werde, welcher sagt: ›die vernünftige Welt ist‹« u.s.w.

446. Ähnlich, doch unter dem Aspekt der Wandelbarkeit, in »Dichtung und Wahrheit« (3. Teil, 13. Buch): »Die Gnade der Großen, die Gunst der Gewaltigen, die Förderung der Thätigen, die Neigung der Menge, die Liebe der Einzelnen, alles wandelt auf und nieder, ohne daß wir es festhalten können« (W. 28, 211). Goethe liebt das Konstruieren solcher »Kategorientafeln«: 525. 536.

447–449 zusammengehörig. Viele Berührungspunkte mit dem »Schema über den Dilettantismus« 1799. Vgl. auch Nr. 1126, 1127.

447. In der Handschrift folgt unmittelbar 1122.

448. Erhalten ist ein handschriftlicher Zusatz, der auf »hervorgegangen« folgt:

»Philipp Hackert hatte einen jungen Burschen zur Bedienung, der nach und nach die braun getuschten Federzeichnungen seines Herrn auf eine bewundernswürdige Weise nachbilden lernte. Dies ist die wahre Entwicklung eines mäßigen oder kleinen Talentes.« Vgl. 330.

449. Auch hierzu ist eine handschriftliche »Fortsetzung« erhalten, die auf »wird« folgt:

»Raphaelin von Reggio malte mit solcher Leichtigkeit die Außenseiten der Häuser in Fresco, daß alle Kinder Kalk auf Ziegeln strichen und das Gleiche zu thun gedachten.«

Vgl. 1115. Schon im »Schema über Dilettantismus«: »Der Mensch erfährt und genießt nichts, ohne sogleich productiv zu werden. ... Nachahmungstrieb deutet gar nicht auf angebornes Genie zu dieser Sache. Erfahrung an Kindern« (W. 47, 323).

450. vgl. 191. 1073. 1074.

455. In der Handschrift folgt auf »Werk« als selbständiger Absatz, aber gestrichen:

»Philipp Hackert, vielleicht der einzige Künstler meiner Bekanntschaft, welcher durchaus verstand, was zum Künstlerleben gehört,

machte nie einen vergeblichen Strich; seine Bleistiftzeichnungen von Bäumen, Baumgruppen, ja Distel- und Krautparthieen waren jederzeit so angelegt, daß sie allenfalls, auf Verlangen eines Liebhabers, mit Bister in Licht, Schatten, Mittel- und Localtinten versetzt, straff aufgezogen, mit einem grünlichen Rahm eingeschlossen, zur geldwerthen Production herausgeschaffen werden konnten.«
459. »Zahme Xenie«: »Sage mir, mit wem zu sprechen« (W. 5, 98).
460. vgl. 198.
461. vgl. 44. 367. 898. 967.
462. »Divan« (»Buch des Unmuths«): »Seht ihr aber meine Werke, Lernet erst, so wollt' er's machen« (W. 6, 105). Die Ausdehnung ethischer Betrachtung von der Welt des bewußten Handelns auf die Welt des bewußtlosen Geschehens erinnert an Schopenhauers Verallgemeinerung des »Willens« und der Verantwortlichkeit.
463. Bestandteil des geplanten Briefes »Wilhelm an Natalien« und Ausspruch des »Astronomen« in »Wilhelm Meisters Wanderjahren«. Ein Beispiel auf sittlich-religiösem Gebiet: 519.
464. Ursprünglicher Zusammenhang wie 463.
465. vgl. 51.
466. Zusammen mit Nr. 465 am 5. Okt. 1828 an Zelter gesandt. Vgl. 619.
467–470 zusammengehörig.
468. vgl. 1199.
469. 470. Bestandteile eines Aufsatzes? In einer der Handschriften folgt:
»Da ich nicht lange mehr Zeit habe meine vieljährig durchgedachten Überzeugungen auszusprechen, so verzeihe man daß es hier geschieht; vielleicht erprobt sichs früh oder spat, was gegenwärtig den jüngeren Kunstgenossen fremd, unzulässig und widerwärtig erscheinen mag.«
»Warum ich mich besonders auf die Herausgabe meiner sämmtlichen literarischen Arbeiten freue, warum ich wünsche sie noch selbst zu redigiren, ist das Gefühl, daß ich zuletzt reiner auftreten kann als im ganzen Leben. Der Autor der begleitet von der ganzen Masse seiner Bestrebungen und Leistungen vors Publikum tritt, erscheint viel freyer als in einzelnen successiven Versuchen. Er wirkt gleichsam außerhalb der Zeit, er bringt Vorübergegangenes und übergiebt es der Zukunft. Er darf über sich und andere ein redlicher Bekenntniß aussprechen als an diesem oder jenem Tage, wo der Freymüthigste sich genirt fühlt und der Lebhafteste sich vollkommen zu äußern Bedenken trägt. Nur die Unvernunft beachtet nicht die Stunde in der sie spricht.«
Zum Schlußsatz 470 vgl. 837; zum Hauptinhalt: 254 (und die dort angeführten Stellen gegen den Originalitätsdünkel). 1118. Zu Soret,

17. Febr. 1832: »Selbst das größte Genie würde nicht weit kommen, wenn es alles seinem eigenen Inneren verdanken wollte. Das begreifen aber viele sehr gute Menschen nicht und tappen mit ihren Träumen von Originalität ein halbes Leben im Dunkeln. Ich habe Künstler gekannt, die sich rühmten, keinem Meister gefolgt zu sein, vielmehr alles ihren eigenen Genie zu danken zu haben. Die Narren! als ob das überall anginge!«

472. Volksweisheit, vielleicht Umformung eines gascognischen Sprichworts, das Goethe durch Montaigne, Essays, Buch 1, Kap. 24, kennenlernte (Arthur Henkel).

473. Vgl. 67. 68. 134. 474. Den Menschen der Pflanze zu vergleichen, ist Goethe geläufig; ein weit ausgeführtes Beispiel aus mündlicher Unterhaltung verzeichnet Riemers Tagebuch, 11. Okt. 1806.

474. Vgl. Goethes Brief aus Rom, 8. Juni 1787 an Frau v. Stein: »auch der Geringste wenn er ganz ist kann glücklich und in seiner Art vollkommen seyn, das will und muß ich nun auch erlangen...«

476. Vgl. 152. Siehe auch Montesquieu, Pensées diverses: »Il y a autant de vices qui viennent de ce qu'on ne s'estime pas assez, que de ce que l'on s'estime trop.«

477. Nach Jutta Hecker gehören die Maximen 477–483 als »unterdrückte Stelle« einem Brief Goethes an den Staatsrat Georg Heinr. Ludwig Nicolovius an (November 1825). Mit dem »Jüngling« (477) ist wohl der Sohn des Adressaten, Alfred N. (1806–1890) gemeint, Goethes Großneffe, später Professor der Rechte in Bonn, der den Dichter verehrte. Das Bild vom Zeitstrom häufig (W. 3, 365; 10, 117; 14, 38; 16, 178; 28, 63).

479. »... daß man im nächsten Augenblick den vorhergehenden verspeis't«: ein von Goethe gern gebrauchtes Bild: »Wenn nicht die Stunde sich selbst verzehrte« (W. 3, 285); »denn alles, was im nothgedrungenen Augenblick erhascht wird, pflegt der Augenblick wieder zu verzehren« (W. 42^1, 107); »Außer den Begebenheiten, Geschäften und Zerstreuungen, die jeder Tag hervorbringt und dadurch gleichsam sich selbst verzehrt, ...« (an die Fürstin Gallitzin, 6. Febr. 1797). »Blätter für alle Tageszeiten« (vgl. W. 5, 94): Das Cottaische »Morgenblatt« in Stuttgart, das »Mittagblatt« von Schütz in Hannover, die »Abendzeitung« von Hell und Kind in Dresden, das »Mitternachtblatt« von Müllner in Braunschweig. Vgl. 970. »velociferisch«: vermutlich Anspielung auf die damals neuen italienischen Omnibus-Posten, »velociferi«, Schnellposten; daher der General-Postmeister von Nagler ein »Velocifer-Charakter« genannt wird (Gespräche mit Müller, 4. April 1825); nach dem Brief an Reinhard, 26. Dez. 1825, ist der »Genius der Zeit« velociferisch.

480. vgl. 315.
494. Am 28. März 1828 traf bei Goethe die Übersetzung ein, die Christian Müller in Genf von dem Buch des Rizo Néroulos »Cours de la littérature grecque moderne« veranstaltet hatte. Goethe gedachte ihr eine Rezension zu widmen, mit der er sich am 29.–31. März beschäftigte. Aus dieser Arbeit stammt 494, wodurch Goethes »gemäßigter Philhellenismus« verteidigt werden soll: »... ihm [dem Recensenten] hat sich durch eine Reihe vieler Jahre ein historisches Menschengefühl entwickelt, d. h. ein dergestalt gebildetes, daß es bey Schätzung gleichzeitiger Verdienste und Verdienstlichkeiten auch die Vergangenheit mit in Anschlag bringt« (W. 42^1, 291 f.).
495. Gerichtet gegen die Überschätzung der Geschichte als »exakte« Wissenschaft (vgl. 943). »Alle Geschichte ist mißlich und schwankend« (zu Müller, 15. April 1819; ausführlich im Gespräch mit Luden, 19. Aug. 1806); ihr Wert ruht allein auf sittlich-praktischem Gebiet: an der Schilderung früherer Verdienste entzündet sich das Streben des Nachgeborenen.
498. vgl. 1019.
499. vgl. 351.
500. So betrachtet Goethe den »Bannfluch« auch Byrons »Manfred« als wahres Muster, »wo die tiefsten sittlichen Gefühle unter psychischer Form sich in Aberglauben verwandeln« (W. 41^2, 55), vgl. Erläuterung zu 171. Ausführlich handelt er über den Aberglauben als einen Bestandteil menschlichen Wesens, als ein Erbteil namentlich »energischer, großthätiger, fortschreitender Naturen« in dem Kapitel »Roger Bacon« der »Geschichte der Farbenlehre« (W. II, 3, 160 ff.). Der Gegensatz zwischen Aberglauben und Unglauben, der dabei zur Sprache kommt, wird schon in Riemers Tagebuch vom 12. Dez. 1806 angedeutet: »Der sogenannte Aberglaube beruht auf einer viel größern Tiefe und Delicatesse als der Unglaube.«
501. Ähnlich, in bezug auf die Erkenntnis der Menschen, Vasconiana (vgl. zu 16), S. 453: D'où vient que nous nous connoissons si peu nous-mêmes? C'est que nous ne nous voyons que de trop prés. Vgl.
502. Vgl. 501. 706. 1194; anders 1225. – Wahrscheinlich für die »Wanderjahre« bestimmt: Wilhelm, dem der Astronom durch ein Fernrohr den Jupiter gezeigt: »Ich weiß nicht, ob ich Ihnen danken soll, daß Sie mir dieses Gestirn so über alles Maß näher gerückt... jetzt tritt es in meiner Einbildungskraft unverhältnismäßig hervor... Ich habe im Leben überhaupt und im Durchschnitt gefunden, daß diese Mittel, wodurch wir unsern Sinnen zu Hülfe kommen, keine sittlich günstige Wirkung auf den Menschen ausüben. Wer durch Brillen sieht, hält sich

für klüger als er ist; denn sein äußerer Sinn wird dadurch mit seiner innern Urtheilsfähigkeit außer Gleichgewicht gesetzt« (W. 24, 182f.). In einer für den Aufsatz: »Cäsars Triumphzug von Mantegna« Mai 1822 niedergeschriebenen, aber ungedruckt gebliebenen Stelle verteidigt sich Goethe gegen den Vorwurf, bei seiner Deutung des Leonardo'schen Abendmahls zu viel in das Bild hineingetragen zu haben: »Aber was kann ich dafür, daß die Menschen nicht mit Augen sehen und daß sie Gläser brauchen, wo die natürliche Gesichtskraft sehr wohl hinreichte, wenn sie dem Geist zu Gebote steht« (W. 49^2, 234).

505. 506. Veranlaßt durch den Aufsatz »Woher hat's der Dichter?« in »Kunst und Alterthum« IV, 3, 76ff. Es wird darin die Behauptung, die in einer Rezension der »Wanderjahre«, im Septemberheft des »Monthly Review« 1822, aufgestellt worden war, abgelehnt, Goethe sei zu seiner Novelle »Die Flucht nach Egypten« durch die »Recognitiones« des Kirchenvaters Clemens Romanus veranlaßt worden.

509–511. Zusammengehörig.

509. vgl. 750. 984. 985.

510. vgl. 257. »Ein Wort für junge Dichter«: »... fragt euch nur bei jedem Gedicht, ob es ein Erlebtes enthalte, und ob dieß Erlebte euch gefördert habe.« (W. 42^2, 108). Zu Eckermann, 29. Jan. 1826: »So lange er [der Dichter] bloß seine wenigen subjectiven Empfindungen ausspricht, ist er noch keiner zu nennen; aber sobald er die Welt sich anzueignen und auszusprechen weiß, ist er ein Poet.« Vgl. das Gespräch mit Eckermann vom 15. Jan. 1827 über die »Novelle«. Goethes Auffassung der Dichtung steht in striktem Gegensatz zur Theorie der Romantiker (Poesie: »Gemütserregungskunst«. Novalis).

511. vgl. 605.

512. vgl. 267.

513. Vgl. 260. und »Goethes Beitrag zum Andenken Lord Byrons« (1824, W. 42^1, 427ff.) sowie sein Gedicht »An Lord Byron« (1823).

516. Goethe an Herder über »Götz von Berlichingen«, Juli 1772: »Die Definitiv, ›daß Euch Shakespeare ganz verdorben etc.‹ erkannt' ich gleich in ihrer ganzen Stärke.«

517. Vgl. 113. 1026. »Urtheilsworte französischer Kritiker«: »... nur insofern ein Volk eigene Literatur hat, kann es urtheilen und versteht die vergangene wie die gleichzeitige Welt« (W. 41^1, 125).

518. Vgl. das Gedicht »Den Freunden« (W. 4, 274) mit den Schlußworten: »Wohlwollen unsrer Zeitgenossen Das bleibt zuletzt erprobtes Glück.« Wohlwollen dauert aus: »Lieb' und Leidenschaft können verfliegen, Wohlwollen aber wird ewig siegen« (W. 3, 278); seine Beständigkeit ist wichtiger als die der Welt: »Mag doch die Gestalt der

Welt vergehen, wenn befreundete Gesinnung sich gleich bleibt« (an Boisserée, 31. Okt. 1818). Vgl. 286. 774.

519. 520. Vgl. 463 und die Marienbader »Elegie« (W. 3, 23): »Dem Frieden Gottes, welcher euch hienieden Mehr als Vernunft beseliget... Vergleich ich wohl der Liebe heitern Frieden... In unsers Busens Reine wogt ein Streben... Wir heißen's fromm sein!...«

521. Vgl. 677. In der Handschrift folgt als Quellenangabe: »Calojerotzame, Albaneser«. Kalojero-Tschami bedeutet »Mönch aus dem Stamme der Tschams«; die Tschams bilden den südlichsten der vier Zweige des albanesischen Volks. Über eine Persönlichkeit dieses Namens war nichts zu erkunden.

522. vgl. 406. 407.

523. vgl. 843.

525. Hierzu ein schematischer Entwurf Goethes auf einem Konzeptblatt zu den »Wanderjahren« (W. 24, 53, Z. 20–55, Z. 10):

Lesen nicht verstehen	Begehren – erlangen
Schreiben nicht wissen	Fordern – sollen
Glauben – begreifen	erfahren – nützen

527. »befreundet«: Wohl ebensosehr: »ist ihm Freund« wie – aus der Sicht des Müllers – »ihm willkommen« – Geben und Empfangen (wie Nr. 526). Aus derselben ideellen Konzeption ist das Gedicht »Der Junggesell und der Mühlbach« (W. 1, 189) entsprungen: Zusammengehörigkeit erscheint (wie in der Vorstellung antiker Dichtung: amat ianua limen) zu Neigung gesteigert.

528. Gegen Newton? Vgl. 115. 531.

531. vgl. 115. 528. 1288.

532. vgl. 554. 559. 1247. (Gefahren und Grenzen der Analogie; vgl den Aufsatz »Problem und Erwiderung«, W. II, 7, 83) Goethe meint die »reine methodische Analogie, wodurch Erfahrung erst belebt wird, indem das Abgesonderte und entfernt Scheinende verknüpft, dessen Identität entdeckt und das eigentliche Gesammtleben der Natur auch in der Wissenschaft nach und nach empfunden wird«; diese Analogie empfiehlt er »als Handhabe, als Hebel, die Natur anzufassen und zu bewegen« (W. II, 5^{1}, 292f.). Induktion wird auch 1245 abgewiesen.

533–535. In einer Handschrift sind 533. 534. 535. 1369 in Einem Schema zusammengefaßt:

	Gegenwart
Anschauen	gemeines, Ansicht der irdisch. Dinge
	reines, Des äussern und Innern, sehr selten [533]
	symbolisch vorzügl. Mathematik
Rede.	tropisch Zahlen Formeln Poesie [534]

	Abwesenheit	
Überlieferung	gemeine historisch	
	höhere mystisch dahinter stecke etwas	
	Sentimentale, gemüthlich uns anzueignen. [535]	

Urphänomen.	Real, symbolisch Identisch
Empirie	Vermehrung derselben
	Hoffnung der Hülfe daher,
	Verzweiflung der Vollständigkeit. [1369]

Wie daraus hervorgeht, sind 533. 534. unter dem Begriff des Gegenwärtigen in Gegensatz zu 535 gedacht. »Gewöhnliches Anschauen«: vgl. 344. 539. 597. 614; »reines Anschauen«: vgl. 411. 412.

536. »Alle Wirkungen... hängen auf die stetigste Weise zusammen«; so gibt Goethe noch eine zweite Tabelle, weiter ausholend und von einem anderen Standpunkt aus: W. II, 5^1, 403 f.

537. Zu Müller, 11. April 1827: »Es gibt in der Natur ein Zugängliches und ein Unzugängliches. Dieses unterscheide und bedenke man wohl und habe Respect« (von Eckermann wörtlich übernommen, unter gleichem Datum). Vgl. 1207.

538. 539. In einer Handschrift folgt nach 538: *»Un homme de Genie est le sens commun personifié (individualisé).«* – Seit den Tagen des Sturms und Drangs in ständigem Widerstreit mit der Überschätzung, die die englische Aufklärung (die von Thomas Reid, 1710–1796, begründete, gegen den Skeptizismus gerichtete »Schottische Schule«) dem common sense hatte zuteil werden lassen (vgl. 538), weist Goethe dem Menschenverstand seinen wirklichen Tätigkeitsbereich zu, vgl. 344. 411. 533. 534. 614. 1201. Die Schilderung des Wechsels von Bedürfnis (Entbehrung) und Langeweile scheint durch Schopenhauers Darstellung von den beiden Polen des Menschenlebens, Not und Langeweile, beeinflußt zu sein (»Welt als Wille und Vorstellung«, Buch 4, § 57).

541. vgl. 799.

542. Angeregt durch Zelters Brief vom 4. Januar 1826: »Die Welt hat sich ein Wort Lessings [Nathan I, 3] gemerkt: Kein Mensch muß müssen. Ich aber sage Euch: wer will der muß, und wer nicht wollen will der soll mich ungeschoren lassen«, worauf Goethe am 21. erwidert: »›Wer will der muß!‹ und ich fahre fort: wer einsieht der will. Und so wären wir wieder im Kreise dahin gelangt, wo wir ausgingen: daß nämlich man aus Überzeugung müssen müsse.« Zum Schluß vgl. 367.

544. »Polizei«: nach dem Wortgebrauch des 18. Jhs. die staatliche Lenkung allgemein, alle dem Zweck des Gemeinwohls dienenden Anordnungen (s. »Wanderjahre« III, 2).

545. Veranlassung wie bei 313; daher eine verwandte Äußerung in der »Geschichte der Farbenlehre«: W. II, 3, 132.
547. Vgl. 1174. Über Vorzug und Nachteil der Autorität Ausführliches in der dritten Abteilung der »Geschichte der Farbenlehre« (W. II, 3, 136. 145ff.).
549. vgl. 159.
550. vgl. 419.
551. 552. Vgl. 432. 591. 1185. »Offenbares Geheimniß«: vgl. zu 201.
554. vgl. 532. 571. 600.
555. Zu Eckermann, 13. Febr. 1829: »Die Gottheit ist wirksam im Lebendigen, aber nicht im Todten; sie ist im Werdenden und sich Verwandelnden, aber nicht im Gewordenen und Erstarrten. Deßhalb hat auch die Vernunft in ihrer Tendenz zum Göttlichen es nur mit dem Werdenden, Lebendigen zu thun, der Verstand mit dem Gewordenen, Erstarrten, daß er es nutze.« Vgl. 599. 601. 697. 698. 724.
558. Angelpunkt des Goethischen Denkens auf künstlerischem (279. 314. 1053) und naturwissenschaftlichem Gebiet (199. 569. 571). In jedem einzelnen Phänomen offenbart sich das ihm zugrunde liegende Naturgesetz ganz und rückhaltlos. Um das Allgemeine, die Idee zu erfassen, bedarf es nicht aller ihrer Einzeloffenbarungen (vgl. 568), es genügt ein einzelner Fall, dieser ist vollgültiger Repräsentant für »Millionen Fälle«. (Vgl. das Vorwort zur »Farbenlehre«.) Nur die Forschung, die sich dieser Tatsache bewußt bleibt, ist fruchtbar: »Wer nicht gewahr werden kann, daß ein Fall oft tausende werth ist und sie alle in sich schließt, ... der wird weder sich noch andern jemals etwas zur Freude und zum Nutzen fördern können« (W. II, 3, 236). Deshalb wird Bacons mühselige Induktion abgelehnt; deshalb wird Galilei gepriesen, weil seinem Genie »ein Fall für tausend« galt, »indem er sich aus schwingenden Kirchenlampen die Lehre des Pendels und des Falles der Körper entwickelte« (W. II, 3, 246). Als Vorentwurf zu 558 mag eine Notiz auf einem Blatt vom Okt. 1822 gelten:
»Das Besondere im Allgemeien, Zum Allgemeinen das Besondere suchen.«
559. vgl. 532.
560. Als wissenschaftlicher »Rhetor« wird Seneca charakterisiert (W. II, 3, 126); von Buffon behauptet Goethe, er habe die Wissenschaft »in das Feld der Rhetorik und Dialektik geführt« (W. II, 7, 184).
561. »als Correlate«: die Erscheinungen in Wechselwirkung gesehen.
562. Eine Erläuterung des »Aperçus« (vgl. 416. 696), wobei Goethe von Herder ausgeht: nach Herder ist die Erkenntnis »tiefes Gefühl der Wahrheit« (»Vom Erkennen und Empfinden«). »Erfinden«: in der Bedeutung »des vernehmenden Gewahrwerdens und Sichtbarmachens,

nicht wie gewöhnlich der hinzufügenden Originalität« (H. J. Schrimpf). Der Ausdruck »Wahrheitsgefühl« kehrt 607 wiede. Vgl. 328. 382. 1143.

563. 564. vgl. 769.

565. Am 5. Okt. 1828 an Zelter gesendet. – Vgl. 411. 412. 575. 1147.

566. Am 5. Okt. 1828 an Zelter gesendet. – Am Schluß, nach »wunderlich«, folgt noch: »Ein solcher war der gute Wünsch. Dergleichen Gester finden sich leicht mit Worten ab und hindern die Fortschritte der Wissenschaft: denn man muß ihnen doch nachexperimentiren und aufklären was sie verdüstert haben. Da nun aber hiezu nicht viele berufen sind, so läßt man's auf sich bewenden und schreibt ihren Bemühungen einigen Werth zu, welches niemanden zu verdenken ist.« Goethes Gegner in der Farbenlehre, Christian Ernst Wünsch (1744–1828), war Professor der Mathematik und Physik an der Universität Frankfurt; seinen »kricklichen« Kleinigkeitsgeist verspottet das Xenion »So erhaben, so groß...« (W. 5, 231); seine »grilligen« Theorien, die namentlich in seinen »Versuchen und Beobachtungen über die Farben des Lichts« zum Ausdruck kommen, das Xenion: »Gelbroth und Grün...« (W. 5, 230).

568. Gerichtet gegen den »wunderlichen Wahn«, gegen den sich Goethe auch im Aufsatz »Das Sehen in subjectiver Hinsicht, von Purkinje« wendet, der sich »gerade im Physischen eingeschlichen hat, daß man alles mit eigenen Augen sehen müsse« (W. II, 11, 271). Dem wahren Forscher gilt *ein* Fall für tausend Fälle (vgl. 558).

569. vgl. 199. 558.

570. vgl. 568 und 220. 593. 1224.

571. Eine Handschrift enthält, von 571 durch Briefkonzept getrennt, wahrscheinlich aber dazugehörig: »das allein ist unendl die Spezificirung letztere ist die Reproduction und Symbolisirung der ersten und weil nun das eine spezificirt sich findet, indem ein anderes sich eint, sind wieder neue Bedingungen« [bricht ab]. Goethes Begriff der Metamorphose, der dynamischen Polarität (Systole-Diastole) und mobilen Identität liegt zugrunde. – Vgl. 554. 572.

573. Goethe hat ein Schema entworfen: »In Sachen der Physik *contra* Physik, *familiae eriscundae*«, worin dem Mathematiker und dem Chemiker (Physiker) die jedem zukommenden Wissensgebiete zugeteilt werden (W. II, 11, 311; Tagebuch 16. Apr., 19. Juli 1819; an Lindenau, 31. März 1819). Vgl. 1282. Die mathematische Behandlung der Physik, genauer: der Optik, wird ihm zum schwersten Ärgernis; er wird nicht müde, auf alle Art dagegen zu polemisieren. Vgl. 707. 710. 1277–1283. 1286.

574. Was dieser »kategorische Imperativ« fordert, erhellt wohl aus dem Schluß von 610.
575. vgl. 434. 565.
577. vgl. 434. 768.
578. Vgl. 1165 und Goethes Brief an Zelter vom 23.–29. März 1827: »... die Natur und Aristoteles würden mein Augenmerk sein. Es ist über alle Begriffe, was dieser Mann erblickte, sah, schaute, bemerkte, beobachtete.«
579. Unter Hypothese (vgl. 1222) versteht Goethe eine »übereilte Synthese«. Die Synthese steht gleichberechtigt neben der Analyse: »denn nur beide zusammen, wie Aus- und Einathmen, machen das Leben der Wissenschaft« (W. II, 11, 70), und so hat selbst die »übereilte« Synthese, die Hypothese, relative Berechtigung, vgl. 581. 1222. Zum Schluß vgl. 281. 944.
581. Vgl. zu 579. Sogar: »Eine falsche Hypothese ist besser als gar keine; denn daß sie falsch ist, ist gar kein Schade; aber wenn sie sich befestigt, wenn sie allgemein angenommen, zu einer Art von Glaubensbekenntniß wird, ... dieß ist eigentlich das Unheil woran Jahrhunderte leiden« (im Aufsatz »Analyse und Synthese«, W. II, 11, 70). An Herder, 13. Jan. 1787: »Du kennst mich Hypothesen-Auflöser und Hypothesen-Macher.«
584. »bepaalt«: »denn indem er einige allgemeine Begriffe hingepfahlt« (W. 28, 70); im Griechischen »wird eigentlich durch das Wort nichts bestimmt, bepfählt und festgesetzt« (W. II, 3, 202).
585. vgl. 1234. 1236. 1237.
592. »Der Wahn hat, so lange er dauert, eine unüberwindliche Wahrheit« (W. 24, 335).
593. vgl. 220. 570.
594. vgl. 720. 886. 887. Zweifel an der Existenz der Welt und der Wirklichkeit der Dinge hatte der Philosoph George Berkeley (1684–1753) geäußert.
596. Vgl. 895. »Durchaus aber bleibt ein Hauptkennzeichen, woran das Wahre vom Blendwerk am sichersten zu unterscheiden ist: jenes wirkt immer fruchtbar und begünstigt den der es besitzt und hegt; dahingegen das Falsche an und für sich todt und fruchtlos daliegt...« (W. II, 11, 264). Umgekehrt: »Was fruchtbar ist, allein ist wahr« (W. 3, 83).
597. vgl. 533. 1201. 1237. 1238.
599. »das Lebendige«: das noch im Werden Begriffene. Geognosie: vgl. 1274: Kritik an einem geognostischen Buch. Vgl. 555. 601.
600. vgl. 554.
601. vgl. 555.
604. »Wanderjahre«: »Wegen der Majorität haben wir ganz eigne Ge-

danken; wir lassen sie freilich gelten im nothwendigen Weltlauf, im höhern Sinne haben wir aber nicht viel Zutrauen auf sie« (W. 25^1, 213). Vgl. 704. 1398.

605–610 zusammengehörig; vgl. 710. 711.

605. vgl. 511.

606. Zu Müller, 16. Dez. 1812: »Die Astronomie ist mir deßwegen so werth, weil sie die einzige aller Wissenschaften ist, die auf allgemein anerkannten, unbestreitbaren Basen ruht, mithin mit voller Sicherheit immer weiter durch die Unendlichkeit fortschreitet.«

607. »Wahrheitsgefühl«: vgl. 562. Die Exaktheit der Mathematik ist nur formal; ihre Schlußfolgerungen sind, wie Kant gezeigt hat, nur analytisch, nicht synthetisch. Goethe zu Müller 18. Juni 1826: »Die Mathematik steht ganz falsch im Rufe, untrügliche Schlüsse zu liefern. Ihre ganze Sicherheit ist weiter nichts als Identität. Zweimal zwei ist nicht vier, sondern es ist eben zweimal zwei, und das nennen wir abkürzend vier. Vier ist aber durchaus nichts Neues.«

608. vgl. 1392.

609. Joseph Louis Lagrange (1736–1812), italienischer Mathematiker (Theorie der Bewegung der Jupitertrabanten); zwanzig Jahre Präsident der Akademie der Wissenschaften in Berlin, zuletzt in Paris. Goethe kommt auf seine Geisteskraft und Klarheit auch Nr. 1287 (vgl. 610) zu sprechen.

610. vgl. 1287.

611. Scheint durch den Brief Ciccolinis an F. X. von Zach (vgl. 1287) hervorgerufen zu sein: W. II, 11, 91.

614. vgl. 533. 1201.

616. Aus den »Wanderjahren«, 2. Buch, Kap. 9: »Hier aber, versetzte Wilhelm, sind so viele widersprechende Meinungen, und man sagt ja die Wahrheit liege in der Mitte. – Keineswegs! erwiderte Montan: in der Mitte bleibt das Problem liegen, unerforschlich vielleicht, vielleicht auch zugänglich, wenn man es darnach anfängt« (W. 25^1, 29). Vgl. 1273.

617–798
AUS WILHELM MEISTERS WANDERJAHREN
1829
(»Aus Makariens Archiv«)

617. Ähnlich zu Riemer, Teplitz August 1810: »Es verräth keiner dem andern die Handgriffe einer Kunst oder eines Handwerks, geschweige denn die vom Leben.« Vgl. 483.

618. Kontamination zweier Bibelsprüche: »Unser Leben währet siebenzig Jahre« (Psalm 89, 10) und »Denn dieser Welt Weisheit ist Tor-

heit bei Gott« (1. Kor. 3, 19). Den Salomonischen Ausspruch, daß »alles eitel« sei, bekämpft Goethe in der »Zahmen Xenie«: »Du irrest, Salomon!« (W. 3, 280), und mit Berufung auf Spinoza in der Einleitung zu Buch 16 von »Dichtung und Wahrheit« (W. 29, 10).
619. Vgl. 466. »Versuch einer Witterungslehre«: »Das Wahre, mit dem Göttlichen identisch, läßt sich niemals von uns direct erkennen, wir schauen es nur im Abglanz, im Beispiel, Symbol, in einzelnen und verwandten Erscheinungen; wir werden es gewahr als unbegreifliches Leben und können dem Wunsch nicht entsagen, es dennoch zu begreifen« (W. II, 12, 74).
620. Dem »Lehrbrief« in »Wilhelm Meisters Lehrjahren« (7. Buch, 9. Kap.) entnommen, der mit den Worten schließt: »Des echten Künstlers Lehre schließt den Sinn auf; denn wo die Worte fehlen, spricht die That. Der echte Schüler lernt« u.s.w.
621–632. (An 632 schließt sich in einer der Handschriften an: »Und so machen es auch die Walcker«) Übersetzung aus der Schrift des griechischen Arztes Hippokrates »*περὶ διαίτης*« *τὸ πρῶτον* (über die richtige Lebensweise«, 1. Buch, 11. Kap.). – An Meyer, 3. Jan. 1796: »Ich habe auch diese Zeit die berühmte Abhandlung des Hippokrates: de aëre aquis et locis gelesen«; derselben Zeit wird die Lektüre der Schrift *περὶ διαίτης* angehören. Den ersten Satz von 621 setzt Goethe in griechischer und lateinischer Fassung als Leitspruch vor die »italiänischen Collectaneen«, die er 1795/1796 als Vorbereitung zur zweiten Reise nach Italien angelegt hat (W. 34^2, 149). Über die Beziehung der Reihe zu Wilhelm Meisters »Lehrbrief« vgl. Heckers Einleitung.
633–644 zusammengehörig als Rede (633–641) und Gegenrede (642–644).
633–641. Übertragung aus dem Werk des Philosophen Plotin (204–270 n. Chr.), Enneade V, Buch 8, Kap. 1, jedoch nicht nach dem Original, sondern nach lateinischer Übersetzung. Goethe beschäftigte sich damit Ende August 1805 in Lauchstädt (vgl. an Wolf, 29. August 1805, an Zelter, 1. September 1805). Seine Verdeutschung schickte er am 1. September 1805 an Zelter: »Sie erhalten hierbey die Übersetzung einer Übersetzung. Sobald ich sie nach dem Original revidiren kann, werden die Worte freylich ganz anders klingen.« Das Original hatte er sich bereits am 29. August von Friedrich August Wolf erbeten. Auch an Wolf ist eine Übersetzung gelangt. Plotin, der Systematiker des Neuplatonismus, setzt das Wesen der »Seele« in eine Summe substantiell in ihr vereinigter Teilkräfte, die er *λόγοι* nennt. Diese *λόγοι* sind es, die, aus der Seele hervortretend, die Materie ergreifen, um sie zu formen, wobei sie jedoch durch die Ungunst des Stoffes manche Hemmung erleiden, so daß die beabsichtigte Wirkung, die reine Schönheit,

nicht erzielt werden kann. Aber die λόγοι sind nicht nur das *formende* Prinzip: sie sind zugleich auch Form, Muster, Urbild, platonische Idee, so daß sich in der Welt der Kunst wiederholt, was für die ganze Natur gilt, die *durch* und *nach* der Urvernunft wirkt. Diese mystische Einheit des Formenden und der höheren Form verwirft Goethe (642). S. die Plotin-Übersetzung R. Harders, Hamburg 1956ff. (Meiners Philos. Bibliothek). Über Goethes Beschäftigung mit Plotin: F. Koch, G. und Plotin, Leipzig 1925, und Grumach, G. und die Antike, 2 Bde., Berlin 1949, 815–821.

642. 643. An Zelter, 1. September 1805, in dem Brief, zu welchem 633–641 Beilage: »Besonders dicktire ich eben etwas über die angestrichne Stelle des alten Mystikers.« Gemeint ist 639, wozu 642. 643 die Widerlegung bietet.

646–650. Zusammengehörig. Veranlaßt durch das Buch (»Cours d'histoire de la philosophie morale au 18e siècle« (1827) des französischen Philosophen und Politikers Victor Cousin (vgl. Erläuterung zu 666). Im Gegensatz zu dem Sensualismus Condillacs, für den Metaphysik »nichts anderes als Zergliederung der Sinnesempfindungen« war, stellte Cousin sein »eklektisches« System auf mit dem Grundsatz: »Die Systeme sind wahr in dem, was sie behaupten, falsch in dem, was sie leugnen«, und suchte die Metaphysik auf die Psychologie zu gründen. Über seine Unterhaltung mit Goethe am 20. Okt. 1817 und 28. April 1825 hat Cousin in seinen »Fragments et souvenirs« berichtet.

648. Zu Müller, 16. Juli 1827: »Cousin hat mir nichts Widerstrebendes, aber er begreift nicht, daß es wohl eklektische Philosophen, aber keine eklektische Philosophie geben kann.«

649. Ein solcher Eklektiker ist Goethe selbst. »Versenkt er sich in die Natur als Ganzes, so glauben wir Spinoza zu hören; betrachtet er den Menschen als Einzelwesen, so fühlen wir uns an Leibniz und Schelling erinnert [391], entschließt er sich, die sittlichen Probleme praktisch zu beurteilen, so erkennen wir den Zeitgenossen und Verehrer von Kant« (Harnack, Goethe in der Epoche seiner Vollendung).

651. 652. Veranlaßt vermutlich durch Barthold Georg Niebuhrs »Römische Geschichte«, der Goethe in einem vom 8. Febr. 1827 datierten Aufsatz (»Römische Geschichte von Niebuhr«) seine Anerkennung zollte (W. 42^2, 78). Schon am 8. Aug. 1812 hatte Niebuhr an Goethe geschrieben: »... ich habe jetzt die römische Geschichte mit dem Gefühl eines Zeitgenossen geschrieben, und anders sollte man wohl keine verflossene Geschichte schreiben.« Goethes Meinung ist das nicht (vgl. 295); er sieht hier gewissermaßen zum Prinzip erhoben, was er im »Faust« ironisiert hatte: »... Das ist im Grund der Herren eigner

Geist, In dem die Zeiten sich bespiegeln« (W. 14, 35). Seine Geistesanlage drängt ihn zur *rein* historischen, d. h. treu objektiven Auffassung, und *er* ist denn auch dazu gelangt, sich selbst geschichtlich zu erscheinen (an Humboldt, 1. Dez. 1831). Daß er daher mit niemandem mehr »controvertiren« (diese Form auch sonst: an Schubarth, 9. Juli 1820; an Zelter, 31. Dez. 1829) möge: »Ich bin fast nicht mehr communicabel nach außen« (Unterhaltungen mit Müller, 4. April 1825). Zum Schlußsatz von Nr. 651: Sogar der Chronikenschreiber, der sich doch im Gegensatz zum Historiker auf bloßes Registrieren beschränkt, kann seine Individualität nicht vollkommen ausschalten, so daß die Besonderheiten der Zeit und Umgebung nur angedeutet werden. Auf »deutet« ist der Ton zu legen.

653–666. Zusammengehörig.

654. Darauf spielt Goethe auch in der »Italiänischen Reise« an: »Plato wollte keinen *ἀγεωμέτρητον* in seiner Schule leiden« (W. 32, 106). Der dem Pythagoras zugeschriebene Satz: »Kein der Geometrie Unkundiger trete hier ein!« soll über dem Eingang zu Platons Akademie gestanden haben.

656. ›Potentia et actu‹: nach (innerer) Möglichkeit und (äußerer) Verwirklichung (Begriffspaar der aristotelisch-scholastischen Philosophie).

657. 658. Aus der gesunden Richtung der Griechen auf »Leben und That«, wie sie 658 geschildert wird, folgert Goethe, daß das *γνῶθι σεαυτόν* (»Erkenne dich selbst!«) am Delphischen Apollotempel nicht als Aufforderung zu leerer Spekulation und selbstquälerischer Vertiefung ins Ich gemeint gewesen sein könne. Seinem eigenen kräftigen Sinn widerspricht diese Auslegung; sie hat ihm den Spruch selbst verdächtig zu machen verstanden, da er doch »*gesundes* Hineinblicken in sich selbst« als seltene Gabe zu schätzen weiß (W II, 11, 271). Vgl. 442. 663 und die Sprüche: »Erkenne dich! – Was soll das heißen?...«, »Niemand wird sich selber kennen...«, sowie den Aufsatz »Bedeutende Fördernis durch ein einziges geistreiches Wort«, und das Gespräch mit v. Müller am 8. 3. 1824. – »Heautontimorumenen«: nach dem Titel eines Lustspiels des griechischen Dichters Menander: »Heautontimorumenos« (»Der Selbstquäler«), in lateinischer Nachdichtung des Terenz überliefert.

659. vgl. 762.

661. vgl. 1039.

662. vgl. 1037.

663. Zum Eingang vgl. 657. 658; eine unübertroffene Kontrastierung des Plato und Aristoteles und eine Schilderung ihres Einflusses auf die Folgezeit in der »Geschichte der Farbenlehre« (W. II, 3, 141).

666. Aus den Vorarbeiten zum Aufsatz »Analyse und Synthese« (W. II, 11, 68). Hier heißt es: »Herr Victor Cousin [vgl. Erläuterung zu 646ff.]... rühmt das achtzehnte Jahrhundert vorzüglich deßhalb, daß es sich in Behandlung der Wissenschaften besonders der Analyse ergeben, ... es haben die Freunde und Bekenner der Wissenschaften auf's genaueste zu beachten, daß man versäumt, die falschen Synthesen... zu prüfen, zu entwickeln, in's Klare zu setzen...« Goethe zielt natürlich auf Probleme der Optik; vgl. 1217.

667–673 zusammengehörig.

667. Vgl. Goethes späten Vierzeiler: »Wer Wissenschaft und Kunst besitzt/Hat auch Religion...«

668–670. Wie in der Reformation die Einbildungskraft sich zu beschränken gesucht, wird in einer Betrachtung »über die Differenz der katholischen und protestantischen Religion«, Tagebuch, 7. Sept. 1807, ausgeführt. Von jener heißt es: »Ihr Gott steht auch im Hintergrunde, aber als Glorie von gleichen, ähnlichen und subordinirten Göttern, so daß ihr Himmel ganz reich und voll ist«; von dieser: »der Himmel ist leer«.

672. vgl. 335. 373.

673. Veranlaßt durch das Buch des Jenaer Theologen Joh. Danz: »Lehrbuch der neueren christlichen Kirchengeschichte« (1826), zu dem Goethe eine Rezension plante. In den Entwürfen zu dieser die Maximen 673–676 (mit geringen Abweichungen).

677. Vgl. 521; welcher Art die Prüfungen sein können, ergibt sich aus dem Brief an Zelter, 3. Juli 1825: es ist die Notwendigkeit, das, was man gepflanzt und gepflegt hat, vor dem Tode untergehen zu sehen: »Dies ist eine der großen Prüfungen die dem Langlebenden zugedacht ist.« Ähnlich W. II, 11, 303: »Die Nachtheile eines langen Lebens sind gar mannichfaltig, wir sehen indem wir selbst dahin gehen, [nicht nur] alles an und mit uns eilig hinwegfliegen, sondern wir sehen auch sogar zerstört, was vor unsern Augen gebaut wurde, die Bäume niedergehauen, die wir gepflanzt hatten, alles scheint darauf eingerichtet, daß der Begriff des Bestehenden völlig aufgehoben werde.« »Zahme Xenie«: »Den hochbestandnen Föhrenwald« und »Ein alter Mann ist stets ein König Lear!« (W. 3, 232). Derselben Überzeugung dient der oft gebrauchte Satz: »Lange leben heißt viele überleben« (an Schlosser, 17. Mai 1819; an Auguste Stolberg, 17. April 1823; an Zelter, 19. März 1827), nach dem französischen: »C'est vivre trop longtemps que de survivre à ses amis.«

679. 680. Nach 680 folgt in einer Diktathandschrift:

»Wir erinnern uns gar wohl der Jahre, wo sich niemand unterstehen durfte, von geheimen umherschleichenden Umtrieben zu reden, ge-

rade zu der Zeit da sie das Vaterland unterminirten; wir wissen auch recht gut, wer diese Censur ausübte und welcher Vortheile man sich dabey bediente. So übt schon seit zwanzig Jahren die physiko-mathematische Gilde gegen meine Farbenlehre ihr Verbotsrecht aus; sie verschreien solche in Collegien und wo nicht sonst; davon wissen mir jetzo Männer über dreyßig Jahre genugsam zu erzählen und sie haben nicht Unrecht. Der Besitz, in dem sie sich stark fühlen, wird durch meine Farbenlehre bedroht, welche in diesem Sinne revolutionair genannt werden kann, wogegen jene Aristokratie sich zu wehren alle Ursache hat. Dornburg d. 22. Aug. 28.«
Goethes Abscheu vor der Preßfreiheit ist bekannt (W. 3, 255); vgl. 972.
973. Durch Bundesbeschluß war am 20. Sept. 1819 gegen die liberalen Bestrebungen über ganz Deutschland die Zensur verhängt worden.
681. Oktober, November 1821 – »Zahme Xenie«: ›Wirst nicht bei jedem Wanderschritt Wie sonst wohl angezogen‹. Ich bringe den Betrug nicht mit, Drum werd' ich nicht betrogen« (W. 5, 90).
682–684. Für den zweiten Teil des »Lehrbriefs« in Aussicht genommen?
682. »Wir brauchen«: nicht »nötig haben«, sondern: »benutzen, gebrauchen, haben«. So auch in einer Handschrift statt »Wir brauchen«: »Wir haben«.
684. Goethes Straßburger juristische Doktor-Thesen (1771) enthalten den Satz, der einer Empfehlung zur Beibehaltung der Todesstrafe gleichkommt: *»Poenae capitales non abrogandae.«*
686. Für den zweiten Teil des »Lehrbriefs« bestimmt? Vgl. 207.
688. Für die zweite Hälfte des »Lehrbriefs« bestimmt? An Herrmann, 6. Febr. 1770: »Über große Leute sollte Niemand reden, als wer so groß ist wie sie, um sie übersehen zu können.« An Reich, 20. Febr. 1770: »... denn sogar loben soll man einen großen Mann nicht, wenn man nicht so gros ist wie er.«
689. Vgl. 415. Entnommen den Vorarbeiten zu dem Aufsatz: »Plato als Mitgenosse einer christlichen Offenbarung«, der seinerseits veranlaßt wurde durch die Stolbergische Übersetzung des »Ion« im ersten Band der »Auserlesenen Gespräche des Platon«. An Schiller, 21./25. November 1795, an Humboldt, 3. Dezember 1795.
690. Entnommen der »Flüchtigen Übersicht über die Kunst in Deutschland« im Aufsatz »Die Preisaufgabe [1800] betreffend« und gerichtet gegen die Berliner Kunst (W. 48, 23). Schadows Polemik gegen diesen Aufsatz, genauer: gegen die Maxime 690 im Verein mit einigen anderen Sätzen, rief die in 1064–1096 (vgl. dort die Erläuterung) vereinigten Gegenäußerungen Goethes hervor.

690. schloß in Goethes Aufsatz an den Passus »In Berlin... das allgemein Menschliche durchs Vaterländische verdrängt« an.
696. Zum Aperçu vgl. die Erläuterung zu 416. 562.
697–699. vgl. 555. Montan in den »Wanderjahren«: »Was nützt, ist nur ein Theil des Bedeutenden. Um einen Gegenstand ganz zu besitzen, zu beherrschen, muß man ihn um sein selbst willen studiren« (W. 24, 49).
699. Über »Präokkupation« (unrechtmäßige Vorwegnahme) vgl. Goethes Aufsatz: »Meteore des literarischen Himmels«.
704. »Geselle dich zur kleinsten Schaar!« rät das Gedicht »Vermächtniß« (W. 3, 83). So hat es Goethe selbst gehalten. Aus einem Gespräch mit ihm vom 18. Dez. 1823 berichtet der Kanzler von Müller: »Goethen sei die populäre Philosophie stets widerlich gewesen, daher habe er sich leichter zur Kantischen hingeneigt, die jene vernichtet habe.« Und mit Bezug auf seine neptunistische Überzeugung äußerte Goethe zu Müller, 6. März 1828: »Ich finde immer mehr, daß man es mit der Minorität, die stets die gescheitere ist, halten muß.« Vgl. 604.
705. »stereometrisch«: geformt – in ihrer Körperlichkeit abgemessen *und* meßbar. »gründlich«: von Grund auf *und* grundlegend.
706–709. Entnommen der Beilage zum Brief an Zelter vom 22. Juni 1808. Am 20. April 1808 hatte Goethe gefragt: »Woher kommt wohl die so allgemeine Tendenz nach den Molltönen, die man sogar bis in die Polonaise spürt?« Zelter, in seinem am 6. April begonnenen, am 2. Mai beendeten Brief spricht zunächst von der Entstehung der Molltonart durch den Ersatz der großen durch die kleine Terz; er fährt fort: »Unsere heutige diatonische (natürliche) Tonleiter entspringt aus der Theilung der Saite. Theilt man diese in die Hälfte so entsteht die Octave; ... theilt man sie in fünf Theile, so entsteht die große Terz. Man mag aber die Saite in so viele Theile theilen als man will, so entsteht niemals eine *kleine* Terz... Demnach ist diese kleine Terz kein unmittelbares donum der Natur...« Hiergegen wendet sich Goethe, indem er den einzelnen Sätzen Zelters seine Anschauung gegenüberstellt. Zur Widerlegung des Satzes: »Man mag aber die Saite in so viele Theile theilen« u.s.w. dient 709, dem in zwei Handschriften noch folgt: »Man müßte auf ein Experiment ausgehen, wodurch man die Moll Töne gleichfalls als ursprünglich darstellen könnte«; 706–709 geben am Schluß die Quintessenz: da das gesunde Ohr des Menschen die Molltonart als harmonisch auffaßt, so ist die kleine Terz, auf der die Molltonart beruht, ebenso ein »donum der Natur« wie die große, ganz gleichgültig, ob sie physikalisch-experimentell dazustellen ist. Noch 1831 wird Goethe durch den wiedergelesenen Brief des Freundes zu der gleichen Äußerung veranlaßt; an Zelter, 31. März: »Wahrhaftig, eine

Darm- und Drahtsaite steht nicht so hoch, daß ihr die Natur allein ausschließlich ihre Harmonien anvertrauen sollte. Da ist der Mensch mehr werth, und dem Menschen hat die Natur die kleine Terz verliehen, um das Unnennbare, Sehnsüchtige mit dem innigsten Behagen ausdrükken zu können. Der Mensch gehört mit zur Natur, und Er ist es, der die zartesten Bezüge der sämmtlichen elementaren Erscheinungen in sich aufzunehmen, zu regeln und zu modificiren weiß.« Vgl. 1062. 1063. Bei der Aufnahme von 706–709 in »Makariens Archiv« (Wanderjahre) hat Goethe wohl kaum mehr die ursprüngliche Beziehung auf akustische Verhältnisse im Auge gehabt, sondern die Anwendbarkeit auf die Optik: er selbst beschränkt sich auf das, was ihn die gesunden Sinne lehren, Newton verkünstelt das einfache Phänomen durch schwierige Experimente. Vgl. 115. 573.

710. 711. Vgl. 573. 605–610. 1277. 1280. Schon vom 19. Febr. 1818 stammt das Gedicht des »Divans«: »Die Jahre nahmen dir, du sagst, so vieles« mit dem Schlusse: »Mir bleibt genug! Es bleibt Idee und Liebe!« (W. 6, 83).

712. Ursprünglicher Zusammenhang wie bei 463: Ausspruch des »Astronomen« der »Wanderjahre«, mitgeteilt in einem Brief Wilhelm Meisters an Natalie. Voran geht 616 im Entwurf zu den »Betrachtungen im Sinne der Wanderer«, und statt »›Wer weiß etwas von Elektricität‹, sagte ein heiterer Naturforscher« heißt es dort: »Jener [der Astronom] ist es, der das Vorstehende [616] aussprach und da er sich auch wohl erlaubt in so guter Gesellschaft humoristisch zu seyn, fügt er hinzu: wer weis etwas von Elektricität« u.s.w. Der »heitere Naturforscher« ist Lichtenberg.

713. 714. In einer Handschrift der Entwurf: »Geistreicher Mann scherzt, später lag ein Problem verborgen. Unsichtbare Planeten.« – Vgl. 1368. Ursprünglich Ausspruch des »Astronomen«; daher heißt es im Entwurf statt: »Lichtenbergs Schriften können wir«: »Er [der Astronom] schätzt Lichtenbergen sehr hoch, ob er gleich alles ernster nimmt; seinen Schriften können wir«. Von den Asteroiden zwischen Mars und Jupiter sagt Goethe schon 1825 im »Versuch einer Witterungslehre«: »Von dem frühsten Unterricht meiner Lehrjahre bis auf die neuern Zeiten erinnere ich mich gar wohl, daß der große und unproportionirte Raum zwischen Mars und Jupiter jedermann auffallend gewesen und zu gar mancherlei Auslegungen Gelegenheit gegeben. Man sehe unseres herrlichen Kants Bemühungen, sich über dieses Phänomen einigermaßen zu beruhigen. Hier lag also ein Problem, man darf sagen, am Tage; denn der Tag selbst verbarg, daß sich hier mehrere kleine Gestirne um sich selbst bewegten und die Stelle eines größeren, dem Raum angehörigen Gestirns auf die wundersamste Weise

eingenommen hatten.« (W. II, 12, 108). Bezugspunkt ist Kants »Allgemeine Naturgeschichte und Theorie des Himmels«. Zu Goethes Lebzeiten wurden vier Asteroiden entdeckt: Ceres und Pallas, 1801–1802, Juno 1804, Vesta 1807. Vgl. die Worte des Sterndeuters in Goethes »Maskenzug zum 30. Jan. 1809«.

716. Vgl. 1208. »Das Urbedingende«: das Urphänomen, vgl. 412. »obruirt«: überhäuft, überdeckt.

717. 718. Zusammengehörig als Rede und Gegenrede.

717. Quelle unbekannt. Die »Schönheit« der Bergwelt wurde erst durch Werke wie Rousseaus »Nouvelle Héloise« (1759) und Hallers »Alpen« bewußt dem Topos der Unzugänglichkeit, Wildheit etc. entgegengesetzt. – Johann Gottfried Schnabels »Wunderliche Fata einiger Seefahrer, absonderlich Alberti Julii eines gebornen Sachsens und seiner auf der Insel Felsenburg zu Stande gebrachten Kolonien« (1731–43), eine Robinsonade, in »Dichtung und Wahrheit« unter den Volksbüchern aufgeführt, die Goethe als Knabe gelesen (W. 26, 50), erschien 1827 in neuer Bearbeitung durch Tieck; das Tagebuch erwähnt »die wieder aufgefrischte Insel Felsenburg« 19. bis 24. Febr. 1829. Hiernach bestimmt sich die Entstehungszeit von 717. 718.

719. 720. Dazu ein schematischer Entwurf: »Steine stumme Lehrer Was man von ihnen lernt ist nicht mitzutheilen« und: »Was ich weis weis ich mir selbst Ausgesprochnes, widersprochnes Wort«. Es ist das Schema zu Gesprächen Wilhelm Meisters mit Montan, »Wanderjahre« Buch 2, Kapitel 9. Für den Roman ist dieses Schema anders ausgeführt worden als in 719. 720; es heißt da: »Da wirst du also, versetzte der Wanderer, als ein Hocherfahrner nunmehr freigebiger sein mit Aufklärung und Unterricht als du es gegen mich warst auf jenen Berg- und Felsklippen. – Keineswegs! erwiderte Montan, die Gebirge sind stumme Meister und machen schweigsame Schüler« (W. 25^1, 26) [719] und: »Ich habe mich durchaus überzeugt, das Liebste, und das sind doch unsre Überzeugungen, muß jeder im tiefsten Ernst bei sich selbst bewahren, jeder weiß nur für sich was er weiß und das muß er geheim halten; wie er es ausspricht, sogleich ist der Widerspruch rege, und wie er sich in Streit einläßt, kommt er in sich selbst aus dem Gleichgewicht und sein Bestes wird, wo nicht vernichtet, doch gestört« (W. 25^1, 30) [720]. Zu 719 vgl. den Aufsatz »Über den Granit« (1784), zu 720 vgl. 9. 594. 595. 891. Vielleicht Lukian als Quelle: »Ich hasse den Sophisten, der sich selbst nicht weise ist.« (Schutzrede für das Sendschreiben ...).

721. »isomorphisch«: gestaltgleich. – Vgl. 1261.

724. Das erfuhr Goethe z. B. als er, Nov. 1792, im Jacobischen Kreise zu Pempelfort seine morphologischen Gedanken entwickelte. Da mußte er bemerken, »daß die starre Vorstellungsart, nichts könne

werden als was schon sei, sich aller Geister bemächtigt habe... Die Einschachtelungslehre schien so plausibel...« (W. 33, 197). Vgl. 555. Die Einschachtelungs- oder Praeformationslehre ist von dem Schweizer Naturforscher und Philosophen Charles Bonnet (1720–93) entwickelt, von Goethe mit seiner Metamorphosenlehre durchbrochen worden; sie besagt, daß jede neue Pflanze im Samen der vorhergehenden ›eingeschachtelt‹ vorhanden gewesen sei, die ganze Gattung mit ihren zahllosen Einzelwesen im Samen der allerersten Stammpflanze, und so bei den Tieren. Diese Lehre, daß nichts werden könne, was nicht schon vorhanden war, hat Goethe mit seiner Lehre von der Bildung und Umbildung durchbrochen.

726. vgl. 800.

729. In einer Handschrift hieß es zuerst: »im Stande ist«. Ein zweiter Absatz schloß sich an:

»Eine solche Witwe ist in höchsten Ehren und es war schon der Vorschlag ob man solche nicht für fähig erklären solle in die Zahl der aufzurufenden Gerichtspersonen aufgenommen zu werden? Vielleicht könnten auch solche Hausfrauen, welche ganz erweislich, die eine Hälfte des Haushaltes vollkommen berathen, eines gleichen Rechtes bey Lebzeiten ihrer Männer theilhaft werden? und was dergleichen mehr seyn dürfte.«

Die Maxime und dieser »Kontext« waren ursprünglich für das 11. Kap. des 3. Buches der »Wanderjahre« vorgesehen (Gespräch zwischen Wilhelm und Friedrich).

732. Entnommen einer von Goethe ungedruckt gelassenen Betrachtung über die von L. J. Rhesa in Königsberg herausgegebene Sammlung litauischer Volkslieder »Dainos«, die er am 31. Okt. 1825 erhalten hatte: »Es kommt mir, bey stiller Betrachtung, sehr oft wundersam vor, daß man die Volkslieder so sehr anstaunt und sie so hoch erhebt. Es giebt nur eine Poesie, die ächte, wahre; alles andere ist nur Annäherung und Schein. Das poetische Talent ist dem Bauer so gut gegeben als dem Ritter, es kommt nur darauf an, ob jeder seinen Zustand ergreift und ihn nach Würden behandelt, und da haben denn die einfachsten Verhältnisse die größten Vortheile...« (W. 42^1, 307). Zu Eckermann, 31. Jan. 1827: »Ich sehe immer mehr, daß die Poesie ein Gemeingut der Menschheit ist.« Herders alte Lehre: »daß die Dichtkunst überhaupt eine Welt und Völkergabe sei, nicht ein Privat-Erbtheil einiger feinen gebildeten Männer« (W. 27, 313). Vgl. 514. 515.

733. »Passionen«: Leidensgeschichten. Quelle nicht ermittelt.

734–741. Zusammengehörig.

736. 737. Berühmte Vortragskünstler der Zeit: Ludwig Tieck, Karl

Immermann. Vom 5. Febr. bis 18. März 1828 hielt Karl Eduard v. Holtei in Weimar seine Rezitationen.

738. »Das imposante Fremde«: Shakespeare; »das bis zum Unwahren gesteigerte Talent«: Calderon. Beide Dichter werden in derselben Weise kontrastiert im Aufsatz über Calderons »Tochter der Luft« (W. 41^1, 351 ff.). Vgl. 560. 740. 741. Goethe inszenierte in Weimar Calderons »Standhaften Prinzen«, »Das Leben ein Traum«, »Die große Zenobia«. Vgl. Fritz Strich, G. und die Weltliteratur, Bern 1946, S. 159–166.

742–760. Zusammengehörig: eine Reihe von Zitaten, entnommen einer Aphorismensammlung, als deren Verfasser Lorenz Sterne (1713–68, Theologe und Dichter; er schrieb unter dem Namen Yorick) galt, die aber von Richard Griffith stammt: »The Koran: or Essays, Sentiments, Characters, and Callimachies of Tria Juncta In Uno.« Goethes Tagebuch erwähnt Lektüre des »Koran« 23./24. März 1828. In der Handschrift haben Anfang und Ende der Reihe gewissenhaft ihre Anführungszeichen; da sie aber im Druck versehentlich nur zu 743 gesetzt sind, so konnte Alfred Hédouin, der zuerst die Herkunft der Sprüche nachwies, seinen Aufsatz (in »Le monde maçonnique« 1863) überschreiben: »Goethe plagiaire de Sterne.« Die Goethische Übersetzung ist im Ganzen wortgetreu; kleine Abweichungen vom Urtext: Nr. 744: statt »betasten« ist genauer »schmecken« (engl.: taste); Nr. 751: »Worte«, genauer »Werke«; Nr. 759: »erreicht man durch Denken«, genauer: »lassen sich lehren«. Fortsetzung der Reihe: 773–798.

743. Koran 2, 108.

744. Koran 2, Nr. 167.

745. Koran 2, Nr. 168.

746. Koran 2, Nr. 155.

747. Koran 2, Nr. 152.

748. Koran 2, Nr. 153. Vgl. 752. 754. 789.

749. Koran 2, Nr. 142›

750. 751. Koran 2, Nr. 128.

752. Koran 2, Nr. 121.

753. Koran 2, Nr. 123.

754. Koran 2, Nr. 114.

755. Koran 2, Nr. 111.

756–759. Koran 2, Nr. 84.

761–767. Zusammengehörig; vielleicht Niederschlag eines Gespräches mit Eckermann vom 31. Jan. 1827.

762. Gespräch mit Eckermann, 31. Jan. 1827: »... im Bedürfniß von etwas Musterhaftem müssen wir immer zu den alten Griechen zurückgehen...« Vgl. 659.

763. Das Gespräch mit Eckermann, 31. Jan. 1827, geht aus von dem chinesischen Roman »Chinese Courtship«, übersetzt von P. P. Thoms (Tagebuch: 31. Jan., 3./4. Febr.). Damals beschäftigte sich Goethe auch mit den »Gedichten hundert schöner Frauen« (W. 41^2, 272ff.); das Jahr 1827 ist der Höhepunkt seiner chinesischen Studien.
765. Vgl. Goethes Überblick über die deutsche Literatur des 18. Jh.s im 7. Buch von »Dichtung und Wahrheit«.
766. Die Ablehnung Friedrichs des Großen in seiner Schrift »De la littérature allemande, des défauts qu'on peut lui reprocher, quelles en sont les causes, et par quels moyens on peut les corriger« (1780) bezog sich u. a. auch auf den »Götz« als Imitation der »degutanten Platitüden« Shakespearescher Stücke. Goethes 1781 begonnene »Erwiderung« ist verschollen.
767. Gespräch mit Eckermann, 31. Jan. 1827: »... die Epoche der Weltliteratur ist an der Zeit...« Einer der Lieblingsgedanken des alten Goethe. Er ist überzeugt, »es bilde sich eine allgemeine Weltliteratur, worin uns Deutschen eine ehrenvolle Rolle vorbehalten ist« (W. 41^2, 265), und verfolgt mit Aufmerksamkeit die Wirkung deutscher Literatur in Frankreich, England, Italien, Rußland. S. das zu Nr. 737 genannte Buch von Fr. Strich.
768. 769. »Grunderfahrungen«: die Urphänomene. Vgl. 412. 434. 563. 577.
770. 771. Montan in den »Wanderjahren«: »... Vielseitigkeit bereitet eigentlich nur das Element vor, worin der Einseitige wirken kann, dem eben jetzt genug Raum gegeben ist... Sich auf Ein Handwerk zu beschränken ist das Beste. Für den geringsten Kopf wird es immer ein Handwerk für den besseren eine Kunst sein...« (W. 24, 50f.). Vgl. 480.
773–797. Zusammengehörig; Fortsetzung zu 742–760. Auch hier noch einige Zitate aus dem »Koran« (790. 791. 795–797), daneben aber auch Stellen aus »Letters of the late Rev. Mr. Laurence Sterne, to his most intimate Friends« (778. 784. 786). Diese Briefe las Goethe Januar 1826; damals verfaßte er, angeregt durch den Ausdruck »ruling passion« im Briefe an Dr. *****, 30. Jan. 1760, den Aufsatz »Lorenz Sterne« (W. 41^2, 252f.). Von den »Letters« geht das Schema zu 773–789 aus, dem eine höchst merkwürdige Beziehung zu den »Wanderjahren« beiwohnt: die »freie« Seele, die 774. 782 dem englischen Dichter zugeschrieben wird, wird kontrastiert mit der »reinen« Seele Nataliens, der »schönen« Seele der Tante. Tagebuch, 6. März 1829: »Einiges über Sterne, wozu gestern Abend mich vorbereitete.«
773. William Warburton, Bischof v. Gloucester (1698–1779), verteidigte in seinem Werk »Divine legation of Moses demonstrated« (1737/41) die Wahrheit biblischer Überlieferung. Sein starrer Dogma-

tismus kontrastiert völlig mit Sternes Skeptizismus, ein Beispiel, welche Gegensätze jene Zeit vereinigen konnte.
776. Mit seines Autors »Haß gegen Ernst« ausgerüstet, tritt der Pfarrer Yorik im 11. Kap. von Sternes Roman »The Life and Opinions of Tristram Shandy, Gentleman« (9 Bde, 1759–67) auf.
778. Sterne an J. H. Stevenson, 1761 (Brief Nr. 17): »... and if God... had not poured forth the spirit of Shandeism into me, which will not suffer me to think two moments upon any grave subject, I would else, just now lay down and die.« Goethe braucht sonst die Form »Schändismus«. An Herder, Mai 1775: »Ich fördre mit innigem Schändismus mit an Lavaters Phisiognomik.«
779. Tagebuch, 29. März 1828 (wenige Tage nach Lektüre des »Koran«): »Mit Ottilien spazieren gefahren, Über den Unterschied der brittischen Nationen und ihrer Charaktere, besonders Charakter der Irländer.«
780. »Sagacität«: Spürsinn; »Penetration«: Kraft der Durchdringung, Scharfsinn.
781. Mancherlei Beispiele dazu in den Briefen, die Sterne auf seiner Reise durch Frankreich schreibt. Im Brief an Zelter, 25. Dez. 1829 rühmt Goethe an Sterne: »diese hohe wohlwollende Ironie, diese Billigkeit bey aller Übersicht, diese Sanftmuth bey aller Widerwärtigkeit, diese Gleichheit bey allem Wechsel...«
784. Sterne an J. H. Stevenson, 1761 (Brief Nr. 17): »I have not managed my miseries like a wise.« In demselben Briefe streift Sterne das Verhältnis zu seiner Frau: »... she declares herself happier without me«; eben dort sagt er von der Welt: »... 'tis in proportion as we retire from the world and see it in its true dimensions, that we despise it.«
786. Sterne an D. Garrick, 19. März 1762: »I cannot bear preaching – I fancy I got a surfeit of it in my younger days.«
788. Quelle? – An Zelter, 29. April 1830, anläßlich des Entschlusses, allem Zeitungslesen zu entsagen (vgl. 970): »Dieses ist von der größten Wichtigkeit: denn genau besehen ist es, von Privatleuten, doch nur eine Philisterey wenn wir demjenigen zuviel Antheil schenken was uns nichts angeht.« Tagebuch 1. Okt. 1830: »Zuletzt [las ich] im Tristram Shandy und bewunderte aber- und abermal die Freyheit, zu der sich Sterne zu seiner Zeit emporgehoben hatte, ... Er war der Erste, der sich und uns aus Pedanterey und Philisterey emporhob.«
789. Quelle? – »Hermann und Dorothea«: »Heilig sei dir der Tag« (W. 50, 266). Vgl. 202. 752.
790. »Zum Teufel mit denen, die unsere Gedanken (und Einsichten) vor uns ausgesprochen haben!« Diesen Ausspruch, der dem römischen Grammatiker Aelius Donatus zugeschrieben wird, fand Goethe in der

Vorrede zum zweiten Teil des »Koran« zitiert. Wie wenig autochthon der Mensch ist, zeigt die »Zahme Xenie«: »Wenn Kindesblick begierig schaut« (W. 3, 366).

791. Koran, Vorrede zum zweiten Teil.

795. Koran 2, Nr. 6.

796. Koran 2, Nr. 13.

797. Koran 2, Nr. 21.

798. Vgl. die »Zahme Xenie«: »Dreihundert Jahre sind vor der Thüre, Und wenn man das alles mit erführe, Erführe man nur in solchen Jahren, Was wir zusammen in dreißig erfahren« (W. 3, 277).

AUS DEM NACHLASS

799–1063
AUS DEM NACHLASS
(Über Literatur und Leben)

799. Ausgehend von 1. Korinther 1, 23: »Wir aber predigen den gekreuzigten Christum, den Juden ein Ärgerniß und den Griechen eine Thorheit«. Vgl. 541.

800. Aus dem Brief an Ernst Meyer (Professor der Botanik in Königsberg, 1791–1858), 26. Juni 1829: »Komm ich noch dazu die Übersetzung mit einigen Bemerkungen herauszugeben, muß man hierüber mäßig und duldsam verfahren und dabey bedenken: daß eine jede Idee immer als ein fremder Gast in die Erscheinung tritt, und, wie sie sich zu realisiren beginnt, kaum von der Phantasie und Phantasterey zu unterscheiden ist.« Vgl. 726.

801. vgl. 263. 264.

802. Riemer notiert in seinem Tagebuch, 30 Mai 1809: »Weiber scheinen keiner Ideen fähig.« Für Goethe liegt die Stärke der Frau auf ethischem Gebiet, nicht auf intellektuellem: »Was die Weiber lieben und hassen...« (W. 5, 99).

804. An Schopenhauer, 28. Jan. 1816: »Idee und Erfahrung werden in der Mitte nie zusammentreffen, zu vereinigen sind sie nur durch Kunst und That.«

806. Zu Eckermann, mit Bezug auf indische Philosophie, 15. Febr. 1829: »Wir sind Sensualisten, so lange wir Kinder sind, Idealisten, wenn wir lieben und in den geliebten Gegenstand Eigenschaften legen, die nicht eigentlich darin sind; die Liebe wankt, wir zweifeln an der Treue und sind Skeptiker, ehe wir es glaubten; der Rest des Lebens ist gleichgültig, wir lassen es gehen, wie es will, und endigen mit dem Quietismus, wie die indischen Philosophen auch.« Mit Förster, anläß-

lich des »Faust«, Ende März 1828[?]: »Faust endet als Greis, und im Greisenalter werden wir Mystiker.« »sich vorfühlen« (Zeile 6): so auch in »Dichtung und Wahrheit« über Zimmermann: »und konnte man ihm nachsehen, daß er sich, seine Persönlichkeit, seine Verdienste sehr lebhaft vorempfand« (W. 28, 335).

807. Aus dem Brief an Jacobi, 6. Jan. 1813: »Ich für mich kann... nicht an einer Denkweise genug haben; als Dichter und Künstler bin ich Polytheist, Pantheist hingegen als Naturforscher... Bedarf ich eines Gottes für meine Persönlichkeit, als sittlicher Mensch, so ist dafür auch schon gesorgt.« Den teleologischen Gottesbeweis, der von der zweckvollen Ordnung der Welt auf einen planenden Schöpfer schließt, hat Kant in der »Kritik der reinen Vernunft« widerlegt. – Bronto- und Niphotheologie: Erkenntnis Gottes im Donner und Schnee (Vgl. Prolog im Himmel. Faust I). Am Schluß Anspielung auf den Aufenthalt des Propheten Elias in der Wüste, 1. Könige 19.

810. Die Maxime ist wörtliches Zitat aus der 1812 erschienenen Schrift »F. W. J. Schellings Denkmal der Schrift von den göttlichen Dingen etc. des Herrn Friedrich Heinrich Jacobi und der ihm in der selben gemachten Beschuldigung eines absichtlichen... Atheismus«. (Schelling, Ausgew. Werke, Darmstadt 1968, S. 634). Vgl. 1304.

811. Wie 810 gerichtet gegen F. H. Jacobi und seine Schrift »Von den göttlichen Dingen und ihrer Offenbarung«, Leipzig 1811, die der Verleger am 7. November 1811 eingesendet hatte. Das Zitat dort wörtlich (s. F. H. Jacobis Werke, Bd. 3, Leipzig 1816, S. 425). Die »Tag- und Jahreshefte« berichten darüber: »Jacobi ›von den göttlichen Dingen‹ machte mir nicht wohl; wie konnte mir das Buch eines so herzlich geliebten Freundes willkommen sein, worin ich die These durchgeführt sehen sollte: die Natur verberge Gott. Mußte, bei meiner reinen, tiefen, angebornen und geübten Anschauungsweise, die mich Gott in der Natur, die Natur in Gott zu sehen unverbrüchlich gelehrt hatte, so daß diese Vorstellungsart den Grund meiner ganzen Existenz machte, mußte nicht ein so seltsamer, einseitig-beschränkter Ausspruch mich dem Geiste nach von dem edelsten Mann, dessen Herz ich verehrend liebte, für ewig entfernen?« (W. 36, 71 f.) An Knebel, 8. April 1812: »Wem es nicht zu Kopfe will, daß Geist und Materie, Seele und Körper, Gedanke und Ausdehnung... die nothwendigen Doppelgredienzien des Universums waren, sind und seyn werden, die beyde gleiche Rechte für sich fordern und deswegen beyde zusammen wohl als Stellvertreter Gottes angesehen werden können, – wer zu dieser Vorstellung sich nicht erheben kann, der hätte das Denken längst aufgeben... sollen.« Noch 1827, bei Betrachtung von »Friedrich Heinrich Jacobi's auserlesenem Briefwechsel«: »Jacobi wußte und wollte gar nichts von

der Natur, ja er sprach deutlich aus: sie verberge ihm seinen Gott« (W. 42^{2}, 85). Anders Goethe selbst: »Fragt man mich, ob es in meiner Natur sei, die Sonne zu verehren, so sage ich: Durchaus! Denn sie ist eine Offenbarung des Höchsten« (zu Eckermann, 11. März 1832). In den Terzinen: »Bei Betrachtung von Schillers Schädel«: »Gott-Natur«, das spinozistische *»Deus sive natura«*.

812. Keplers Ausspruch in lateinischer Fassung: *»Nihil enim est quod scrupulosius examinem quodque adeo scire desiderem: si forte Deum quem in totius Universi contemplatione manibus veluti palpo intra me ipsum etiam invenire possim.«* in seinem Brief an Baron von Stralendorf, 23. Oktober 1613. Goethe fand den Ausspruch auf S. 573 der Folioausgabe der »Epistolae ad Ioannem Kepplerum«, Leipzig 1718, die er am 5. April 1809 von Reichard in Gotha erbeten hatte.

813. vgl. 203.

815. Veranlaßt durch die Lektüre des ersten Buchs Samuel und so wohl ursprünglich auf den Glauben Hannas gemünzt. Nach dem Bericht in »Dichtung und Wahrheit« über die religiösen Anschauungen der Frankfurter Zeit war dem Dichter damals der Glaube »ein großes Gefühl von Sicherheit für die Gegenwart und Zukunft, und diese Sicherheit entspringe aus dem Zutrauen auf ein übergroßes, übermächtiges und unerforschliches Wesen« (W. 28, 270).

816. »Luxe de croyance«: Glaubensluxus, -schwelgerei. Quelle: Madame de Staël, de l'Allemagne, 2. Teil, Kap. 13: »De la poésie allemande (Œuvr. compl., Paris 1838, 2, 73): Presque toutes les opinions vraies ont à suite une erreur; elle se place dans l'imagination comme l'ombre à côté de la réalité: c'est un luxe de croyance qui s'attache d'ordinaire à la religion comme à l'histoire; je ne sais pourquoi l'on dédaignerait d'én faire usage«. Mme de Staël sagt dort anläßlich des Goetheschen »Zauberlehrlings«: »Noch müssen wir einer unerschöpflichen Quelle poetischer Wirkung in Deutschland gedenken: des Umheimlichen. Zauberer und Gespenster gefallen dem Volk wie dem aufgeklärten Menschen... über dies behält der Volksaberglaube... immer Ähnlichkeit mit der herrschenden Religion.«

817. Quelle: Zincgref, »Apophthegmata« (s. o. zu Nr. 283), wo S. 316 von Albrecht Dürer berichtet wird, daß er »sich sehr mit der praedestination und fürsehung Gottes bekümmert«: Zu letzt ist ein mal ein Rechtsgelehrter zu jhm kommen, und hat gesagt: Es were praedestinatio nichts anderst, dann daß Gott weiser und mächtiger were, als wir, und machte mit uns nach seinem gefallen, als die er umb sein selbst, und nicht umb unsert willen geschaffen.«

820. Zincgref (vgl. Erläuterung zu 283) S. 351: »Ein Herr von Ravenstein hat an einem Königlichen Mahl, als er gefragt wurd, was er von

D. Luthero hielte, also gesprochen: Es ist in hundert Jahren einmal ein Christlicher Mensch auffgestanden, den wolte der Papst gern todt haben.«

821. Quelle? Voltaire? Diderot?

822. »Apokrypha«: die apokryphen (untergeschobenen) Bücher der Bibel, die den Kanonischen immer wieder gleichgestellt werden sollten (Echtheitsfrage).

823. Dieser dogmatisch-intellektuelle Charakter der Beichte wird auch in der Ausdeutung der Sakramente im siebten Buch von »Dichtung und Wahrheit« nicht übergangen: »Denn wohl in irdischen Verhältnissen gewöhnen wir uns zuletzt, auf uns selber zu stehen... in himmlischen Dingen dagegen lernen wir nie aus« (W. 27, 121); im Allgemeinen jedoch überwiegt hier und sonst die Auffassung der Beichte als eines Mittels zu innerer Reinigung und sittlicher Auferbauung und veranlaßt in einem Gespräch mit dem jungen Voß im Februar 1805 den Dichter sogar zu dem Ausruf: »Die Ohrenbeichte hätte dem Menschen nie sollen genommen werden.«

824. Vgl. 1181. Ähnlich im Aufsatz »Irrthümer und Wahrheiten von Wilhelm Schulz« (1826): »Dem operosen, unablässig im irdischen Thun und Treiben beschäftigten Engländer muß der streng beobachtete Sonntag höchst willkommen bleiben« (W. 42^2, 67). Über die amerikanische Verteilung von Arbeit und Religionsübung auf Wochentag und Sonntag ausführlich in den »Wanderjahren«, W. 24, 120ff.

825. Weiterbildung eines Sprichworts, das Goethe u. a. im Brief an Boisserée, 3. Okt. 1830, anwendet.

826. Goethe pflegte die Halleschen Missionsberichte zu lesen (Tagebuch 22. Mai 1806; 26. Sept. 1824; 10./11. August 1828). Am 30. Mai 1817 sendet er Knebel Bücher über die englische Mission in Indien. In den »Noten und Abhandlungen zum Divan« rühmt er die christliche Lehre, weil sie nach den größten Verirrungen »sich in ihrer ersten lieblichen Eigenthümlichkeit, als Mission, als Hausgenossen- und Brüderschaft... immer wieder hervorthut« (W. 7, 44).

828. Quelle?

829. vgl. 41.

834. Nero wurde i. J. 68 n. Chr. ermordet. Seine Nachfolger Galba, Otho, Vitellius besetzten und verloren den Thron alle im Jahr 68/69.

835. »Divan«: »Dunkel ist die Nacht; bei Gott ist Licht. Warum hat er uns nicht auch so zugericht?« (W. 6, 126).

837. Vgl. 470. An Wilhelm von Humboldt, 17. März 1832: »Die Organe des Menschen durch Übung, Lehre, Nachdenken, Mißlingen, Förderniß und Widerstand und immer wieder Nachdenken, verknüpfen ohne Bewußtsein in einer freien Thätigkeit das Erworbene mit dem

Angeborenen, so daß es eine Einheit hervorbringt, welche die Welt in Erstaunen setzt.«

838. Auch als Zweizeiler (W. 2, 245): »Eigenheiten, die werden schon haften; Cultivire deine Eigenschaften.« Vgl. 17–20.

839. Goethes ausführliche Erläuterung des Satzes »Der Charakter ist eine psychische Gewohnheit« verzeichnet Riemers Tagebuch, 27. Aug. 1808.

841. Supplemente: Ergänzungen. Natalie in den »Lehrjahren«: »Ich habe immer gesehen, daß unsere Grundsätze nur ein Supplement zu unsern Existenzen sind« (W. 23, 238).

843. In einer Handschrift notiert Goethe als Romanmotiv: »Liebe gegen ein weniger gebildetes, lebhaftes, dünkelhaftes Wesen, dessen Irrthum man liebt.« Vgl. 523.

847. Genauso unter den Vorarbeiten zum 10. Buch von »Dichtung und Wahrheit«, mit dem Zusatz: »Diese Betrachtung auf Herdern anzuwenden« (W. 27, 404). Vgl. 208.

849. Vermutlich dem zweiten römischen Aufenthalt (Juni 1787–April 1788) angehörend.

850. Oktober 1825. Derselbe Gegensatz scherzhaft im Gedicht an Herder, Anfang 1776: »Denn wie im Buche geschrieben steht, Daß der Wolf in Schafskleidung geht, So würd' es euch gar übel stehn, Als Schaf in Wolfskleidern zu gehn.« Das Bild vom Wolf im Schafskleid bei Goethe beliebt (W. 5, 270; 37, 169).

857. »Gesetz ist mächtig, mächtiger die Noth.« Anders 242.

858. Eine Paramythie in gedrängtester Form, die Christliches (1. Korinther 13, V. 13) mit antiker Mythologie (Pandora, die »Allbegabte«, s. Hesiod, Erga) verknüpft. Der Gedanke entstammt den »Wanderjahren«: »Daß der Mensch in's Unvermeidliche sich füge, darauf dringen alle Religionen... Die christliche hilft durch Glaube, Liebe, Hoffnung gar anmuthig nach; daraus entsteht denn die Geduld, ein süßes Gefühl, welch eine schätzbare Gabe das Dasein bleibe, auch wenn ihm anstatt des gewünschten Genusses das widerwärtigste Leiden aufgebürdet wird« (W. 25^1, 210). Vgl. Fausts Fluch auf die Kardinaltugenden und die Geduld (»Faust« I, V. 1604ff.).

859. Auf Zacharias Werner gemünzt? Von dessen »Cophtazismus und heimlicher Lüsternheit« war am 25. Jan. 1808 an Goethes Tisch die Rede (nach Riemers Tagebuch).

860. »Dichtung und Wahrheit«: »Wir Deutschen mißbrauchen das Wort eitel nur allzu oft; denn eigentlich führt es den Begriff von Leerheit mit sich, und man bezeichnet damit billigerweise nur einen, der die Freude an seinem Nichts, die Zufriedenheit mit einer hohlen Existenz nicht verbergen kann« (W. 28, 335). Genauso 860: eitel sein heißt für

die bloße Person an sich, das bloße Dasein Respekt verlangen; sich dagegen seiner »Eigenschaften, Verdienste, Taten« zu freuen, ist nicht Eitelkeit: »Nur die Lumpe sind, bescheiden, Brave freuen sich der That« (W. 1, 143). Vgl. 132. 867.

863. »Zahme Xenie«: »Mit dieser Welt ist's keiner Wege richtig; ... Sie will uns zahm, sie will sogar uns nichtig!« (W. 3, 233).

864. Ähnlich 841.

866. »Divan« (»Buch des Unmuths«): »Und ich konnte sie nicht tadeln; Wenn wir andern Ehre geben, Müssen wir uns selbst entadeln: Lebt man denn wenn andre leben?« (W. 6, 97).

867. vgl. 132.

876. vgl. 1181.

877. vgl. 213.

879. vgl. 119. 158. 292.

882. vgl. 396.

883. vgl. 9. 884.

886. vgl. 594. 595.

887. Fünffüßiger Jambus? Vgl. 6. 891. Tagebuch, 1. April 1831: »Zum Hören gehört freylich auch eine besondere Bildung.«

888. Quelle: Sprüche Salomonis 24, 26.

890. »ein Erfahrender«: ein Mensch, der auch wirklich Erfahrungen zu machen versteht. Vgl. 889.

891. Vgl. 6. 9. 595. 720. 887.

893. In der Handschrift mit der Überschrift: »Die Gesammten.« Eine ältere Fassung, gleichfalls handschriftlich. lautet: »Gesammt Arbeitende Fragen nicht, ob sie durchaus übereinstimmen, sondern ob sie in Einem Sinne verfahren.« Vgl. 71. 327. Ähnlich: »Anstatt daß ihr bedächtig steht, Versucht's zusammen eine Strecke; Wißt ihr auch nicht, wohin es geht, So kommt ihr wenigstens vom Flecke« (W. 5, 98).

895. vgl. 596.

896. »Zahme Xenie«: »Wer in der Weltgeschichte lebt, Dem Augenblick sollt' er sich richten? Wer in die Zeiten schaut und strebt, Nur der ist werth zu sprechen und zu dichten« (W. 3, 230).

896a. »Setze den Stein...« fehlt bei M. Hecker; Nachtrag Jutta Heckers, S. 151 mit Erläuterung: Quelle: Plutarch, »Moralia«:
πρὸς στάϑμη πέτρον τίϑεσϑαι, μη τι πρὸς πέτρῳ στάϑμην.

901. Quelle: Mémoires du cardinal de Retz (Nouvelle Édition, Amsterdam 1731, Band 2, S. 384 f.), wo ein Gespräch aus dem August 1651 zwischen dem Verfasser und dem Präsidenten von Bellièvre erzählt wird, in dem dieser berichtet, Oliver Cromwell habe zu ihm gesagt, »que l'on ne montoit jemais si haut, que quand on ne sait où l'on va« (vgl. Œuvres du Cardinal de Retz. Nouvelle Édition par Feillet et

Gourdault. Tome troisième, Paris 1875, S. 520). – In der Form: »On ne va jamais plus loin que quand on ne sait ou l'on va« im Brief an Frau von Stein vom 7. Sept. 1779 (mit Beziehung auf die erreichte Würde eines Geheimen Rats) gebraucht, im Brief an Zelter vom 3. Dez. 1812 in der Übersetzung. Aber auch eine Stelle in Shakespeares »Was ihr wollt« (II. Akt, 4. Szene) könnte zugrunde liegen: »Wenn man nicht weiß, wo man hin will, so kommt man am weitesten« (Worte des Narren; in Schlegels Übersetzung).

903. Montan in den »Wanderjahren«: »Mach' ein Organ aus dir und erwarte, was für eine Stelle dir die Menschheit... zugestehen werde« (W. 24, 51).

904. Dazu handschriftlich eine ältere Fassung: »Ein schäbig Kameel trägt noch immer mehr als viele Esel.« Die Fassung im Text vielleicht als zwei Verse gedacht: fünffüßige Jamben.

907. »Lehrjahre«: »Man kann die Erfahrung nicht früh genug machen, wie entbehrlich man in der Welt ist« (W. 23, 89).

908. Aus dem Brief an Marianne von Willemer vom 25. Jan. 1831. Hier folgt nach »durch« (Zeile 3) noch: »da der Hauptzug des Lebens sich ohnehin von selbst vorschreibt.« An Boisserée, 23. Dez. 1823: »Dabey freu ich mich täglich, daß ich früher nichts veräumte, mich fest zu gründen und immer dem Tag aufgab, um Jahre zu gewinnen.« Daß das Interesse der Frauen auf die Gegenwart gerichtet sei, äußert Goethe auch bei einer Betrachtung des Pariser »Globe«, der keine Frauen zu Leserinnen werben wolle: der Geist seiner Mitarbeiter sei »auf die Zukunft gerichtet, und das möchte nicht anlockend für das schöne Geschlecht sein« (W. 42^2, 92).

910. »Lustrum«: Zeitraum von fünf Jahren.

912. »Zahme Xenie«: »Das Schlimmste, was uns widerfährt, Das werden wir vom Tag gelehrt. Wer in dem Gestern Heute sah, Dem geht das Heute nicht allzu nah, Und wer im Heute sieht das Morgen, Der wird sich rühren, wird nicht sorgen« (W. 3, 312).

914. »Würme«: eine besonders dem jungen Goethe geläufige Form. »Urfaust«: »Den Würme nagen, Staub bedeckt« (W. 39, 220).

915. Vgl. Römer 7, Vers 18f.: »Das Gute gewollt habe ich wohl, es vollbracht aber nicht. Denn das Gute, das ich will, das tue ich nicht, sondern das Böse, das ich nicht will, das tue ich.«

920. Vermutlich dem zweiten römischen Aufenthalt (Juni 1787–April 1788) angehörend.

922. In Rücksicht aufs Praktische, d. h. im praktischen Leben, ist es Vernunft, d. h. eine Forderung der Vernunft, sich einen unterbittlichen, unbeirrten Verstand, eine klare Auffassung der Dinge zu bewahren, und eben darin liegt die höchste Leistung, welche die

Vernunft am Verstand ausüben kann, daß sie ihn unerbittlich macht.

925. Vgl. Schillers Abhandlung »Über naive und sentimentalische Dichtung« (1795/96), Schlußpartie.

927. Wohl für »Dichtung und Wahrheit« bestimmt gewesen.

933. Im Rahmen einer Prosadichtung – »Wilhelm Meister« – zu denken?

935. Dem Komplex »Aphorismen, Freunden und Gegnern zur Beherzigung« zugehörig. Über die Veranlassung siehe Erläuterung zu 1064 bis 1096.

936. Trimeter? Vgl. 745.

938. »vita propria«: ein eigenes Leben.

939. Nur Gedanken, die sich auf das Höchste, die Idee, das Unausdenkbare richten, sind von wahrhaftem Wert. Vgl. 243.

943. Vgl. 271. 495. Goethe meint den Kometen, welchen Charles Messier in Paris am 14. Juni 1770 entdeckt hatte und der nach dem Berechner seiner Bahn als Lexellscher Komet bezeichnet wird. Lexell hatte die Umlaufszeit um die Sonne zu 5,5 Jahren bestimmt; bei der Wiederkehr März 1776 kam er jedoch nicht zur Erscheinung, weil er nur während des Tags über unserem Horizont war; im Jahr 1779 wieder war er durch zu große Annäherung an Jupiter in eine Bahn getrieben worden, in der er von der Erde aus wegen zu großer Entfernung von Sonne und Erde nicht gesehen werden konnte, und in dieser Bahn hat er bis 1867 verharrt.

944. vgl. 579.

947. vgl. 315.

948. »ne incerta sint rerum dominia«: »damit die Eigentumsrechte nicht ungewiß sind«.

949–953. April 1795. Mit Bezug auf die Französische Revolution. – »Diät« im Sinn allgemeiner Lebensführung: Riemer, Briefe von und an Goethe, S. 282. Zu 951: »In guter Gesellschaft … ist es nothwendig, daß der Gemeinste mit dem Vortrefflichsten in einen gewissen Zustand der Gleichheit gerathe« (W. 40, 363 f.). Zu 953: Mephistopheles im Paralip. 68, Faust II: »… Der Mensch vernimmt nur, was ihm schmeichelt. Sprich mit dem Frommen von der Tugend Lohn, Mit Ixion sprich von der Wolke, Mit Königen vom Ansehn der Person, Von Freyheit und von Gleichheit mit dem Volke!« (W. 15, 180).

952. Freiheit durch Entsagen, der Gesellschaft »Einstand geben«, ist ein Grundmotiv in den »Wanderjahren«.

954. Entstand 1793.

955. September 1821 bis Juli 1822 – Veranlaßt durch die Lektüre von Theobalds »Hussitenkrieg«. »Picarden«: gemeint sind die Begharden,

eine religiös-kommunistische Laienvereinigung, nach dem Vorbild der Beghinen, im 13. Jh., mit den Lollharden Anhänger Wiclifs.

956. Die wechselnden, wiederkehrenden Regierungssysteme schildert die »Zahme Xenie«: »Das Weltregiment – über Nacht« (W. 3, 297).

965. Entstanden auf der Schlesischen Reise (26. Juli bis 6. Oktober) 1790. »Sprichwörtlich«: »Wer ist denn der souveraine Mann? Das ist bald gesagt: Der, den man nicht hindern kann, Ob er nach Gutem oder Bösem jagt« (W. 2, 246). Ähnlich, mit Bezug auf die des Ehebruchs bezichtigte Königin Karoline von England: »Was ist denn Königs-Majestät? Sie ist die über alles geht, Und läßt sich gar nicht stören« (W. 5, 194).

966. »Daß Genuß und Herrschaft (der Welt) nicht beisammen sind«, hatte Goethe aus Shakespeares »Antonius und Kleopatra« abstrahiert. »Shakespeare und kein Ende« (W. 41^1, 57): »Antonius und Kleopatra spricht mit tausend Zungen, daß Genuß und That unverträglich sei.« Dem Kaiser in »Faust« II »beliebt' es, falsch zu schließen: »Es könne wohl zusammen gehn Und sei recht wünschenswerth und schön, Regieren und zugleich genießen« (W. 15^1, 253). »Ilmenau«: »Der kann sich manchen Wunsch gewähren, Der kalt sich selbst und seinem Willen lebt; Allein wer andre wohl zu leiten strebt, Muß fähig sein, viel zu entbehren« (W. 2, 147).

969. »Dichtung und Wahrheit«: »Denn da Sprüchworte und Denkreime vom Volke ausgehn, welches, weil es gehorchen muß, doch wenigstens gern reden mag, die Oberen dagegen durch die That sich zu entschädigen wissen...« (W. 28, 321). Ähnlich zu Eckermann, 25. Febr. 1824, über die französischen Zeitungen. Der Kardinal Jules Mazarin (1602–61) setzte von 1643 an Richelieus Politik fort.

970. Entstanden zwischen Februar und Juni 1830, in der Zeit, da Goethe jeder Zeitungslektüre abgeschworen hatte (vgl. Unterhaltungen mit Soret, 6. März, 12. Juni 1830; mit Müller, 23. März 1830; an Zelter, 29. April 1830). Seiner Mißbilligung des Zeitungswesens gibt er vielfach Ausdruck, vgl. 479. 788. 971. »Annalen« von 1808: »Von je her und noch mehr seit einigen Jahren überzeugt, daß die Zeitungen eigentlich nur da sind, um die Menge hinzuhalten und über den Augenblick zu verblenden, es sei nun, daß den Redacteur eine äußere Gewalt hindere, das Wahre zu sagen, oder daß ein innerer Parteisinn ihm eben dasselbe verbiete, las ich keine mehr« (W. 36, 33). Zu Müller, 14. Dez. 1808: »Ein Volk, das ein Morgenblatt, eine elegante Zeitung, einen Freimüthigen hat, und Leser dazu, ist schon rein verloren.« An Reinhard, 25. Jan. 1813: »Es ist unglaublich was die Deutschen sich durch das Journal- und Tageblattsverzeddeln für Schaden thun: denn das

Gute was dadurch gefördert wird, muß gleich vom Mittelmäßigen und Schlechten verschlungen werden.«

972. vgl. 679. 680.

973. Riemers Tagebuch: »›Die ganze Preßfreiheit der Deutschen beruhte bloß darauf, daß jeder von andern so viel Schlechtes und Böses sagen konnte, als er Lust hatte.‹ So bemerkte Goethe nach dem Jahre 1806, indem es vorzüglich auf Kotzebue, Merkel, Reichardt u.s.w. geht.«

978. Diese und die folgenden Maximen (–982) sind veranlaßt durch die im Aufsatz »Deutsche Sprache« (W. 41^1, 109ff.) besprochene Schrift des Philologen Karl Ruckstuhl (1788–1831): »Von der Ausbildung der deutschen Sprache« (1816), die in Goethes Sinn verfaßt ist. Wider die Deutschtümelei der damaligen Zeit, den beschränkten Purismus, die verblendete Abweisung ausländischer Bildungsmittel erhebt Goethe seine Stimme, damit dem Deutschen eine »freiere Weltansicht« erhalten bleibe (W. 41^1, 113). Vgl. 91. An Knebel, 14. Dez. 1822: »Sprachstudium und Anerkennung des Nachbarlichen ist zu befördern, damit Eine Heerde unter Einem Hirten versammelt sey.«

981. Die Rückseite der Handschrift trägt folgende Notizen, die als Beispiele für einen bejahenden, aufnehmenden Purismus zu gelten haben: »*Perche* Stange *Percher* Stängeln Bohnen Vögel Der Vogel stängelt Nicht fremde Worte zu vermeiden, daran ist gar nicht gelegen Aber zu finden, wo wir umschreiben müssen und der Fremde hat das Wort, daß wir es heraus etymologisiren und formiren.« Ausgeführt hat Goethe diese Notizen im Brief an Riemer, 30. Juni 1813: »Eine fremde Sprache ist hauptsächlich dann zu beneiden, wenn sie mit Einem Worte ausdrucken kann, was die andere umschreiben muß, und hierin steht jede Sprache im Vortheil und Nachtheil gegen die andere... Mir aber kömmt vor, man könne gar manches Wort auf diesem Wege gewinnen, wenn man nachsieht, woher es in jener Sprache stammt, und alsdann versucht, ob man aus denselben etymologischen Gründen durch ähnliche Ableitung zu demselben Worte gelangen könnte. – So haben zum Beyspiel die Franzosen das Wort *perche*, Stange, davon das Verbum *percher*. Sie bezeugen dadurch, daß die Hühner, die Vögel sich auf eine Stange, einen Zweig setzen. Im Deutschen haben wir das Wort stängeln. Man sagt: ich stängle die Bohnen, das heißt, ich gebe den Bohnen Stangen, eben so gut kann man sagen: die Bohnen stängeln, sie winden sich an den Stangen hinauf, und warum sollten wir uns nicht des Ausdrucks bedienen: die Hühner stängeln, sie setzen sich auf die Stangen.« Dieses Ausdrucks hat denn Goethe selbst sich wirklich bedient: »Divan« (»Sommernacht«, vom 16. Dezember 1814): »Einer sitzt auch wohl gestängelt Auf den Ästen der Cypresse« (W. 6, 221). In

derselben Weise bildet er »Tagschrift« statt »Journal« (Tagebuch 19. Febr. 1819), »Tagesblättler« statt »Journalist« (W. 41^1, 466), »Tragblatt« statt »Portefeuille« (W. 32, 448), »Aufstürzung« statt *refoulement«* (W. II, 10, 267).
982. Wie hier zwischen *»grief«* und dem deutschen »Kummer«, so findet Goethe in einer unterdrückten Stelle zum Brief an Schultz vom 25. Mai 1816 (W. IV, 27, 372) einen Unterschied zwischen »sekretiren« und »verheimlichen«, im Gespräch mit Eckermann vom 21. März 1831 zwischen »Geist« und *»esprit«*.
984. »Apollo Sauroktonos«: A. der Eidechsentöter (nach Plinius d. Ä.). Bildtypus, nach einem verlorenen Vorbild des Praxiteles, in mehreren Exemplaren (z. B. Vatikan).
985. Termini technici der Textphilologie: Korrupte (verdorbene) Stellen versucht man zu emendieren (bessern). Vgl. 509.
990. So hatte die Sibylle von Cumae dem König Tarquinius Superbus zuletzt drei Bücher ihrer Prophezeiungen für den Preis der zuerst angebotenen neun überlassen, nachdem sie die übrigen nach seinen anfänglichen Weigerungen verbrannt hatte. An Schultz, 29. Juni 1829: »Unser Leben gleicht denn doch zuletzt den Sibyllinischen Büchern; es wird immer kostbarer, je weniger davon übrig bleibt.« An Zelter, 19. März 1827: »Lange leben heißt viele überleben... Mir erscheint der zunächst mich berührende Personenkreis wie ein Konvolut sibyllinischer Blätter, deren eins nach dem andern, von Lebensflammen aufgezehrt, in der Luft zerstiebt und dabei den Überbleibenden von Augenblick zu Augenblick höhern Wert verleiht...«
992. Schweizer Reise 1797.
995. »Epitomator«: der ein größeres Werk zu einem gedrängten Auszug verarbeitet.
996. Durch des Sohnes Tod veranlaßt?
997. Schlesische Reise (26. Juli – 6. Oktober) 1790 – Unmittelbar voran geht eine andere, unvollendete Fassung: »Wenn ich eine Fliege todt schlage denke ich nicht und darf nicht denken welche Organisation zerstör[t wird].«
998. Vgl. »Italienische Reise« (2. Röm. Aufenthalt), Rom, 22. März 1788.
999. Vielleicht veranlaßt durch Auffindung und Beisetzung der Gebeine Schillers, 1826. »Bei Betrachtung von Schillers Schädel«: »Was kann der Mensch im Leben mehr gewinnen, Als daß sich Gott-Natur ihm offenbare? Wie sie das Feste läßt zu Geist verrinnen, Wie sie das Geisterzeugte fest bewahre« (W. 3, 94).
1000. Es kehrt in seinen Wirkungen zurück: »Ein ausgesprochnes

Wort tritt in den Kreis der übrigen, nothwendig wirkenden Naturkräfte mit ein« (W. II, 3, 136).
1006. Vgl. 65. »Salvo honore«: unbeschadet ihrer Würde. – Goffo: der Tölpel; Moroso: der Griesgram (Figuren der Commedia dell'arte).
1007. »Ubiquität«: Allgegenwart.
1011. Angewendet in den »Meteoren des literarischen Himmels«: W. II, 11, 254.
1015. An Charlotte von Schiller, 20. Dez. 1803: »... zu einer Zeit, die mir die verdrießlichste im Jahre ist; wo ich recht gut begreife, wie Heinrich III. den Herzog von Guise erschießen ließ, bloß weil es fatales Wetter war, und wo ich Herdern beneide, wenn ich höre daß er begraben wird.« In 1015 denkt Goethe freilich wohl kaum nur an eine »fatale« Jahreszeit, sondern an Perioden politischer Wirren. An Sartorius, 17. Juli 1820: »Zwey meiner innigsten Freunde haben das Glück gehabt, gerade vor großen und widerwärtigen Epochen zu scheiden«, Schiller vor der Schlacht bei Jena, der Minister von Voigt vor Kotzebues Ermordung.
1017. »Zahme Xenie«: »X hat sich nie des Wahren beflissen, Im Widerspruche fand er's; Nun glaubt er alles besser zu wissen, Und weiß es nur anders« (W. 3, 263).
1018. Denselben Gegenstand behandeln zwei Schemata: »Geschmack = Euphemism. Cultur der Sprache und Styl besteht in Ausbildung des Euphemismus. Deutsche Derbheit diesem entgegen. Nothwendig diplomatische und Weltausbildung.« und: *»Euphemismus*. Die erste Figur: das Harte zart zu sagen. Figuren der Steigerung, der Milderung.« Das erste Schema erscheint ausgeführt in der Notiz, die Riemer unter dem 26. Okt. 1813 mitteilt: »Geschmack ist ein Euphemismus. Deutsche haben keinen Geschmack [vgl. 80], weil sie keinen Euphemismus haben und zu derb sind. Es kann keine Sprache euphemistisch seyn und werden, als die, in der man diplomatisirt.«
1019. vgl. 498.
1020. »Wer dem Publicum dient, ist ein armes Thier; Er quält sich ab, niemand bedankt sich dafür« (W. 2, 237).
1023–1026. 1026 findet sich auch auf einem Folioblatt als Bestandteil eines Schemas zum 13. Buch »Dichtung und Wahrheit« (W. 28, 369); so werden wohl auch 1023–1025 für »Dichtung und Wahrheit« bestimmt gewesen sein. Vgl. 113. 517.
1027. »Ate«: Unheilsgöttin. Vgl. Homer, Ilias 9, 502ff.; 19, 91ff.
1028. Vgl. 116. Den Nachweis führt Goethe für die französische Literatur im Aufsatz »Urtheilsworte französischer Kritiker« (W. 41^1, 121ff.).
1031. Von Eckermann notiert unter dem 2. April 1829. Man kam auf

die neuesten französischen Dichter [Victor Hugo, Prosper Mérimée] und auf die Bedeutung von klassisch und romantisch zu sprechen. Goethe:
»Mir ist ein neuer Ausdruck eingefallen, der das Verhältniß nicht übel bezeichnet. Das Classische nenne ich das Gesunde und das Romantische das Kranke. Und da sind die Nibelungen classisch wie der Homer; denn beide sind gesund und tüchtig. Das meiste Neuere ist nicht romantisch, weil es neu, sondern weil es schwach, kränklich und krank ist, und das Alte ich nicht classisch, weil es alt, sondern weil es stark, frisch, froh und gesund ist.« Der Ausdruck war nicht neu. Schon 1820 sagt eine »Zahme Xenie«: »Mir will das kranke Zeug nicht munden, Autoren sollten erst gesunden« (W. 3, 238), und eine andere (1824) richtet den Zuruf an die Künstler: »Seid gesund und wirkt gesund!« (W. 3, 281). Ausführliche Kontrastierung des Klassischen und Romantischen gab Goethe in einem Abendgespräch nach Riemers Tagebuch am 28. August 1808. Daß auch die Romantik eine gesunde, »starke, derbe, tüchtige Seite« habe, wird betont 1813 in »Shakespeare und kein Ende!« (W. 41^1, 63).
1032. Ovid (43 v. Chr. – 18 n. Chr.) wurde 8 n. Chr. von Augustus nach Tomi (Pontos) verbannt; er beklagt sein Exil in den »Tristia« und den »Epistulae ex Ponto«.
1033. Für die deutsche Literatur denkt Goethe namentlich an die »krankhaften Werke« E. T. A. Hoffmanns.
1034. In einer Handschrift hat der Spruch folgende Fassung: »Wir lesen schon mit deutschen Lettern seit Jahren gedruckt: [folgt eine Lükke] Bis zu lebendig faulenden Körpern, die sich am Detail ihrer Verwesung erfreuen, sind unsre neuern Produktionen gelangt.« Über die Entartung der französischen Romantik: »Die Chemiker belehren uns von drey Gährungen, oder vielmehr von drey Stationen derselben: Wein, Essig und Fäulniß; in dieser letzten versiren gegenwärtig behagliche Talente der Franzosen.« So an Boisserée, 8. Sept. 1831. Vor allem ist es die Vampyrpoesie, ausgehend von William Polidoris (1795–1821, engl. Arzt, Begleiter und Sekretär Byrons in der Schweiz) Roman »The Vampyre«, die von Goethe als Symptom jener Fäulnis betrachtet wird. Als Mérimées fiktive Sammlung illyrischer Volkslieder (angeblich von einem Wandersänger [= Guzla] namens Hyazinthe Maglanovich zusammengetragen) »La Guzla, ou choix de poésies illyriques...« (1827) neben anderem Schauerlichem ihm auch zwei Beiträge zur Vampirdichtung vor Augen führte, flocht er seiner Besprechung die freilich im Druck weggelassene Bemerkung ein: Der Dichter ruft »als ein wahrer Romantiker, das Gespensterhafteste hervor;... und nun erscheinen häufig kurz Verstorbene drohend und erschreckend, ... der

gräßliche Vampirismus mit allem seinen Gefolge, ... genug, die allerwiderwärtigsten Gegenstände« (W. 42^1, 282). Zu satirischer Abweisung findet sich im »Faust« Gelegenheit (nach V. 5298): »Die Nacht- und Grabdichter lassen sich entschuldigen, weil sie so eben im interessantesten Gespräch mit einem frischerstandenen Vampiren begriffen seien, woraus eine neue Dichtart sich vielleicht entwickeln könnte.«

1035. So die Erzählung des Phlegon v. Tralleis von Philinnion und Machates, die Goethe 1797 durch Vermittlung des »Anthropodemus Plutonicus« von Johannes Praetorius kennenlernte. In seiner »Braut von Korinth« hat er sie als Quelle benutzt, um die eigenen, vielleicht schon in früher Jugend aufgenommenen Vorstellungen vom Vampirismus zu gestalten.

1036. »Sakuntala«. Das berühmte Schauspiel »Sakontala oder: Der entscheidende Ring« des indischen Dichters Kalidasa (6. Jh. n. Chr., s. Nr. 1041), 1791 von Georg Forster aus dem Englischen (William Jones) ins Deutsche übertragen. Die 2. Ausgabe 1803 von Herder besorgt. Goethe versuchte das »unergründliche Werk« für die deutsche Bühne zu bearbeiten. Aus dem Brief an den franz. Orientalisten Antoine Leonard de Chézy, der eine Ausgabe und französische Übersetzung der »Sakuntala« an Goethe geschickt hatte, 9. Okt. 1830: »Ich begreife erst jetzt den überschwänglichen Eindruck, den dieses Werk früher auf mich gewann [Künstlerisch ausgesprochen 1791 im Epigramm: »Will ich die Blüthen des frühen, die Früchte des späteren Jahres« W. 4, 122]. Hier erscheint uns der Dichter in seiner höchsten Funktion als Repräsentant des natürlichsten Zustandes, der feinsten Lebensweise, des reinsten sittlichen Bestrebens, der würdigsten Majestät und der ernstesten Gottesbetrachtung; zugleich aber bleibt er dergestalt Herr und Meister seiner Schöpfung, daß er gemeine und lächerliche Gegensätze wagen darf, welche doch als nothwendige Verbindungsglieder der ganzen Organisation betrachtet werden müssen.«

1037. Vgl. 662. »Halte das Bild der Würdigen fest! Wie leuchtende Sterne Theilte sie aus die Natur durch den unendlichen Raum« (W. 4, 124).

1039. vgl. 661.

1040. »Die lateinische Sprache... wird durch den Gebrauch der Substantiven entscheidend und befehlshaberisch« (W. II, 3, 202).

1041. Verwendet im Aufsatz über Calderons »Tochter der Luft«: »Bei dieser Gelegenheit bekennen wir öffentlich, was wir schon oft im Stillen ausgesprochen: es sei für den größten Lebensvortheil, welchen Shakespeare genoß, zu achten, daß er als Protestant geboren und erzogen worden« (W. 41^1, 354). Kalidasa: vgl. 1036. 738. 740f.

1042. Veranlaßt durch die Übersetzung des Stücks durch Heinrich

Voß (1779–1822), den Sohn des Homer-Übersetzers (Tagebuch: 30. Nov. 1822).
1043. »locos communes«: Gemeinplätze. – Die Polemik richtet sich gegen den vom jungen Goethe so hoch geschätzten »Messias«.
1044. Anfang 1801 entstanden, durch Schadow veranlaßt. Vgl. 1064 bis 1096. Goethe selbst hatte den märkischen Dichter Friedr. Wilh. August Schmidt (1764–1838), Pfarrer von Werneuchen, wegen der hausbackenen Realistik seiner Schilderungen 1797 in dem Gedicht »Musen und Grazien in der Mark« verspottet.
1045. Den »Eulenspiegel« nennt Goethe an erster Stelle unter den Volksbüchern, die des Knaben Lektüre gebildet hatten (W. 26, 51). Ein später Nachklang Januar 1806 in der Rezension der Gedichte Hillers, wo Goethe es für den Verfasser nützlich findet, »eine Art von Till« zu werden (W. 42^2, 29). 1807 wird Goethe auf das alte Schwankbuch durch die Abhandlung von Görres über die »teutschen Volksbücher« zurückgeführt; er entleiht es am 11. Dez. 1809 der Weimarer Bibliothek. Aus dieser Zeit 1045.
1049. Vgl. Nr. 355 und 578 sowie Goethes Aufsatz »Nachlese zu Aristoteles' Poetik« (1827). – Goethe leitete von 1791–1817 das Weimarer Hoftheater. S. auch seine nachgelassenen »Regeln für Schauspieler«.
1052. Aus dem Gutachten vom 11. Dez. 1825 über das Lustspiel »Die Hofdame« von Franz von Elsholtz (1791–1872), das schließt: »Nur noch ein allgemeines Wort: Ein dramatisches Werk« u.s.w. (vgl. Schauspiele von Franz v. Elsholtz. Erster Teil. 1835. S. XVI. XVII).
1053. Aus »Shakespeare und kein Ende!«: »Genau aber genommen, so ist nichts theatralisch, als was für die Augen zugleich symbolisch ist: eine wichtige Handlung, die auf eine noch wichtigere deutet« (W. 41^1, 66 f.); Schiller an Goethe, 24. Aug. 1798. Am »Wilhelm Meister« fand Goethe mit »Freude und Beruhigung«, daß der ganze Roman durchaus symbolisch sei« (zu Müller, 22. Jan. 1821).
1054. »Mich freuen die vielen Guten und Tücht'gen, Obgleich so viele dazwischen belfen. Die Deutschen wissen zu bericht'gen, Aber sie verstehen nicht nachzuhelfen« (W. 2, 237). Vgl. 1408.
1055. In der Handschrift als Beispiel: »Leonorens letzte Strophe.« Gemeint ist Bürgers Ballade »Lenore«.
1060. Die »Hör-, Schreib- und Druckfehler« hat Goethe mit einem eigenen Aufsatz bedacht (W. 41^1, 183 ff.).
1061. Gegen die Skrupellosigkeit der Raubdrucker. Es gab keinen Rechtsschutz für die Autoren.
1062. Darüber eine kürzere erste Fassung: »*Minor* Harmonie der Sehnsucht.« »Minor«: die Moll-Tonart, so genannt nach der kleinen Terz. An Zelter, 31. März 1831: »... dem Menschen hat die Natur die kleine

Terz verliehen, um das Unnennbare, Sehnsüchtige... ausdrücken zu können.« Vgl. 706–709.

1064–1134
AUS DEM NACHLASS
(Über Kunst und Kunstgeschichte)
1064–1096.
Aphorismen, Freunden und Gegnern zur Beherzigung

Erst im Jahr 1800 waren die Vorarbeiten für das seit 1779 geplante Denkmal Friedrichs des Großen in Berlin so weit gediehen, daß man Art und Charakter der Darstellung bedenken konnte. Eine ganze Reihe von Helden der schlesischen Kriege war bereits in Bildsäulen aufgestellt: ikonische Statuen, die Uniform getreu der Wirklichkeit nachgebildet. Auch für das Reiterbild Friedrichs verlangte König Friedrich Wilhelm III., ein Anhänger des Natürlichkeitsprinzips in Kunst und Literatur, in allen Teilen eine genaue Wiedergabe der Natur. Die Ausführung war dem Hofbildhauer Joh. Gottfried *Schadow* (1764–1850) zugedacht, der in gleicher Weise schon das Denkmal Ziethens geliefert hatte. Gegen diesen Berliner Kunstbetrieb wendet sich Goethe in der »Flüchtigen Übersicht über die Kunst in Deutschland«, »Prophyläen« III, 2: »In Berlin scheint... der Naturalismus mit der Wirklichkeits- und Nützlichkeitsforderung zu Hause zu sein... Poesie wird durch Geschichte, Charakter und Ideal durch Porträt, symbolische Behandlung durch Allegorie, Landschaft durch Aussicht [= Veduten], das Allgemein-Menschliche durch's Vaterländische verdrängt« (W. 48, 23). Es folgt die Maxime Nr. 690. Schon Herder hatte, als Schüler Winckelmanns, in seiner »Plastik« 1778 gegen moderne Gewänder und Uniformen in den Werken der Bildhauerkunst geeifert: »Ein Held in seiner Uniform, allenfalls noch die Fahne in der Hand und den Hut auf ein Ohr gedrückt, so ganz in Stein gebildet, wahrlich das müste ein Held seyn! Der Künstler, der ihn machte, wäre wenigstens ein schöner Kommißschneider« (Werke, Suphan, 8, 19).
Gegen Goethe übernimmt Schadow selbst die Rechtfertigung seiner Kunstgenossen. In einem Aufsatz »Über einige, in den Propyläen abgedruckte Sätze, die Ausübung der Kunst in Berlin betreffend« im Juniheft 1801 der Berliner Zeitschrift »Eunomia«, S. 487ff., sucht er, Punkt für Punkt gegen Goethes Behauptungen polemisierend, die Weimarer Kunstanschauung als verkehrt, ja als direkt hemmend und verwirrungstiftend zu erweisen. Er bekennt sich zur charakterisierenden Kunst, fordert treue Nachahmung der Wirklichkeit, verteidigt das naturgetreue Porträt und beweist aus der Kunstgeschichte, daß die ei-

gentliche Kunst stets patriotisch gewesen sei. Gegen das Ideal der Antike als Norm stellt er die Anfänge der Kunst, die Malerei des Mittelalters. Seine Auslassungen, die einen unerfreulich überlegenen Ton anschlagen, scheinen Goethes höchsten Zorn wachgerufen zu haben. Mit hastigen Zügen, in denen die Erregung des Schreibenden deutlich wahrnehmbar ist, wirft er eine Folge kurzer aphoristischer Sätze zur Gegenäußerung aufs Papier: Die Maximen Nr. 935. 1044. 1091–1094. 1096–1099. 1103. 1104. 1119. 1120. 1131. 1353–1359. Dazu noch vier weitere Sätze, die in den Erläuterungen zu 1092. 1099. 1120. 1353 ff. mitgeteilt werden. Vgl. auch H. Grimm, Goethe und der Bildhauer G. Schadow, in: H. G., Deutsche Künstler, Stuttgart 1942, S. 181–210.

1064. Der unberufene Polemiker ist Schadow, die Philosophie, deren Unkenntnis ihm vorgeworfen wird, die Kantische Lehre vom Schönen (vgl. 1072). Den Goethischen »Naturalismus« hat Schadow vollständig mißverstanden: »Ein Naturalist ist jemand, der eine Kunst treibt, ohne sie von einem Meister... erlernt zu haben.«

1065. Schadow klagt mehrfach, daß viele Stellen in den »Propyläen« nicht klar genug abgefaßt seien, um von Künstlern deutlich begriffen zu werden, daß das, was die »Propyläen« bezweckten, in Wolken gehüllt sei. Vgl. 1068.

1066. Schadow legt der Goethischen Abweisung des Individuell-Charakteristischen die Meinung unter, als werde das bestimmte Wissen, das Handwerksmäßige, das Technische der Kunst gering geschätzt, als verzichte man auf genaue Kenntnis der Verhältnisse in der Struktur des menschlichen Körpers.

1068. Schadow: »Ich komme zu einer andern Behauptung der Propyläen: ›Simbolische Behandlung wird durch Allegorie verdrängt.‹ Hier mag der Herausgeber Recht haben. Um uns aber davon zu heilen, müßte in einer Piece der Propyläen durch Beispiele anschaulich gemacht werden, wie das zu verstehen ist.«

1069. Schadow: »... einige gute Landschafter, die ich gefragt habe, setzten den gepriesenen Poussin tiefer herab, als ich vermuthet hatte.«

1071. »subintelligiren«: darunter verstehen.

1073. Vgl. Goethes Aufsatz »Einfache Nachahmung der Natur, Manier, Stil« (1789).

1074. Schadow zitiert aus einem Brief Lavaters an Macco (im Februarheft der »Eunomia« mitgeteilt): »Wer einen Baum macht, soll einen bestimmten Baum machen, freilich den schönsten, den er machen kann; aber man müsse wissen können, was es für ein Baum ist«. Goethe seinerseits führt aus, wie durch peinliche Nachbildung des Zufällig-Äußerlichen für Erkenntnis und Wiedergabe des inneren Wesens nichts gewonnen wird. Vgl. 1072.

1076–1080. Zusammengehörig als Variationen desselben Gedankens.
1079. »Systole – Diastole«: Zusammenziehen – Ausdehnen, »Synkrisis – Diakrisis«: Mischung – Entmischung. Für Goethes Denken zentrale Begriffe (Polarität; Ein- und Ausatmen etc.).
1080. Vgl. 1344. In Anlehnung an die NT-Stelle »Suchet, so werdet ihr finden...«. »Ist nicht der Kern der Natur Menschen im Herzen«.
1081. »Geschichte der Erfindung«: ebenso »Geschichte der Entdekkung« (W. II, 5, 234).
1082. Schadow: »Seit anderthalb hundert Jahren schon sind wir Nachahmer der Welschen, der Franzosen oder Graeculi«; »... Die Geschicklichkeit, nicht die Natur, sondern die Art und Weise, fremde Meister zu imitiren, besitzen wir vielleicht am besten«. Vgl. 1351.
1083. vgl. 289.
1084. 1085. Schadow über die von der deutschen Kunst geübte Nachahmung: »Dieses geschieht mehrentheils ohne guten Erfolg, indem das uns Eigenthümliche und Angeborne vorher erstickt werden muß.«
1086. Schadow: »Besäßen wir doch nur die Geschicklichkeit, das Vaterländische darzustellen, das Eigenthümliche...! Freilich würden wir Deutschen denn eine Schule haben; und das wäre nach der Meinung mehrerer ein großes Unglück. Vor zweihundert Jahren waren unsere Väter auf dem rechten Wege....
1088. Vgl. H. v. Einem, Goethe und Dürer, in: Goethe-Studien, München 1972, S. 25ff.
1090. Einige Bemerkungen Goethes zu einem Aufsatz Meyers über die »Passion« von Martin Schongauer (1445–91), genannt M. Schön, W. 47, 340, »sind eines der wenigen Zeugnisse für seine Beschäftigung mit älterer deutscher Kunst während der neunziger Jahre« (vgl. Tagebuch 5. Dez. 1798). Hier heißt es: »*Ausdruck* – ... Sobald es ins Edle geht, gelingts nicht... *Massen, Licht und Schatten, Haltung* – nicht daran gedacht.«
1092. Statt: »weil einige nordische Künstler ihre Rechnung dabei finden« heißt es in einer Handschrift: »damit man ungestraft den Marmor zu Husaren Pelzen verderben dürfe« (zuerst: »damit man in Berlin ungestraft iconische Statuen machen dürfe«.) Diese ikonische Statue im Husarenpelz zu Berlin ist das Ziethen-Denkmal Schadows. Auf sie geht in derselben Handschrift eine unvollständige Betrachtung:
»Ein Bildhauer, der aus Marmor Patrioten – Husarenpelze hauen muß, sollte dies mit Zerknirschen als einer traurigen Nothwendigkeit gehorchend verrichten, und sich freuen, wenn sich eine fremde Stimme erhebt, die das nun eben nicht als das Heil« [bricht ab].
1093. »Klopstock vom Reim erlöste«: in seinen die antiken Formen nachbildenden Oden. – »Voß... prosodische Muster«: Gemeint ist

wohl vor allem die Homer-Übersetzung (1781/93) J. H. Voß' (1751–1826), aber auch seine Lyrik.
1097. Vgl. 1064 bis 1096. »Praxiteliden«: Schüler und Nachahmer des Praxiteles (Analogiebildung zu »Homeriden«). Schadow: »Sollte es auch keck scheinen, so wag ich doch zu behaupten, daß, was hier von der bildenden Kunst gemeint ist, sich auch auf die Dichtkunst anwenden lasse. Der Sinn und die Laute der grauen Vorzeit sind schön, und davon durchdrungen singt Göthe: – – Homeride zu seyn, auch nur als letzter, ist schön [W. 1, 294]. aber wahrlich! das ist hart geredet, gegen seine ihm innwohnende vortreffliche Gabe der Dichtung und des Gesanges. Das Lesen derjenigen seiner Werke, wo er selbst und Er nur allein spricht, erregt eine Stimmung, eine Schwärmerei; die ich beim Homer nie empfand. So muß es auch seyn, und wie Homer die Essenz seines Zeitalters war, so ist Er die des Unsrigen. Homeride seyn zu wollen, wenn man Göthe ist! hätte ich doch die Macht, diese unverzeihliche Bescheidenheit zu verbieten!«
1098. Jan van Huysum (1682–1749), niederländischer Maler, berühmt für seine Blumen- und Fruchtstilleben.
1099. In einem Anhang gibt Schadow Untersuchungen über die Durchschnittsmaße menschlicher Köpfe auf Grund von Messungen nach der Antike und nach der Natur und findet sie übereinstimmend: »Indem nun... die Griechen am richtigsten die Maaße der wohlgebildeten Natur beobachtet haben, so können wir ihre... Arbeiten zu Principien annehmen«. Bei dieser Gelegenheit sagt Schadow: »Diese Kürze... der Oberlippe ist der Zug der Weiblichkeit: so wie dagegen die lange Oberlippe... ein Zug der Mannheit ist.« Dagegen Goethe (in der Handschrift von Nr. 1099):
»S[chadow] ist ganz im Irrthum, daß hier ein *Geschlechts*-Unterschied statt finde, die kürzere Oberlippe gehört der höheren Sinnlichkeit, die längere Oberlippe der hohen Sittlichkeit an. Was gemeines dazwischen liegt, mag bestimmen wer Lust hat.«
1102. Anfang 1788. Aus den Notizen während der italienischen Reise.
1103. 1104. Vgl. 1064 bis 1096. Schadow: Raffael habe nicht nach fremden Mustern gearbeitet, er zeige nur sich; Correggio habe aus sich selbst geschöpft. So auch Rubens, Rembrandt. Vgl. 1118.
1107. Grundmaxime romantischer Kunstanschauung, aber, wenigstens im ersten Teil, auch bei Goethe oft: so im Tagebuch über den Aufenthalt in Venedig, April 1790: »Das *Bild,* das Gemälde war als Bild heilig... Das Bild stellte heilige Dinge vor und die heiligen Dinge gewannen durch das Bild die Verehrung, so amalgamirt war der Begriff von Religion und Kunst« (W. III, 2, 11). Ferner in einer Äußerung vom Jahre 1810, die Riemers Tagebuch verzeichnet: »Die Menschen

sind nur so lange productiv in Poesie und Kunst, als sie noch religiös sind«. »Die Kunst hat einen idealistischen Ursprung, man kann sagen, sie sei aus und mit Religion entsprungen« (W. 48, 135). »Wer Wissenschaft und Kunst besitzt, Hat auch Religion« (W. 5, 134). Vgl. 58.

1108. Dazu in der Handschrift zwei andere Fassungen: »Realität nützlich schön« und »Realität ist eben so nah dem nützlichen als dem schönen«.

1114. Beispiel für echte Symbolik (vgl. 1113). S. auch G.s Aufsatz »Rembrandt der Denker« (1832).

1115. Vgl. 449. Zu Eckermann, 3. Dez. 1824: »Das Talent glaubt freilich, es könne das auch, was es andere Leute thun sieht; allein es ist nicht so, und es wird seine *faux-frais* bereuen.«

1116. Aus dem Bericht über die letzte Weimarische Kunstausstellung (1805): »Gemüth wird über Geist gesetzt, Naturell über Kunst, und so ist der Fähige wie der Unfähige gewonnen. Gemüth hat jedermann, Naturell mehrere; der Geist ist selten, die Kunst ist schwer« (W. 36, 266). Gegen das frömmelnde Nazarenertum in der Malerei.

1118. Vgl. 254. 470. 1104. Zu Soret, 17. Febr. 1832: »Das größte Genie würde nicht sehr weit kommen, wenn es alles aus sich schöpfen wollte. Was ist denn ein Genie, wenn es nicht die Fähigkeit besitzt, alles, was ihm nahe kommt, sich nutzbar zu machen...?«

1119. 1120. Vgl. 1064 bis 1096. Auf 1120 folgt in der Handschrift: »Wir kennen einige Künstler; wären wir reich genug, so würden wir ihnen einen Versuch vorschlagen.«

1122. In den Handschriften auf 447 folgend, gegen die Dilettanten gerichtet.

1123. Vielleicht: das Kunstwerk bestimmt den Standpunkt, von dem aus es zu beurteilen ist. Gegen Bilderschnüffler-Biographen?

1128. Dädalos, mythischer Baumeister und Erfinder aus Athen, soll seinen Neffen Talos aus Eifersucht auf dessen Erfindungen (Töpferscheibe, Säge, Zirkel) von der Akropolis gestürzt haben und dann nach Kreta geflohen sein (Diodon, Epitome 4, 76, 4–7; Ovid, Metamorphosen 8, 236ff.).

1130. Veranlaßt durch »Vorbilder für Fabricanten und Handwerker, auf Befehl des Ministers für Handel, Gewerbe und Bauwesen [v. Bülow] herausgegeben von der technischen Deputation der Gewerbe. Berlin 1821.« Goethes Besprechung des Unternehmens abgedruckt in W. 49^2, 127ff.

1131. Vgl. 1064 bis 1096. Schadow: »Ein solcher [Naturalist, in dem Sinne, wie Schadow den Begriff faßte, vgl. 1064] war freilich in der bildenden Kunst Daniel Chodowiecky [1726–1801], der nach der Weise keiner einzigen Schule zu Werke ging, auch nie einen Lehrmeister hatte.« Aus der Polemik gegen Schadow erklärt sich die Unterstreichung: »idealer«. Zu Eckermann 25. Okt. 1823 über Chodowiecky: »die bürgerlichen Scenen gelangen auch diesem vollkommen, wollte er aber römische oder griechische Helden zeichnen, so ward es nichts.«

1132. Schluß gestrichen: »Mittelmäßige nur sollten lehren«, verwertet in der »Zahmen Xenie«: »Wer mag denn gleich Vortreffliches hören Nur Mittelmäßige sollten lehren« (W. 5, 117).

1133. März 1827. – Zu Eckermann, 23. März 1829: »Ich habe unter meinen Papieren ein Blatt gefunden, wo ich die Baukunst eine erstarrte Musik nenne. Und wirklich, es hat etwas; die Stimmung, die von der Baukunst ausgeht, kommt dem Effect der Musik nahe.« Im Bericht über den zweiten römischen Aufenthalt, Monat September (im Tagebuch zuerst 7. Apr. 1828 erwähnt): »... so wird man begreifen, wie sich Geist und Aug' entzücken müssen, wenn man... diese vielfachen horizontalen und tausend verticalen Linien unterbrochen und geschmückt wie eine stumme Musik mit den Augen auffaßt« (W. 32, 97). S. auch »Wanderjahre« II, 8 (die Stadt der bildenden Künstler). – Der »edle Philosoph« ist wahrscheinlich Schelling, der in seinen »Vorlesungen über Philosophie der Kunst«, gehalten Winter 1802/3 in Jena, von der Architektur als »erstarrter Musik« spricht. Zu beachten ist aber auch, was A. W. Schlegel, 10. Juni 1798, an Goethe schreibt: »Von Zelters launiger Komposizion des Zauberlehrlings hat Ihnen mein Bruder schon geschrieben... Seine [Zelters] Bekanntschaft zu machen, hatte für mich etwas eigenthümlich Anziehendes; weil er wirklich zugleich Maurer und Musiker ist. Seine Reden sind handfest wie Mauern, aber seine Gefühle zart und musikalisch. Wir haben die Fabel vom Orpheus auf ihn gedeutet: dieser habe nicht durch die Musik, sondern neben ihr, mitunter Häuser aufgeführt; ... Zelter behauptet aber die ursprüngliche Verwandtschaft der beyden Künste: und obgleich er gestehen muß, daß er nicht immer musikalisch bauen darf, so fordert er doch, daß man durchaus architektonisch komponire.« – Orpheus Macht über die Steine (sonst. Amphion vorbehalten: Odyssee 11, 260ff.): Euripides, Iphigenie in Aulis 1212, Apollonios Rhodios I, 26).

1134. Juli 1821.

1135–1302
AUS DEM NACHLASS
(Über Natur und Naturwissenschaft)

1135. vgl. 128. 275.

1137. vgl. 558.

1138. Zu Eckermann, 24. Febr. 1831: »Das Schwierige bei der Natur ist: das Gesetz auch da zu sehen, wo es sich uns verbirgt, und sich nicht durch Erscheinungen irre machen zu lassen, die unsern Sinnen widersprechen. Denn es widerspricht in der Natur manches den Sinnen und ist doch wahr. Daß die Sonne still stehe, daß sie nicht auf- und untergehe, sondern daß die Erde sich täglich in undenkbarer Geschwindigkeit herumwälze, widerspricht den Sinnen so stark wie etwas, aber doch zweifelt kein Unterrichteter, daß es so sei. Und so kommen auch widersprechende Erscheinungen im Pflanzenreiche vor...« Nikolaus Kopernikus.(1473–1543) hatte seine Lehre des heliozentrischen Weltsystems bereits um 1530 entwickelt, aber erst 1543 veröffentlicht. Goethe schließt sich ihr an. – Goethes »Metamorphose der Pflanzen«, 1790 erstmals veröffentlicht, besagt, daß alle Organe der Pflanze Bildung und Umbildung desselben Grundorgans, der »Urform« der Blätter seien.

1143. In den Annalen von 1810 wird »alles Erfinden als eine weise Antwort auf eine vernünftige Frage« angesehen (W. 36, 56). Das gilt in ganz besonderem Maße für Goethes eigene Entdeckungen. Weder das Gesetz der Metamorphose der Pflanze noch den Zwischenkieferknochen hat er zufällig gefunden, er hat sie gesucht, gewiß, sie so zu finden, wie er sie vorher in der Idee erkannt hatte. Vgl. 328.

1144. Axiom: Grundsatz, dessen Wahrheit sich von selbst versteht, keines Beweises bedarf. Enthymen: Vernunftschluß, dessen Richtigkeit von der Richtigkeit seiner Voraussetzungen abhängt.

1145. Vgl. 441. 1146. 1149. »Zur Morphologie« (»Schicksal der Druckschrift«): »... denn ich war längst überzeugt, ... man könne gar wohl in den Überlieferungen schon angedeutet finden, was wir selbst gewahr werden und denken, oder wohl gar hervor bringen« (W. II, 6, 146f.).

1147. vgl. 123. 565.

1148. Platos Erklärung der blauen Farbe: »Wenn das Glänzende mit dem Weißen zusammentritt und auf reines Schwarz fällt, dann wird die blaue Farbe vollendet« (W. II, 3, 10) stimmt mit Goethes Ableitung genau überein, wonach Schwarz, durch ein trübes erleuchtetes Medium gesehen, blau erscheint. – Die Kugelgestalt der Erde hatte schon der Platonschüler Eudoxos von Knidos (um 390–340 v. Chr.) mathematisch bewiesen.

1158. Dazu noch eine andere Fassung: »Drey Epochen der Wissenschaften. 1. Kindliche: Poetische, Abergläubische. 2. Empirische: Neugierige, Forschende. 3. Dogmatische: Pedantisch, Method. 4. [Lücke]: Ideelle, Mystisch.« Zwei geometrisch-figürliche Darstellungen der »Epochen der Wissenschaften« sind W. II, 13, 446. 447 wiedergegeben.

1163. In einer Handschrift folgt mit neuem Absatz: »Daher das Unzulängliche, was dem Vorzüglichen widerstrebt.« Später zu selbständigem Spruch ausgebildet: 1176. Vgl. 1178.

1164. »Baco tadelt die bisherigen Naturforscher, daß sie zu geschwind vom Einzelnen ins Allgemeine gegangen« (W. II, 5^2, 258).

1165. 5. Okt. 1828 an Zelter – Vgl. 578.

1166. Francis Baco von Verulam (1561–1626), engl. Staatsmann, Naturforscher, Philosoph, Begründer der experimentalwissenschaftlichen Methodenlehre (Induktion und Deduktion).

1167. Zu Eckermann, 17. Jan. 1827: »Wenn auch die Welt im Ganzen vorschreitet, die Jugend muß doch immer wieder von vorn anfangen und als Individuum die Epochen der Weltcultur durchmachen.« In Bezug auf religiöse Vorstellungen wird das in der »pädagogischen Provinz« der »Wanderjahre« symbolisch durchgeführt; den Gang seiner botanischen Bildung fand Goethe der Geschichte der Botanik selbst ähnlich (W. II, 6, 102).

1169–1170. 5. März 1831 – Das Sexualsystem der Pflanzen ist von Schelver (1778–1832; Mediziner in Heidelberg, »Kritik der Lehre von den Geschlechtern der Pflanzen« 1812) und Henschel (1790–1856; Botaniker, »Von der Sexualität der Pflanzen« 1820; Tagebuch, 2. Juli 1820) in Abrede gestellt worden; Goethe äußert sich darüber im Aufsatz »Verstäubung, Verdunstung, Vertropfung« (W. II, 6, 186ff.).

1174. vgl. 547.

1176. »Das Unzulängliche«: zum Wortgebrauch vgl. Nr. 147, 676; Faust II, V. 12106; das Schema »Epochen der Wissenschaften«; »Skizzen zu einer Schilderung Winckelmanns. Antikes«; an Zelter, 4. März 1829 (das Auslangende); Gespräch mit Riemer (G.s Gespräche, Insel-Auswahl 1957, S. 729).

1178. retrogradieren: Rückschritte machen.

1180. »Faust«, Paralip. 128 (W. 15^2, 217): »Von dem was sie verstehn Woll'n sie nichts weiter wissen.«

1181. Vgl. 876. Zum Bild: 824.

1182. In diesem Falle ist nicht nur der Physiker Franciscus Aguilonius (1567–1617; Jesuit in Brüssel, Verfasser einer »Optik« 1613) – Goethe referiert über ihn in der »Geschichte der Farbenlehre« (W. II, 3, 266) –, sondern in Sachen der Farbenlehre Goethe selbst.

1183. »Zahme Xenie«: »Mit Widerlegen, Bedingen, Begrimmen Bemüht und brüstet mancher sich; Ich kann daraus nichts weiter gewinne, Als daß er anders denkt wie ich« (W. 3, 357).

1185. Gemeint sind die Verfasser von Kompendien. Vgl. 426. 551. »Geschichte der Farbenlehre«: »Jeder der ein Lehrbuch schreibt, das sich auf eine Erfahrungswissenschaft bezieht, ist im Falle eben so oft Irrthümer als Wahrheiten aufzuzeichnen: denn er kann viele Vesuche nicht selbst machen, er muß sich auf anderer Treu und Glauben verlassen und oft das Wahrscheinliche statt des Wahren aufnehmen« (W. II, 4, 174).

1189. April 1829 – Die Quelle: *»Hoc enim habet ingenium humanum, ut cum ad solida non sufficiat, in supervacaneis se atterat.«* Baco. *Verulamensis. De Dignitate et Augmentis Scientiarum Liber III, cap. 6. p. 97. (1605)* Aus »Francisci Baconi... opera omnia... uno volumine comprehensa«, Frankfurt 1665. Goethe hat den Band am 1. Dez. 1828 von der Weimarischen Bibliothek entliehen. Bei der Bearbeitung des dritten Bandes der »Italiänischen Reise«, 1829, hat 1189 Verwendung gefunden als Einleitung zum Abschnitt »Moritz als Etymolog«: »Schon längst hat ein weiser Mann das wahre Wort ausgesprochen: Der Mensch, dessen Kräfte zu dem Nothwendigen und Nützlichen nicht hinreichen, mag sich gern mit dem Unnöthigen und Unnützen beschäftigen!« (W. 32, 182)

1190. Sept. 1830 – Veranlassung gab der Streit zwischen Cuvier und Geoffroy de Saint-Hilaire in der Pariser Akademie der Wissenschaften, 1830, durch den Goethe sich zu leidenschaftlicher Teilnahme aufgerufen fand; sah er ja doch in einem der Kämpfer, in Saint-Hilaire, einen Verfechter seiner eigenen Sache, »der er sein ganzes Leben gewidmet hatte« (zu Soret, 2. Aug. 1830), erstehen, einen Vertreter synthetischer Naturbehandlung und des Grundgesetzes der Entwicklung. In dem Aufsatz, den er der Schrift Saint-Hilaires »Principes de Philosophie Zoologique« widmet, zitiert er 1190 als »griechisches Dictum«, das er erweitert: »Die Thiere werden von ihren Gliedern tyrannisirt« (W. II, 7, 203). Der Satz kehrt wieder im Brief an Zelter, 9. Juni 1831, anläßlich eines Aufsatzes über Paganini, worin ausgeführt wurde, wie Paganinis musikalisches Talent bestimmt sei »durch die Conformation seines Körpers, durch die Proportionen seiner Glieder«: »Hier will ich nun... eines der größten Worte niederschreiben welches uns unsre Vorvordern zurückgelassen haben: ›Die Thiere werden durch ihre Organe unterrichtet.‹ Nun denke man sich wie viel vom Thier im Menschen übrig bleibt und daß dieser die Fähigkeit hat seine Organe zu unterrichten, ...« Zuletzt im Schreiben an Humboldt, 17. März 1832: »Die Thiere werden durch ihre Organe belehrt, sagten die Alten. Ich setze hinzu: die Menschen gleichfalls, sie haben jedoch den Vorzug, ihre Organe wieder zu belehren.«

1191. In der Handschrift zu »Kunst und Altertum« 3, 1 (1811) folgt als Quellenangabe: *»Plutarch de placitis philosoph. 20. Cap.«* (»Lehrmeinungen der Philosophen«, 5. Buch, Kap. 20; Goethe übernimmt wörtlich die Übersetzung der »Moralia« Plutarchs von Kaltwasser, Bd. 7, Frankfurt a. M. 1797).

1192. Durch dieselbe Veranlassung hervorgerufen wie 1190. Im Aufsatz über Saint-Hilaires »Principes de Philosophie Zoologique«: »Die heiteren Griechen schrieben der Natur einen allerliebsten Verstand zu... Den kräftigen Thieren verleihe sie Klauen und Hörner... Der Mensch aber sei besonders versorgt, durch seine vielthätige Hand, wodurch er statt Hörner und Klauen sich Schwert und Spieß anzuschaffen wisse« (W. II, 7, 201).

1193. In einer Handschrift weist Goethe den Satz als angeeignet aus. »Sinne trügen nicht, das Urtheil trügt, hat man längst gesagt.« Herder ist es, der, im Widerstreit mit dem unfruchtbaren Vernunftkult der Aufklärung, die Sinne wieder in ihre Rechte eingesetzt hat. »Gott erhalte unsre Sinnen« (»Frankfurter gelehrte Anzeigen«, W. 37, 213); »Vermächtniß«: »Den Sinnen hast du dann zu trauen, Kein Falsches lassen sie dich schauen, Wenn dein Verstand dich wach erhält« (W. 3, 82).

1195–1197. April 1829 – In einer der Handschriften ist die Reihe aufs engste in sich verbunden: »Gesicht neben und über einander wird nicht geleugnet. Hinter einander leugnet man. Und doch ist dem beweglichen Menschen die Beobachtung der Parallaxe verlieen, welche in der Lehre von correspondirenden Winkeln eingeschlossen ist.«

1195. »gleichmäßig«: gleichermaßen, ebenso.

1196. »Parallaxe«: (griech.: Abweichung) der Winkel, den die beiden Blicklinien bilden, wenn man von zwei Standpunkten aus das gleiche Objekt betrachtet. Ein Mittel, die Entfernung der Gestirne von der Erde zu bestimmen.

1199. Vgl. 468. Kants »Kritik der reinen Vernunft« erschien 1781. – Zu Eckermann, 17. Febr. 1829: »Kant hat die Kritik der reinen Vernunft geschrieben, womit unendlich viel geschehen, aber der Kreis nicht abgeschlossen ist. Jetzt müßte ein Fähiger, ein Bedeutender die Kritik der Sinne und des Menschenverstandes schreiben, und wir würden, wenn dieses gleich vortrefflich geschehen, in der deutschen Philosophie nicht viel mehr zu wünschen haben.« In einer Maximenhandschrift notiert Goethe, offenbar als Nachhall zu demselben Gespräch mit Eckermann: »Ein Wohlthäter der Menschen wäre, wer eine Kritik des Menschen Verstandes lehren könnte. Den Menschen Verstand in seinen Kreis einschließen.«

1200. 1201. Zusammengehörig als Rede und Gegenrede (wie 32. 33). Deshalb ist es auch nicht unbedingt erforderlich, in 1200 ein Zitat zu sehen. Dem widerspricht nicht der Gebrauch des Wortes »amphigurisch« (französisch: amphigourique, zweideutig, verworren, dunkel), das auch sonst bei Goethe vorkommt, so 1823 im Aufsatz »Von deutscher Baukunst« (W. 49^2, 166). Vgl. 539. 597. 614.

1207. April 1829. Einem Diktum Plutarchs in den »Moralia« nachgebildet: »τὰ μὲν διδακτὰ μανθάνω, τὰ δ'εὑρετὰ ζητῶ, τὰ δ'εὐκτὰ παρὰ θεῶν ᾐτησάμην.«
(Grumach, Goethe und die Antike, Berlin 1949, Bd. 2, S. 853). Vgl. Goethes Haltung gegenüber den »Urphänomenen«. – Zu Eckermann, 18. Febr. 1829 (»Das Höchste...«).
1208. Die »Urfrage«: das Urphänomen. Vgl. 412. 716.
1212. Die Petersburger Akademie der Wissenschaften hatte am 29. Dez. 1826 einen Preis von 200 Dukaten auf die Ergründung der wirklichen Natur des Lichts (Ursache 1. der prismatischen Brechung, 2. der farbigen Ringe, 3. der Polarisation, 4. der doppelten Brechung) ausgesetzt. 1827 verfaßte Goethe eine »Kritik« der Preisaufgabe, worin er die Frage, die er in 1212 aufwirft, selbst zu beantworten unternahm (W. II, 5^1, 421 ff.).
1215. Vgl. 1268. René Descartes (1596–1650) dringt durch den Zweifel an der Wahrheit alles Denkens und Seins zur Tatsache der persönlichen Existenz durch (»Cogito, ergo sum«). Sein erstes Buch: »Discours de la méthode...« erschien 1637 in französischer, 1644 in latein. Fassung.
1217. 1218. Im Aufsatz »Analyse und Synthese« werden Dekomposition und Polarisation (Zerlegung des Lichts durch das Prisma. – Differenzierung des Lichts zu Schwingungen nur in einer Ebene) des Lichts als falsche Synthesen namhaft gemacht: »Beides sind hohle Worte, die dem Denkenden gar nichts sagen und die doch so oft von wissenschaftlichen Männern wiederholt werden« (W. II, 11, 69). Vgl. 119. 431. 666.
1219. »Divan«: »Überall will jeder obenauf sein, Wie's eben in der Welt so geht. Jeder sollte freilich grob sein, Aber nur in dem was er versteht« (W. 6, 123). Vgl. dagegen »Zahme Xenie« W. 3, 274.
1222. Anregung vielleicht durch Winckelmann in der Vorrede zur Kunstgeschichte: »Muthmaßungen... sind aus einer Schrift dieser Art eben so wenig als die Hypothese aus der Naturlehre zu verbannen; sie sind wie das Gerüste zu einem Gebäude«. Vgl. 579.
1224. vgl. 570.
1225. Vgl. 1275. Anders 502. Goethe sandte diese Maxime am 24. Mai 1827 dem ihm befreundeten Botaniker Christian Georg Daniel Nees v. Esenbeck (1776–1858) in Bonn. Vgl. auch »Farbenlehre. Didaktischer Teil. Verhältnis zur Philosophie«, § 716–21.
1226. Vgl. 1166 (Bacon)
1228. Buchauszug?
1230. vgl. 156.
1233. vgl. 222. 585.

1235. Tagebuch, 6. Dez. 1799: »Wenn im Theoretischen das Dynamische allein fruchtbar ist, so hat bey empirischen Betrachtungen blos das Genetische einigen Werth, denn beydes coincidirt.«

1236–1238. Zugleich mit 724. 725 niedergeschrieben. Goethe sieht das Verhältnis von Ursache und Wirkung nicht als mechanisches Kausalverhältnis, sondern als organischen Wirkungszusammenhang. Vgl. 585. 597.

1241. Diese Art der Verwitterung beobachtete Goethe an der Luisenburg im Fichtelgebirge, so 1785 (vgl. W. II, 10, 259) und am 25. April 1820 (Tagebuch; vgl. W. II, 9, 229ff.); Erklärung der erratischen Blöcke durch Verwitterung: W. II, 10, 90 und 94.

1242. Riemers Tagebuch, 2. Aug. 1807: »Alle Philosophie über die Natur bleibt doch nur Anthropomorphismus, d. h. der Mensch, eins mit sich selbst, teilt allem, was er nicht ist, diese Einheit mit, zieht es in die seinige herein, macht es mit sich selbst eins.« Goethe im Tagebuch, 7. April 1817: »... ihre [der Physik] Hypothesen und Analogien sind versteckte Anthropomorphismen, Gleichnißreden und dergleichen.« Vgl. 203.

1243. »Schrittschuh«: so zumeist (W. 3, 148; 24, 335; an Boisserée, 17. April 1817), nachdem Klopstock das oberdeutsche »Schlittschuh« nicht hatte gelten lassen (W. 28, 333).

1245. 1246. In einer Handschrift zu *einem* Spruch verbunden: »Induction habe ich mir nie selbst erlaubt, wollte sie ein anderer gegen mich gebrauchen, so wußt ich solche sogleich abzulehnen.« – Über Induktion (das Schließen vom Besonderen aufs Allgemeine) handelt, mit wörtlichen Anklängen an 1245, das Schema »Induction« vom 5. Nov. 1829 (W. II, 11, 309). Vgl. 532.

1247. Vgl. 532. An Martius, 29. Jan. 1825: »Was mir aus allen bisher bekannten Ihrer ... Arbeiten und Äußerungen entgegenkommt, ist: daß Sie geneigt sind nach Analogien zu verfahren, welches auf der Höhe, wo sich gegenwärtig wissenschaftliche, ästhetische, sittliche Cultur begegnen und ergreifen, unvermeidlich wird.«

1249. »Intermundien«: Räume zwischen den Weltkreisen, Zwischenräume. »walten«: im Sinn von eigenmächtig, tyrannisch herrschen.

1250. »Warum ich zuletzt am liebsten mit der Natur verkehre, ist, weil sie immer recht hat und der Irrthum bloß auf meiner Seite sein kann« (W. II, 9, 225). Zu Eckermann, 13. Febr. 1829: »... die Natur versteht gar keinen Spaß, sie ist immer wahr, immer ernst, immer strenge, sie hat immer recht, und die Fehler und Irrthümer sind immer des Menschen.« Ein Spinozistischer Grundsatz, z. B.: »Nihil in natura fit, quod ipsius vitio possit tribui; est namque natura semper eadem, et ubique una, eademque eius virtus, et agendi potentia, hoc est, naturae leges, et regulae, secundum quas omnia fiunt, et ex unis formis in alias mutantur, sunt ubique, et semper eaedem, atque adeo una, eademque etiam debet esse ratio rerum qualiumcunque naturam intelligendi, nempe per leges, et regulas naturae universales.« (Einleitung zum dritten Teil der »Ethik«). Vgl. mit dieser späten Goethe-Maxime (Dez. 1830) den Aufsatz: »Die Natur« (Fragment) 1783.

1251. 1252. Als Beginn eines Aufsatzes gedacht? In der Handschrift folgt: »Einiges Besondere wird unsre Ansicht begreiflich machen.«

1257. 1258. »stöchiometrisch«: chemisch meßbar (griech.: stoicheia: die Elemente). Stöchiometrie (1261): die Lehre von den Maßverhältnissen, in denen sich die Elemente verbinden.

1259. Gestaltungen des Anorganischen analog der organischen Metamorphose. Urphänomene: »Kristallisation« und »Urdurchgitterung«.

1260–1267. Über Kristallographie und ihr Verhältnis zu verwandten Wissenschaften handelt der zweite Abschnitt des Aufsatzes »Über Mathematik und deren Mißbrauch« (Nov. 1826), W. 11, 87ff.; vgl. 1271.

1261. »Oryktognost«; Mineralienforscher.

1262. vgl. 72. 1270. 1271.

1263. vgl. 582.

1264. Quelle? Vgl. »Briefe aus der Schweiz. Erste Abteilung«: »denn man will lieber jemanden lasterhaft als lächerlich erscheinen« (W. 19, 214).

1268–1273. vgl. 1215.

1270. 1271. vgl. 1260–1262. Karl Cäsar v. Leonhard (1779–1862), berühmter Mineraloge, Hrsg. der »Taschenbücher für die gesammte Mineralogie« (an denen Goethe mitarbeitete), verfaßte das »Handbuch der Oryctognosie« (1822) und eine »Charakteristik der Felsarten« (W. II, 9, 214); Parker Cleaveland (1780–1858), amerikanischer Geologe (Prof. in Brunswick, Mass.), verfaßte einen »Elementary treatise on mineralogy and geology«; beide Werke werden im Brief an Sternberg, 20. Juni 1823 erwähnt. Cleaveland soll Goethes Spruch »Amerika, du hast es besser...« (vgl. W. II, 13, 314) veranlaßt haben.

1273. vgl. 616.

1274. Die »Geognosie« von Jean François d'Aubuisson de Voisins (1749–1841, Geologe), 1821 in Übersetzung in Dresden erschienen, wird im Tagebuch zuerst am 2. Okt. 1821 erwähnt; eine Besprechung veröffentlichte Goethe im 4. Heft »Zur Naturwissenschaft« (W. II, 9, 223ff.).

1275. Voran geht: »Unter Anleitung dieser Grundgedancken ist Einsicht zu hoffen in das Phänomen der Entstehung der Gänge und ihrer

Verruckung. Die Gänge lies man viele Jahre leer entstehen und später hin sich füllen, nach und nach gestand man daß die Gänge bald nach Solideszenz des Gebirgs fast gleichzeitig entstanden und wir sagen die Gänge von denen zu reden der Mühe werth ist, sind gleichzeitig mit dem Gebirg bey dessen Solideszenz und Gestaltung entstanden. Ebenso die durchschneidenden Gänge oder Klüfte die meist eine Verruckung, Verschiebung bewirken.« – Karl Gustav Carus (1789–1869), von Goethes Morphologie beeinflußter Arzt, Physiolog, bildender Künstler, und der Botaniker Chr. Gottfr. Dan. Nees von Esenbeck (1776–1858), beide lange Jahre hindurch mit Goethe in freundschaftlich-gelehrtem Briefwechsel. Vgl. P. Stöcklein: C. G. Carus, Hamburg 1948.

1277. Vgl. 573. 710. 711. 1393. »Calcül«: Berechnung.

1280. Vgl. das Gedicht »Katzenpastete« (W. 2, 200), Tagebuch 18. April 1810.

1284. 1285. Tycho de Brahe: »einer von den beschränkten Köpfen, die sich mit der Natur gewissermaßen im Widerspruch fühlen und deßwegen das complicirte Paradoxe mehr als das einfache Wahre lieben« (W. II, 3, 249). In welchem Sinn er hier genannt wird, geht aus einer Aufzeichnung Riemers vom 16. Dez. 1806 hervor: Goethe will das Verhältnis der Farbenlehre Newtons zu der seinen in einem Gleichnis darstellen: »Das Newtonische verhalte sich zu dem neusten seinen, wie das Tychodebrahische zum Copernicanischen« System. Zu Tycho de Brahe (1546–1601) vgl. Nr. 123. Das »alte System« ist das Ptolemäische, Geozentrische, das durch das Kopernikanische, Heliozentrische, abgelöst wurde (vgl. Nr. 1138).

1287. 21. März 1826 – Es folgt unmittelbar in der Handschrift 610. Vielleicht ist 1287 nur eine ältere Fassung von 609. 610. Im Aufsatz »Über Mathematik und deren Mißbrauch« teilt Goethe einen Brief des Professors der Astronomie Lodovigo Ciccolini (geb. 1767, Malteserritter) an den Gothaer Astronomen Franz Xaver von Zach mit, den »Astronomen« der »Wanderjahre« (der Aufsatz »Über Mathematik und deren Mißbrauch« war ursprünglich für die »Wanderjahre« (1. Buch, 10. Kap.) bestimmt: W. 24, 179), aus der von Zach herausgegebenen »Correspondance astronomique«, 14, 1, 53; dieser schließt mit der angeführten Stelle (W. II, 11, 92). La Grange: s. o. zu Nr. 609.

1288. Vgl. 115. 528. 531. Mit diesem Versuch Newtons beschäftigen sich die §§ 86ff. des polemischen Teils der »Farbenlehre«. »Gespenst«: Das farbige Spektrum.

1290. 1291. Von dem Versuch Fraunhofers hat die Spektralanalyse ihren Ausgang genommen; der Münchner Optiker J. v. F. (1787–1826) entdeckte 1814–17 die später nach ihm benannten dunklen Linien im

Sonnenspektrum. – Die anderen Versuche, die Goethe erwähnt, sind die Malusschen Experimente zur Kontrastierung der Polarisation, vgl. 431. Zu La Grange s. Nr. 1287 und 609.

1292. Den Auftrag zur Herstellung neuer farbiger Tafeln zur Farbenlehre (die erste Auflage war 1810 erschienen) gab Goethe dem Professor an der Weimarer Zeichenschule Müller am 21. Sept. 1821. – »Palpabel«; mit der Hand greifbar.

1293. vgl. 426.

1295. Zugleich mit 1061 und 1336 (Paralipomenon) niedergeschrieben. »Hundert graue Pferde...«; So bringen auch nicht die sieben Farben das reine, weiße Licht hervor.

1296. »Es lehrt ein großer Physicus Mit seinen Schulverwandten: ›Nil luce obscurius!‹ – Ja wohl! für Obscuranten« (W. 5, 87).

1300. Riemer verzeichnet als »Tischrede« vom 2. Aug. 1807: »Die Farbe ist fürs Auge, aber sie ist nicht blos fürs Auge. Das Blaue z. E. ist Etwas, kein bloßer Name, es ist ein Chemisches, es beruht auf der Natur des Körpers. Daher die Farben auch zu fühlen seyn müssen usw.« Für einen »Anhang« zur Farbenlehre hatte Goethe Materialien über Personen gesammelt, »welche die Farben durch's Gefühl zu unterscheiden behaupten« W. II, 5^2, 5. 37ff.).

1303–1413
AUS DEM NACHLASS
(Skizzirtes. Zweifelhaftes. Unvollständiges.)

1304. Vgl. die Erläuterung zu 810. Vgl. 2. Buch Moses, Kap. 3, v. 14 (Goethe »übersetzt« den Namen Jahweh).

1305. »Perirte«: zugrunde ging; Hamlet wie Christus im Auftrag des Vaters, um eine gestörte sittliche Weltordnung wieder ins Gleichgewicht zu bringen? Beide als »Idealisten«.

1306. »Erotomorphism«: Übertragung des menschlichen Erosbegriffs auf die Natur, die Dinge etc.

1308. vgl. 922.

1309. Vgl. das Gedicht »Parabase« (»Immer wechselnd, fest sich haltend...«).

1311. Zurückweisung einer flachen Deutung der Lehre Epikurs von der »Ataraxie«. Epikur soll unter großen Schmerzen gestorben sein. Einen »armen Hund« im kreatürlichen Sinn nennt Goethe auch Wilhelm Meister (Gespräch mit v. Müller, 22. Jan. 1821).

1313. Febr. 1828 – Ausspruch des »Astronomen« der »Wanderjahre« wie 463? Ähnliches oft bei Goethe, z. B. »Sprichwörtlich«: »In des Weinstocks herrliche Gaben Gießt ihr mir schlechtes Gewässer! Ich soll immer Unrecht haben, Und weiß es besser« (W. 2, 241) oder: »Ruhig soll ich hier verpassen Meine Müh und Fleiß; Alles soll ich gelten lassen, Was ich besser weiß« (W. 3, 234).

1315. Zu Eckermann, 28. März 1827: »Alle Gelehrsamkeit ist noch kein Urtheil.«

1318. Nach Plutarch, Lebensbeschreibung des Marcus Portius Cato: »Gleichwohl sehen wir, daß die Güte des Herzens ein geräumigeres Feld einnimmt als die Gerechtigkeit.« (Kaltwassersche Übersetzung, 3. Teil. 1801. S. 375).

1319. Nach »der« in der zweiten Zeile ein unleserliches Wort; der »Uneigennützige«?

1324. vgl. 789.

1326–1329. Ältestes Vorbild: die »Worte Agurs, des Sohnes Jake« in Kap. 30 der »Sprüche Salomons«, Vers. 15ff.

1330. An der Spitze, als Überschrift: »Sitten. Gebräuche pp.« Demnach ist 1330 nur Beginn einer *mehrere* Rassen oder Völker umfassenden Betrachtung. Eine Schilderung des jüdischen Charakters gibt Goethe in den »Wanderjahren« II, 2 (W. 24, 248); an anderer Stelle (W. 7, 156) wird den Juden eine »hartnäckige Natur« zugeschrieben; ihre Religion erscheint geeignet, »einen gewissen starren Eigensinn, dabei aber auch freien Klugsinn und lebendige Thätigkeit« zu verbreiten (W. 7, 43). Vgl. 95. – J. Bab, Goethe und die Juden, Berlin 1926.

1331. Bezieht sich vermutlich auf die Zeit von 1807–1812 und kann aus Goethes Stimmung und Parteistellung heraus verstanden werden; aus derselben Stimmung, die 1810 im Gedichte »Rechenschaft« die Strophe hat entstehen lassen: »Einer wollte mich erneuen« (W. 1, 140).

1333. Gegen die »Requisiten« der romantischen Dichtung.

1334. Wohl aus 1809, erstem Drittel: Aufführung der Oper »Blaubart« von Grétry am 25. Febr.; zum 26. erwähnt Riemers Tagebuch Späße Goethes, »über Blaubarts Märchen«. Den »Oberon« (Shakespeare; Wieland) hatte er schon am 28. Aug. des Vorjahres zur Charakterisierung des Romantischen herangezogen (Riemers Tagebuch). Den Sinn erschließt der Zweizeiler: »Was im Leben uns verdrießt, Man im Bilde gern genießt« (W. 2, 197).

1335. »Enthusiasmus« ist Genitiv. – Vgl. 1021.

1336. In der Handschrift zu »Kunst und Altertum« 3, 1 zwischen 1061 und 1295 (aus der Zeit von 1805–1809) notiert Goethe: »Absolutes Verbot der Anonymität.«

1337. »Tropus«: bildhafte, figürliche Redewendung. Man denkt an Jean Paul.

1341. Vielleicht veranlaßt durch »Bertram or the Castle of St. Aldobrand« von Charles Maturin, womit Goethe sich Juni 1817 beschäftigte.

1342. »Wanderjahre«, 1. Buch, 5. Kap.: »Sie lesen doch auch vor Schlafengehn? sagte Hersilie zu Wilhelm, ich schicke Ihnen ein Manuscript... Ein verrücktes Mädchen tritt auf! das möchte keine sonderliche Empfehlung sein, aber wenn ich jemals närrisch werden möchte, wie mir manchmal die Lust ankommt, so wär' es auf diese Weise« (W. 24, 72). Es folgt »Die pilgernde Thörin«.
1343. Man denke an den »Haß«, mit dem sich ein Julian der Kreuzigung Christi gegenüber erfüllte, weil dieser höchste Akt selbstloser Hingabe in der Duldung einer Strafe vollzogen worden war, die als die schimpflichste von allen betrachtet wurde.
1345. »Perikarpien«: Fruchthüllen.
1351. Vgl. 1082.
1352. An Meyer, 27. April 1789: »Nach meiner Überzeugung ist die höchste Absicht der Kunst menschliche Formen zu zeigen, so *sinnlich* bedeutend und schön als möglich ist. Von *sittlichen* Gegenständen soll sie nur diejenige wählen die mit dem sinnlichen innigst verbunden sind und sich durch Gestalt und Gebärde bezeichnen laßen.«
1353–1359. Vgl. die Erläuterung zu 1064 bis 1096.
1353–1354. Gegen den geplanten Naturalismus am Berliner Denkmal Friedrichs des Großen. Auf dieses Denkmal ist (trotz des Ausdrucks »das heilige römische Reich«: aus der Hast des Schreibenden zu erklären) ein fernerer Satz aus derselben Handschrift zu beziehen: »Indem das heilige römische Reich dem verdienten Helden eine Statue setzen will, legt es *in corpore* in eine Lotterie. Es ist zu fürchten, daß es eine Kunstniete zieht.«
1355. Ähnlich die »Zahme Xenie«: »Künstler! dich selbst zu adeln, Mußt du bescheiden prahlen; Lass' dich heute loben, morgen tadeln Und immer bezahlen« (W. 3, 291).
1358. Schadow: »Besäßen wir doch nur die Geschicklichkeit, das Vaterländische darzustellen, das Eigenthümliche – denn nichts anders giebt es in der Natur!«
1361. Gemeint sind L. Tieck: Franz Sternbalds Wanderungen (1798) und W. Wackenroders »Herzensergießungen eines kunstliebenden Klosterbruders« (1797), gegen die sich Goethe ungewöhnlich heftig wendete (»Kunst u. Altertum«, Bd. 1, 2. Heft, 1817 u. ö.).
1363. Riemer, 19. März 1807: »Die Natur kann zu Allem, was sie machen will, nur in einer *Folge* gelangen. Sie macht keine Sprünge.« So kennt auch die Kunst nur organische Entwicklung: der Genius tritt zur rechten Zeit ein, wenn das Element bereit ist, ihn zu empfangen. Die Überschrift »Conflcte« geht auf den Widerstreit zwischen dieser wirklichen Entwicklung durch Wachstum und einem scheinbaren Vorschreiten durch Ruck und Sprung.

1365. Vgl. Erläuterung zu 273.
1367. Entnommen dem Aufsatz über Saint-Hilaires »Principes de Philosophie Zoologique« (vgl. 1190): »Function, recht begriffen, ist das Dasein in Thätigkeit gedacht« (W. II, 7, 200).
1368. vgl. 714.
1369. vgl. 412.
1373. Über Goethes intensive Beschäftigung mit Schellings naturphilosophischem Werk »Von der Weltseele« (1798) berichten die »Annalen 1798«. Vgl. auch Goethes Gedicht »Weltseele« (um 1802) und seine weitergehenden Pläne (Hamburger Ausgabe Bd. I, S. 528–30).
1375. Sept. 1830 – Am Schluß folgt: »(näher zu bestimmen).«
1376. An Christian Schlosser, 5. Mai 1815, »Beilage« (vom 19. Febr.): »... so will ich mein allgemeines Glaubensbekenntniß hierher setzen. In der Natur ist alles was im Subject ist; und etwas drüber. Im Subject ist alles was in der Natur ist; und etwas drüber.« Vgl. 1344.
1377. »planum inclinatum«: schiefe Ebene.
1379 vgl. 1250.
1382. Tagebuch 15. Mai 1809: »Niederträchtige Abenteuer, welche man auf berühmte Männer des Alterthums, *Virgilium, Aristotelem* pp erdichtet.«
1383. Veranlaßt durch Alexander v. Humboldts Abkehr vom Neptunismus? Gegen die Akademien wenden sich 418. 436 (s. die Erläuterung) und die »Zahme Xenie«: »In keiner Gilde kann man sein, Man wisse denn zu schultern fein. Das, was sie lieben, was sie hassen, das muß man eben geschehen lassen« usf. (W. 3, 353).
1384. S. dazu Nr. 416 (»Alles wahre Aperçu kömmt aus einer Folge und bringt Folge.«).
1388. Zu denken wäre an Schopenhauer, der die mathematischen Beweise auf Anschauung zu gründen lehrte.
1391. vgl. 607.
1392. vgl. 608.
1393. Unmittelbar reihen sich in der Handschrift an: 710. 711. Angeregt durch eine Betrachtung über Priorität in den Ergänzungsblättern zur Jenaer Lit. Zeitung (1821, Nr. 47), sagt Goethe im vierten morphologischen Heft: »So wie es keine Glaubengenossen geben kann ohne Entsagung beschränkter Eigenheit... eben so wenig kann in der höheren Wissenschaft lebendig zusammengewirkt und die eigentliche Verfassung der Natur-Stadt Gottes erkannt und... geregelt werden, wenn wir nicht als Bürger unsern Eigenheiten patriotisch entsagen und uns in's Ganze dergestalt versenken, daß unser thätigster einzelner Antheil innerhalb dem Wohl des Ganzen völlig verschwinde und nur künftig wie verklärt in Gesellschaft mit tausend andern der Nachwelt vor-

schwebe« (W. II, 6, 224). Vielleicht ist 1393 eine gestrichene Fortsetzung hierzu gewesen. Vgl. 1277.

1396. Vgl. 978 bis 981. Die Form »französch« sehr oft bei Goethe: »Wenn sie es hätten französch gelesen (W. 5, 146); an Meyer, 13. Okt. 1819: »über den französchen Aufsatz ist schwer zu urtheilen«; Tagebuch 7. Aug. 1797, 12. Jan. 1805, 16. Juli 1808.

1397. vgl. 273. 391.

1398. vgl. 604.

1403. Vgl. 1241 und Goethes Aufsatz »Über den Granit« (1784).

1405. Aus den Vorarbeiten zu »Dichtung und Wahrheit« (W. 26, 360).

1406. Veranlaßt durch Antoine François Prevosts (1697–1763) »Manon Lescaut« (Tagebuch 16. Mai 1811), vgl. W. 26, 374. 376 ff. Goethe hat sich aus diesem Roman (1728 erschienen), der die englische empfindsame moralische Literatur in Frankreich populär machte, einen Auszug für den Schluß des 5. Buchs von »Dichtung und Wahrheit« notiert. (J. Hecker ordnet die Maxime nach Nr. 1020 ein.)

1407. »Zahme Xenie«: »›Meinst du es redlich mit solchem Schmerz? Geh! Heuchlerisch ist dein Bemühn‹. Der Schauspieler gewinnt das Herz, Aber er gibt nicht seines hin« (W. 5, 103).

1408. Vgl. den in der Erläuterung zu 1054 zitierten Vierzeiler.

1410. »Italiänische Reise«: »... So fühlt man zuletzt, das man nichts richtig beurtheilt, als was man selbst hervorbringen kann« (W. 32, 100).

1411. »Sprichwörtlich«: »Wem wohl das Glück die schönste Palme beut? Wer freudig thut, sich des Gethanen freut« (W. 2, 240).

1412. »Sprichwörtlich«: »Nichts taugt Ungeduld, Noch weniger Reue; Jene vermehrt die Schuld, Diese schafft neue« (W. 2, 249).

1413. »neue Aperçus«: neue Entdeckungen (s. 416. 562).

ZU DIESER AUSGABE

insel taschenbuch 2975: Johann Wolfgang Goethe, Maximen und Reflexionen. Text der Ausgabe von 1907 mit der Einleitung und den Erläuterungen Max Heckers. Bearbeitung der Erläuterungen: Christoph Michel. Der Text folgt dem insel taschenbuch gleichen Titels (it 200); auf das Nachwort von Isabella Kuhn und die Abbildungen wurde für die vorliegende Ausgabe verzichtet.

NACHTRÄGE UND BERICHTIGUNGEN (1993)

Als Ergänzung zu Heckers Ausgabe drucken wir nachfolgend den ersten Teil des »Lehrbriefs« aus *Wilhelm Meisters Lehrjahre* ab (7. Buch, 9. Kapitel; hier nach der EA: 4. Bd., Berlin 1796, S. 206–208), »die erste komponierte Reihe von Aphorismen in Goethes Werk« (M. Ehrenzeller in Bd. 17 der Münchner Goethe-Ausgabe, 1991, S. 1236; s. dazu auch S. 1248–51, mit Hinweisen auf Goethes Hippokrates-Lektüre). Vgl. Hecker, o., S. 17.

LEHRBRIEF

Die Kunst ist lang, das Leben kurz, das Urteil schwierig, die Gelegenheit flüchtig. Handeln ist leicht, denken schwer; nach dem Gedachten handeln unbequem. Aller Anfang ist heiter, die Schwelle ist der Platz der Erwartung. Der Knabe staunt, der Eindruck bestimmt ihn, er lernt spielend, der Ernst überrascht ihn. Die Nachahmung ist uns angeboren, das Nach⟨zu⟩ahmende wird nicht leicht erkannt. Selten wird das Treffliche gefunden, seltner geschätzt. Die Höhe reizt uns, nicht die Stufen; den Gipfel im Auge wandeln wir gerne auf der Ebene. Nur ein Teil der Kunst kann gelehrt werden, der Künstler braucht sie ganz. Wer sie halb kennt, ist immer irre und redet viel, wer sie ganz besitzt, mag nur tun und redet selten oder spät. Jene haben keine Geheimnisse und keine Kraft, ihre Lehre ist wie gebackenes Brod schmackhaft und sättigend für Einen Tag; aber Mehl kann man nicht säen, und die Saatfrüchte sollen nicht vermahlen werden. Die Worte sind gut, sie sind aber nicht das Beste. Das Beste wird nicht deutlich durch Worte. Der Geist, aus dem wir handeln, ist das Höchste. Die Handlung wird nur vom Geiste begriffen und wieder dargestellt. Niemand weiß was er tut, wenn er recht handelt, aber des Unrechten sind wir uns immer bewußt. Wer bloß mit Zeichen wirkt, ist ein Pedant, ein Heuchler oder ein Pfuscher. Es sind ihrer viel, und es wird ihnen wohl zusammen. Ihr Geschwätz hält den Schüler zurück, und ihre beharrliche Mittelmäßigkeit ängstigt die Besten. Des echten Künstlers Lehre schließt den Sinn auf, denn wo die Worte fehlen, spricht die Tat. Der echte Schüler lernt aus dem Bekannten das Unbekannte entwickeln, und nähert sich dem Meister.

Daß sich auch der Textbestand der *nachgelassenen* Maximen und Reflexionen vermehren ließe (wobei die Kriterien der Auswahl zu begründen wären), zeigt ansatzweise Reinhard Buchwalds Zusammenstellung »Versteckte und nachgetragene *Maximen und Reflexionen.* Mit einem Nachwort über die Spruchweisheit Goethes«, in: Goethe 19, 1957, S. 233–39, aber auch ein Blick auf die WA I 53 (1914), S. 424–32 unter »Verschiedenes« und S. 433–48 »Aus Notizbüchern« mitgeteilten Aufzeichnungen, schließlich die im Goethe- und Schiller-Archiv in Weimar verwahrten Exzerpte und (in einer »buchförmigen Kapsel«) *Gedankenspähne* (Sign. 35/III,8), aus denen Hecker nur eine Auswahl in seine Edition übernommen hat.

Im Goethe-Jb. 1909 brachte Hecker einige Nachträge zu den *Erläuterungen* seiner Ausgabe (S. 222–30), von denen wir hier die wichtigsten, aus Raumgründen auf Hinweise verkürzt, jeweils unter der Maximen-Nr., anführen (WA = Weimarer Ausgabe).

124. Im Februar 1821 arbeitete Goethe am Entwurf einer Vorrede zu Knebels Lukrez-Übersetzung; dabei vermerkte er zum 1. Buch, V. 1052: »Gegen die Antipoden eifrend« (WA I 42/2, S. 451).

148. Das Bild vielfach bei Goethe: 25. 9. 1820 an Staatsrat Schultz (WA IV 33, S. 260); an Graf Brühl, 22. 10. 1821 (WA IV 35, S. 154); an L. D. v. Henning, 11. 8. 1822 (WA IV 36, S. 118: »nothwendig ist es hervorzutreten, irgend einen Stein in's Brett zu setzen, damit nur etwas geschehe. In der Folge richtet man sich nach der Wirkung.«).

187. Goethe an Zelter, 21. 4. 1827 (WA IV 42, S. 152): »die beiden größten menschlichen Fehler ⟨...⟩: ⟨...⟩ *Versäumen* und *Übereilen*«.

248. Vgl. das Schema zum Aufsatz über Simrocks Übersetzung des Nibelungenliedes: »Jeder rhythmische Vortrag wirkt zuerst auf's Gefühl, sodann auf die Einbildungskraft, zuletzt auf den Verstand und auf ein sittlich vernünftiges Behagen. Der Rhythmus ist bestechend« (WA I 42/2, S. 474).

388. Alle Liebe bezieht sich auf Gegenwart ⟨...⟩«: Spinoza, *Ethik*, 3. Teil, Erl. zum 13. Lehrsatz: »Die Liebe ist nämlich nur die Freude, begleitet von der Vorstellung einer äußeren Ursache. ⟨...⟩ Man sieht daher, daß der Liebende notwendig strebt, den geliebten Gegenstand gegenwärtig zu haben und zu erhalten.«

436. »Ämtchen bringen Käppchen, / Ämtchen bringen Läppchen; / Reißen oft die Kappen / und das Kleid in Lappen.« (K. Simrock, *Die dt. Sprichwörter*, Frankfurt a. M. 1846, Nr. 273)

479. »Velociferisch« auch in G.s Briefen an Zelter, 11. 10. 1826, an S. Boisserée, 20. 4. 1827, an J. H. Meyer, 30. 9. 1827, an Streckfuß, 26. 10. 1827. Am 25. 9. 1827 war ein Herr Müller aus Frankfurt a. M. bei G., »in Postangelegenheiten hier sich aufhaltend, über die immer vermehrte Schnelligkeit der Communication sprechend.«

521. Vgl. an G. Sartorius, 26. 9. 1822: »Indem uns die Jahre vieles wegnehmen, so steigern ⟨sich⟩ die Forderungen des Tages.« (WA IV 36, S. 173).

584. Vgl. das Schema zu *Pandorens Wiederkunft:* »Schmiede ⟨offerieren⟩ Bepaalung« (WA I 50, S. 459); an Schiller, 4. 5. 1802 (WA IV 16, S. 76).

657. Gegen des Breslauer Physiologen Joh. Ev. Purkinje »Physik des Subjektiven«, welche »die Anschauungen, Imaginationen, Phantasieen, und die in allen diesen thätigen Begriffe« behandelt. »Diese Gegenstände sind ihr nicht leere Abstractionen, sondern eben so mächtige Kräfte, wie die der Außenwelt.« »Sollen wir ⟨...⟩ der hier besprochenen Erfahrungskunde einen Namen geben, ⟨...⟩ so ist uns das von Gruithuisen zuerst gebrauchte Wort ›Heautognosie‹ ⟨...⟩ seit langem habituell geworden.« (In: Jbb. für wiss. Kritik 1827, Nrn. 23–30) Dagegen G. in 2. Bd., 2. Heft der *Morphologie* (1824) und in Briefen an Knebel, 14. 12. 1822 (»die Richtung in den Abgrund des eigenen Daseyns«; vgl. MuR Nr. 338); an Graf Sternberg, 12. 1. 1823 (»Ein solcher autodidaktischer und heautontimorumenischer, geistreicher, genialer Piarist«); an Hegel, 17. 8. 1827; an Varnhagen v. Ense, 8. 11. 1827 (mit Entwurf: WA IV 43, S. 367–69: »das Studium der Physiologie in das Lazareth verwiesen ⟨...⟩; dergleichen Irrsale werden in Deutschland alsobald ansteckend ⟨...⟩«).

673–675. Vgl. besonders S. 339 in Danz' *Kirchengeschichte:* »Was aber am meisten das Urteil über die Wissenschaften und deren Werth und Bedeutung bestimmen mußte, war die Wirkung des Worts, welche durch die Reformation sich so klar und unverkennbar an den Tag legte.« (S. auch Goethes Entwurf einer Anzeige von Danz' Buch: WA I 41/2, S. 507.)

685. Erst 1829 in eine Hs. mit Betrachtungen über Regierung und Gesetz eingefügt, die auf das Jahr 1796 zurückgehen. 1827 war Agnes Rauch, die Tochter des Bildhauers, in Berlin, Opfer einer infamen Beschuldigung ihres Bräutigams geworden, in Weimar hatte sich ein Fall von Leichenfledderei zugetragen; beide Fälle blieben ungesühnt. Dazu G. an Zelter, 21. 11. 1827: »Dergleichen wird, wie Euer Fall, endlich zur Erneuerung der Selbsthülfe gedeihen. Leidenschaftliche Gatten und Brüder werden sich ins Unglück stürzen, um der Rache nicht zu ermangeln.« (MA 20/1, S. 1082)

733. Zur Quelle vgl. jetzt: Gymnasium 62, 1955, S. 546.

852. Vgl. *West-östlicher Divan*, »Buch der Betrachtungen«: »Lieblich ist des Mädchens Blick der winket ⟨...⟩«.

881. Vgl. G. im Gespräch mit Kanzler v. Müller, 17. 5. 1829.

1200. »Amphigurisch«: Weitere Belege (und zur Herkunft): Goethe-Wörterbuch Bd. 1, Sp. 451.

1260. Vgl. G. an C.C. v. Leonhard, 12. 1. 1828 (»da ⟨...⟩ in Weimar das Studium der Mineralogie nach und nach völlig verlischt«); an L.W. Cramer, 4. 1. 1828 (»⟨...⟩ glaube ich leider zu bemerken, daß die Leidenschaft für diese schöne Natureinsichten ⟨...⟩ in Deutschland abzunehmen scheint«): WA IV 43, S. 228 und 228f.

1275. G. an Nees v. Esenbeck, 29. 9. 1823: »⟨...⟩ blos durch Ihre Augen kann ich noch das Mikroskopische betrachten und das unendlich Kleine mir genähert sehen; wohin wir denn doch unsere Blicke gleichfalls zu richten haben, wenn wir uns mit dem unendlich Großen beschäftigen.« (WA IV 37, S. 232)

1339. Vgl. WA I 42/1, S. 391 (Unterschrift: *Der Muntere*) u. 358.

1351. Nach Quintilian, Institutio oratoria, II 19, 1–2: »⟨...⟩ natura etiam sine doctrina multum valebit, doctrina nulla esse sine natura poterit. sin ex pari coeant, in mediocribus quidem utique maius adhuc naturae credam esse momentum, consummatos autem plus doctrinae debere quam naturae putabo ⟨...⟩« (ed. Radermacher/Buchheit).

Korrekturen (in Klammern die falsche Version)

S. 226,1: 1335. (335.); 259,15: »wo (»So); 260,1: en (an); 265,3: Zelter, (Zelter); 266,23: mein (meinen); 270,20: Dähnert (Dähle); 270,21/24: Umstellen der Maximen!; 270,26: Ergänze: Grumach, *Goethe u. die Antike* Bd. I, S. 251 u. Anm. 1; 273,13 v.u.: der Goethe (dem Goethe); 273,6 v.u.: Schon von Max Hecker selbst 1909 nachgetragen ((Jutta Hecker)); 275,7 v.u.: *Innere* (Innere); 276,2: 13. (13); 276,7 v.u.: ethisch (ehtisch); 277,7 v.u.: Goethe, S. 304). (Goethe).); 278,11 v.u.: Mitteilungen 2, 716 (Mitteilungen); 279,20: Charackter (Charakter); 283,17: *höhere* (höhere); 289,21: aus (auch); 293,21 u. 24: *ein* (ein); 293:

Seitenzahl fehlt!; 294,8: *Wünsch* (Wünsch); 298,10 v.u.: ergänze: 2. Aufl., S. 39; 300,12: ⟨...⟩«. (...«); 302 u.: tilge 52!; 305,18: welche, (welche); 305,12: v.u.: *eine* (eine); 305,5 v.u.: Welt ⟨–⟩ (Welt); 306,18 v.u.: Nr. 108 (108); 307,19: 738 (737); 310,7 v.u.: Doppelingredienzien (Doppelgredienzien); 311,24: »Presque (Presque); 311,25: leur suite (suite); 311,28: d'en (d'én); 314,2 v.u.: jamais (jemais); 315,2: scait (sait); 315,20: versäumte (veräumte); 316,5: Ergänze: MA liest: »tolpern« statt »tolpen«; 316,13f.: Tilge: Nur ⟨...⟩ Wert.; füge ein: Vgl. die »Zahme Xenie«: »Ja, das ist das rechte Gleis ⟨...⟩« (W. 3, 248); 316,15 v.u.: Ergänze: Nach Iustinians »Institutiones«: »ne rerum dominia in incerto essent«.; 316,6 v.u.: 15^{II}, (15_{1}); 316, letzte Z.: Zacharias Theobalds »Die Hussitenkriege« (1609) (Theobalds »Hussitenkrieg«); 317,16: Es (»Es); 317,18: Nach »genießen« ergänze: V. 10248–51; 318,10–3 v.u.: kursiviere: Stange ⟨...⟩ stängeln ⟨...⟩ ich stängle die Bohnen ⟨...⟩ die Bohnen stängeln ⟨...⟩ die Hühner stängeln; 319,17 v.u.: verleiht.« (verleiht ⟨...⟩«); 321,9: ist (ich); 321,11 v.u.: Vampirpoesie (Vampyrpoesie); 322,5: Vampiren (Vampyren); 322,13f.: lies: Sakuntala oder: Der Erkennungsring; 322,14: 4./5. Jh. (6. Jh.); 324,19: »Propyläen« (»Prophyläen«); 326,5: NT-Stelle: ergänze: Luk. 11,19; 326,21: ergänze: Wege ⟨...⟩« (S. 497).; 328,2: idealischen (idealistischen); 328,11 v.u.: Diodor (Diodon); 329,10 v.u.: sonst (sonst.); 330,21: Enthymem (Enthymen); 330,3 v.u.: 447: ergänze: (auch MA 17, 1310f.); 334,2: μὲν (μἒν); 334,6: ergänze: G. an Wackenroder, 21. 1. 1832 (B 49, 210f.); W. Schadewaldt, G., Plutarch u. Sophokles. In: *Goethestudien,* S. 159–63; 334,14 v.u.: Xenien«: »Sagt nur nichts grob ⟨...⟩«, (Xenie«); 336,10: MA liest: stechiometrische; 336,6 v.u.: 1769 (1749); 337,13 v.u.: Lodovigi (Lodovigo; MA: Lodovico); 1767–1854 (geb. 1767); 340,3 v.u.: »Conflicte« (»Conflcte«); 342,8 v.u.: daß (das); 348,20f.: nach »Nr. 274;« lies: vgl. auch IVb, Nr. 58; dazu FS Blumenthal, S. 103 (»eine Variante ⟨...⟩ Nr. 58« entfällt!); 349,17: des (das).

Ch. Michel

VERZEICHNIS DER ANFÄNGE

(nach Nummern)

IN HECKERS AUSGABE NOCH NICHT ENTHALTENE MAXIMEN UND REFLEXIONEN

I.

AUS DER FARBENLEHRE (1810)

II.

NACHLESE AUS ÜBER KUNST UND ALTERTUM

INHALTSVERZEICHNIS